FERNANDO PESSOA

ICH ICH ICH

Selbstzeugnisse und Erinnerungen von Zeitgenossen

Herausgegeben,
aus dem Englischen, Französischen und
Portugiesischen übersetzt, mit Anmerkungen und
einem Vorwort versehen von
Inés Koebel

S. FISCHER

Dieser Band erscheint in Fortführung der Pessoa-Werkausgabe, die im Ammann Verlag begonnen wurde. Herausgegeben von Egon Ammann.

Die Übersetzerin dankt dem Deutschen Übersetzerfonds e. V. für die Förderung ihrer Übersetzung durch ein Arbeitsstipendium.

Dieses Werk wurde mit der Unterstützung des portugiesischen
Kultur- und Sprachinstituts Camões herausgegeben.
Obra publicada com o apoio do Camões –
Instituto da Cooperação e da Língua I. P.

Erschienen bei S. FISCHER
2. Auflage Juli 2022

Die enthaltenen Fotografien entstammen
dem Nachlaß der Familie Fernando Pessoas.
Satz: Pinkuin Satz und Datentechnik, Berlin
Druck und Bindung: CPI books GmbH, Leck
Printed in Germany
ISBN 978-3-10-002386-5

Inhalt

Ich fühle mich vielfältig.

Ich bin wie ein Zimmer mit unzähligen, wundersamen Spiegeln, die eine einzige zentrale Wirklichkeit falsch und verzerrt reflektieren, eine Wirklichkeit, die sich in allen und in keinem dieser Spiegel findet.

Fernando Pessoa

Vorwort

Fernando Pessoa – Zuschneider von Paradoxien

»Hier bin ich, ich bin Pessoa«, ruft es aus dem Bühnenraum, und weiter: »Ich bin Pessoa, der vorgibt, ein Schauspieler zu sein, der heute Abend Fernando Pessoa spielt.«

So beginnt das Bühnenstück, das Antonio Tabucchi über den von ihm verehrten Dichter Fernando Pessoa geschrieben hat, den er für Italien entdeckte und der in seinem Werk vielfach Eingang fand. Obgleich der Titel des Stückes »Herr Pirandello wird am Telefon verlangt« lautet, tritt Pirandello darin nicht auf, wohl aber Pessoa, der mit ihm telefonieren möchte. Pessoa sieht sich hier auf der Bühne selbst als eine Figur in einem Theaterstück, er schlüpft in eine Rolle, um sich eine Identität zu entwerfen, und es wird dem Zuschauer nicht leichtgemacht, zwischen dem Schauspieler und der von ihm verkörperten Rolle als Dichter zu unterscheiden.

Und so mag diese kleine Szene als Auftakt dazu gelesen werden, sich auf die Spur dieses großen portugiesischen Dichters und Denkers zu begeben.

Bereits eine frühe Notiz Pessoas weist auf den weiten Horizont hin, der in seinen Selbstaussagen abgeschritten wird. »Ich möchte alles verstehen, alles wissen, alles verwirklichen, alles sagen, alles genießen, alles erleiden, ja, alles erleiden. Aber ich tue nichts dergleichen, nichts, nichts. Ich bin wie vernichtet bei der Vorstellung von dem, was ich gerne hätte, könnte, fühlte. Mein Leben ist ein nicht enden wollender Traum.«

Er, der, wie er sagt, »von Natur aus das Geheimnisvolle liebte, die Mystifikation, das Obskure« und zugleich ein »aufrichtiger Liebhaber der Wahrheit« war, gibt in den vorliegenden Textfragmenten und Briefen Einblick in seine schwer zu fassende komplexe Persönlichkeit, jenseits seiner literarischen Identitäten, seiner Heteronyme. Sie offenbaren, was den Verfasser dieser »Autobiographie ohne Ereignisse« umtrieb, sein Suchen, Zweifeln und Werden als junger Mensch, seine inneren Kämpfe, seine Sehnsucht nach Selbstvergewisserung, seine Widersprüche, in einer zuweilen geradezu gnadenlosen Selbstanalyse. Die Aussagen von Zeitzeugen erweitern den Blick auf ihn zudem in eindrücklicher Weise.

Seine Selbstanalysen, tagebuchähnlichen Aufzeichnungen, Reflexionen und Texte Automatischen Schreibens fanden sich in der legendären Truhe, deren immensen Schatz man 1942, sieben Jahre nach seinem frühen Tod, zu sichten begann. Denn obwohl Pessoa zu Lebzeiten in allen wichtigen Zeitschriften seines Landes vertreten war, zwei selbst gegründet, verschiedene europäische Literaturströmungen in Portugal eingeführt und drei selbst erfunden hatte, war er, wie Antonio Tabucchi schreibt, eher als ein Intellektueller und heftiger Polemiker mit wechselhaften Ansichten denn als Dichter bekannt und anerkannt. Als solcher hatte er unter eigenem Namen und den Namen Alberto Caeiro, Ricardo Reis und Álvaro de Campos lediglich in Zeitschriften mit geringer Auflage publiziert – sowie vier schmale, kaum wahrgenommene Gedichtbände auf englisch – und mit *Mensagem* (Botschaft), einem ebenfalls schmalen Gedichtband, den zweiten Preis bei einem Literaturwettbewerb gewonnen. Jetzt aber fand sich die Bestätigung für die Existenz seiner drei großen Dichter-Heteronyme sowie seines Halbheteronyms Bernardo Soares und ihrer eigenständigen komplexen Werke. Zudem entdeckte man nach und nach auch eine vielstimmige, auf englisch, französisch und portugiesisch schreibende Autorschaft und darüber hinaus einen bis dahin weitgehend ungekannten Pessoa in Person.

Die hier versammelten Selbstzeugnisse und Reflexionen – fragmentarisch wie Pessoas gesamtes Werk mit Ausnahme der Lyrik – sind gleichsam als eine Vorstufe zu den Gedanken und Reflexionen in seinem orthonymen und heteronymen Werk zu verstehen. Sie zeigen, da zumeist undatiert, keine Chronologie im eigentlichen Sinne auf. Ihre Zu- und Anordnung ist zum einen durch den Textzusammenhang gegeben und zum anderen durch die Abfolge der englischen Originale. Diese stammen mehrheitlich aus der Zeit um und nach Pessoas definitiver Rückkehr nach Lissabon, als er in Ermangelung von Freunden, mit denen er sich austauschen konnte, seine Gedanken zunächst in der in Südafrika erworbenen Zweitsprache Englisch und gelegentlich auch in Französisch, das er bereits als Kind mit seiner Mutter erlernt hatte, niederschrieb.

Der erste Teil dieses Bandes umfaßt Aufzeichnungen und Briefe aus den Jahren 1905 bis 1935, der zweite Teil aus den Jahren 1916/1917 und 1929/1930, als Pessoa als Medium agierte und Erfahrungen mit dem Automatischen Schreiben machte. Der dritte Teil beinhaltet eine Sammlung undatierter Reflexionen. Der vierte Aussagen und Erinnerungen von Angehörigen, Freunden und Zeitgenossen Pessoas. Der fünfte Daten zu Leben und Werk.

In Pessoas Selbstzeugnissen ist die Grenze zwischen Fiktion und Wirklichkeit bisweilen fließend. Einige seiner Aussagen deuten bereits auf eine mögliche spätere Fiktionalisierung hin, sie erwecken zuweilen den Eindruck, als seien sie im Rückblick aus der Perspektive eines fortgeschrittenen Alters geschrieben. Bereits in jungen Jahren hat Pessoa eine Reihe literarischer und später wieder aufgegebener Doubles, Alter egos oder Präheteronyme erschaffen, die hier zum Teil mit aufgenommen wurden, da sie keine Masken des Dichters verkörpern, sondern im Gegenteil geistige Zwillingsbrüder des jungen Pessoa sind und die dramatischen Konflikte offenbaren, die sich in ihm abspielten.

Bemerkenswert die »Briefe, die Aufschluß über meinen Charakter geben«. In ihnen bittet Pessoa, der sich unter dem Namen »Faustino Antunes« als Psychiater ausgibt, seinen ehemaligen Schulkameraden Geerdts und zwei frühere Lehrer um deren Einschätzung von Charakter und Verhalten des ehemaligen Schülers Fernando Pessoa, der seinem Leben ein Ende gesetzt habe. Handelt es sich hier um eine Maskerade, ein Spiel des passionierten Scharadenspielers, oder ist der Verfasser dieser Briefe ernsthaft an der Fremd- und Außenperspektive auf seine Persönlichkeit interessiert? Aber warum lenkt er die erwartete Einschätzung seiner Person durch die Vorgabe einer fiktiven und detaillierten neurasthenischen Krankengeschichte?

Wir müssen uns zunächst einen jungen Mann vorstellen, der 1905 im Alter von 17 Jahren nach langer Abwesenheit nach Lissabon zurückkehrt und versucht, sich wieder in seine Stadt, in sein Land hineinzufinden. Er, der sich selbst eine »irrende Seele« nannte und zwischen zwei Ländern, zwei Kulturen und zwei Sprachen aufwuchs, fühlt sich aufgrund seiner Überzeugungen als Fremder im eigenen Land. Er schreibt: »Wenn ich spreche, wie ich bin, versteht man mich nicht, weil ich keine Portugiesen habe, die mir zuhören. Wir, meine Landsleute und ich, sprechen nicht dieselbe Sprache. Ich schweige.« Wir wissen aber, daß Pessoa keineswegs geschwiegen, sondern seine Stimme in Zeitungen und Zeitschriften erhoben und sich lautstark Gedanken um sein Land gemacht hat. Er wundert sich, daß die bei seiner Rückkehr nach Portugal durchweg republikanisch gesinnte Jugend Jahre später durchweg monarchistisch eingestellt ist. Dabei ist er selbst politisch gesehen eher wankelmütig. Zu Zeiten der korrupten, dekadenten Monarchie ist er Republikaner, als ihm die Republik zu mittelmäßig erscheint, ist er gegen die Republik. Die Militärdiktatur wird von ihm verteidigt, und gegen die herrschende Ungleichheit hat er keine Einwände. Zu Zeiten des Faschismus ist er zunächst für und schließlich vehement gegen Salazar. Doch dieses kontroverse politische Hin und Her geschieht immer zugunsten seiner ideellen oder aber der mystischen Rettung Portugals. Er wolle, sagt er, Portugal nicht als Nationalist, sondern mit seiner Seele retten. Pessoa leidet nicht nur an sich selbst, sondern auch »bis zum Wahnsinn« an Portugal.

Die Widersprüchlichkeit in Pessoas Fühlen und Denken zeigen auch Texte, in denen er einen bewußt elitären Standpunkt in seinen gesellschaftlichen Analysen einnimmt, und wiederum auch solche, in denen er von seiner umfassenden Liebe zur gesamten Menschheit spricht.

Sein Lebensgefühl ist geprägt von Einsamkeit und Fremdheit und dem Wunsch nach einem wahren Freund. »Ein enger Freund ist ein Ideal von mir.« Doch »lieben, ohne dazuzugehören« sind seine idealen Paradoxien von Nähe und Distanz.

Trost findet er in der Philosophie, die sein Denken nachhaltig prägt. »Ich bin ein von der Philosophie inspirierter Dichter.« Wie zutreffend diese Selbstcharakterisierung ist, wird deutlich in seiner beharrlichen Suche nach Wahrheit hinter den Phänomenen und insbesondere in der oft verzweifelten Suche nach Selbstvergewisserung und Identität: »Ich bin der Schatten meiner selbst auf der Suche nach dem, dessen Schatten er ist.«

Die Welt empfindet er als Mysterium, das in sein Leben eingedrungen ist und sein Denken und Fühlen bestimmt. Zwischen sich und der Welt spürt er einen »Nebel, der verhindert, daß ich die Dinge sehe, wie sie wirklich sind – wie sie für die anderen sind«. In einem vom Mysterium geprägten Weltverständnis ist auch die eigene Daseins-Verortung mysteriös und uneindeutig. »Ich fühle mich vielfältig (...) als mehrere Wesen. Ich fühle mich fremde Leben leben, in mir, unvollständig, als habe mein Sein an allen Menschen teil, an jedem unvollständig, und als füge sich aus einer Summe von Nicht-Ichs ein künstliches Ich zu einem Einzelwesen zusammen.« Aber dieses Einzelwesen ist kein faßbares Ganzes, in seiner Selbstanalyse verfällt es in Extreme: »Eine Hälfte von mir ist edel und erhaben, die andere klein und nichtswürdig. Beide sind ich.« Es ist das vielfältige Ich beziehungsweise das »weite Ich«, das den Wunsch hegt, alle und alles zu sein. Auch die Angst, lächerlich zu sein, weckt in Pessoa den Wunsch nach Überlegenheit – ein für ihn erstrebenswertes Ziel, mit dem er sich wiederholt auseinandersetzt – und nach Unverletzlichkeit durch ein vielfältiges Ich.

Wer sich einerseits solch gegensätzliche Charaktereigenschaften zuschreibt und sich andererseits so extremen Forderungen an sich selbst unterwirft, wie einer »tiefe[n], unverbrüchliche[n] Liebe zur Menschheit (...), die Schwachen zu verteidigen, Wunder zu vollbringen (...)«, bringt sich ums seelische Gleichgewicht, das Pessoa nie hatte. »Ich sehnte mich nach einem starken Selbstwertgefühl, dank dessen ich mich selbst hätte vergessen können.« Ein Beispiel für die von Pessoa angestrebte »Überlegenheit« findet sich in dem Fragment über den »überlegenen Menschen«, den »olympischen Whitman«, den »Proteus des Verständnisses«. »Er kann, wenn die Schiffe in See stechen, je nach Belieben, an Bord gehen oder an Land bleiben – und kann zugleich an Bord gehen und an Land bleiben, da er weder an Bord geht noch an Land bleibt.« Und ganz konkret auf den Punkt gebracht: »Alle Arbeit des überlegenen Menschen muß darin bestehen, vergessen zu wollen, daß die äußere Welt existiert.«

Philosophisch geprägt sind auch seine Reflexionen über den Willen in seiner grundlegenden Bedeutung für das menschliche Handeln und Sein. Auch das Auseinanderfallen zwischen Denken und Handeln bestimmt sein Daseinsgefühl: »Ich wollte immer Zuschauer des Lebens sein, ohne mich einzumischen.« Das Unvermögen, sich einer Sache ganz zu widmen oder sich für etwas zu entscheiden, belastet ihn: »Könnte ich mich doch nur irgend etwas widmen – einem Ideal, einem Kanarienvogel, einem Hund, einer Frau, einer historischen Untersuchung, der unmöglichen Lösung eines unnützen grammatikalischen Problems ... Dann, ja, dann wäre ich vielleicht glücklich.«

Von welch großer Bedeutung gerade die Fähigkeit ist, eine Entscheidung zu treffen und sie in Handlung umzusetzen, zeigt sich anschaulich in »Noronha war hier«, einer Parabel darüber, wie einer einen Weg geht, den noch nie einer gegangen ist. So nimmt Pessoa die von einem Fremden in einem Fels hinterlassene Nachricht wie die in Schrift sichtbar gewordene Entschlußkraft wahr.

Ihm fehlt immer wieder der Wille zur Entscheidung und zum Handeln. In einem Nachwort, das er für den Band *Entrevistas* von M. C. Metello verfaßte, bezeichnet er in einer Anspielung auf das

Wahlverfahren in Shakespeares *Kaufmann von Venedig* die Nichtentscheidung sogar als Quelle des Glücks. Auch für die Liebe in Gestalt Ofélias, der wohl einzigen in seinem Leben, vermag er sich, wie er am 29.9.1929 an die junge Frau schreibt, nicht zu entscheiden. Sie muß hinter seinem Werk zurückstehen. Während die beiden hier mit aufgenommenen Briefe (einer davon mit Álvaro de Campos gezeichnet) an sie in einer spielerisch, zärtlichen Sprache verfaßt sind, zeichnen die Briefe an seine Familie, an Freunde und Kollegen in Gedankenführung und Stil ein äußerst differenziertes Bild des Dichters und seiner Befindlichkeiten, die er in hochsensiblen poetischen Bildern beschreibt. Sie umkreisen zum Großteil das eigene Ich und das eigene Schaffen und sind so vielfältig wie seine Schriften und sein Denken. Er spricht von dem schmerzlichen Verlangen, sich mitzuteilen; in herzlicher, brüderlicher Verbundenheit und auf die Zuversicht bauend, verstanden zu werden, teilt er sich, seine seelische Verfassung, seine Reflexionen über sein Werk, die »Mission«, zu der er sich »berufen« fühlt, mit. Und so erlauben diese, in einer ganz bestimmten Intention an ausgewählte Freunde und Kollegen gerichteten Briefe, einen weiteren Einblick in die Person Pessoa. In zweien dieser Briefe tritt Pessoa als Kritiker auf – an einen jungen brasilianischen Dichter und an seinen mondänen Schriftstellerkollegen M. C. Metello. Er kritisiert unter Berufung auf seine Auffassung von Kunst und Literatur und macht so seine Kritik einsichtig, er begegnet den Kritisierten ernst, schreibt dezidiert, jedoch höflich und zugewandt und lobt im Detail.

Daß Pessoa seine Willensschwäche als Mangel empfindet, zeigt der Brief an die Pariser Magnetiseure Hector und Henry Durville, in dem er um Material für einen Fernkurs in »persönlichem Magnetismus« bittet. Er begründet diese Bitte mit dem Wunsch, seinen Willen zum Handeln zu entwickeln und dem Leben »eine äußere Richtungskoordination« zu geben. Die einzige Methode hierfür sei die magnetische Kultur.

In Pessoas Aufzeichnungen finden sich häufig Überlegungen zur Organisation des Lebensdienlichen und konkrete Lebensregeln. Numeriert und nüchtern als Aufforderung formuliert, muten sie an, als versuche er damit die praktischen Voraussetzungen für ein Leben in seiner geistigen Welt zu schaffen.

Pessoa, der sich zeitlebens eingehend mit Astrologie, Okkultismus, europäischen Geheimorden und der Kabbala beschäftigte, brachte mittels des Automatischen Schreibens (Écriture automatique) eine Reihe medialer Mitteilungen zu Papier. Bei den hier vorliegenden, ausschließlich auf englisch verfaßten Texten handelt es sich um keine ausgearbeiteten oder literarischen, sondern nahezu ausnahmslos um unzensierte, aus dem Unbewußten entstandene Texte von psychologischem Interesse. Sie geben Aufschluß über Pessoas Psyche, seine (sexuellen) Obsessionen, seine Ängste und Phantasien. Die zentrale Thematik in seinen Automatischen Schriften (er ist zu diesem Zeitpunkt 28 Jahre alt) ist seine »Jungfräulichkeit«, sein Wunsch, diese zu verlieren, und zugleich seine Angst vor der Einlösung dieses Wunsches und sein Ringen um eine »normale« Sexualität. Doch selbst in der Sexualität ist Pessoa sowenig festzulegen wie in seinem Schreiben und Denken. Und so ist es auch nicht verwunderlich, daß er, der nicht nur Beobachter und Zuschauer des Lebens, sondern auch immer seiner selbst war, sich in einer theoretischen Abhandlung zum Mediumismus von diesem indirekt distanziert, indem er ihn als Ergebnis einer Angststörung abtut.

Die Aussagen von Zeitgenossen erlauben einen weiteren, teils widersprüchlichen Blick auf den Dichter. Facettenreich ist auch sein Bild als Alltagsmensch, wie es in den Erinnerungen seiner Schwester und Ofélias in deutlicher Zugewandtheit gezeichnet wird. Familie, Freunden und Kollegen zufolge war er ein überaus umgänglicher, heiterer und humorvoller Mensch. Was den Romancier Jorge de Sena nicht hinderte, in dieser Haltung ein quasi weiteres Heteronym zu sehen, das ihn vor allzu großer Nähe schützte. Pessoas Büroalltag, kaum vorstellbar angesichts seines ungeheueren dichterischen Werkes, und sein Auftreten am Arbeitsplatz werden anschaulich vermittelt.

Den Leser seiner Schriften hat Pessoa zuweilen durchaus vor Augen, jedoch als Autor, der vollends hinter seinem Werk zurücktritt und die Anonymität der Berühmtheit vorzieht: »Berühmtheit ist ein Plebejismus (...). Ein unbekannter genialer Mensch kann die süße Wonne des Kontrastes zwischen seiner Anonymität und seinem Genie genießen und kann im Wissen, berühmt zu sein, wenn er nur wollte, seinen Wert mit dem besten Maß messen, nämlich sich selbst.«

Die Verwandlungen Pessoas, seine tausend Gesichter – in seinen Selbstzeugnissen, Fragmenten und Aussagen von Zeitgenossen werden sie bereits vielstimmig einsichtig: Er ist der religiöse Dichter, der Antikatholik, der Theosoph, der sich für den Templerorden erwärmt und der Freimaurerei anhängt (ohne je Freimaurer zu werden); der Imperialist, der Pazifist, der Monarchist, der Republikaner; der Klassiker und Futurist, der Nonkonformist und Angepaßte, der an sich selbst Zweifelnde und der sich selbst Überhöhende, der Misanthrop und der Menschenfreund. Eine Vielheit, auf die er stolz ist – oder ist sie seine Zuflucht? –, findet ihren Niederschlag in den »Betrachtungen, die ich hier in allen Einzelheiten zu Papier bringe, damit die Nachwelt über sie nachdenkt«.

Dazu mag der vorliegende Band eine Einladung sein.

Inés Koebel
Berlin, Juni 2017

13 Jahre (1901)

20 Jahre (1908)

26 Jahre (1914)

40 Jahre (1928)

47 Jahre (1935)

Aufzeichnungen und Briefe
1905–1935
Ich sollte jetzt unbedingt sagen,
was für eine Art Mensch ich bin

[1905?]

Ja, was ist der Mensch anderes als ein geistloses, blindes Insekt, das gegen ein geschlossenes Fenster anschwirrt? Instinktiv fühlt er jenseits der Glasscheibe helles Licht und Wärme. Er ist jedoch blind und kann das Licht nicht sehen; wie er auch nicht sehen kann, daß sich zwischen ihm und dem Licht etwas befindet. Daher versucht er beharrlich, sich ihm zu nähern. Er kann sich zwar vom Licht entfernen, ihm aber nicht näher kommen, als die Scheibe erlaubt. Wie kann ihm Wissen helfen? Er mag die Unebenheit des Glases erkennen, seine rauhe Beschaffenheit, mag feststellen, daß es hier dicker und dort dünner ist: Mit alledem aber, werter Philosoph, wieviel näher kommt er da dem Licht? Wieviel näher kommt er da dem Sehen? Und dennoch glaube ich, daß der geniale Mensch, der Dichter, in gewisser Weise vermag, die Glasscheibe zu durchdringen und ans äußere Licht zu gelangen; er empfindet Wärme und Freude, um so vieles weitergegangen zu sein als alle anderen, aber ist nicht selbst *er* noch immer blind; ist er der Erkenntnis der ewigen Wahrheit tatsächlich näher gekommen? Lassen Sie mich meine Metapher noch ein wenig weiter fassen. Manche entfernen sich von der Glasscheibe zur falschen Seite hin, rückwärts; und kaum finden sie keine Glasscheibe[1] mehr vor, verkünden sie auch schon lauthals: »Wir haben es geschafft!«

(Orig. engl.)

1 A. d. Ü.: Siehe hierzu: *Fernando Pessoa, Buch der Unruhe*, herausgegeben von Richard Zenith, übersetzt und revidiert von Inés Koebel, Zürich 2003 und Frankfurt/M. 2012, Fragment 80 Abschnitt 3, S. 91 sowie unter: *Die Großen Texte*: *Der visuelle Liebhaber II*, Abschnitt 4, S. 507.

Ich war ein von der Philosophie inspirierter Dichter, kein Philosoph mit dichterischen Fähigkeiten. Ich fand großen Gefallen daran, die Schönheit der Dinge zu bewundern und die poetische Seele des Universums im kaum Wahrnehmbaren und durch das verschwindend Kleine hindurch aufzuspüren.

Die Poesie der Erde ist niemals tot. Wir können vielleicht sagen, die vergangenen Zeiten waren poetischer, können aber auch sagen □

In allem ist Poesie – an Land und im Meer, in den Seen und an den Ufern der Flüsse. Auch in der Stadt – leugnet es nicht; sie ist deutlich sichtbar für mich, hier, wo ich sitze: In diesem Tisch ist Poesie, in diesem Blatt Papier, in diesem Tintenfaß; im Rattern der Fuhrwerke auf den Straßen ist Poesie, in jeder noch so geringen, gewöhnlichen, lächerlichen Geste eines Arbeiters, der auf der anderen Straßenseite das Ladenschild einer Metzgerei malt. Mein innerer Sinn beherrscht meine fünf Sinne dergestalt, daß ich die Dinge in diesem Leben – ich bin davon überzeugt – anders sehe als die anderen. Für mich sind – und waren – ein so lächerliches Ding wie ein Türschlüssel, ein Nagel in der Wand, die Schnurrhaare einer Katze reich an Bedeutung. Für mich hat ein Huhn, das mit seinen Küken quer über die Straße stolziert, etwas überaus Spirituelles. Der Duft von Sandelholz, eine alte Konservenbüchse auf einem Müllhaufen, eine im Rinnstein liegende Streichholzschachtel oder zwei schmutzige Papierfetzen, die an einem windigen Tag einander jagend die Straße hinabwirbeln, sind für mich von tieferer Bedeutung als menschliche Ängste.

Denn Poesie ist Erstaunen, Bewunderung, wie die eines vom Himmel gefallenen Wesens, das im vollen Bewußtsein seines Falls die Dinge erstaunt wahrnimmt. Wie die eines Wesens, das die Dinge in ihrer Seele kannte und versucht, sich dieses Wissen zu vergegenwärtigen, sich erinnernd, sie nicht so gekannt zu haben, nicht in dieser Form und unter diesen Gegebenheiten, sich aber an nichts anderes mehr erinnert.

(Orig. engl.)

Ein Künstler ist es sich schuldig, von Geburt an schön und elegant zu sein; denn wer die Schönheit verehrt, dem darf es nicht an ihr fehlen. Und es ist gewiß überaus schmerzlich für einen Künstler, nichts von dem in sich zu finden, wonach er strebt. Wen kann es beim Betrachten der Porträts von Shelley, Keats, Byron, Milton und Poe verwundern, daß sie Dichter waren? Alle waren sie schön, alle wurden sie geliebt und bewundert, alle haben sie in der Liebe die Wärme des Lebens und die himmlische Wonne erfahren, soweit dies einem Dichter oder überhaupt einem Menschen zuteil werden kann.

(Orig. engl.)

[Drei Fragmente von C. R. Anon[2]]

Zehntausend Mal ist mir das Herz in der Brust gebrochen. Ich vermag die Schluchzer, die mich schüttelten, die Schmerzen, die in meinem Herzen wüteten, nicht zu zählen.

Und doch habe ich auch andere Dinge gesehen, die mir Tränen in die Augen trieben und mich so heftig bewegt haben wie ein Blatt im Wind. Ich habe Männer und Frauen gesehen, die ihr Leben, ihre Hoffnungen, die alles für andere hingaben. Ich habe Akte von so großer Hingabe gesehen, daß ich Tränen der Freude weinte. Diese Dinge, dachte ich, sind schön, auch wenn sie nichts ungeschehen machen können. Sie sind reine Sonnenstrahlen auf dem großen Misthaufen[3] der Welt.

(Orig. engl.)

Ich habe die kleinen Kinder gesehen …

Ein Haß auf Institutionen, auf Konventionen hat meine Seele mit seinem Feuer entflammt. Ein Haß auf Priester und Könige hat mich erfaßt wie ein reißender Strom. Einst war ich ein frommer,

2 A. d. Ü.: Von Pessoa später aufgegebenes Präheteronym.

3 A. d. Ü.: Siehe hierzu: *Fernando Pessoa: Buch der Unruhe*, a. a. O., Fragment 133 Abschnitt 1, S. 139.

leidenschaftlicher, aufrichtiger Christ; meine leicht erregbare, empfindsame Natur verlangte nach Nahrung für ihren Hunger, nach Brennstoff für ihr Feuer. Als ich aber diese Männer und Frauen betrachtete, leidend und böse, sah ich, wie wenig sie die Verdammnis einer weiteren Hölle verdienten. Welche Hölle ist schlimmer als das Leben? »Dieser freie Wille«, schrie ich innerlich, »auch er eine Konvention, eine Lüge, von den Menschen erfunden, um im Namen der ›Gerechtigkeit‹, diesem Beinamen für ›Verbrechen‹, strafen, foltern und töten zu können. ›Richtet nicht‹, steht in der Bibel – ja, in der Bibel: ›richtet nicht, auf daß ihr nicht gerichtet werdet‹!«

Als ich Christ war, dachte ich, die Menschen seien verantwortlich für ihr schlechtes Tun – ich haßte die Tyrannen, verdammte Könige und Priester. Als ich den irreführenden Einfluß der Philosophie Christi von mir abgeschüttelt hatte, haßte ich die Tyrannei, das Königtum und das Priestertum – das Übel schlechthin. Mit Königen und Priestern hatte ich Mitleid, denn sie waren Menschen.

(Orig. engl.)

Exkommunikation

Ich, Charles Robert Anon, *Wesen*, Tier, Säugetier, Vierfüßler, Primat, plazentar, Affe, Altweltaffe, □, Mensch; achtzehn Jahre alt, unbeweibt (mit gelegentlichen Ausnahmen), megaloman, mit Anzeichen periodisch auftretender Trinksucht, *dégénéré supérieur*, Dichter, mit humoristischen Ambitionen, Weltbürger, idealistischer Philosoph etc. etc. (um dem Leser weitere Unbill zu ersparen),

Verhänge im Namen der WAHRHEIT, der WISSENSCHAFT und der PHILOSOPHIE, nicht mit Glocke, Buch und Kerze, sondern mit Feder, Tinte und Papier,

Das Urteil der Exkommunikation gegen alle Priester und alle Sektierer aller Religionen der Welt.

Excommunicabo vos.

Seid alle verdammt.
Ainsi soit-il.
Vernunft, Wahrheit, Tugend durch C. R. A.
(Orig. engl.)

[Entwurf eines Briefes an den Pfarrer seiner Kirchengemeinde]

[1907]

Werter Herr,

ich wende mich mit einer Frage an Sie, die vielleicht nicht sonderlich angenehm ist, um die ich dennoch nicht umhinkomme, da sie mir mein Gewissen gebietet.

Am (...) Juli 1888 wurde ich in dieser Gemeinde – in dieser Kirche[4] – getauft, geboren wurde ich am 13. Juni desselben Jahres.

Nun aber bedingt die Taufe, wie mir scheint, die Eingliederung des Opfers in die Katholische Kirche, nötigt das Individuum, während es noch ein irrationales Wesen ist, einer allzu menschlichen Gemeinschaft beizutreten, mit deren Theorien es im Juli 1888 getauft, im späteren Mannesalter gedanklich vielleicht nicht einverstanden sein möchte.

Mir ist folgendes widerfahren: Die Katholische Kirche, so mächtig wie dumm, so irrational wie hinfällig, erhält die alte Hypothese eines Schöpfergottes aufrecht, die überaus dumm und vollkommen falsch ist, wenn man bedenkt (...)

4 A. d. Ü.: Gemeint ist die Igreja da Nossa Senhora dos Mártires, in unmittelbarer Nähe des Largo de São Carlos Nr. 4, wo Pessoa 1888 geboren wurde. Dieser Platz verkörperte für Pessoa das zugleich kosmopolitische und provinzielle Lissabon, er nannte ihn zärtlich »mein Dorf«. Siehe hierzu in *Fernando Pessoa, Er selbst*, herausgegeben und übersetzt von Inés Koebel, Frankfurt / M. 2014, S. 23 das Gedicht *O Glocke meines Dorfes.*

[Fragment von C. R. Anon]

Ich stellte in mir eine allmähliche und schreckliche Aufspaltung zwischen der Welt und mir fest; der Unterschied zwischen den Menschen und mir war größer denn je. Familiäre Zuneigung – die meiner Familie zu mir – erschien mir angesichts meiner innigen Liebe zur gesamten Menschheit auf schmerzliche Weise kalt. Lebensüberdruß ergriff von meiner Seele Besitz; ich reagierte zusehends feindselig auf die Meinungen der Menschen, obgleich ich sie weiter aus tiefstem Herzen liebte. Jeder Tag, der mich älter werden sah, sah die furchtbare Kluft größer und größer werden. Ich war ein Genie, ich war mir dieser Wahrheit bewußt, sah aber auch diese andere: Ich war als Genie ein Wahnsinniger.

Zum Erfolg, sagt Dr. Reich,[5] benötigt ein junger Mann drei Dinge: Geographie, Geschichte und Religion. Die »Religion« sollte ich durch »Glaube« ersetzen, womit ich »Aufrichtigkeit« meine.

Um aber in der Welt Erfolg zu haben, wenn es denn das ist, was Dr. Reich meint, möchte ich noch hinzufügen, daß für den Erfolg in der Welt drei Dinge unentbehrlich sind: Gewissens- bzw. Skrupellosigkeit; Brutalität; Ehrgeiz. Sie folgen so problemlos aufeinander, sind so logisch miteinander verbunden, daß wir sie alle in einem einzigen Wort zusammenfassen können: Kriminalität, oder der Hang zur ihr.

(Orig. engl.)

[Entwurf eines Briefes an die Mutter]

[1907]

Papa[6] ist ein ehrenhafter Mann, dem ich sehr dankbar bin und den ich überaus schätze und respektiere, in dieser Angelegenheit aber hat er weder etwas zu sagen, noch kommt er in den Tempel. Ich sehe

5 A. d. Ü.: Emil Reich (1854–1910), englischer Schriftsteller ungarischer Abstammung, der u. a. ein Buch mit dem Titel *Success in Life* (1907) verfaßte.

6 A. d. Ü.: Es handelt sich hier um Pessoas Stiefvater João Miguel Rosa.

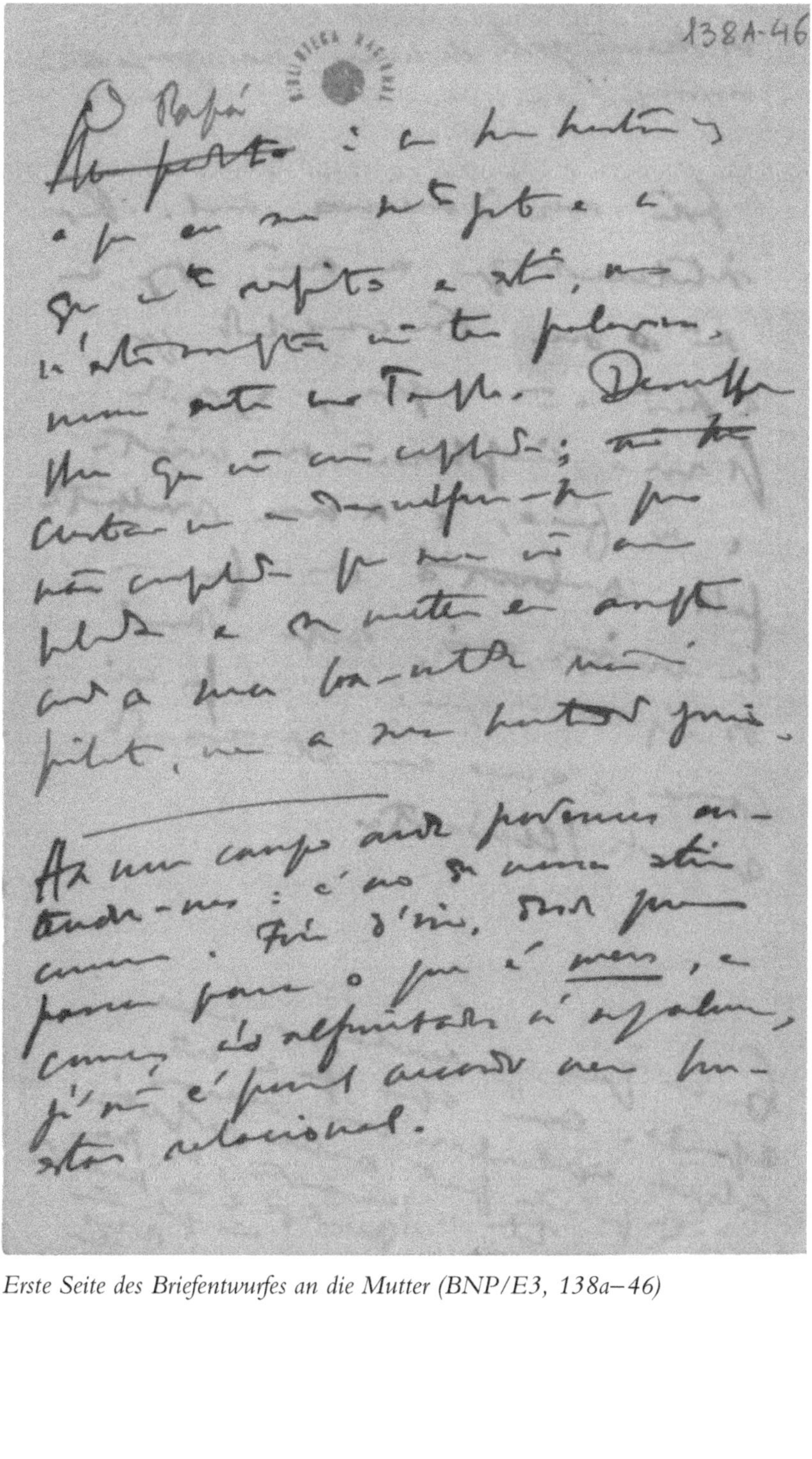

Erste Seite des Briefentwurfes an die Mutter (BNP/E3, 138a–46)

ihm nach, daß er mich nicht versteht; doch fällt es mir schwer, ihm zu verzeihen, daß er nicht versteht, daß er mich nicht versteht und sich in Dinge einmischt, in denen sein guter Wille kein guter Lotse und seine Redlichkeit kein guter Wegweiser ist.

Es gibt ein Gebiet, auf dem wir uns verstehen können: das unserer gegenseitigen Wertschätzung. Darüber hinaus ist, sobald er in das vordringt, was mein ist, und meine Seele mit Nadelstichen zu traktieren beginnt, kein gegenseitiges Verstehen und auch kein Wohlbefinden mehr möglich.

Sie, Mama, lieben mich, denken aber anders als ich.

Wir werden einander nicht erzürnen. So intolerant Sie auch sein mögen, ich bin es nicht. Ich verstehe, daß Sie, Mama, nicht verstehen, und auch wenn mich dieses Unverständnis irritiert und verletzt und Ihr empörender Mangel an Taktgefühl mich noch mehr verletzt und irritiert, so leide ich dennoch darunter, daß mich dies nahezu mit Haß erfüllt, und schreibe ungeachtet dieses Umstandes [?], nüchtern, bei klarem Verstand.

Ich verlange nicht von den anderen als gleich angesehen zu werden. Ich möchte einzig, daß sie mein Anderssein nicht herabwürdigen, indem sie sich als mir gleich ausgeben. Im Gegenzug werde ich alle Vorurteile zu respektieren wissen [...] und das ehrliche Unverständnis Ihrer Seele.

Ich weiß wohl, Sie werden alldem mit einem leicht ironischen Ton begegnen □. Doch das verletzt mich nicht. Übelkeit hingegen verursachen mir diese entnervenden Ratschläge und dieses tatsächliche Unverständnis. Das Unverständnis, mit dem Sie mich so lächelnd bedenken wie mit den ironischen Spitzen, die ich erwarte, stört mich nicht. Aber auch das andere [Unverständnis] würde mich jetzt nicht mehr stören. Seit heute bin ich allein, menschlich verlassen und allein, aber gewappnet gegen die Pfeile Ihrer Unbewußtheit und die Lanzen Ihrer unbegreiflichen Zuneigung.

Nach dem nächsten Vorkommnis werden Sie, Mama, vielleicht verstehen, warum Sie nicht verstehen. Aber diese Tatsache, die Ihre Seele der meinen näher bringen kann, wird Sie mich nicht besser verstehen lassen, und ich werde auf ewig allein bleiben.

Briefe, die Aufschluß über meinen Charakter geben

[Schreiben an:]

1. *Archivar der High School (Essays); mich als geisteskrank ausgeben.*
2. *Geerdts*[7]*, Oxford (Lincoln College); mich als verstorben ausgeben.*
3. *Belcher; mich als geisteskrank ausgeben.*
4. *Dr. Haggar; mich als geisteskrank ausgeben.*

Jeweils mit Faustino Antunes unterzeichnen.

[Ich schreibe Ihnen bezüglich des] verstorbenen Fernando António Nogueira Pessoa, der vermutlich Selbstmord beging; zumindest sprengte er das Landhaus, in dem er sich befand, in die Luft, wobei er selbst und weitere Personen zu Tode kamen. Ein Verbrechen (?), das in Portugal, als es (vor mehreren Monaten) geschah, großes Aufsehen erregte. Man hat mich beauftragt, soweit dies heute noch möglich ist, Nachforschungen hinsichtlich seines Geisteszustandes anzustellen, und da ich erfahren habe, daß der Verstorbene gemeinsam mit Ihnen die High School besuchte, möchte ich Sie bitten, mir in aller Offenheit mitzuteilen, wie ihn die anderen jungen Leute besagter Institution einschätzten. Lassen Sie mir diesbezüglich einen möglichst detaillierten Bericht zukommen. Was für eine Meinung hatte man von ihm? In intellektueller, in sozialer Hinsicht? etc. Hielt man ihn einer Tat, wie ich sie beschrieben habe, für fähig oder nicht?

7 A. d. Ü.: Clifford Geerdts war Pessoas Konkurrent an der Durban High School um den Platz des Klassenbesten, Belcher lehrte an der High School Englisch und Dr. Haggar war Direktor der Commercial School, die Pessoa nach seiner Rückkehr nach Durban 1902 besuchte. Es handelt sich hier um den Entwurf eines Briefes, den Pessoa unter dem Namen Faustino Antunes 1907 als Neunzehnjähriger an seinen ehemaligen Mitschüler verfaßte. Tatsächlich schickte Pessoa sowohl an Geerdts als auch an Belcher Briefe unter diesem Namen. Sowohl Belcher, der diese Briefe für authentisch hielt, als auch Geerdts, der Pessoas Verwirrspiel möglicherweise durchschaute, gingen auf diese Schreiben, wie ihre Antworten hier belegen, ernsthaft ein.

Ich muß Sie bitten, in dieser, wie Sie sicherlich verstehen, überaus heiklen und überaus traurigen Angelegenheit größtmögliches Stillschweigen zu wahren. Im übrigen könnte es (wie sehr ich doch wünsche, daß dem so wäre) durchaus ein Unfall gewesen sein, und in diesem Falle wäre wiederum eine vorschnelle Verurteilung unsererseits ein Verbrechen für sich. Meine Aufgabe besteht lediglich darin, Nachforschungen über Pessoas Geistesverfassung einzuholen, herauszufinden, ob es sich bei dieser Katastrophe um ein Verbrechen oder schlicht um einen Unfall handelte.

Für eine rasche Antwort wäre ich Ihnen sehr verbunden.

(Orig. engl.)

[Brief von »Faustino Antunes«]

Er ist (zweifellos) ein vesanischer Neurastheniker. Die gewöhnliche Neurasthenie oder ihre auf einen Boden der Degeneration fallenden Auswirkungen haben gewissermaßen eine typisch hysteriforme, um nicht zu sagen, hysterische Geistesverfassung erschüttert. Hinsichtlich dieser Diagnose hege ich keinerlei Zweifel. Ich würde gerne die Krankheitsgeschichte von P. aufzeigen oder, besser gesagt, die Geschichte □, ich möchte deren Psychologie verstehen, in Erfahrung bringen, auf welche Weise oder mittels welcher Kanäle [?] die gegenwärtige Neurasthenie sich in diesem armen, von Natur aus hyposthenischen Temperament festgesetzt hat.

Nun aber fehlen mir zu dieser »Geschichte eines Lebens« oder »Geschichte einer Seele« die Daten. Innerhalb der begrenzten Möglichkeiten kenne ich das mentale Leben von P. bis 1895 (Dezember), bis zu dem Zeitpunkt, als er (im Alter von knapp sieben Jahren) nach Durban zog. Es ist alles andere als normal. In diesem Alter weist der Beobachtete bereits so etwas wie eine ausgeprägte Neigung zur Neurasthenie auf: Mit sieben Jahren ist er bereits, wenngleich nicht manifest, ein Peridyspeptiker, ein □. Desgleichen legt P. ebenfalls bereits als Siebenjähriger ein zurückhaltendes, wenig kindliches Wesen an den Tag – eine Besonnenheit (nicht die Besonnenheit des gesunden ganz und gar bürgerlichen Menschenverstandes, sondern eine melancholische und geistige Besonnenheit), eine Ernsthaftigkeit, die erstaunlich sind. Er sondert sich bereits ab; spielt, liest, schreibt (hat es sich selbst beigebracht) gern für sich allein. Unübersehbar ein Einzelgänger. Alldem sind noch zahlreiche impulsive, nahezu haßerfüllte Zornesausbrüche (oftmals ohne die entsprechende Veranlassung) hinzuzurechnen, und große Angst. Man kann ihn als intellektuell frühreif bezeichnen, versehen mit einer früh ausgeprägten lebhaften Phantasie, boshaft, ängstlich und mit einem Hang zur Absonderung. Ein Neuropath *en miniature.*

Wahrscheinlich wird er noch einige Zeit so weitergemacht haben. 1901 (August) kehrt er aus Durban zurück. Im Wesen unverändert, aber weniger impulsiv; das Klima und die schulische Disziplin werden ihm (vermutlich) einen Riegel vorgeschoben haben. Zu diesem Zeitpunkt gibt er sich nicht sonderlich kompliziert: eine wache Intelligenz, eine große, aber nicht zwangsläufig lebhafte Phantasie, etwas kindlich [...], keine auffälligen Ängste – mit anderen Worten, er zeigt sie nicht ohne eindeutige äußere Veranlassung. Physiologisch ist er also noch normal. Darüber hinaus ist er schüchtern, einfältig und unverkennbar egoistisch – doch alles innerhalb des Normalen. Er ist noch nicht in der Pubertät. Da er in einem Land (dem südafrikanischen Natal) fern des verderblichen Einflusses der Zivilisation lebte, ist er mental noch nicht entjungfert; zu dieser Zeit verfügt er (wie ich glaube) nach wie vor über eine gänzlich jungfräuliche Phantasie. Im übrigen läßt sich dies nicht mit Sicherheit ermitteln.

Von August 1901 bis September 1902 hielt er sich in Lissabon auf; somit muß er also in gewisser Weise von der urbanen und [...] verderblichen Sinnlichkeit beeinflußt gewesen sein. Es war mir jedoch gänzlich unmöglich, auf welche Art auch immer, herauszufinden, ob □

(Orig. franz.)

[Brief von Ernest A. Belcher an »Faustino Antunes«]

Durban High School, 14. Juli 1907

Sehr geehrter Herr Antunes,

zutiefst betrübt habe ich Kenntnis vom Inhalt Ihres Briefes genommen, den ich mit der heutigen Post erhielt, und hoffe nur, daß dieser, einem anerkannten Berater Ihres Ranges anvertraute Fall sich nicht als ganz hoffnungslos erweist. Pessoa war für einige Jahre an unserer Schule, und als er die Oberstufe besuchte, standen wir in täglichem Kontakt, da er aber kein Interner war, wußte ich über seine Arbeit hinaus nicht viel von ihm. Als Siebzehnjähriger schrieb er einen Artikel über Macaulay, den ich Ihnen beilege und den ich stets als eine außerordentliche Leistung angesehen habe. Seine englischen Aufsätze waren im allgemeinen ausgezeichnet und bisweilen nahezu genial. Er war ein großer Bewunderer Carlyles, und es kostete mich einiges, ihn davon abzubringen, dessen Stil allzusehr nachzuahmen.

Ich entnehme Ihrem Brief, daß Sie mit der englischen Literatur vertraut sind, und so werden Sie auch verstehen, daß Carlyle der letzte Autor ist, den ein junger Mann mit einem noch nicht ganz ausgereiften Stil nachahmen sollte. Ich war immer gut Freund mit diesem Jungen und empfand ihn als loyal und umgänglich. Er tat sich in den üblichen englischen Sportarten nicht sonderlich hervor, aber einige seiner Mitschüler haben mir erzählt, daß er bei einem Fußballspiel als Zuschauer leicht zu begeistern war. Da er Katholik war, versuchte ich nie, ihm meine religiösen Ansichten nahezubringen, ich konnte aber feststellen, daß er tolerant und liberal war, was sich mit meinen eigenen religiösen Prinzipien bestens vertrug. Ich hoffte einmal sehr, er würde, ehe er sich an der Universität Lissabon einschrieb, nach Oxford[8] gehen, ich hielt diesen jungen Mann

8 A. d. Ü.: 1904 schloß Pessoa als Jahrgangsbester die Durban High School ab und hätte ein Stipendium in Oxford oder an einer anderen englischen Universität erhalten müssen. Da er aber als nicht britischer Staatsbürger vor diesem Examen vier Jahre in Folge in Natal hätte sein müssen und von 1901 bis 1902 mit

An Faustino Antunes adressierter Briefumschlag (BNP/E3, 75a–31v)

immer für einen außergewöhnlichen klugen Kopf, für jemanden, der unter umsichtiger Führung eine vielversprechende, wenn nicht glänzende Zukunft vor sich hatte. Herr C. E. Geerdts, jetzt am Lincoln College, Oxford, und in der Oberstufe sein Klassenkamerad, könnte Ihnen wahrscheinlich einige aus Schülersicht wichtige Informationen geben. Ich bin sicher, er wird alles in seiner Macht Stehende tun, um Ihnen weiterzuhelfen. Wenn Sie ihm schreiben, beziehen Sie sich bitte auf mich.

Ich habe Dr. Edwards, der Pessoa hier in Durban mehrmals behandelte, gebeten, seinen vertraulichen Krankenbericht an Sie zu schicken, und falls ich sonst noch etwas für Sie tun kann, lassen Sie es mich bitte wissen. Sobald das neue Schuljahr an der High School beginnt, werde ich versuchen, Weiteres in Erfahrung zu bringen, und sollte darunter etwas Nennenswertes sein, werden Sie nochmals von mir hören.

seiner Familie in Portugal war, erhielt sein Mitschüler Geerdts diese Auszeichnung.

Möglicherweise bin ich nächstes Jahr in Europa, in diesem Fall werde ich mein Möglichstes tun, um Sie in Lissabon aufzusuchen.

Mit vorzüglicher Hochachtung
Ihr getreuer und gehorsamer Diener
Ernest A. Belcher
(Orig. engl.)

[Brief von Clifford E. Geerdts an »Faustino Antunes«]

Elbing
W. Prussia
4. Oktober 1907

Sehr geehrter Herr Antunes,

soeben habe ich Ihren Brief vom 21. September erhalten, und teile Ihnen in der Hoffnung, Ihnen mit meinem Schreiben bei der Behandlung Ihres Patienten, Herrn Fernando Pessoa, dienlich sein zu können, und auf Ihr Versprechen vertrauend, den Inhalt meines Briefes streng vertraulich zu behandeln, unverzüglich alles mit, was mir über das schulische Leben von Pessoa bekannt ist.

1. Um Ihre erste Frage zu beantworten, so vermag ich nicht genau zu sagen, wie lange ich Umgang mit Pessoa hatte, aber die intensivsten Erinnerungen an ihn gehen auf das Jahr 1904 zurück, als wir zusammen dieselbe Schule besuchten. Wie alt er damals war, weiß ich nicht, ich nehme jedoch an, um die fünfzehn oder sechzehn Jahre. Da er Ihr Patient ist, werden Sie sein damaliges Alter natürlich selbst wissen.

2. Er war ein blasser, schmächtiger Junge und machte einen körperlich recht unterentwickelten Eindruck. Er hatte einen schmalen, eingefallenen Brustkorb und neigte zum Buckel. Sein Gang war eigentümlich und ein Sehfehler verlieh auch seinen Augen einen eigentümlichen Ausdruck, es war, als hätten seine Lider keinen Halt.

3. Hinsichtlich seiner Moralität ist mir nicht bekannt, daß er jemals unmoralisch gehandelt hätte, mehr kann ich dazu nicht sagen. Er wirkte auf mich, als hätte er einen Hang zur Morbidität. Er galt als außergewöhnlich intelligent, denn obgleich er als Kind kein Englisch sprach, lernte er es so schnell und gut, daß er in dieser Sprache über einen ausgezeichneten Stil verfügte. Obgleich jünger als seine Mitschüler, schien er nicht nur problemlos mitzuhalten, sondern sie auch noch zu übertreffen. Für jemanden seines Alters dachte er viel und ernsthaft nach, und in einem Brief an mich klagte er einmal über »geistige und materielle Bürden widrigster Art«. Unsere gemeinsame Schulzeit verlief ohne besondere Vorkommnisse, und mir bot sich nicht die geringste Möglichkeit, seine Willenskraft auf die Probe zu stellen. Seine Arbeit schien ihm Freude zu bereiten, daher bedurfte es keiner besonderen Willensanstrengung seinerseits, um beharrlich zu arbeiten. Ich erinnere mich nicht, ihn jemals in einer Situation erlebt zu haben, die ihm diesbezüglich eine große Willenskraft abgefordert hätte. Soweit ich mich erinnere, war es ein Leichtes, ihn zu überzeugen, dies oder jenes zu tun. Er war sanftmütig und friedlich und neigte eher zum Außenseitertum.

4. Ich kann mich an keine Eigenheit erinnern, die auch nur im geringsten auf eine seelische Störung bei ihm hingewiesen hätte.

5. Im allgemeinen war er bei dem einen oder anderen seiner Klassenkameraden beliebt, aber die restlichen Schüler hatten so gut wie keine Meinung zu ihm, zumal er weder mit ihnen Sport trieb noch an anderen schulischen Aktivitäten außerhalb des Klassenzimmers teilnahm und sie ihn daher nur selten zu Gesicht bekamen.

6. Soviel ich weiß, hatte er weder Liebesabenteuer, noch gab er sich irgendwelchen sexuellen Exzessen hin. Ich weiß nicht, mit wem er außerhalb der Schule Umgang pflegte und ob es überhaupt jemanden gab, was ich eher bezweifle. Seine Schulkameraden waren, meines Erachtens, gar nicht in der Lage, ihn sexueller Exzesse zu verdächtigen. Diesbezüglich ließe sich dennoch sagen, daß Pessoa einige anstößige französische und portugiesische illustrierte Hefte besaß. Ich erzähle Ihnen dies, wozu auch immer es gut sein

mag, vielleicht hilft es Ihnen herauszufinden, ob er sich unsittlichen Handlungen dieser Art hingab oder nicht.

7. Bezüglich Pessoas »toleranter und liberaler Einstellung« und seines »loyalen und umgänglichen Wesens« teile ich Mr. Belchers Meinung voll und ganz.

8. Pessoa nahm an keinerlei sportlichen Aktivitäten teil, ich nehme an, er verbrachte seine Freizeit mit Lesen. Wir waren allgemein der Auffassung, daß er entschieden zu viel arbeitete, und wenn er so fortführe, seiner Gesundheit schadete.

Alles, was ich hier gesagt habe, ist unter Vorbehalt zu lesen, da es sich lediglich um meine allgemeinen Eindrücke von Pessoa handelt. Mit anderen Worten, für einige meiner hier gemachten Äußerungen kann ich keine konkreten Beweise erbringen. Es ist also durchaus möglich, daß ich hier und da völlig falsche Vorstellungen von ihm habe.

Abschließend möchte ich Sie um einen Gefallen bitten, wenngleich widerstrebend, zumal ich von Ihnen weiß, daß Sie sehr beschäftigt sind. Ich bitte Sie, mich ein wenig über Pessoas Krankheit zu informieren und mir mitzuteilen, ob er seinen Verstand völlig verloren hat oder ob es eine Aussicht auf Genesung gibt. Ich verspüre ein natürliches Interesse an einem alten Schulkamerad und kenne niemanden sonst, der mir etwas über ihn erzählen könnte. In der Hoffnung, daß Ihre beruflichen Verpflichtungen Ihnen erlauben, die Zeit zu finden, mich etwas über Pessoa wissen zu lassen, und Ihnen meine Informationen auf die eine oder andere Art von Nutzen sein mögen, verbleibe ich mit den besten Grüßen

Ihr
C. E. Geerdts
(Orig. engl.)

25. Juli 1907

Ich bin es müde, mich mir selbst anzuvertrauen, mich über mich zu beklagen, Tränen des Mitleids über mich zu vergießen.

Zwischen mir und Tante Rita[9] ist es soeben zu einer Art Szene gekommen, es ging um F. Coelho[10]. Am Ende verspürte ich wieder eines jener Symptome, wie sie sich immer deutlicher und schrecklicher bemerkbar machen: ein moralischer Schwindel. Bei einem physischen Schwindel dreht sich einem die äußere Welt vor Augen, bei einem moralischen Schwindel ist es die innere Welt. Mir war, als verlöre ich für einen Moment das Empfinden für die wahre Relation der Dinge, als verlöre ich jegliches Verständnis, als fiele ich in einen Abgrund mentaler Lähmung. Ein furchtbares Gefühl, das einen mit ungeheuerlicher Angst erfüllt. Gefühle dieser Art stellen sich immer häufiger ein, sie scheinen mir den Weg zu einem neuen mentalen Leben zu bereiten, dem Wahnsinn gewiß.

In meiner Familie finde ich keinerlei Verständnis für meine seelische Verfassung – nein, nicht das geringste. Man verlacht mich, macht sich lustig, glaubt mir nicht; sagt, ich wolle etwas Besonderes sein. Keiner aber macht sich die Mühe, dieses *Verlangen nach Besonderheit* zu ergründen. Sie können nicht begreifen, daß der Unterschied zwischen besonders sein und besonders sein wollen darin besteht, daß man sich dieses Verlangens bewußt ist. Es verhält sich genau wie damals, als ich mit Zinnsoldaten spielte, mit sieben und mit vierzehn Jahren; anfangs waren sie nur Objekte für mich, später dann Objekte und Spielzeug zugleich; der Drang, mit ihnen zu spielen, ist geblieben, und dies war meine wahre grundlegende Gemütsverfassung.

Ich habe niemanden, dem ich mich anvertrauen könnte. Meine

9 A. d. Ü.: Nachdem Pessoas Familie im Mai 1907 nach Durban zurückgekehrt war, lebte er zunächst bei seinen Großtanten Maria und Rita sowie seiner Großmutter väterlicherseits, Dona Dionísia, in der Rua da Bela Vista 17 in Lissabon.

10 A. R. Zenith: Atemtherapeut, der Pessoa, nach dessen eigenen Worten, innerhalb von drei Monaten aus dem Zustand eines »wandelnden Leichnams« errettet haben soll.

Familie begreift nichts. Meine Freunde kann ich mit diesen Dingen nicht behelligen; ich habe keine wirklich engen Freunde, und selbst wenn ich einen, dem Verständnis der Welt nach, engen Freund hätte, wäre er nicht das, was ich darunter verstehe. Ich bin schüchtern und nicht gewillt, meine Nöte offen kund zu tun. Ein enger Freund ist ein Ideal von mir, ein Tagtraum, und doch ist ein enger Freund etwas, das ich nie haben werde. Kein Temperament verträgt sich mit dem meinen; es gibt niemanden auf dieser Welt, der auch nur im geringsten an das heranreicht, was ich mir von einem engen Freund erträume. Doch Schluß damit.

Ich habe weder eine Geliebte noch eine Liebste; noch so ein Ideal von mir, ein zutiefst irreales. Ein Traum, der sich nie erfüllen wird. Leider! Armer Alastor! Shelley, wie ich Euch verstehe![11] Kann ich mich Mutter anvertrauen? Hätte ich sie nur hier bei mir. Auch ihr kann ich mich nicht anvertrauen, aber ihre Gegenwart würde meinen Kummer doch sehr lindern. Ich fühle mich so verlassen wie einer, der mitten im Meer Schiffbruch erlitten hat. Und ich habe in der Tat Schiffbruch erlitten. Also vertraue ich mich mir selbst an. Mir selbst? Was für ein Vertrauen spricht aus diesen Zeilen? Keines. Wenn ich sie mir durchlese, schmerzt es mich im Geist, feststellen zu müssen, wie prätentiös, wie sehr nach literarischem Tagebuch sie klingen! Manche haben sogar Stil. Doch leide ich deshalb nicht weniger. Ein Mensch kann in einem seidenen Gewand ebenso leiden wie in Sack und Asche.

Es reicht.

(Orig. engl.)

Ich wurde zu einem Menschen der Menge. Zum Alleinsein fehlte mir das Vertrauen. Ich drängte mich von früh bis spät und von spät bis früh hastig durch Menschenmengen, klammerte mich ängstlich an alle, derer ich habhaft werden konnte. Viele hielten mich für

11 A. d. Ü.: Anspielung auf Shelleys berühmtes Gedicht: *Alastor oder Der Geist der Einsamkeit.*

einen Dieb. Doch ich drückte mich mit meinem Körper an die der anderen wie ein Kind sich während eines Gewitters an seine Mutter schmiegt. Ich versuchte, mir die Augen meines Bewußtseins zuzuhalten, wie ein Kind, um nicht sehen zu müssen, daß es blitzt; ich bemühte mich, mir meine geistigen Ohren zuzuhalten, wie ein Kind, das den Kopf im Schoß seiner Mutter vergräbt, um nicht hören zu müssen, daß es donnert. Und lichtete sich die Menge kurz, eilte, rannte ich, im Verlangen nach einer Berührung, einer flüchtigen körperlichen Berührung, mit ausgestreckten Armen auf den Nächstbesten zu. Und immer, immer zwischen all dem Schlurfen und Getrampel der Schritte, überkam mich ein Zittern, wenn ich diesen festen, unaufhaltsamen Schritt vernahm.[12]

(Orig. engl.)

Meine Empfänglichkeit für bestimmte Schrecknisse (Ängste) war groß. Kam auf der Straße ein Mann auf mich zu, mit anderen Worten, mir entgegen, und zog vor mir sein Taschentuch, schreckte ich zusammen und dachte sogleich, wohl unbewußt, er zöge ein Messer oder einen Revolver.

Meine Kurzsichtigkeit, die so ausgeprägt nicht war – und doch extrem, wenn es um die Gesichtszüge oder Gesten anderer Personen ging –, machte mein krankes Hirn noch kränker. Meine Phantasie deutete ihre Blicke falsch. Ich mißverstand, wußte nicht wie, Sinn und Bedeutung ihrer Gesten.

Mein Gehör war schwach, und ich legte mir die Worte, die ich aufschnappte, entsprechend zurecht. Ich meinte, aus jedem Wort eine Beleidigung, aus jedem nicht richtig verstandenen Satz eine Beschimpfung herauszuhören.

Die Menschen auf der Straße lachten, lachten über mich. Mei-

12 A. d. Ü. Dieses fiktive Prosafragment, wie auch das folgende, wurden hier mit aufgenommen, obgleich sie keine Selbstzeugnisse darstellen, diese jedoch eindrucksvoll spiegeln.

ne schlechten Augen erlaubten mir nicht, mit diesem Trugschluß aufzuräumen. Ich traute mich nicht, die Brille, die ich bei mir trug, aufzusetzen, da ich fürchtete, meinen Verdacht bestätigt zu sehen.

Ich sehnte mich nach einem starken Selbstwertgefühl, dank dessen ich mich selbst hätte vergessen können. Ich wünschte mir, oh, wünschte mir so sehr, aus einem Impuls heraus, mich anderen zuwenden und auf diese Weise mich selbst vergessen zu können. Ich sehnte mich danach zu sterben, mich meiner Persönlichkeit, meines Lebens zu entledigen. Ich sehnte mich danach, von allem befreit, fort, weit fort zu sein. Ich wollte die Gesichter der Menschen nicht mehr sehen.

In diesen zutiefst schmerzlichen Stunden wünschte ich mir oftmals, ich hätte einen Freund, einen, der mich gut verstünde: Mein größter Traum war ein Hund. Ich träumte oft von einem Kind als Gefährten, einem heimatlosen, von der Straße aufgelesenen Kind. In meiner größten Verzweiflung aber, wenn der Kummer übermächtig wurde, wollte ich nur noch eines: vergessen. Die Erde, die Natur, die Menschen, die Ameisen, die Tiere, die Vögel – ich wünschte mir nichts sehnlicher, als meine Ruhe vor ihnen zu haben. Ich sehnte mich nach einem Schlaf, wie ihn nichts im Leben mir geben kann. Ich dachte an den Tod, an die absolute Sterblichkeit der Seele.

Ging ich die Bürgersteige entlang, war mir, als lachten alle über mich, als sei ich Zielscheibe allgemeinen Gespötts.

(...)

Mein eher schwaches Gehör erwies sich als äußerst fein, wenn man sich in meinem Rücken unterhielt. Ich deutete die Worte, die ich vernahm, zu meinem eigenen Leid und Kummer, falsch.

(Orig. engl.)

Meine Träume waren vielfältigster Art, alle aber offenbarten sie ein und denselben Geisteszustand. Einmal war ich im Traum ein Christus, opferte mich, um die Menschheit zu erlösen, ein andermal ein Luther, der mit überlieferten Konventionen brach, dann wieder ein Nero, der in Fleischeslust und im Blutrausch versank. Oder aber ich sah mich in einer Halluzination als Liebling der Massen, beklatscht, durch die □ defilierend, dann wieder war ich der Liebling der Frauen, entriß sie Heim und Herd, ihrem alten Zuhause, oder der von allen Gehaßte, der jedoch das Gute liebte, sich für alle opferte. Alles, was ich las, alles, was ich hörte, alles, was ich sah, jede von außen kommende Idee, jede □, jedes Geschehen, brachte mich zum Träumen. Kam ich aus einem Zirkus und war zu Hause, sah ich mich auch schon kühn als Clown, umgeben von Lichtern, wie von einem Bogen. Ich sah vor meinem inneren Auge Soldaten vorüberziehen, die mit mir als Hauptmann sprachen, der ihnen vorstand, ihnen befahl, siegreich war. Las ich von Abenteurern, wurde ich sogleich mit Haut und Haar einer der Ihren. Las ich etwas über Verbrecher, wollte ich um alles in der Welt ein Verbrechen begehen, bis mir das Durcheinander in meinem Hirn immer unheimlicher wurde. Je nachdem, was ich sah, was ich hörte oder las, lebte ich in allen sozialen Klassen, allen Altersstufen, allen Epochen, durchlief alle Zeiten, überwand alle Schwierigkeiten, war Märtyrer, war siegreich auf mehr als millionenfache Weise.[13]

Aber das Erotische, das Mystische, □ – all diese Träume waren Flüsse, die in ein weites Ich mündeten – oder aber sie alle waren Teil eines weiten Ichs: Der Mittelpunkt all dieser Träume war die Überhöhung meiner Persönlichkeit.

(Orig. engl.)

Alexander Searchs[14] Pakt mit dem Leben

Pakt zwischen Alexander Search, Bewohner der Hölle, Nirgendwo, und Jacob Satan, Meister, obgleich nicht König, desselben Ortes:

13 A. d. Ü.: Siehe hierzu in: *Fernando Pessoa / Álvaro de Campos, Poesia – Poesie* und *Fernando Pessoa / Álvaro de Campos, Poesie und Prosa*, herausgegeben und übersetzt von Inés Koebel, Zürich 2007 und Frankfurt / M. 2014, die Gedichte *Triumphode* und *Vom Vergehen der Stunden*.

14 A. d. Ü.: Von Pessoa später aufgegebenes Präheteronym.

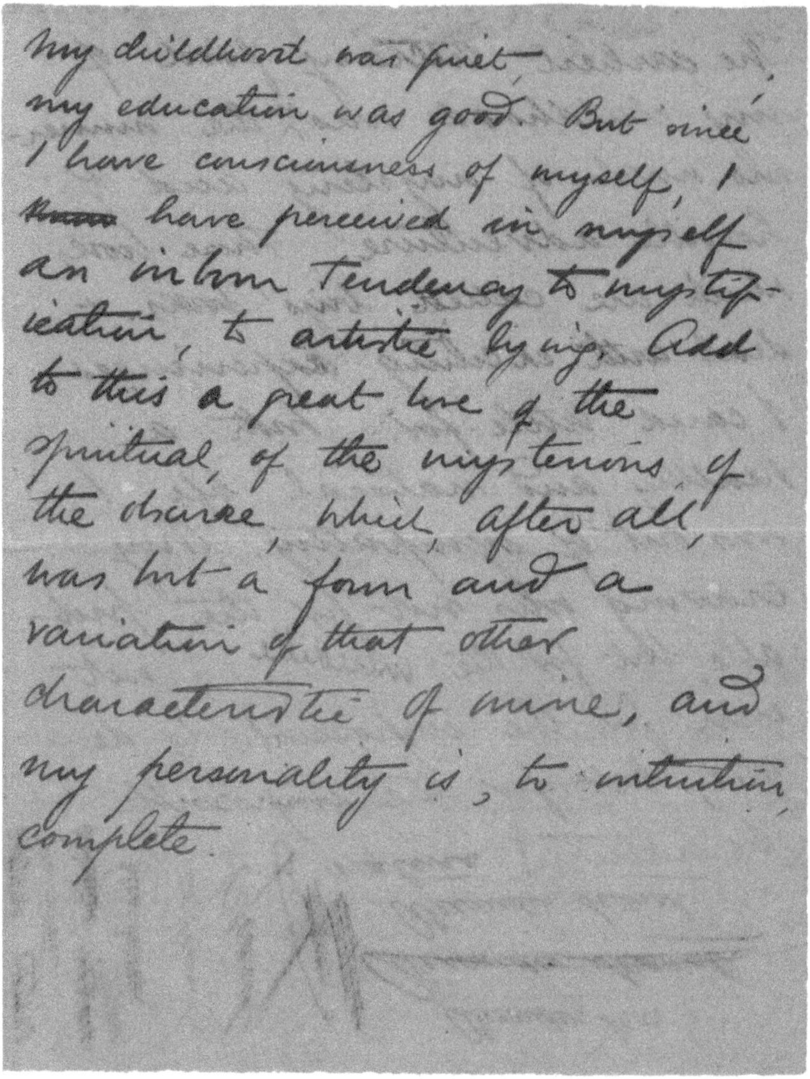
my childhood was quiet,
my education was good. But since
I have consciousness of myself, I
~~[illegible]~~ have perceived in myself
an inborn tendency to mystif-
ication, to artistic lying. Add
to this a great love of the
spiritual, of the mysterious, of
the obscure, which, after all,
was but a form and a
variation of that other
characteristic of mine, and
my personality is, to intuition,
complete.

Autobiographische Aufzeichnung (BNP/E3, 20–10v)

1. Nie den Vorsatz, der Menschheit Gutes zu tun, vergessen oder fallen lassen.
2. Nie sinnliche oder in anderer Weise üble Dinge schreiben, die dem, der sie liest, schaden oder ihn verletzen könnten.
3. Nie vergessen, wenn man die Religion im Namen der Wahrheit angreift, daß Religion sich schlecht ersetzen läßt und der arme Mensch im Dunkel weint.
4. Nie der Menschen Leid und Unglück vergessen.

† Satan
Sein Zeichen
(Orig. engl.)

2. Oktober 1907
Alexander Search

Die früheste literarische Nahrung meiner Kindheit fand ich in den zahlreichen Schauer- und Horrorromanen. Die sogenannten Jungenbücher mit ihren aufregenden Erlebnissen interessierten mich wenig. Dem gesunden und natürlichen Leben vermochte ich nichts abzugewinnen. Mich verlangte nicht nach dem Wahrscheinlichen, sondern nach dem Unglaublichen, nicht einmal nach dem bis zu einem gewissen Grad Unmöglichen, sondern nach dem von Natur aus Unmöglichen.

Meine Kindheit verlief friedlich □, meine Erziehung war gut. Doch seit ich mir meiner selbst bewußt bin, habe ich eine angeborene Neigung zur Mystifikation, zur künstlerischen Lüge bei mir festgestellt. Dem füge noch eine tiefe Liebe zum Spirituellen hinzu, zum Geheimnisvollen, zum Dunklen, die alles in allem nichts anderes war als eine Form, eine Variante dieses anderen mir eigenen Charakterzugs, und meine Persönlichkeit ist, zur Anschauung, komplett.

(Orig. engl.)

[1907]

Ich sollte jetzt unbedingt sagen, was für eine Art Mensch ich bin. Mein Name ist dabei so wenig von Belang wie jedes weitere äußere

Detail zu meiner Person. Etwas von meinem Charakter muß zur Sprache kommen.

Ich bin ein durch und durch zweifelnder und zögerlicher Geist. Nichts ist oder vermag für mich positiv zu sein; alle Dinge um mich her schwanken, und ich schwanke mit ihnen, werde unsicher. Alles erscheint mir zusammenhangslos und wechselhaft. Alles geheimnis- und bedeutungsvoll. Alle Dinge sind »unbekannte« Symbole des Unbekannten. Und folglich Schrecknis, Geheimnis, überintelligente Angst.

Aufgrund meiner natürlichen Neigungen, der Umgebung in meiner frühen Kindheit, des Einflusses von Studien auf mich, zu denen eben diese Neigungen mich verleitet haben, aufgrund all dessen bin ich von eher introvertierter Wesensart, selbstbezogen, schweigsam, nicht selbstgenügsam, doch selbstverloren. Ich habe mein ganzes Leben untätig und träumend verbracht. Meine Wesensart ist gänzlich von Abscheu, Horror und Unvermögen geprägt – die alles durchdringen, was mich physisch und mental ausmacht – gegenüber entschiedenem Handeln und eindeutigen Gedanken. Ich habe nie eine selbstbestimmte Entscheidung getroffen, nie äußere Anzeichen eines bewußten Willens erkennen lassen. Nichts von dem, was ich geschrieben habe, wurde je abgeschlossen; immer drängten sich neue Gedanken auf, außergewöhnliche, unausschließbare, bis in die Unendlichkeit gehende Ideenassoziationen. Ich kann die Abscheu nicht überwinden, die mich bei dem Gedanken überkommt, etwas abzuschließen; zehntausend Gedanken über eine einzige Sache, und diese zehntausend Gedanken wecken zehntausend Interassoziationen, und ich bin nicht willens, sie auszuschalten oder festzuhalten noch sie in einem einzigen zentralen Gedanken zusammenzuführen, in dem ihre unwichtigen, aber assoziierten Details verloren gehen könnten. Sie gehen in mich über; es sind nicht meine Gedanken, aber Gedanken, die in mich übergehen. Ich denke nicht nach, ich träume: ich bin nicht inspiriert, ich fantasiere. Ich kann malen, habe aber nie gemalt; ich kann Musik komponieren, habe aber nie komponiert. Seltsame Konzeptionen in drei Kunstbereichen, wunderbare Einfälle meiner Imagination liebkosen mein Hirn; aber ich lasse sie dort schlummern, bis sie sterben, denn ich habe nicht die Macht, ihnen Gestalt zu verleihen, sie in Dinge der äußeren Welt zu verwandeln.

Meine Wesensart ist dergestalt, daß ich den Anfang und das Ende von Dingen verabscheue, sind sie doch genau definierte Punkte. Die Vorstellung, es könnte eine Lösung für die größten, vornehmsten Probleme der Wissenschaft, der Philosophie gefunden werden, betrübt mich; die Vorstellung, hinsichtlich Gottes oder der Welt könnte etwas entschieden festgestellt werden, erfüllt mich mit Schrecken. Daß Dinge von größter Bedeutung verwirklicht werden könnten, daß die Menschen eines Tages alle glücklich werden könnten, daß man eine Lösung für die Übel der Gesellschaft finden könnte, allein die Vorstellung macht mich wahnsinnig. Dennoch bin ich weder böse noch grausam; ich bin wahnsinnig, und das in einer schwer zu verstehenden Weise.

Obgleich ich ein begieriger und leidenschaftlicher Leser bin, erinnere ich mich an keines der Bücher, die ich gelesen habe, so sehr war meine Lektüre stets mein eigener Geisteszustand, meine Träume, ja, Auslöser von Träumen. Selbst meine Erinnerung an Begebenheiten, an äußere Dinge ist vage, mehr als fragmentarisch. Ich erschaudere, wenn ich daran denke, wie wenig ich von dem erinnere, was mein vergangenes Leben war. Ich, ein Mensch, der daran festhält, daß das Heute ein Traum ist, bin weniger noch als ein Ding des Heute.

(Orig. engl.)

[November 1907]

In manchen Augenblicken sind meine Gedanken dergestalt, daß ich vermeine, wahnsinnig zu werden. Weder weiß ich, was sie in ihrer Tiefe bedeuten, noch habe ich den Mut zu versuchen, dies zu ergründen. Allein der Gedanke an sie macht mich wahnsinnig. Die bloße Vorstellung, sie zu analysieren, schreckt mich. Dergestalt beschaffen sind sie. Es schwindelt den Verstand …

(Orig. engl.)

Ein Zyniker ist nichts anderes als ein fröhlicher Pessimist. Nicht mehr und nicht weniger.

Wie heiter das Abendessen gestern war! Wie ausgelassen Onkel und Tanten waren, Cousins und Cousinen, wie fröhlich alles! Überall Esprit, Charme und Wärme. Armer Bruder Maurice[15], auch du warst zugegen, und alles war kalt, kalt, kalt. Armer Bruder Maurice. Bruder Maurice ist verrückt. Lach nicht über Bruder Maurice.

Lach über niemanden, mach niemanden lächerlich, nicht einmal in deinem Tiefinneren. Das menschliche Leben ist zu ernst und zu traurig, als daß man darüber lachen könnte.

Lach mit den Kindern über einfache Dinge, die sie erfreuen. Über anderes aber lache nicht.

Ich habe Gedanken, die, könnte ich ihnen Gestalt und Leben geben □, den Sternen einen neuen Glanz verliehen, der Welt eine neue Schönheit und den Herzen der Menschen eine größere Liebe.

(Orig. engl.)

[Bruder Maurice zugeschriebener Text]

Warum bin ich so unglücklich? Weil ich bin, was ich nicht sein soll. Weil meine eine Hälfte nicht mit meiner anderen verschwistert und der Sieg der einen die Niederlage der anderen ist, und da Niederlage Leid bedeutet, leide ich im einen wie im anderen Fall.

Eine Hälfte von mir ist edel und erhaben, die andere klein und nichtswürdig. Beide sind ich. Triumphiert der Teil von mir, der erhaben ist, leide ich, da die andere Hälfte – die auch wahrhaft ich selbst bin, und die ins Nicht-Selbst zu überführen mir unmöglich

15 A. R. Zenith: Präheteronym, von Pessoa als »Mystiker ohne Gott und Christ ohne Glauben« bezeichnet, und dem er *The Book of Friar Maurice* zuzuschreiben gedachte. In ihm sollte es um religiöse und ethische Fragen, theoretischer wie auch persönlicher Art, gehen.

war – mich aus diesem Grund schmerzt. Triumphiert aber der niedere Teil von mir, leidet und weint die edle Hälfte.

Unedle oder edle Tränen – sie alle sind Tränen.

Wenn ich höre, daß Laster, Sinnenlust und sexuelle Perversion zunehmen, erfüllt mich ein tiefer unerklärlicher Schmerz, unbändiger Zorn. Warum solcher Zorn? Weil nicht mein *ganzes* Ich rebelliert, sondern nur ein Teil, der wahrhaft edlere, der wahrhaft erhabenere. Aber meine andere Hälfte frohlockt, wenngleich im Verborgenen. Daher ist mein Zorn so unbändig – Zorn zugleich auf den Krieg und den Bürgerkrieg. Es schmerzt mich, daß ich nicht durch und durch gut sein kann.

Eine tiefe, unverbrüchliche Liebe zur Menschheit, ein heftiges Verlangen, Gutes zu tun, die Schwachen zu verteidigen, Wunder zu vollbringen, verzehrt mich.

Oftmals fühle ich mich so willensschwach, so unentschlossen, daß ich mir sage: Ich laß sie sein, die ganzen altruistischen Gedanken. Ich erfreue mich dann vielleicht nicht des Lebens, belaste mich aber auch mit keiner Verantwortung, belasse alles wie es ist.

Aber ich schaffe es nicht, zum Glück, ich schaffe es nicht.

In mir ist mehr Gutes als Schlechtes.

Denke ich das wirklich? Wie werde ich in Zukunft handeln? Horror! Horror! Horror! Dieser ewige Zweifel.

Ich weiß, was ich an Talent habe, werde ich nie mit Sinnenlust und Laster verschwenden. Ich weiß. Ich werde nie für falsche Dinge eintreten. Aber wird gut und lauter sein, was ich aus mir heraus, für mich, tun werde in meinem Leben? Was hält die Zukunft für mich bereit – diese Zukunft, deren *Verlust*, deren *Gewinn* ich bin?

(Orig. engl.)

[Januar 1908]

Mein erster Akt echten Aufbegehrens gegen das Etablierte, gegen das Normale fand am ersten Tag des Jahres 1908 statt.

An diesem Tag hatte mein Vetter A[nicero] M[ascaró] meine beiden Tanten und mich zum Abendessen in sein Haus in der Rua Alecrim, im Zentrum, unweit des Flusses, eingeladen. A. M. war nicht im eigentlichen Sinn mein Vetter, sondern mit meiner Cousine Laurinda verheiratet, Tochter einer Tante mütterlicherseits und Schwester dieser beiden Tanten, die mit mir unter einem Dach wohnten. Ich mochte meine Cousine, wie mehr oder minder all meine Verwandten und wie Menschen im allgemeinen, nämlich gern. Ihr und ihrem liebenswürdigen Mann gegenüber, den ich tatsächlich sehr gern hatte, empfand ich nie jenen flüchtigen Widerwillen oder Abscheu, wie er mich angesichts von Vitalitätsbekundungen häufig überkam. Daher kann ich nicht recht verstehen, was mich eigentlich davon abhielt, zu diesem Abendessen zu gehen. Ich nehme an, und ich denke, ich täusche mich nicht, es hatte damit zu tun, daß dort viele Leute – Verwandte – versammelt sein würden, weit mehr aber noch mit meinem wachsendem Abscheu gegenüber Gesellschaften, der mich zu meinem ersten offenen Aufbegehren veranlaßte. Da ich die Angelegenheit ohne großes Aufheben hinter mich bringen wollte, hatte ich bereits seit einigen Tagen vorgegeben, krank zu sein, mich krank zu fühlen, hatte simuliert, wie man sagt, nur daß ich tatsächlich ein wenig krank war, aber da ich das immer war, immer mehr oder weniger unter leichten Kopfschmerzen litt oder irgendeinem anderen Schmerz, beeinträchtigte mich das nicht weiter. Am Tag zuvor, dem letzten Tag des Jahres, ging ich nicht ins Büro, es war ein kalter Tag und sah für mich nach Gewitter aus; da ich Gewitter fürchte und stets unter ihnen leide, blieb ich zu Hause. Abends ging ich aus, bekam dann aber tatsächlich ziemlich starke Kopfschmerzen. Am Morgen des ersten Januar hatten sie sich gelegt, oder nahezu, und ich fühlte mich in jeder Hinsicht normal.

Mir kam der Gedanke, so zu tun, als sei ich ernsthaft erkrankt, ich wollte einfach zu Hause bleiben.

(Orig. engl.)

5. September 1908

Gott gebe mir die Kraft, die vollständige Synthese der Psychologie und der psychologischen Geschichte der portugiesischen Nation zu verstehen und aufzuzeichnen.

Tag für Tag lese ich in den Zeitungen für uns Portugiesen erniedrigende Nachrichten. Niemand kann sich vorstellen, wie sehr ich darunter leide. Niemand kann sich die tiefe Verzweiflung vorstellen, den bohrenden Schmerz, der mich dabei überkommt. Oh, wie sehnlich träume ich von jenem Marquis de Távora[16], der kommen und die Nation erlösen möge – ein Retter, ein wahrer Mann, groß und mutig, der die Ordnung bei uns wieder herstellte. Aber nichts verursacht mir größeres Leid, als eingestehen zu müssen, daß all dies nur ein Traum ist.

Ich bin nie glücklich, weder in meinen egoistischen noch in meinen altruistischen Momenten. Mein einziger Trost ist die Lektüre von Antero de Quental[17]. Wir sind, alles in allem, Brüder im Geiste. Oh, wie ich dieses tiefe Leid verstehe, das ihm eigen war.

Ich muß mein Buch schreiben. Ich habe Angst vor dem, was die Wahrheit sein könnte. Doch ich muß sie aufschreiben, selbst wenn sie schmerzlich sein sollte. Gebe Gott, daß dem nicht so ist!

Ich hätte all dies gerne in einem besseren Stil zu Papier gebracht, aber mein Schreibvermögen ist dahin.

(Orig. engl.)

16 A. R. Zenith: Francisco de Assis de Távora (1703–1759), Politiker und Vizekönig von Indien zwischen 1750 und 1754, nach seiner Rückkehr nach Lissabon einer der Hauptgegner und Kritiker der Regierung Pombal. 1758 wurden er und weitere Mitglieder seiner Familie eines Attentates auf König José I. bezichtigt, brutal gefoltert und hingerichtet.

17 A. d. Ü.: Antero de Quental (1842–1891 durch Selbstmord), einer der bedeutendsten Dichter der portugiesischen Romantik und führenden Köpfe Portugals, oft auch als Dichterphilosoph bezeichnet. Von Hegel, Proudhon und A. Comte beeinflußt. Er setzte sich für eine kulturelle, künstlerische und literarische Erneuerung seines Landes ein. Von Pessoa bewundert und häufig zitiert. Pessoa ließ sein Präheteronym Marcos Alves vor einem Spiegel Selbstmord begehen, indem dieser sich einen Revolver in den Mund steckte und sich vorstellte, er sei Antero de Quental.

[Alexander Search zugeschriebener Text]

30. Oktober 1908

Keine Seele war je liebender oder zärtlicher als die meine, keine so zugewandt und mitfühlend, so voll von allem, was da Liebe ist und Zärtlichkeit. Und doch ist keine Seele so einsam wie die meine – einsam wohlgemerkt nicht aufgrund äußerer, sondern innerer Gegebenheiten. Ich meine damit, neben jener großen Zärtlichkeit und Zugewandtheit ist meinem Charakter noch ein gänzlich entgegengesetzter Wesenszug eigen, ein Element der Traurigkeit, der Ichbezogenheit und somit der Selbstsucht, die zweierlei bewirkt: Sie verfälscht und behindert die Entwicklung und das freie *innere* Spiel meiner anderen Eigenschaften, und verhindert, indem sie meinen Willen schwächt, deren freies *äußeres* Spiel und deren Zutagetreten. Irgendwann werde ich dies analysieren, irgendwann werde ich die grundlegenden Wesenszüge meines Charakters genauer untersuchen, mich kritisch mit ihnen auseinandersetzen, denn meine Neugier auf alle Dinge, verbunden mit meiner Neugier auf mich selbst und meinen Charakter, verleitet mich dazu, meine Persönlichkeit verstehen zu wollen.

Genau diese Charaktermerkmale haben mich veranlaßt, mich selbst beschreibend, in *Winter Day*[18] zu schreiben:

> Jemand wie Rousseau …
> Misanthropischer Liebender der Menschheit.

Ich habe in der Tat viel, viel zu viel, gemeinsam mit Rousseau. In manchem sind unsere Charaktere identisch. Eine warme, intensive, unaussprechliche Liebe zur Menschheit, und als Gegengewicht, eine Portion Egoismus – dies ist ein wesentliches Merkmal seines Charakters, wie auch des meinen.

18 A. d. Ü.: Langes, fragmentarisches, auf englisch verfaßtes Gedicht.

Ich leide so sehr an meinem Vaterland, bin so beseelt von dem Wunsch, die Situation Portugals zu verbessern, daß ich unweigerlich – mit einer geradezu unbeschreiblichen Leidenschaft, Intensität und Aufrichtigkeit! – unzählige Pläne entwerfe, die, selbst wenn ein Mensch sie verwirklichen könnte, bei ihm eine Eigenschaft voraussetzten, die mir gänzlich fehlt: die Willensstärke. Aber ich leide – bis zum Wahnsinn, ich schwöre es –, so als *könnte* ich alles tun und wäre doch dazu außerstande, aus Willensschwäche. Ein entsetzliches Leiden. Es bringt mich beständig, ich sage es nochmals, an den Rand des Wahnsinns.

Und keiner weiß davon. Niemand ahnt meine Liebe zu meinem Land, intensiver als die aller, denen ich begegne, als aller, die ich kenne. Ich zeige sie nicht: Wie aber kann ich dann wissen, daß sie diese Liebe nicht empfinden? Wie kann ich dann sagen, daß es sich mit ihnen anders verhält als mit mir? Weil sich ihr Temperament manchmal, nein, meistens, gänzlich von dem meinen unterscheidet, oder aber die Art, wie sie reden, zumindest verrät, daß es ihnen an leidenschaftlicher Vaterlandsliebe fehlt. Die Leidenschaft der meinen, ihre Intensität – zärtlich, rebellisch und ungestüm –, werde ich nie äußern, auch weil mir nicht geglaubt würde, wenn ich es je täte.

Außer meinen patriotischen Projekten – über den »Portugiesischen Königsmord[19]« schreiben, um hier eine Revolution auszulösen, portugiesische Pamphlete verfassen, ältere Nationalliteratur herausgeben, eine Zeitschrift ins Leben rufen, ein Wissenschaftsmagazin etc. – verzehren mich noch andere Vorhaben, da sie nicht länger Aufschub dulden – das Projekt Jean Seul[20], eine Kritik von Binet-Sanglé[21] –, all

19 A. d. Ü.: Pessoa verfaßte diesen Text kurz nach der Ermordung von König Dom Carlos I. und dessen Sohn, am 5. Oktober 1908.

20 A. d. Ü.: Französisches Präheteronym, dem Pessoa Gedichte, satirische und wissenschaftliche Werke in die Feder zu legen gedachte. Bekannt sind bisher einzig zwei satirische Essays *Des Cas d'Exibitionnisme* und *La France en 1950*, der Entwurf eines dritten Textes namens *Messieurs les Souteneurs* und einige fragmentarische Gedichte.

21 A. d. Ü.: Charles Binet-Sanglé (1868–1941), französischer Militärarzt und Psychologe, Autor von *La Folie de Jésus* (Das Irresein Jesu), einem Werk, das Pessoa

dies löst bei mir einen übermäßigen, meinen Willen lähmenden Impuls aus. Ich weiß nicht, ob das Leiden, das dieser Zustand hervorruft, noch als diesseits des Wahnsinns bezeichnet werden kann.

Füge alldem noch andere Leidensgründe hinzu, die einen physischer, die anderen mentaler Art, meine Anfälligkeit für alle kleinen Dinge, die Leid verursachen können (oder selbst jene, die bei einem normalen Menschen kein Leid verursachen könnten), füge dem wiederum Weiteres hinzu, Komplikationen, Geldschwierigkeiten – und alledem mein von Grund auf unausgeglichenes Wesen, dann wirst du vielleicht *erahnen* können, welcher Art mein Leiden ist.

Eine meiner Schwierigkeiten mentaler Art – so schrecklich, daß es dafür keine Worte gibt – ist meine Angst, wahnsinnig zu werden, was an sich schon ein Wahnsinn ist. Ich befinde mich teilweise in jenem Zustand, den Rollinat[22] (wenn ich mich nicht täusche) im Eingangsgedicht seiner *Névroses* als seinen eigenen beschreibt. Anwandlungen teils krimineller, teils schwachsinniger Art – die inmitten meines qualvollen Zustandes zu einer entsetzlichen Handlungsbereitschaft führen, einer schrecklichen, will sagen, bis in die Muskeln spürbaren *Muskularität* – überkommen mich regelmäßig, jetzt häufiger und heftiger als je zuvor, und der Horror, den ich dabei empfinde, ist unbeschreiblich.

(Orig. engl.)

Es macht mich rasend. Ich möchte alles verstehen, alles wissen, alles verwirklichen, alles sagen, alles genießen, alles erleiden, ja, alles erleiden. Aber ich tue nichts dergleichen, nichts, nichts. Ich bin wie vernichtet bei der Vorstellung von dem, was ich gern hätte, könnte,

die Absicht hatte zu widerlegen. Binet-Sanglé vertritt in ihm die Ansicht, die »Halluzinationen« Jesu seien, vom psychologischen Standpunkt aus gesehen, ein Beweis für dessen »religiöse Paranoia«. Siehe hierzu: *Fernando Pessoa, Genie und Wahnsinn*, herausgegeben und übersetzt von Steffen Dix, Zürich 2010, S. 157 ff.

22 A. d. Ü.: Maurice Rollinat (1846–1903), franz. Dichter und Musiker. Sah sich mit seinem berühmtesten Werk *Les Névroses* in der Nachfolge von Baudelaire. Starb im Irrenhaus.

fühlte. Mein Leben ist ein nicht enden wollender Traum. Bisweilen denke ich, ich würde gern alle Verbrechen begehen, alle Laster, alle schönen, noblen, großen Taten, das Schöne, das Wahre, das Gute mit einem einzigen Schluck trinken und dann für immer einschlafen an der stillen Brust des Nichts.

Laßt mich weinen.

(Orig. franz.)

[Frederick Wyatt[23] zugeschriebener Text]

Er war der größte aller Träumer. Ewig außerstande, der Wirklichkeit Rechnung zu tragen. Sein Verhalten den Dingen gegenüber war stets falsch und unsicher, er fiel stets von einem Extrem ins andere, im Denken wie im Tun. Dies betraf sowohl seine grundlegenden Ansichten – wenn wir überhaupt bei jemandem, der nicht eine einzige grundlegende Ansicht hatte, von grundlegenden Ansichten sprechen können – als auch und ebenso tiefgreifend sein banalstes Tun. Man kann ihn sowohl für einen Idealisten (ich gebrauche dieses Wort im metaphysischen Sinn) als auch für einen Materialisten halten: Er wäre der erste, der sich fragen würde, was er war. Seine politischen Ansichten schwankten beständig zwischen einem exzessiven Anarchismus und der Arroganz eines echten Aristokraten hin und her. In seinem Leben – seinem *unwirklichen* Leben, wie er es zuweilen genannt hätte – war er, dessen war er sich bewußt, entweder kindisch und krankhaft schüchtern oder rückhaltlos und tölpelhaft mutig. Das Schlimmste war, daß er sich nicht einmal bei dem, was er aus eigenen Stücken tat, beständig zeigte: Bisweilen befiel ihn inmitten eines völlig abwegigen und unüberlegten Tuns eine plötzliche und unpassende Scheu, dann wieder schüttelte er seine Scheu unvermittelt auf die befremdlichste und verrückteste Weise ab.

Ungeachtet der unverbrüchlichen und aufrichtigen Freundschaft, die ich für ihn empfinde, komme ich nicht umhin zu

23 A. d. Ü.: Von Pessoa später aufgegebenes Präheteronym.

schmunzeln, wenn ich daran denke, daß einige Portugiesen, kleine Leute – die Wäscherin zum Beispiel –, wenn sie mit mir über ihn sprachen, ihn, kurioserweise und ersichtlich spontan, einhellig als *O seu amigo, coitadinho!* bezeichneten, was soviel heißt wie *Ihr Freund, der arme Kerl!* Sehr wahrscheinlich wären sie verblüfft gewesen, hätten sie erklären müssen, was sie mit *coitadinho* (so unübersetzbar portugiesisch!) meinten. Aber sie alle fühlten, mit der ihnen eigenen Warmherzigkeit, daß etwas an ihm unerklärliches Mitleid herausforderte. Jetzt, da ich mich daran erinnere, kann ich nicht anders, als eine noch scharfsinnigere Äußerung zu erwähnen, die ein Barbier aus der Nachbarschaft einmal über ihn machte und die ihm und mir zu Ohren kam und ihn zutiefst verletzte: Ein Jammer, daß er nicht verrückt ist; es wäre besser gewesen für ihn. Dies ist, wie ich unschwer feststellen konnte, das vielleicht beste beiläufige Wortporträt von ihm, denn es traf überaus genau auf ihn zu und zeigte zudem, wie furchtbar offensichtlich selbst für einen zufälligen [...] und □ Beobachter das Leid war, das er in seinem Inneren vor allen Blicken verbergen zu können glaubte.

(Orig. engl.)

[Brief an Armando Teixeira Rebelo[24]]

Hotel Brito, Portalegre[25]
22. August 1909

Ehrwürdige Portion irdischer Existenz!

In den wenigen Augenblicken kohärenter geistiger Aktivität, und nicht ohne Beistand des sinnlichen Dunstes eines alkoholischen Ge-

24 A. d. Ü.: Freund Pessoas seit der gemeinsamen Schulzeit in Durban, daher auch der im Original auf englisch geschriebene Brief.

25 A. d. Ü.: Pessoa reiste im August 1909 nach Portalegre (Alentejo), um dort mit dem von seiner Großmutter Dionísia geerbten Geld Maschinen für seine in Lissabon geplante Druckerei zu kaufen.

tränks – nicht mehr und nicht weniger als Wein – und diesem Ort nicht vorbehalten, verspürte meine Seele wie einen geistigen Seufzer das Verlangen, ihren gegenwärtigen Zustand und ihre Neigungen einem freundschaftlich gesinnten Hirn wie dem Deinen gegenüber zum Ausdruck zu bringen.

Einsam und in mich gekehrt empfinde ich an meinem vorübergehenden Existenzort, dem Hotel, das in der Kopfzeile dieser explosiven Epistel einer überlasteten Seele angezeigt ist, meine Umgebung moralisch kalt und physisch warm – unterhalb des Gefrierpunkts in seelischer Hinsicht und glühend heiß in körperlicher –, unter diesen beängstigenden und inspirierenden Umständen kam mir der Gedanke, daß vielleicht das Verfassen dieses epistolarischen Textes zu einer subjektiven Erleichterung meines derzeitigen irdischen Geschicks führen, ja, der von Poe erträumte »Balsam in Gilead« für meinen geschwisterlosen Geist sein könnte.

Daher dieser Brief.

Portalegre ist ein Ort, an dem ein Fremder nichts anderes tun kann, als des Nichtstuns müde zu werden. Er zeichnet sich, wie mir (nach eingehender und sorgfältiger Analyse) scheint, durch folgende Eigenschaften in unterschiedlicher Dosierung aus: Hitze, Kälte, einem Halbspaniertum und Bedeutungslosigkeit. Der Wein ist gut (wenn auch nicht von hier, wie mir scheint), aber wahrlich alkoholreich, insbesondere wenn der Wasserkrug am anderen Ende des Tisches steht und du (das bin ich) vergißt, ihn zu erbitten. Der Stil dieses Briefes mag hierfür als schlagender Beweis dienen. Ich werde ihn per Einschreiben schicken, auf daß diese brillante Frucht meines Geistes nicht in der Post verloren gehe.

Demontage und Verpackung der Druckerei nehmen – poetisch gesprochen – verdammt viel Zeit in Anspruch. Nichtsdestoweniger haben die Männer recht schnell gearbeitet, und ich habe überaus tatkräftig zu(und weg)gesehen.

Offen gesagt, ich glaube, wenn ich hier einen Monat bliebe, müßte ich anschließend in Lissabon im Hotel Bombarda[26] abstei-

26 A. d. Ü.: Psychiatrische Klinik.

gen. Du kannst Dir kaum vorstellen, welche Hyper-Langweile, welches Ultra-Alles-Müdesein, welches absolute Was-zum-Teufel-hat-ein-Typ-hier-bloß-verloren-Gefühl meinen Geist beherrschen. Ich habe zwar ein Buch aufgetrieben, war aber unfähig, die zum Lesen nötige Energie aufzubringen. Ich kann es kaum erwarten, wieder in Lissabon zu sein, muß hier aber, wie mir scheint, noch drei Tage ausharren.

*

Der Alentejo, vom Zug aus gesehen
Nichts von nichts umgeben
Und ein paar Bäume zwischendrin,
Nicht einer davon eindeutig grün,
Und kein Fluß, keine Blume lassen sich sehn.
Falls es eine Hölle gibt, hab ich sie jetzt gefunden,
Denn wenn nicht hier, wo zum Teufel ist sie dann?

Laß es Dir gut ergehen,
Fernando Nogueira Pessoa
(Orig. engl)

Ich sitze hier, schreibend an meinem Tisch, den Federhalter in der Hand etc., und plötzlich kommt das Mysterium des Universums über mich, und ich halte inne, erschaudere, verspüre Angst. Und augenblicklich möchte ich aufhören zu fühlen, möchte mich umbringen, mit dem Kopf gegen die Wand schlagen.

Wie es beschreiben? Ein Horror, entsetzlich. Ein wenig davon ist in der Musik; in der Musik ist es etwas Gutes, es ist das Weibliche daran.

(Orig. engl.)

Ich kann nicht anders, muß von dem Angstgefühl sprechen, das mich immer befiel.

So erschauderte ich bei allem Geheimnisvollen, obgleich es meiner Leidenschaft für die Analyse und das Geheimnis Nahrung gab, und ängstigte mich zutiefst.

Ein Wort an der Wand meines Zimmers, das ich zufällig noch nicht wahrgenommen hatte, bewirkte, daß ich den Raum fluchtartig verließ.

Für die Moralphilosophie, ja, für die gesamte Philosophie, ausgenommen die Metaphysik, die *prima philosophia*, hatte ich nur insofern etwas übrig, und es war eher wenig, als sie den von mir geliebten Subtilitäten Raum gab.

Und so schrieb ich plan- und gedankenlos über alles und nichts. Kaum war ich damit fertig, zitterte ich vor Angst und fragte mich, was wohl der geheime Sinn jener Worte sein mochte, die ich gerade zu Papier gebracht hatte.

Ansonsten war ich, glaube ich, normal. Ich war, wie mir scheint, nicht weniger mutig als jeder andere Mensch. In Gesellschaft war ich nicht schüchtern. Einzig vor dem Unbekannten graute mich; einzig vor dem Namenlosen verspürte ich Angst.

Auch wenn ich von Natur aus das Geheimnisvolle liebte, die Mystifikation, das Obskure und das □, so heißt dies dennoch nicht, daß ich die Unwahrheit liebte. Nein, ungeachtet all dessen war ich ein aufrichtiger Liebhaber der Wahrheit, ein aufrichtiger □.

Gleichwohl war mein sehnlichster philosophischer Wunsch, man möge immer nach der Wahrheit streben, ohne sie je zu finden. Ich war ein Skeptiker. Nie ein Materialist, denn Materialismus kennt keinen Zweifel.

Meine glühende Liebe zum Geheimnisvollen, zum Unwirklichen, zum Traum verband sich mit meiner Liebe zur Wahrheit, damit ich ein Ding gänzlich jenseits dieser Welt als Wahrheit und Essenz begreife, etwas, das ganz und gar Essenz ist, in dem Essenz und Attribut □. Doch kaum erachtete ich für möglich, daß die Wahrheit überall sein könnte, selbst hier, so weit entfernt, erschauderte ich und □

Aber ich glaubte, diese Welt sei eine Offenbarung, eine Manifestation, und Wahrheit sei jene Passage von Dionysius[27] über Gott: daß alle Dinge Ihn uns □ offenbaren[?]. Und ich dachte auch über jene Worte von Bonaventura[28] nach: □

Ein vorschneller und ein in oberflächliche Paradoxien vernarrter Geist (Züge, die auf eine ähnliche Gesinnung hinweisen) könnte der Behauptung Glauben schenken, die Angst, die die Lektüre dieser außergewöhnlichen Werke bei mir auslöst, sei eine Angst angenehmer Art. Dies aber werde ich, ein ernsthafter Analytiker, nie bestätigen. Keine einzige Angst ist angenehm; kein einziger Verstandestrick kann eine Ähnlichkeit zwischen zwei so unterschiedlichen Dingen wie Freude und Angst herstellen.

Man mag diese Äußerung für überflüssig halten, zumal niemand dazu neigt, Freude mit Schmerz zu verwechseln. Der Grund, weshalb ich dies hier überhaupt erwähne, ist, daß ich aus einem ersten Impuls heraus schreiben wollte, ich empfände bei diesem Tun angenehme Angst. Man sollte aber zwei nebeneinander existierende Dinge, wie Angst und Freude, weder miteinander verwechseln noch zu einem machen. Sie existieren nebeneinander, sind aber nicht ein und dasselbe. Nichtsdestoweniger war ich versucht zu sagen, ich empfände eine angenehme Angst, da ich zugleich Angst und Freude verspürte. Mehr noch, sie – Angst und Freude – wirkten sich als *eine* Sache, auf zwei Seiten, zwei Eigenschaften meines Charakters aus. Die Verbindung und das Miteinander der beiden in *einem* Subjekt,

27 A. R. Zenith: Es handelt sich hier um den Pseudo-Dionysius (frühes 6. Jahrhundert), dessen vom Neuplatonismus beeinflußte Schriften bis ins XVI. Jahrhundert von großer Bedeutung waren und noch heute von christlichen Mystikern geschätzt werden. Pessoa spielt höchstwahrscheinlich auf das Werk *Die Himmlische Hierarchie* an, nach dem Gott, obgleich so unfaßbar, daß selbst ein Heiliger keine unmittelbare Kenntnis von ihm haben kann, sich in allem offenbart.

28 A. R. Zenith: Bonaventura (1221?–1274), in seinem umfangreichen theologischen und philosophischen Werk folgte Bonaventura eher Platon als Aristoteles und bestand (genau wie der Pseudo-Dionysius) darauf, daß die Schöpfung den Schöpfer zwar offenbart, uns der unmittelbare Anblick Gottes oder seiner Attribute aber unmöglich ist.

mit anderen Worten, in mir, machten mich glauben, ich empfände etwas so Eigentümliches wie freudige Angst.

Es verhält sich damit, wie mit dem den Internatsmauern entflohenen Jungen, der, wie von Gray[29] beschrieben, »angstvolle Freude« empfindet. Was er aber empfindet, ist Freude, frei zu sein, und Angst, möglicherweise geschnappt zu werden. Seine Angst wie seine Freude verdanken sich seiner kurzfristigen Freiheit, die eine Ausdruck seines Angst-, die andere Ausdruck seines Freiheitsgefühls.

Ich entdeckte schnell, daß ich so beschaffen war, daß ich fürchtete, man könnte eine Wahrheit entdecken, eine metaphysische Wahrheit. Warum diese Furcht? Sie erstaunte mich.

Ich liebte die Philosophie der Scholastiker.

Ihre Schule stellt zum Beispiel an einer Stelle folgende Frage: »Kann eine Prostituierte ihre Jungfräulichkeit kraft der Gnade Gottes wiedererlangen?« Wie lange und ernsthaft habe ich, der ich weder an Gott noch an seine Gnade glaubte, über diese Frage nachgedacht! Diese Frage, ungewöhnlich, wenn man sie äußert, und absurd, wenn man über sie nachdenkt[?], konnte für mich nie lächerlich und verrückt genug sein. Ich konnte sie nicht einmal absolut betrachten, im Hinblick auf die allgemeine Wahrheit. Ich habe sie immer nur relativ gesehen, in Bezug auf die Zeit (obgleich ich alles andere als ein Historiker bin). Sie schien mir immer folgendermaßen bedingt zu sein: Erachtet man die Gnade Gottes und deren Macht auf Erden als wahr gegeben, kurzum alle Theorien der Kirche, *dann* steht diese Frage in Relation dazu.

Habe ich Heraklit nicht inniglich geliebt, war ich nicht außer mir vor Freude, als ich zum ersten Mal las, daß die Dinge nicht *sind*, sondern unaufhörlich *werden*? Ja doch. Ebenso sehr und aufrichtig aber habe ich mich über die Widerlegung dessen in Platons *Theaitetos* gefreut. Ich habe sie geliebt, habe sie genossen, diese Be-

29 A. R. Zenith: Thomas Gray (1716–1771), in Eton erzogener englischer Dichter und Gelehrter. Das Zitat stammt aus seinem Gedicht *Ode on a Distant Prospect of Eton College.*

weise und Argumente gegen den menschlichen Verstand, der seine Schwäche und Ohnmacht angesichts der Wahrheit offenbarte. Warum war mir das so wichtig? Um einen Gott zu preisen? Um den Menschen spüren zu lassen, wie unwürdig er war? Um den Wunsch nach einem anderen, besseren Leben in ihm zu wecken? Nein, das war es nicht. Was also war der Grund? Ich lebte nicht in der Zeit der Spätsophisten und besaß nicht den *Geist* des Protagoras.

Was war die Welt für mich? Nichts, sie war null und nichtig, null und nichtig und doch ein einziges Mysterium. Ein Nichts, doch ein namenloses Nichts. Da die Welt sich mir so darstellte, legte ich alles daran, sie ungewiß erscheinen zu lassen, und die menschliche Wissenschaft unmöglich.

(Orig. engl.)

Am schlimmsten von allem ist, daß ich nicht einmal für mich selbst ein Lebens- oder Philosophiesystem formulieren kann.

Es kommt mir fast vor, als sei mein Körper von der Seele eines toten Dichters bewohnt, (…)

(Orig. engl.)

[Pantaleão[30] zugeschriebener Text]

Und für mich, der ich durch und durch Idealist bin, ist die Welt, das gesamte Universum, nichts als ein Gerücht, ein falsches Gerücht.

Das Leben, das ganze Leben, ist ein ewiges Gerücht, und der Tod, der ganze Tod, ein ewiger Widerruf. Hoffnung, Liebe, Illusion, der bange Glaube an die Zukunft, das bange Vertrauen in die Gegenwart, all dies findet in seinem Objekt und in sich selbst ein Ende. Vergehen heißt, sich selbst widerrufen. Für mich gibt es einzig die

30 A. d. Ü.: Von Pessoa später aufgegebenes Präheteronym.

Oberfläche der Dinge – diese Oberfläche, die sich in Wirklichkeiten verfestigt.

Alle Wege des Denkens führen nach Rom, dieses Rom des Schmerzes, dessen Oberster Priester weder dem Denken Audienz gewährt noch dem Gefühl Brief und Siegel.

Mir ist vertraut, was andere, und dies sind wenige, nur ansatzweise und von seltenen, beklemmenden Augenblicken her kennen: die Empfindung des Mysteriums und des geistigen Horrors der Welt. Die dumpfe Wahrnehmung des Universums als entsetzliche Illusion ist ein Feind in meinem Blut und meiner Alltagsseele. Die Zeit, in der diese Angst gelegentlich und wie ein Blitz, einen kurzen, furchtbaren Augenblick lang in mir aufflackerte, ist längst vorüber. Sie ist heute so substantiell mit meinem spirituellen Leben verbunden, daß mir die Stunde des Geistes, in der ich mich in gewisser Weise von dem Wissen um das Mysterium der Welt löse, als mir fremd und mir nicht zugehörig erscheint.

In das Leben keines anderen Menschen ist das Mysterium der Welt so tief eingedrungen wie in das meine. So ungeniert, möchte ich sagen. Das Mysterium der Welt erfüllt nicht nur mein Denken, sondern auch mein Fühlen.

(Orig. engl.)

[Pantaleão zugeschriebenes Textfragment]

Das Leben – ein genießenswertes Übel.

Mir graut vor dem Tod nicht als Tod, sondern als Nicht-Leben.

(Orig. engl.)

Könnte ich mich doch nur ohne Zögern, ohne Angst dieses subjektiven Auftrages entledigen, dessen entweder zeitraubende oder unzulängliche Ausführung mich quält, und ruhig schlafen, wo auch immer es sei, im Schatten einer Platane oder Zeder, und das Bewußtsein von einer erfüllten Pflicht in meiner Seele, wie eine Parzelle der Welt, zwischen einer Sehnsucht und einem Atemzug, mitnehmen.

Was ich aber Tag für Tag um mich her sehe, verlangt von mir neue Pflichten, neue Verantwortlichkeiten meines Verstandes gegenüber meinem moralischen Empfinden. Stunde um Stunde meldet sich in mir hitzig die [Feder?] zu Wort und diktiert mir Satiren. Stunde um Stunde scheitere ich an der Sprache. Stunde um Stunde erlahmt mein Wille mehr und mehr. Stunde um Stunde spüre ich die Zeit über mich hinweggehen. Stunde um Stunde sehe ich mich, die Hände müßig, die Augen betrübt, zur kalten Erde eine Seele mitnehmen, die nicht zu singen verstand, ein längst verwelktes Herz, tot schon, stillstehend in einem unbestimmten, unfähigen Streben.

Ich weine nicht einmal. Wie auch? Ich wünschte, ich könnte arbeiten wollen, fieberhaft arbeiten, damit dieses Vaterland, das ihr nicht kennt, groß wird wie das Gefühl, das ich fühle, wenn ich an es denke. Ich tue nichts. Wage nicht einmal zu mir selbst zu sagen: Ich liebe mein Vaterland, ich liebe die Menschheit. Zynismus auf höchster Stufe, könnte man meinen. Ich schäme mich vor mir selbst, wenn ich es sage. Einzig hier, auf Papier, sage ich es, wenngleich zaghaft, damit es irgendwo geschrieben steht. Ja, damit hier geschrieben steht, daß ich mein Vaterland zutiefst liebe, schmerzlich □.

So sei es denn trocken gesagt, damit es gesagt ist. Und fertig.

Belassen wir es dabei. Die Dinge, die man liebt, die Gefühle, die sie liebkosen, man verschließt sie mit einem Schlüssel namens »Scham« im Tresor des Herzens. Die Beredtheit entweiht sie. Die Kunst macht sie durch ihre Offenbarung klein und verwerflich. Selbst der Blick darf nichts von ihnen offenbaren.

Ihr wißt sicher, die größte Liebe ist nicht die Liebe, der zärtliche, reine Worte Ausdruck verleihen. Nicht die Liebe, die der Blick verheißt oder eine Hand durch eine leichte Berührung einer anderen mitteilt. Es ist die Liebe, die zwei Wesen, wenn sie beisammen sind, ohne einander anzusehen oder zu berühren, umgibt wie eine Wolke, die ihnen □.

Diese Liebe darf man weder in Worte fassen noch offenbaren. Man darf nicht von ihr sprechen.

Die alten Seefahrer hatten ein ruhmreiches Diktum: *Seefahrt muß sein, nicht aber Leben.* Der Geist dieses Satzes entspricht mir, wenn er so verändert wird, daß er mit dem übereinstimmt, was ich bin. Leben muß nicht sein, schöpferisch sein hingegen wohl.

Ich beabsichtige nicht, mein Leben zu genießen; denke nicht einmal daran. Ich möchte einzig etwas Großes daraus machen, selbst wenn dazu mein Leib und meine [Seele?] das Holz sein müssen, das dieses Feuer nährt.

Ich möchte es einzig der gesamten Menschheit zugute kommen lassen, selbst wenn ich mein eigenes Leben dafür hingeben muß.

Immer häufiger denke ich so. Immer häufiger lege ich in die anämische Essenz meines Blutes die unpersönliche Absicht, mein Vaterland groß zu machen und zur Fortentwicklung der Menschheit beizutragen.

Dies ist die Form, die der □ Mystizismus unseres Volkes in mir annimmt.

Herr, der Du bist der Himmel und die Erde, der Du bist das Leben und der Tod! Die Sonne bist Du, der Mond bist Du und der Wind bist Du! Du bist unsere Leiber und unsere Seelen und auch unsere Liebe bist Du. Wo nichts ist, wohnst Du,[31] und dort, wo alles ist, steht Dein Tempel.[32] Gib mir Leben, um Dir zu dienen, und eine Seele, um Dich zu lieben. Gib mir Gesicht, um Dich allzeit zu sehen

31 Variante: das bist Du

32 Variante: da ist Dein Leib

im Himmel und auf Erden, Gehör, um Dich zu hören im Wind und im Meer, und Hände, um zu arbeiten in Deinem Namen.

Mach mich rein wie das Wasser und hoch wie der Himmel. Auf daß kein Schlamm liege auf den Wegen meiner Gedanken und kein trockenes Laub auf den Seen meiner Absichten. Mach, daß ich die anderen zu lieben verstehe wie Brüder und Dir zu dienen wie einem Vater. Sei Deiner in mir würdig.[33]

Gelobt sei Dein Name von Himmel und Erde, Leib und Seele, Leben und Tod! Mein Mund möge Dich lobpreisen und desgleichen meine Hände!

Mein Leben möge Deiner Gegenwart würdig sein. Mein Leib möge der Erde würdig sein, Deinem Fleisch. Auf daß meine Seele vor Dir erscheinen kann, wie ein Sohn, der nach Zuhause zurückkehrt.

Mach mich groß wie die Sonne, auf daß ich Dich in mir verehren kann; mach mich klar wie den Mond, auf daß ich in mir zu Dir beten kann; und mach mich hell wie den Tag, auf daß ich Dich allzeit in mir sehen kann, zu Dir beten und Dich verehren.

Herr, beschütze mich und stehe mir bei. Gib mir, auf daß ich mich als Dein fühle.

Herr, erlöse mich von mir. Salbe mich mit Deiner göttlichen □.

Auf daß mein Garten Dir wohlschmeckende Früchte schenke und mein Weinberg Wein.

Wenn ich mich bewege, bist Du es, der sich bewegt; wenn ich spreche, bist Du es, der in mir spricht. Mache ich einen Schritt, bist Du es, der vorangeht. Bleibe ich stehen, bist Du es, der anhält in mir.

[1912]

Ich bin der Schatten meiner selbst auf der Suche nach dem, dessen Schatten er ist.

33 Die Authentizität dieses Satzes wird von den portugiesischen Herausgebern angezweifelt.

Bisweilen bleibe ich neben mir stehen und frage mich, ob ich geistesgestört bin oder ein sehr geheimnisvolles Geheimnis.

Bei meinen Eingebungen, meinen Gedanken, bin ich bisweilen aufs höchste erstaunt und erschreckt, wenn ich mir bewußt werde, wie wenig von mir mein eigen ist (oder ich selbst bin).

(Orig. engl.)

Ich sehe tatsächlich überall nicht das Abstrakte, sondern das Nicht-Konkrete: Dies ist die Natur meiner Abstraktion des Geistes – nicht das Unendliche, sondern das Nicht-Endliche. Und so habe ich, der ich mich immer in reiner Abstraktion befand, nie etwas anderes gesehen als die Objekte in sich selbst.

Ich habe in der Tat Angst vor allem, aber nicht auf jede, sondern auf nur eine Weise, nämlich abstrakt und verträumt, wie mit dem Bewußtsein eines Opiumessers.

(Orig. engl.)

Persönliche Aufzeichnungen

Ich habe mir das Lesen abgewöhnt. Ich lese nichts mehr, es sei denn, die eine oder andere Zeitung, leichte Lektüre und gelegentlich auch Fachbücher zu Themen, die mich beschäftigen und bei denen es mit Nachdenken allein nicht getan sein dürfte.

Die Literatur im eigentlichen Sinn habe ich so gut wie aufgegeben. Ich könnte sie lesen, um etwas zu lernen oder zum Vergnügen. Aber ich habe nichts zu lernen, und das Vergnügen, das man aus Büchern zieht, ist leicht durch das zu ersetzen, was mir die Berührung mit der Natur und die Betrachtung des Lebens unmittelbar verschaffen können.

Ich befinde mich nunmehr im vollen Besitz der grundlegenden Gesetze der Kunst des Schreibens. Shakespeare kann mich keine Subtilität mehr lehren und Milton keine Vollkommenheit. Mein Denkvermögen ist inzwischen so beweglich und so umfassend, daß ich in der Lage bin, jedes von mir gewünschte Gefühl zu empfinden und mich jederzeit in jedweden Geisteszustand zu versetzen. Aber kein Buch kann uns eine Hilfe sein, das zu erreichen, was unweigerlich mit Anstrengung und Qual verbunden ist: die Vollkommenheit.

Dies bedeutet nicht etwa, daß ich mich aus der Tyrannei der Kunst des Schreibens befreit hätte. Ich habe sie mir nur untertan gemacht.

Es gibt ein Buch, das ich allzeit bei mir habe: Die *Pickwick Papers.* Ich habe Mr. W. W. Jacobs Bücher mehrmals gelesen. Mit dem Niedergang des Kriminalromans hat sich für mich eine Tür zur modernen Literatur für immer geschlossen.

Ich habe aufgehört, mich für Leute zu interessieren, die nur gescheit sind – Wells, Chesterton, Shaw. Die Ideen dieser Leute unterscheiden sich in nichts von denen vieler Nicht-Schriftsteller; der Aufbau ihrer Werke ist insgesamt unter dem Strich.

Zu einer bestimmten Zeit las ich einzig um des Lesens willen. Inzwischen habe ich begriffen, daß es nur sehr wenige nützliche Bücher gibt, selbst zu Fachthemen, die mich interessieren könnten.

Die Soziologie, was für ein Kuddelmuddel! Wer kann einen solchen Scholastizismus im Byzanz von heute schon aushalten?

Meine sämtlichen Bücher sind Nachschlagewerke. Ich lese Shakespeare nur im Hinblick auf das »Shakespeare-Problem«[34]. Den Rest kenne ich bereits.

Ich habe herausgefunden, daß Lesen eine sklavische Art des

34 A. R. Zenith: Einige Kritiker verteidigten die These, nach der Francis Bacon (1561–1626) der Autor eines Großteils von Shakespeares Stücken war. Von dieser Annahme fasziniert, erarbeitete Pessoa eine mehr als dreißig Titel umfassende Bibliographie zur »Frage Shakespeare-Bacon« und hinterließ einen unvollendeten Essay zu diesem Thema. A. d. Ü.: Siehe hierzu: *Fernando Pessoa, Genie und Wahnsinn*, a. a. O., *Die Fragestellung Shakespeare-Bacon*, S. 217 ff.

Träumens ist. Wenn ich schon träumen muß, warum dann nicht meine eigenen Träume?

Der schreibende Künstler muß sich vor allem von den Einzelheiten einer Umgebung lösen, denn es ist seine Aufgabe, einen Schauplatz und nicht die Einzelheiten von dessen Umgebung darzustellen.

(Orig. engl.)

Mr. Pickwick gehört zu den geheiligten Figuren der Weltgeschichte. Bitte, behaupten Sie nicht, es habe ihn nie gegeben: So ergeht es den meisten geheiligten Figuren der Welt, und sie waren lebendig und gegenwärtig für eine große Anzahl getrösteter Unglücklicher. So wie ein Mystiker behaupten kann, er kenne Christus persönlich und habe ihn klar und deutlich gesehen, kann ein normaler Mensch behaupten, er kenne Mr. Pickwick persönlich und habe ihn klar und deutlich gesehen.

(Orig. engl.)

Früher wußte ich zu lesen. Wenn ich heute lese, verliere ich mich.

Die Metaphysik – eine Schachtel zum Aufbewahren des Unendlichen – erinnert mich immer, obgleich es um etwas anderes ging, an jene Definition von Schachtel, die ich einmal aus dem Mund eines kleinen Jungen hörte. »Weißt du, was eine Schachtel ist?« fragte ich ihn aus irgendeinem Grund. »Ja«, antwortete er, »eine Sache, um Sachen aufzubewahren.«

Ich habe immer nach innen gehandelt ... Das Leben habe ich nie berührt ... Jede Geste, die ich in Betracht zog, beendete ich im Traum; heroisch ... Ein Schwert wiegt mehr als der Gedanke an ein Schwert ... Ich habe große Heere befehligt, große Schlachten gewonnen, große Niederlagen genossen – alles in mir ... Ich ging gern allein in Alleen spazieren und durch lange Flure, kommandierte Bäume und forderte Porträts an den Wänden heraus ... In dem großen düsteren Flur hinten im Palast ging ich viele Male mit meiner Braut spazieren ... Ich hatte nie eine wirkliche Braut ... Ich wußte nie, wie man liebt ... Ich wußte nur, wie man im Traum liebt ... Wenn ich gerne Frauenringe an meinen Fingern trug, dann weil ich mir bisweilen vorstellen wollte, ich hätte die Hände einer Prinzessin und wäre zumindest in den Gesten meiner Hände diejenige, die ich liebte ... Man fand mich eines Tages wie eine Königin gekleidet vor ... Ich träumte, ich sei meine königliche Gemahlin ... Es gefiel mir, mein Gesicht gespiegelt zu sehen, denn ich konnte träumen, es sei das Gesicht eines anderen Geschöpfes – es hatte weibliche Züge, es war das meiner Geliebten, die mein Spiegelbild war ... Wie viele Male berührte mein Mund nicht meinen Mund in einem Spiegel! ... Wie viele Male drückte ich mit meiner einen Hand nicht meine andere, wie viele Male strich ich mir nicht zerstreut über das Haar, um das Gefühl zu haben, es sei ihre Hand, die mich berührte. Nicht ich sage dir all dies ... Es ist der andere Teil von mir, der hier spricht.

Bisweilen halte ich plötzlich inne, zwischen dem Leben, das geht, und dem, das kommt, stehe still am Rande des Vergehens. Und das Entsetzen über alles bricht über mich herein.

Dann wieder ist es, als spielte das Universum seine Rolle mit einem Male schlecht, verriete so sein Anderssein, und es kommt mir vor, als spräche es plötzlich mit einer anderen Stimme zu mir, offenbarte mir für einen Augenblick ein anderes Wesen, □. Wie ein vom Wind aufgebauschter Vorhang, der ein verborgenes Stück von etwas Unbekanntem, Unerwarteten unversehens und flüchtig aufscheinen läßt ...

Ich bin umgeben von einem vollständigen Fehlen an Brüderlichkeit und Zuneigung. Selbst die, die mir zugeneigt sind, sind es nicht wirklich; ich bin umgeben von Freunden, die nicht meine Freunde sind, und von Bekannten, die mich nicht kennen.

Ich friere in der Seele; ich weiß nicht, womit mich warm anziehen. Für Seelenkälte gibt es weder einen Umhang noch einen Mantel. Wer sie fühlt, vergißt sie nicht.

Heißt das, ich habe keine wirklichen Freunde? Nein, ich habe sie, aber sie sind nicht meine wirklichen Freunde.

Weh denen, die vom Transzendentalen berührt wurden und die alles schmerzt: die Kälte, das Nichtssagende, die Distanz.

Da es Abend werden konnte, ohne daß jemand kam,
Verschloß ich die Tür gegen die ganze Welt;
Und meine friedliche kleine Wohnung
Versank mit mir in tiefer Stille …

Trunken vom Alleinsein, mit mir selbst sprechend
Und unbekümmert umhergehend,
War ich wahrhaft jener Freund,
Der mir schon jetzt in jedem Freund fehlt.

Mit einem Mal aber klopfte es an meine Tür,
Und schlagartig verflüchtigte sich ein ganzes Gedicht …
Es war der Nachbar, um mich an das Mittagessen
Morgen zu erinnern. Nein, nein, hab's nicht vergessen.

Als Tür und Sein wieder verschlossen waren,
Versuchte ich in meinem Inneren das Umhergehen
Wieder aufzunehmen, suchte nach der Begeisterung,
    dem Verlangen,
Mit denen ich mich berauscht hatte am Sein der anderen.

Doch nichts da … Die Möbel waren wie immer,
Und die unumgänglichen Wände sahen mich an
Wie jemand, der seinen Blick abwandte von der Glut
Und keine Glut mehr sieht, wendet er sich ihr wieder zu.

Ich teile mich anderen nicht mit.

Es ist wirklich hart, Tag für Tag *at home* sein zu müssen für die Dummheit und sie gezwungenermaßen mit dem Tee der Banalität und dem Kuchen der Nachgiebigkeit zu unterhalten.

Tatsache ist, daß dieses Gefühl, sozial lebendig begraben zu sein, äußerst unangenehm ist. Und der Deckel auf dem Sarg der Konventionen ist so fest zugeschweißt! Dennoch verspüren einige das dringende Bedürfnis, gegen diesen Deckel zu klopfen, auch wenn sie sich nur die Finger aufschürfen. Dabei ist der Sarg nicht einmal hermetisch verschlossen; man kann immer noch genug atmen, um festzustellen, daß man nicht atmen kann.

(Saufen wir uns ins Grab!)

Ich bin zunehmend allein, zunehmend verlassen. Nach und nach zerbrechen mir alle Bindungen. Bald bin ich ganz allein.

Das schlimmste ist, ich kann mein metaphysisches Dasein im Leben nie vergessen. Daher meine transzendentale Befangenheit, die all meine Gesten einschüchtert, die all meinen Sätzen das Blut der Einfachheit entzieht, des unmittelbaren Gefühls.

Zwischen mir und der Welt ein Nebel, der verhindert, daß ich die Dinge sehe, wie sie wirklich sind – wie sie für die anderen sind.

Das spüre ich.

[Pantaleão zugeschriebener Text]

Ich bin ein visueller Mensch. Was ich in Erinnerung habe, erinnere ich visuell, sofern dies überhaupt möglich ist. Selbst wenn ich mir eine Stimme, einen Duft vergegenwärtigen will, kann ich nicht verhindern, daß, noch ehe diese Stimme oder dieser Duft an meinem geistigen Horizont aufscheint, ich die Person zu dieser Stimme oder den Auslöser dieses Duftes in meiner Erinnerung bildlich vor mir sehe. Ich bin mir dessen jedoch nicht absolut sicher; es ist möglich, daß ich, in der festen Überzeugung, ein visueller Mensch zu sein, im letzten Trugschluß – dem inneren Dunkel des Seins – nicht verhindern kann, daß die Vorstellung von mir als visuellem Menschen unmittelbar dazu führt, in mir ein falsches Bild entstehen zu lassen. Wie dem auch sei, eines jedenfalls bin ich nicht, nämlich ein überwiegend visueller Mensch. Ich sehe, und sehend lebe ich.

Ich werde die Hölle meines Ich-Seins sein, die Absolute Begrenztheit, die Seins-Vertreibung aus dem fernen Universum! Ich werde weder Gott sein noch Mensch, noch Welt, ein bloßes Menschen-Vakuum, das Unendliche eines bewußten Nichts, ein namenloses Grauen, ein Exilierter des eigenen Mysteriums, des eigenen Lebens. Ich werde auf ewig die tote Wüste meines Seins bewohnen, den abstrakten Irrtum der Schöpfung, die mich zurückgelassen hat. In mir wird ewig und unnütz das vergebliche Verlangen nach einer Rückkehr zum Sein brennen.

Ich werde nicht fühlen können, da mir der Stoff zum Fühlen fehlen wird, ich werde keine Freude atmen können, keinen Haß und kein Entsetzen, denn ich werde nicht einmal die Fähigkeit besitzen, mit der man dies fühlt – das abstrakte Bewußtsein in dieser Hölle des Nichts-Enthaltens, Absoluter Nicht-Inhalt, absolutes und ewiges Ersticken! Gottesleer, ohne Universum, □

Ein einstimmiger Entsetzensschrei entrang sich uns wie von einem einzigen Menschen. Als er erstarb, verschwand er, [...] und nur der

Mensch verschwand, die Gestalt, das Sein. In der Luft, im Raum, in der Seele, FEHLTE mein Sein!

Ich besuche niemanden, bewege mich in niemandes Gesellschaft – weder in Salons noch in Kaffeehäusern. Täte ich dies, würde ich meine innere Eintracht opfern, mich unnützen Gesprächen hingeben, Zeit rauben, wenn nicht meinen Überlegungen und meinen Plänen, so doch zumindest meinen Träumen, die immer schöner sind als das Gerede der anderen.

Ich fühle mich der künftigen Menschheit verpflichtet. Wenn ich mich vergeude, vergeude ich zugleich das göttliche Erbe, das die Menschen von morgen antreten könnten; verringere das Glück, das ich ihnen zuteil werden lassen kann, und verringere damit auch mich, nicht nur in meinen wirklichen Augen, sondern auch in den möglichen Augen Gottes.

Dies mag nicht so sein, doch ich fühle mich verpflichtet, es zu glauben.

Ich gehöre einer Generation an, die noch kommen wird, deren Seele bereits keine wirkliche Aufrichtigkeit und sozialen Gefühle mehr kennt. Daher begreife ich auch nicht, wie man einen Menschen für untauglich erachten kann, noch wie er selbst solches empfindet. Dieses ganze □ sozialer Konventionen ist für mich gänzlich sinnentleert. Ich *fühle* nicht, was Ehre, was Schande, was Würde ist. Für mich, wie für all jene, die ebenso feinnervig sind wie ich, sind dies Wörter einer fremden Sprache, unbekannte Laute, mehr nicht.

Wenn ich höre, daß man mich für untauglich erachtet hat, begreife ich zwar, daß es um mich geht, der Sinn des Satzes aber erschließt sich mir nicht. Ich erlebe von fern mit, was mir widerfährt, gleichgültig, leicht lächelnd über Dinge, wie sie im Leben passieren. Heute empfindet noch niemand so, aber eines Tages wird man dies nachvollziehen können.

Ich hatte nie von irgend etwas Vorstellungen, ohne sogleich nach weiteren zu suchen.

Ich empfand Widerspruch stets als etwas Schönes, so wie ich es auch immer als die vornehmste Aufgabe eines Intellektuellen ansah, anarchische Zustände zu schaffen, da die Intelligenz spaltet und die Analyse schwächt.

Ich wollte immer Zuschauer des Lebens[35] sein, ohne mich einzumischen. Mit anderen Worten, ich nehme an dem, was mir widerfährt, als Außenstehender teil; abgesehen von dem herben Genuß des □, den mir das armselige Geschehen um mich her bereitet.

Ich hege nicht den geringsten Groll gegen den, der dies bewirkt hat. Ich empfinde weder Groll noch Haß. Gefühle dieser Art sind all jenen eigen, die eine Meinung, einen Beruf oder ein Ziel im Leben haben. Ich habe nichts dergleichen. Mein Interesse am Leben ist das eines »Dechiffrierers« von Scharaden[36]. Ich halte inne, »dechiffriere« und gehe weiter. Ich verwende keinerlei Gefühl darauf. Aber ich habe keine Prinzipien. Heute trete ich für eine Sache ein, morgen für eine andere. Doch glaube ich weder an das, wofür ich heute eintrete, noch glaube ich an das, wofür ich morgen eintreten werde. Das Spiel mit Ideen und Gefühlen hielt ich immer für die schönste Bestimmung. Ich versuche, ihr so oft wie möglich nachzukommen.

Ich habe mich nie als untauglich empfunden. Ein Vergnügen, für das ich Ihnen unendlich danke! Ein sanfter, in gewisser Weise, ferner Genuß …

Man versteht uns nicht, ich weiß es wohl …

35 A. d. Ü.: Siehe hierzu: *Fernando Pessoa: Buch der Unruhe*, a. a. O., Fragment 193, Abschnitt 2, S. 195.

36 A. d. Ü.: Pessoa hat eine Reihe von unvollendeten Kriminalgeschichten hinterlassen. Darunter eine Serie mit dem Titel *Quaresma, Dechiffrierer*, über einen Mann, der Kriminalfälle auf »psychologische« Weise löst. Siehe hierzu: *Fernando Pessoa, Genie und Wahnsinn*, a. a. O., S. 358 ff.

[Brief an Mário Beirão[37]]

Lissabon, den 1. Februar 1913

Mein lieber Mário Beirão,

Ihr Brief vom 25., den ich vor einigen Tagen erhielt, hat mich sehr gefreut. Ich muß gestehen, ich war tief betrübt, daß Sie mir noch nicht geschrieben hatten, aber da ich Ihnen ebenfalls nicht geschrieben hatte, stand es mir gar nicht zu, betrübt zu sein. Das Schlimmste ist, daß mich das Ausbleiben von Briefen zweifelsohne härter ankommt als Sie. Was meine unmittelbare geistige Umgebung angeht, so bin ich nahezu, wenn nicht vollkommen allein … Ich gehöre nicht zu den Menschen, denen die eigene Gesellschaft nicht genügte, und dennoch bin ich bisweilen des Alleinseins mit mir überdrüssig.

Daher hat mich Ihr Brief, so kurz er auch war, sehr froh gestimmt. Ich durchlebe gegenwärtig eine dieser Krisen, die man, treten sie in der Landwirtschaft auf, für gewöhnlich »Überflußkrise« nennt.

Meine Seele befindet sich in einem Zustand, in dem eine Idee so schwindelerregend schnell auf die andere folgt, daß ich sie in einem geistigen Notizbuch festhalten muß, und dennoch sind die zu füllenden Seiten so zahlreich, daß einige, in der Menge, verloren gehen, und andere, durch die Hast des Schreibens, später nicht mehr lesbar sind. Der Verlust der Ideen bereitet mir eine unermeßliche Qual, in der sie weiterleben und dunkel zu anderen Ideen werden. Sie können sich gewiß kaum vorstellen, wie sehr mein armer Kopf der belebten Rua do Arsenal gleicht. Englische, portugiesische Verse, Überlegungen, Themen, Projekte, Fragmente von Dingen, von denen ich nicht weiß, was sie sind, Briefe, von denen ich nicht weiß, wie sie beginnen oder enden, aufblitzende Kritiken, metaphysisches

37 A. d. Ü.: Mário Beirão (1890–1965), portugiesischer Dichter, gehörte der Kunst- und Kulturbewegung *Renascença Portuguesa* an.

Gemurmel ... Eine ganze Literatur, mein lieber Mário, die aus dem Nebel – durch den Nebel – zum Nebel geht ...

Von den psychischen Dingen, deren Schauplatz ich war, ist folgendes, meines Erachtens kuriose Phänomen besonders bezeichnend für mich. Wie Sie wohl wissen, ist mir von meinen diversen Ängsten nur eine recht kindliche, aber entsetzlich quälende geblieben, nämlich die Angst vor Gewittern. Kürzlich drohte der Himmel mit Regen, ich war auf dem Nachhauseweg, und da es spät war, fand sich keine Fahrgelegenheit mehr. Es kam dann doch zu keinem Gewitter, sah aber ganz danach aus, und es begann zu regnen – diese schweren, warmen und vereinzelten Tropfen – und ich noch auf halbem Weg zwischen der Unterstadt und meinem Zuhause. Ich beschleunigte meinen Schritt, rannte in diesem Zustand geistiger Qual, eher als daß ich ging, befand mich, wie Sie sich vorstellen können, in heller Aufregung, war voller Angst. Und in dieser Verfassung ertappe ich mich dabei, wie ich ein Sonett komponiere – kurz vor meiner Haustür hatte ich es beendet – ein sanftes, ruhiges und trauriges Sonett, als wäre es bei einer Abenddämmerung mit wolkenlosem Himmel geschrieben. Und dieses Sonett ist nicht nur ruhig, sondern auch in sich stimmiger und schlüssiger als so manches, was ich geschrieben habe. Dieses kuriose Phänomen der Aufspaltung ist mir durchaus vertraut, aber so intensiv habe ich es noch nie empfunden. Damit Sie selbst sehen, welche Ruhe von diesem Sonett ausgeht, schreibe ich es hier für Sie auf:

Verzicht

Nimm, o ewige Nacht, in deine Arme mich
Und nenn mich deinen Sohn. Ich bin ein König,
Der aus freien Stücken verzichtet hat auf
Seinen Thron aus Träumen nur und Mattigkeit gemacht.

Mein Schwert, so schwer schon meinen müden Armen,
Hab unerschrocknen ruhigen Händen ich vermacht.

Und auch mein Zepter, meine Krone ließ
Zerbrochen im Vorsaal ich zurück.

Mein Kettenhemd, nur mehr so unnütz,
Meine Sporen und ihr so nicht'ges Klirren,
Ich ließ sie auf den kalten Stufen liegen.

Königswürde, Leib und Seele legte ich ab
Und kehrte zurück in die alte, stille Nacht
Wie eine Landschaft, wenn der Tag erlischt.

Grüßen Sie Vila-Moura von mir, und schreiben Sie mir bald und so ausführlich wie möglich.

Mit herzlichen Grüßen
Ihr Ihnen ergebener
Fernando Pessoa

Rua Passos Manuel 24, 3. Stock links

Einflüsse

1904–1905 – Einflüsse von Milton und den englischen Dichtern der Romantik: Byron, Shelley, Keats und Tennyson. (Desgleichen, ein wenig später, und in erster Linie für den *Erzähler* von Bedeutung, Edgar Allan Poe.) Leichte Einflüsse auch aus der Schule von Pope. In der Prosa: Carlyle. Einflußreste portugiesischer, in der Kindheit gelesener Subpoeten. – In dieser Zeit war die Abfolge der Einflüsse mehr oder minder: 1) Byron; 2) Milton, Pope und Byron; 3) Byron, Milton, Pope, Keats, Tennyson und weniger stark Shelley; 4) Milton, Keats, Tennyson, Wordsworth und Shelley; Shelley, Wordsworth, Keats und Poe.

1905–1908 (Ende) – Edgar Allan Poe (bereits in der Dichtung),

Baudelaire, Rollinat, Antero[38], Junqueiro[39] (im antiklerikalen Werkteil), Cesário Verde[40], José Duro[41], Henrique Rosa[42].

1908–1909 (Ende): Garrett[43], António Correia de Oliveira[44], António Nobre[45].

38 A. d. Ü.: Antero de Quental, siehe Fußnote 17.

39 A. d. Ü.: Abílio de Guerra Junqueiro (1850–1923), Diplomat und Politiker, Schriftsteller, Lyriker zwischen Romantik und Realismus. Trat für eine Erneuerung der portugiesischen Kultur und des sozialen Lebens ein. In seinem berühmtesten, 1896 erschienen Gedicht *A pátria* (Das Vaterland) empört er sich über die Lethargie, mit der Portugal 1890 das englische Ultimatum hinnahm, durch das es zum Verzicht auf Territorien in Afrika gezwungen wurde. Der überzeugte Atheist trat gegen Ende seines Lebens zum Katholizismus über.

40 A. d. Ü.: Cesário Verde (1855–1886), Dichter der Stadt Lissabon und ihrer Menschen. Führte nach romant.-parnass. Anfängen unter dem Einfluß Baudelaires neue Stilelemente und Themen in die portugiesische Dichtung ein. Von Pessoa als Wegbereiter der Moderne geschätzt. Siehe hierzu in: *Fernando Pessoa, Buch der Unruhe,* a. a. O., die Fragmente 3, S. 16; 106, S. 117; 268, S. 270–271; und in: *Fernando Pessoa / Alberto Caeiro, Poesia-Poesie,* herausgegeben von F. Cabral Martins und R. Zenith; übersetzt von I. Koebel und G. R. Lind, Zürich 2004 und Frankfurt 2008, den Gedichtzyklus *Hüter der Herden,* Gedicht III, S. 17.

41 A. d. Ü.: José Duro (1875–1899), von den französischen Symbolisten beeinflußter, der Dekadenzdichtung zugerechneter portugiesischer Lyriker.

42 A. d. Ü.: General Henrique Rosa, Bruder von Pessoas Stiefvater João Miguel Rosa. Hochgebildeter und enger Freund des Dichters, der in regem intellektuellen Austausch mit ihm stand.

43 A. d. Ü.: Almeida Garrett (1799–1854), portugiesischer Dichter, Schriftsteller, Dramatiker und Politiker. Begründer und Hauptvertreter der romantischen Schule in Portugal.

44 A. d. Ü.: António Correia de Oliveira (1877–1969), integralistischer und nationalistischer, von der Neuromantik beeinflußter Lyriker, Dramatiker und Journalist.

45 A. d. Ü.: António Nobre (1867–1900), vom französischen Symbolismus und der Neuromantik beeinflußter portugiesischer Dichter. Sein berühmtestes Buch, der zu Pessoas Zeiten viel gelesene Gedichtband *Só* (Allein), wurde als »das traurigste Buch Portugals« bezeichnet. Im *Buch der Unruhe* schreibt Pessoa / Soares in Textfragment 412 in Anspielung auf Nobres *Só*: »Dieses Buch [gemeint ist das *Buch der Unruhe*] ist eine einzige Wehklage. Wenn es denn geschrieben ist, wird *Allein* nicht mehr das traurigste Buch Portugals sein.«

1909–1911 – Die französischen Symbolisten, Camilo Pessanha[46].
1912–1913 – 1) Der Saudosismus[47]; 2) Die Futuristen.

[Brief an einen Dichter[48]]

[1914]

Mein lieber Dichter,

ich schreibe Ihnen ungebührlich spät. Es ist bereits einige Monate her, daß mir Luís de Montalvor Ihr Buch vor Augen brachte. Obgleich ich es unverzüglich las, habe ich Sie mit meinem Dank weit über die Grenzen des Schicklichen hinaus warten lassen. Die poetische Freiheit entschuldigt nicht alles. Ich habe von dem den Kollegen zustehenden Recht, zur Unzeit zu antworten, übermäßig Gebrauch gemacht. Daher beginne ich diesen Brief mit der Bitte um Entschuldigung, wie sie einer solchen Verspätung gebührt.

Ich weiß nicht recht, wie ich mit einem Urteil über Ihr Buch Gefühl und Verstand gleichermaßen Gerechtigkeit angedeihen lassen kann. Es ist zweifellos das Werk eines Dichters, aber noch keines Dichters, der sich bereits gefunden hat, sofern sich ein Dichter überhaupt je findet. In Ihren Versen gibt es Unvollkommenes und Unfertiges. Zwischen den Blumen sind noch die Spuren Ihrer Schritte auszumachen. Man sollte sie nicht sehen. Die einzige Spur, die ein Dichter von sich hinterlassen sollte, ist die Gegenwart der Rosen.

46 A. d. Ü.: Camilo Pessanha (1867–1926), einer der wichtigsten Vertreter des portugiesischen Symbolismus, lebte ab 1894 als Hochschullehrer und Jurist meist in Macau. Schrieb auch Bücher zur chinesischen Zivilisation und Kultur und übersetzte aus dem Chinesischen.

47 A. d. Ü.: Saudosismus, dem Symbolismus verwandte portugiesische literarische Bewegung Ende des 19., Anfang des 20. Jahrhunderts. Leitet sich von dem Wort *saudade* (Sehnsucht, Schwermut) ab und fordert eine Erneuerung der portugiesischen Dichtung.

48 A. d. Ü.: Dieser unbeendete und nie abgeschickte Brief galt dem brasilianischen Dichter Ronald de Carvalho.

Wozu noch die abgebrochenen Zweige, die geknickten Veilchenstengel?

Ich sollte Ihnen das vielleicht nicht sagen, ohne vorauszuschikken, daß ich der strengste aller Kritiker bin, die es je gab. Ich fordere von allen mehr, als sie zu geben vermögen. Warum auch sollte ich von ihnen etwas fordern, das in ihren Kräften steht? Ein Dichter ist jemand, der immer über das hinausgeht, was er leisten kann.

Ihr Buch gehört zum Schönsten, das ich in letzter Zeit gelesen habe. Ich sage Ihnen das, damit Sie, da Sie mich nicht kennen, nicht glauben, es ginge mir nur um ein strenges Urteil und ich nähme die Schönheit Ihres Buches nicht wahr. In Ihnen steckt das Zeug zum großen Dichter. Bisweilen läßt die Hand des Bildhauers die bloßen Konturen seines Materials sprechen. Und dann entsteht Ihr Gedicht über den *Kai* oder Ihr *Herbst*, und dieser und jener Vers, als Geschenk der Götter, wie das Blau am Himmel, wenn sich der Sturm vorübergehend legt. Fordern Sie von sich das Unerreichbare. Die Schönheit kennt nur diesen einen Weg.

Ich werde noch deutlicher.

Ich habe so viele Philosophien und so viele Poetiken durchlebt, daß ich mich bereits alt fühle, was mir erlaubt, Ihnen wie Keats Shelley zu raten, die Flügel hin und wieder eng anzulegen. Es ist bisweilen ein großes ästhetisches Vergnügen, ein Gefühl, das Worte von uns fordert, vergehen zu lassen, ohne es in Worte zu fassen. Aus unseren inneren Gärten dürfen wir nur die weitest entfernten Rosen pflücken und die besten Stunden mitnehmen und nur jene Augenblicke der Abenddämmerung festhalten, in denen uns das Fühlen allzusehr schmerzt. Kein Dichter hat das Recht zu dichten, weil es ihn danach verlangt. Er darf nur Verse schreiben, die vom Duft der Unsterblichkeit inspiriert sind.

Ich schreibe und halte inne. Ich frage mich, ob Sie all dies, da es nicht voll des Lobes ist, nicht für eine feindselige Kritik halten werden. Ich kenne Sie nicht und weiß es daher nicht. Bedenken Sie jedoch, daß ich so nur jemandem schreibe, den ich sehr schätze. Sofern Sie mir Gerechtigkeit angedeihen lassen wollen, werden Sie mir gewiß glauben, daß ich jemandem, der als Dichter nicht taugt, unverzüglich das Gegenteil sage. Es lohnt nur die Schwächen derer aufzuzeigen, die wirkliche Dichter sind und bei denen die Schwächen Schwächen sind. Wozu die Schwächen derer aufzeigen, die zu nichts anderem fähig sind?

So zögerlich dieses Lob alles in allem auch klingen mag, ich wiederhole nochmals, Ihr Buch gehört zum Schönsten, das ich in der letzten Zeit gelesen habe. Ihre kränkelnd zarte Phantasie ist wie eine Prinzessin, die von ihrem Fenster aus die ferne Pracht der Bassins betrachtet. Ich sehe, daß Sie die Fontänen vernehmen. Ihr Aufsteigen gehört tatsächlich zu den besten Momenten des Wassers, und die schönsten sind sicherlich die aus den Gärten des 18. Jahrhunderts (und die wir nie werden sehen können).

Ihre Sensibilität schmerzt mich. Sicher sind wir uns einstmals begegnet und haben uns in schattigen Alleen einander unser beider Abscheu vor der Wirklichkeit anvertraut. Erinnern Sie sich? Man hatte uns das Spielzeug genommen, weil wir darauf beharrten, daß die Bleisoldaten und die Messingschiffe wirklicher, wertvoller und großartiger waren als die Menschen-Soldaten und die echten Schiffe. Wir gingen lange Stunden durch das Landgut. Da man uns die Dinge genommen hatte, die unsere Träume nährten, begannen wir, von ihnen zu sprechen, um ihrer wieder habhaft zu werden. Und so kamen sie zu uns zurück, in ihrer ganzen großartigen Wirklichkeit – welch seidiger Lohn für unsere Opfer! –, die Bleisoldaten und die Messingschiffe; über unsere Seelen dauerten sie fort, damit wir mit ihnen spielen konnten. Die Stunden (Sie erinnern sich?) waren zu harmonisch und zu menschlich. Die Blumen zogen unsere Aufmerksamkeit verstohlen auf ihre Farbe und ihren Duft. Der gesamte Raum fiel leicht ab, als hätte ihn Gott aus spielerischer List von seiten der Seelen angehoben; und wir erfuhren die Unbeständigkeit des göttlichen Spiels wie Kinder, die Gefallen finden an den Streichen, die man ihnen spielt, da sie Zeichen der Zuneigung sind. Sie waren schön, diese Stunden, die wir miteinander verlebten. Wir werden ihrer nie mehr habhaft werden, wie auch dieses Gartens nicht und nicht unserer Soldaten und Schiffe. Alles ist in das Seidenpapier unserer Erinnerung verpackt.

Die Soldaten, die Armen, mit ihren ewig geschulterten Gewehren, durchbohren fast das Papier. Die Bugspiere der Schiffe drohen die Verpackung zu zerreißen. Und dies ist zweifellos der ganze Sinn unseres Exils: Man hat unser Spielzeug aus der Zeit vor dem Leben verpackt und so auf einem Bord verwahrt, daß wir es nicht erreichen, so geschickt wir auch sein mögen. Gibt es eine Gerechtigkeit für die Kinder, die wir sind? Werden uns Hände, die dorthin reichen, wohin wir nicht reichen können, uns unsere Traumgefährten zurückgeben, unsere Soldaten und Schiffe? Ja, und sogar wir selbst, denn wir waren nicht, was wir sind ... Unsere Künstlichkeit war göttlicher ...

Ich schreibe und lasse meiner Phantasie freien Lauf, und es kommt mir vor, als sei all dies wirklich gewesen. Meine Sensibilität und meine Imagination sind so eng verschwistert, daß mir fast die Tränen kommen und ich abermals das glückliche Kind bin, das ich nie war, mit den Alleen und dem Spielzeug, und daß letzten Endes nichts bleibt als die überflüssige Wirklichkeit des Lebens ...

Verzeihen Sie, daß ich Ihnen so schreibe ... Das Leben ist es schließlich wert, daß man Ihnen dies sagt. Gott hört mir vielleicht zu, aber er hört von sich, wie alle, die zuhören. Und das ist die Tragödie, nur fehlte der Dramatiker, um sie zu schreiben □

[1914]

Der Paulismus[49] ist, wie uns João Correia im Café Brasileira sagte, eine *Vergiftung des Künstlichen.*

49 A. d. Ü.: Paulismus: Von Pessoa begründete, nicht sehr langlebige literarische Bewegung. Sie leitet sich von dem Wort *paúl*: Sumpf / Pfuhl ab. Der Paulismus ist als eine Art verfeinerter Symbolismus zu verstehen, in ihm sollen das Vage, das Komplexe und Subtile zum Ausdruck gebracht und nicht zusammenhängende Ideen miteinander verbunden werden. Siehe hierzu in: *Fernando Pessoa, Er selbst*, a. a. O., auf S. 25 das 1913 verfaßte und 1914 veröffentlichte Gedicht: *Sümpfe des Sehnens* und in *Pessoa / Campos: Poesie und Prosa*, a. a. O., S. 369, *Moderne Strömungen in der portugiesischen Literatur.*

Die Rolle von Guilherme de Santa-Rita[50] hierbei: Ein armer Kerl, bei dem das Künstliche die fehlende Originalität ersetzt. Verwegen wie all jene, die nichts anderes vorzuweisen haben, um zu Recht Aufmerksamkeit zu erregen.

Der Paulismus ist der heuchlerische Kult der Künstlichkeit.

Es gibt drei Arten, künstlich zu sein: (1) Das Künstliche als Philosophie kultivieren – wie im Falle von Oscar Wilde; (2) so tun, als bewunderte oder als wäre man etwas äußerst Verwerfliches, Kriminelles, Gewalttätiges, Zynisches; (3) vortäuschen, man wäre verrückt und fände es lustig, halbverrückt zu denken.

In keinem meiner ernst gemeinten und auf Bedeutung ausgerichteten Werke ist auch nur ein einziger paulistischer Satz zu finden.

Die Notwendigkeit, das paulistische Element zu beherrschen.

Der Kult der zweitrangigen Dinge.

Da alles Große erstaunt, legt es das Künstliche darauf an, zu *erstaunen*, um sich selbst weiszumachen, es sei groß.

Da alles Neue irritiert, legt es das Künstliche darauf an, zu *irritieren*. Neben dem Neuen aber irritiert noch etwas anderes: das Absurde, das durch und durch Irritierende. Verwirrend.

Da es Kühnheit braucht, um einer neuen Kunst den Weg zu ebnen, beschränkt sich das Künstliche darauf, kühn zu sein, jedoch ohne irgendeinen Seelengrund.

So kommt es zu einer Inversion psychischer Natur.

50 A.d.Ü.: Guilherme de Santa Rita. Künstlername: Santa-Rita Pintor (1889–1918). Maler und bedeutender Vertreter des portugiesischen Modernismus. Weggefährte Pessoas in den literarischen Zeitschriften *Orpheu* und *Portugal Futurista*.

[Fragment eines Briefes an die Mutter[51]]

5.6.1914

Gesundheitlich ist es mir gut ergangen, und meine Gemütsverfassung war seltsamerweise nicht allzu schlecht. Gleichwohl quält mich eine vage Unruhe, eine Art intellektueller Juckreiz, als bekäme meine Seele Pocken. Ich kann Ihnen einzig in dieser absurden Sprache beschreiben, was ich fühle. All dies hat jedoch nicht eigentlich mit der traurigen Gemütsverfassung zu tun, von der ich Ihnen bisweilen berichte und in der die Traurigkeit bezeichnenderweise grundlos ist. Meine gegenwärtige Gemütsverfassung hingegen hat einen Grund. Alles um mich her entfernt sich und bricht auseinander. Ich möchte mit diesen beiden Verben nicht klagen. Ich möchte damit einzig sagen, daß sich bei den Menschen, mit denen ich Umgang habe, einiges verändert oder verändern wird, Lebensabschnitte gehen zu Ende, und daß mich all dies – so wie ein Greis, der die Gefährten seiner Kindheit um sich herum sterben sieht, den eigenen Tod nahen fühlt – auf ich weiß nicht welch geheimnisvolle Weise daran denken läßt, daß sich auch mein Leben verändern muß und wird. Ich glaube wohlgemerkt nicht, daß es eine Veränderung zum Schlechteren sein wird, im Gegenteil. Aber es ist eine Veränderung, und für mich ist jede Veränderung, jeder Übergang von einem Zustand in einen anderen, ein partieller Tod, etwas von uns stirbt, und die Traurigkeit über das, was stirbt, und das, was vergeht, berührt unsere Seele unweigerlich.

Morgen fährt mein bester und engster Freund[52] nach Paris – nicht vorübergehend, sondern auf Dauer. Tante Anica[53] (...) wird

51 A. d. Ü.: Pessoa trug sich ursprünglich mit dem Gedanken, dieses Brieffragment im *Buch der Unruhe* zu verwenden.

52 A. d. Ü.: Gemeint ist Mário de Sá-Carneiro.

53 A. d. Ü.: Ana Luísa Pinheiro Nogueira de Freitas, genannt Tante Anica. Schwester von Pessoas Mutter und seine Patentante, mit der ihn zeitlebens eine enge Freundschaft verband.

wahrscheinlich demnächst mit ihrer bis dahin verheirateten Tochter in die Schweiz aufbrechen. Ein anderer, mir sehr nahestehender Freund wird für längere Zeit nach Galicien gehen. Ein weiterer wiederum nach Porto übersiedeln, er ist, nach dem erstgenannten, der mir naheste Freund. Und so organisiert (oder desorganisiert) sich in meiner menschlichen Umgebung alles in einer Weise, die mich womöglich in die Isolation treibt oder aber mir einen neuen Weg aufzeigt, den ich noch nicht sehe. Selbst der Umstand, daß ich demnächst ein Buch veröffentliche,[54] wird mein Leben verändern. *Ich verliere etwas – das Unveröffentlichtsein.* Und da jede Veränderung schlecht ist, ist selbst eine Veränderung zum Besseren *immer* eine Veränderung zum Schlechteren. Selbst der Verlust einer negativen Eigenschaft, wie eines Fehlers, einer Schwäche oder Unzulänglichkeit, bleibt doch stets ein Verlust. Und nun, Mama, stellen Sie sich die schmerzlichen Empfindungen eines Wesens vor, das Tag für Tag so fühlt!

Was werde ich in zehn oder auch nur fünf Jahren sein? Meine Freunde sagen, einer der größten zeitgenössischen Dichter, sie haben dabei vor Augen, was ich bereits geschrieben habe, nicht das, was ich schreiben könnte (andernfalls würde ich sie hier nicht zitieren …). Aber weiß ich denn, was das, wenn dem wirklich so sein sollte, genau bedeutet? Weiß ich denn, *wonach es schmeckt*? Vielleicht schmeckt der Ruhm nach Tod und Sinnlosigkeit und riecht der Triumph nach Verwesung.

54 A. d. Ü.: Pessoa schlug der Zeitschrift *A Águia* vor, sein statisches Drama *Der Seemann* zu veröffentlichen, die dies jedoch ablehnte. Es erschien erst 1915 in der ersten Ausgabe von *Orpheu*.

[Brief an Armando Côrtes-Rodrigues[55]]

Lissabon, den 2. September 1914

Lieber Freund,

ich habe Ihre Karte erhalten und mich sehr gefreut zu hören, daß Ihre Reise gut verlaufen ist. Nun warte ich auf den versprochenen Brief. Schreiben Sie, so ausführlich Sie können. Ich für mein Teil beginne meinen Brief, damit Sie nicht allzulange auf ihn warten müssen, gleich jetzt.

Trotz einer leichten Depression, die sich eingestellt hat, seit draußen *Krieg* herrscht, bin ich verhältnismäßig gelassen durch die trügerische Abfolge der Tage gelangt. Ich habe nichts geschrieben, was sich lohnte, Ihnen zu schicken. Ricardo Reis und Álvaro, der Futurist, schweigen gegenwärtig. Caeiro hat einige Zeilen zustande gebracht, die möglicherweise in einem künftigen Buch Aufnahme finden. Diese Zeilen aber sind Entwürfe zu Gedichten, allerdings keinen Gedichten im eigentlichen Sinne. Es geht darin hauptsächlich um Soziologie und *Unruhe*. Sie verstehen gewiß, daß sich letztere auf das »Buch« bezieht, das damit zu tun hat; ich habe tatsächlich etliche Seiten dieses morbiden Werkes zu Papier gebracht. Folglich geht es mit ihm auf komplizierten, gewundenen Wegen voran. Was die Soziologie betrifft, so habe ich neben weiteren Überlegungen und Analysen zu meiner »Theorie der Aristokratischen Republik« über verschiedene Theorien zum gegenwärtigen Krieg und den sich lebhaft bekämpfenden nationalen und zivilisatorischen Kräften nachgedacht. Ich glaube, ich finde allmählich eine Erklärung für den Konflikt, die zutreffen oder zumindest (wir sollten immer ein wenig skeptisch sein) plausibel sein könnte.

55 A. d. Ü.: Armando Côrtes Rodrigues (1891–1971), port. Schriftsteller, Lyriker, Dramatiker und Ethnologe von den Azoren; aus dem unmittelbaren Kreis um Pessoa, mit dem ihn eine enge und herzliche Brieffreundschaft verband. Mitarbeit bei verschiedenen literarischen Zeitschriften, für die Pessoa ebenfalls schrieb.

Tatsache ist, daß ich mich augenblicklich in einer schwierigen Lebensphase befinde. Ich bin täglich darum bemüht, meiner Orientierung insgesamt, der »intellektuellen« wie auch der »im Leben existierenden«, die notwendige methodische und logische Ausrichtung zu geben. Ich möchte mein Leben (und konsequenterweise auch mein Werk) disziplinieren wie einen anarchischen Zustand, anarchisch durch das Übermaß an agierenden »lebendigen Kräften«, miteinander verbundenen und voneinander abweichenden Konflikten und Entwicklungen. Ich weiß nicht, ob ich mich klar und verständlich ausdrücke. Ich glaube, ich bin aufrichtig. Zumindest bin ich so bitter, wie man durch gnadenlose Aufrichtigkeit wird. Ja, jetzt bin ich wohl aufrichtig.

Wundern Sie sich nicht über diese Haltung mir gegenüber. Ich bin so erschöpft von der vielen mit mir verbrachten Zeit, daß ich stets allem, was ich denke oder fühle, mißtraue. Ich bin davon überzeugt, daß ich häufig lange Stunden geistiger Arbeit damit verbringe, mich selbst zu betrügen. Daher sehe ich mich auch ständig gezwungen, mich vorzusehen mit dem, was ich sage.

Bitte beachten Sie, daß, wenn ein Teil meines Werkes »von Wahrhaftigkeit geprägt« ist, es sich um das Werk … von Caeiro handelt.

Aber es ist unnötig und geradezu kriminell, Sie mit dergleichen zu langweilen. Daher fahre ich nunmehr, mich außer acht lassend, fort.

Sá-Carneiro hat nun doch beschlossen, Paris den Rücken zu kehren. Er hält sich derzeit in Barcelona auf, es sei denn, er hat sich bereits auf den Weg nach Lissabon gemacht, was er ohnehin früher oder später tun wird. Ich glaube, er hat richtig gehandelt. Geht der Krieg so weiter, belagern die Deutschen Paris womöglich noch, was selbstredend nicht viel daran ändert, daß sie letzten Endes höchstwahrscheinlich unterliegen werden.

21. 11. 1914

Heute, da ich mich endgültig entschieden habe, Ich zu sein, entsprechend meiner Berufung zu leben und daher den Gedanken an Werbung, an plebejische Soziabilisierung meiner selbst und des Intersektionismus[56] zu verwerfen; heute bin ich – zurück von meiner Reise der Impressionen durch die anderen – erneut und endgültig in den vollen Besitz meines Genies und des göttlichen Bewußtseins meiner Mission gelangt. Heute will ich einzig so sein, wie mein mir angeborener Charakter dies von mir verlangt und mein mit ihm geborenes Genie mir gebietet zu sein.

Haltung um Haltung, die nobelste, die höchste und die gelassenste einnehmen. Pose um Pose, die Pose dessen, was ich bin.

Keine Provokation der Plebs, kein Feuerwerk für das Gelächter oder den Zorn der Unterlegenen. Die Überlegenheit verkleidet sich nicht als Clown; sie kleidet sich in Verzicht und in Schweigen.

Die letzte Spur fremden Einflusses auf meinen Charakter war mit dieser Entscheidung getilgt. Als ich spürte, daß ich meinen intensiven und kindlichen Wunsch, den »Intersektionismus zu lancieren«, zügeln könnte und würde, kam ich auch wieder in den ruhigen Besitz meiner selbst.

Ein Blitz hat mich heute mit Klarheit geblendet. Ich wurde geboren.

Facetten davon: Meine intellektuelle Entwicklung erreicht ihren höchsten Reifegrad.

Mein soziales Empfinden erreicht seinen höchsten Grad an Ausgewogenheit.

Mein genealogisches Studium.

56 A. d. Ü.: Intersektionismus (engl. *Intersection* = Überschneidung), eine der von Pessoa ins Leben gerufenen literarischen Bewegungen, bei der es um die Überschneidung, bzw. Verschmelzung unterschiedlicher Realitäten, Sinneswahrnehmungen, Gefühle und Gedanken geht. Siehe hierzu: *Fernando Pessoa, Er selbst*, a. a. O.; S. 39 das Gedicht *Schräger Regen*.

Auch wenn ich die groteske Idee, eine *Europa*[57] zu gründen, verworfen habe, so habe ich doch meinem alten Wunsch nachgegeben, die Zeitschrift *Renascença*[58] als Mitarbeiter zu unterstützen, zumal dies der für meinen intellektuellen und sozialen Anarchismus richtige Weg ist. Von dort läßt sich auf das Vaterland einwirken. Desgleichen hat sich meine letzte Anwandlung, ein Mann der Tat sein zu wollen (erneut einer kommerziellen! – dies wäre das unnütze Ende des Fiaskos, das mit meiner Druckerei seinen Anfang nahm[59]), verflüchtigt. Ich werde mir meiner sozialen, politischen, intellektuellen Rolle bewußt und dessen, was ich tun kann und tun muß. Mein leicht zu beeindruckendes Wesen hatte mich dazu verleitet. Glücklicherweise verhinderte all dies, daß ich etwas *verwirklichte* und somit hätte bereuen müssen.

(Tante Anica hatte recht, als sie mir sagte, ich solle mich nicht von anderen mitreißen lassen – sie sagte dies zwar in einem anderen Sinnzusammenhang, doch in gewisser Weise auch in diesem.)

II. [sic] Von jetzt an sehen, ob ich studieren, arbeiten, etwas bewerkstelligen kann. Meine geistigen Ängste werden in vielerlei Hinsicht fortbestehen; in einer aber haben sie aufgehört: in dieser Suche nach mir selbst, die mich im Innersten von allem quälte, da ich mich nicht gefunden hatte.

Marinetti, all das – ein *Clown* auf höchstem Niveau, sonst nichts.

Mich weniger an die anderen binden.

Gott sei mit mir.

57 A.R. Zenith: Verworfenes Projekt einer internationalen »intersektionistisch« ausgerichteten Zeitschrift namens *Europa* mit einer auf englisch und französisch erscheinenden Auslandsbeilage, die u.a. Werke von Pessoa ipse, seinem Präheteronym Alexander Search und seinem Freund und literarischen Weggefährten Mário de Sá-Carneiro beinhalten sollte.

58 A.d.Ü.: Von der Zeitschrift *Renascença* erschien lediglich eine einzige Ausgabe (Februar 1914), in der Pessoa sein Gedicht *Impressões do crepúsculo* (Impressionen der Dämmerung) veröffentlichte. Zu finden in: *Fernando Pessoa, Er selbst,* a.a.O., S. 23/25.

59 A.d.Ü.: Siehe hierzu in: *Daten zu Leben und Werk* – 1910.

Muß ich »gesellschaftlichen Umgang« pflegen? *seek love*[60]? ___?

Mir scheint, ich habe der Zerstreuung abgeschworen, der Unterwerfung und der Schwäche.

Es fällt mir schwer, so schwer wie einem Gläubigen, der Priester werden möchte, die Trennung von seiner Braut. Aber zugleich ist da die übergroße Freude der Befreiung.

Überdies gäbe ich in Anbetracht meiner Größe mit einem plebejischen Verhalten ein schlechtes Beispiel ab …

Übte der Krieg – sofern er seine Ernsthaftigkeit der frivolen Futurismität[61] entgegenstellte – einen (wenngleich obskuren und unbewußten) Einfluß auf selbige aus?

Brief an Côrtes-Rodrigues.

Côrtes-Rodrigues ist derjenige, der mich von allen am besten und vom Innersten her versteht. Es ihm sagen.

Aber kann der Intersektionismus nicht als etwas wirklich Besonderes (zweites Manifest) fortbestehen und somit auch mein Anthologieprojekt[62]? Überprüfen.

60 engl.: Liebe suchen.

61 A. d. Ü.: Anspielung auf Marinettis Futurismus, als dessen Vertreter in Portugal sich insbesondere der Maler Santa Rita Pintor verstand.

62 A. R. Zenith: Wie Pessoa in einem Brief vom 4. 10. 1914 an Côrtes-Rodrigues erklärt, wurde das Projekt einer intersektionistischen Zeitschrift zugunsten einer Anthologie des Intersektionismus verschoben. In einem anderen, zwei Tage vor dieser Passage verfaßten Brief versichert Pessoa Côrtes-Rodrigues: »Unsere Anthologie steht, aber selbstverständlich kann sie erst verwirklicht werden, wenn der Krieg vorüber ist, zumal er ein ästhetischer Akt *europäischen* Charakters ist.«

Der Intersektionismus ist primär eine *Annäherung an andere*, das Spektakel einer von mir übernommenen Schule, während man mich aus der anderen Schule mit Pfiffen bedachte.

[Brief an Armando Côrtes-Rodrigues]

Lissabon, den 19. Januar 1915

Lieber Freund,

es ist schon eine Weile her, daß ich Ihnen einen längeren Brief versprochen habe. Ich weiß nicht einmal mehr, ob ich, um es genau zu sagen, nicht von einem Brief psychologischer Natur, mich betreffend, gesprochen habe. Jedenfalls handelt es sich genau darum.

Seit langem schon – seit ich Ihnen diesen Brief versprochen habe – hege ich den Wunsch, vertraulich und brüderlich mit Ihnen über meinen »Fall« zu sprechen, über die Beschaffenheit der seelischen Krise, die ich seit einiger Zeit durchlebe. Obgleich ich eher zurückhaltend bin, habe ich das Bedürfnis, mit jemandem darüber zu sprechen, und dieser jemand können nur Sie sein – denn Sie haben als einziger von all denen, die ich kenne, eine Vorstellung von mir, die voll und ganz meiner geistigen Wirklichkeit entspricht. Sie sind in der Lage, mich zu verstehen, weil Sie wie ich ein im Grunde religiöser Geist sind; und Sie wissen, daß die Menschen aus meinem näheren, literarischen Umfeld (seien sie noch so überragend als Künstler) als *Seelen* im engeren Sinne nicht zählen, da ihnen allen das (mir alltägliche) Bewußtsein von der ungeheuerlichen Bedeutung des Lebens fehlt, jenes Bewußtsein, das uns daran hindert, Kunst nur um der Kunst willen zu machen, ohne uns der Pflicht bewußt zu sein, die wir gegenüber uns selbst und der Menschheit zu erfüllen haben.

Diese scheinbar vorbereitende Erklärung beinhaltet bereits einen großen Teil des Problems. Ich weiß nicht recht, wie ich es Ihnen der Reihe nach und unmißverständlich darlegen soll. Aber da dies hier ein Brief ist, werde ich es so gut ich kann versuchen, und Sie werden später die einzelnen, ungeordneten Elemente in Ihrem Kopf in die richtige Reihenfolge bringen.

Die Krise, in der ich mich befinde, ist von der Art der großen seelischen Krisen, die immer Krisen der Unvereinbarkeit sind, wenn nicht mit den anderen, so doch mit uns selbst. Meine derzeitige Krise rührt nicht von einer Unvereinbarkeit mit mir selbst her; meiner nach und nach erworbenen Selbstdisziplin ist es gelungen, in mir alle gegensätzlichen Elemente meines Charakters zu vereinen, die zur Harmonisierung fähig waren. In meinem Geist bleibt mir noch viel zu tun; noch bin ich von einer Vereinheitlichung, wie ich sie anstrebe, weit entfernt. Aber, wie gesagt, nicht von dieser Seite weht der Wind meines gegenwärtigen Elends.

Es handelt sich um eine Unvereinbarkeit mit den anderen, keine, um dies gleich klarzustellen, drastische Unvereinbarkeit, wie dies bei erklärten, klaren Divergenzen *zweier Seiten* der Fall wäre. Es handelt sich um etwas anderes. Ich bin es, der diese Unvereinbarkeit empfindet, in mir, und die ganze Schwere meiner Divergenz zu denen, die mich umgeben, lastet allein auf mir. Der Umstand, daß ich jetzt allein lebe, da ich hier keine nahen Verwandten mehr habe (meine Tante, bei der ich wohnte, ist zu ihrer Tochter, die vor kurzem einen Staatsstipendiaten geheiratet hat, in die Schweiz übergesiedelt), macht meine gegenwärtige Geistesverfassung nicht eben besser, da ich meiner Seele somit nackt ausgeliefert und ohne familiäre Zuneigung und Anteilnahme bin, die meine Aufmerksamkeit von mir ablenken könnten.

Und so lebe ich seit Monaten in dem fortwährenden Gefühl einer tiefen Unvereinbarkeit mit meiner Umgebung, selbst mit mir nahen Menschen, mit Freunden, literarischen natürlich, denn ich sehe nicht, wie ich mit den anderen eine enge geistige Freundschaft pflegen könnte, weshalb ich mich auch gut mit ihnen verstehe, zumal ich mich, was den sozialen Umgang angeht, mit allen gut verstehe.

Bei niemandem aus meiner Umgebung finde ich eine Lebenseinstellung, die mit meiner innersten Sensibilität *übereinstimmte*, mit meinen Bestrebungen und meinen Plänen, kurz, mit allem, was den Kern meines inneren geistigen Seins ausmacht. Selbstverständlich treffe ich auf Menschen, die meine literarische Tätigkeit gutheißen, sie aber macht nur den äußeren Bereich meiner Aufrichtigkeit aus. Und das genügt mir nicht. Und so kommt mir, der ich immer empfindsamer und mir der schrecklichen und religiösen Mission immer bewußter werde, die jeder geniale Mensch zugleich mit seinem Genius von Gott empfängt, alles, was literarisch belanglos, was bloße Kunst ist, zunehmend hohler und abstoßender vor. Langsam, aber sicher, habe ich in der göttlichen und inneren Erfüllung einer Entwicklung, deren Ziel und Zweck mir unklar sind, meine Vorhaben und Pläne auf die Höhe der mir gegebenen Fähigkeiten erhoben. Auf die Menschheit einzuwirken und mit all meinen Kräften zur Zivilisation beizutragen wird mir immer mehr zum ernsten und gewichtigen Ziel und Zweck meines Lebens. Daher scheint mir Kunst zu schaffen eine immer wichtigere Angelegenheit, eine immer schrecklichere Mission – eine Pflicht, die es hart und mönchisch arbeitend zu erfüllen gilt, den zivilisationsschaffenden Zweck – der Zweck eines jeden Kunstwerkes – fest im Blick. Und daher ist meine eigene, anfangs rein ästhetische Auffassung von Kunst anspruchsvoller und komplizierter geworden, wenn ich heute schreibe, verlange ich von mir eine sehr viel größere Vollkommenheit und Sorgfalt. Schnelle, wenn auch gute Kunst, scheint mir dürftig. Ich schulde der Mission, zu der ich mich berufen fühle, absolute Vollkommenheit in der Ausführung und vollkommene Ernsthaftigkeit beim Schreiben.

Der schnöde Ehrgeiz, um des Glanzes willen zu glänzen, ist mir ebenso vergangen wie der noch schnödere, von unerträglichem künstlerischen Plebejismus zeugende, *imponieren* zu wollen. Ich verspüre bereits keinerlei Eifer oder Begeisterung mehr bei der Vorstellung, den Intersektionismus zu lancieren. Eine Sache, die ich derzeit immer und immer wieder für mich analysiere, wenn ich mich aber entscheiden sollte, diese *quasi-blague* zu lancieren, dann ist es bereits nicht mehr die *quasi-blague*, die sie wäre, sondern etwas anderes. Ich werde mein *skandalöses* Manifest nicht veröffentlichen.

Vielleicht aber das andere – das mit den Graphiken. Die *blague*[63] kann mich nur für einen kurzen Augenblick, vorübergehend, in einer morbiden, rüpelhaften (glücklicherweise für mich untypischen) Übergangsphase, amüsieren oder verlocken. Ich denke, es könnte nützlich sein, die Strömung als solche zu lancieren, aber nicht in rein künstlerischer Absicht, sondern – recht überlegt – als eine Reihe von Ideen, die dringend publik gemacht werden müssen, um auf den nationalen Psychismus einzuwirken, der es in jeglicher Hinsicht nötig hat, von neuen Ideenströmungen und Emotionen bearbeitet und durchdrungen zu werden, die uns aus unserer Stagnation reißen können. Denn der in meinen Plänen stets mehr oder minder gegenwärtige patriotische Gedanke beschäftigt mich jetzt zusehends, und wenn ich daran denke, Kunst zu schaffen, dann nicht ohne davon zu träumen, den Namen Portugals, durch das, was ich verwirklichen könnte, zu erhöhen. Dies ist nur folgerichtig, wenn man Leben und Kunst ernst nimmt. Wer das traurige und mysteriöse Schauspiel der Welt aufmerksam verfolgt, der kann die eigene Pflicht nicht anders verstehen.

Ich habe Ihnen das alles sehr schlecht dargelegt. Ich bin fast versucht, diesen Brief zu zerreißen, in dem ich mir obendrein selbst nicht gerecht geworden bin. Aber Sie verstehen gewiß, was ich fühle, und freuen sich, glaube ich, da Sie mir freundschaftlich verbunden sind, über meine fortschreitende innere Entwicklung.

Ich komme auf mich zurück. Ich habe einige Jahre reisend damit verbracht, Arten des Fühlens zu sammeln. Heute, da ich alles gesehen und alles gefühlt habe, habe ich die Pflicht, mich zu Hause, in meinem Geist, einzuschließen und, soviel ich kann und auf allen Gebieten, auf denen mir dies möglich ist, für den Fortschritt der Zivilisation und die Erweiterung des Bewußtseins der Menschheit zu arbeiten. Hoffentlich bringt mich mein gefährlicher, allzu vielseitiger Charakter, der sich allem anpaßt, sich selbst immer fremd und ohne Bindung in sich selbst, nicht davon ab.

Selbstverständlich bleibe ich bei meinem Vorhaben, das Werk

63 franz.: Streich, Witz, Scherz.

Caeiro-Reis-Campos »pseudonym« zu lancieren. Es ist eine ganze Literatur, die ich geschaffen und gelebt habe, die wahrhaftig ist, weil ich sie gefühlt habe, und die eine Strömung darstellt, imstande, die Seelen der anderen unleugbar positiv zu beeinflussen. Wenn ich von nicht wahrhaftiger Literatur spreche, meine ich damit nicht die Literatur von Alberto Caeiro, Ricardo Reis oder Álvaro de Campos (letzterer ist mit seiner Dichtung über den Abend und die Nacht Ihr Mann). Ihre Literatur ist in der *Person eines anderen* gefühlt; sie ist *dramatisch* geschrieben, aber sie ist (im ernsthaftesten Sinn des Wortes) wahrhaftig, so wahrhaftig wie das, was König Lear sagt, der nicht Shakespeare, wohl aber von ihm erschaffen ist. Als nicht wahrhaftig bezeichne ich Dinge, die getan werden, um zu erstaunen, aber auch – *beachten Sie das bitte, denn es ist wichtig* – Dinge, die auf keiner grundlegend metaphysischen Idee beruhen, mit anderen Worten, Dinge, durch die nicht, wenn auch nur einem Windhauch gleich, eine Ahnung vom Ernst und Geheimnis des Lebens geht. Daher ist alles, was ich unter den Namen von Caeiro, Reis und Álvaro de Campos geschrieben habe, ernsthaft. Ich habe jeden von ihnen mit einer tiefgreifenden Lebensanschauung versehen, unterschiedlich bei allen dreien, aber immer mit der gebührenden Aufmerksamkeit für die geheimnisvolle Bedeutung der menschlichen Existenz. Daher ist das Gedicht *Sümpfe*[64] so wenig ernsthaft wie es das intersektionistische *Manifest* wäre, aus dem ich Ihnen einmal einige unzusammenhängende Passagen vorgelesen habe. In all diesen literarischen Kompositionen ist meine Haltung der Leserschaft gegenüber die eines Clowns. Heute bin ich weit davon entfernt, eine solche Haltung amüsant zu finden.

Wie wenig klar und deutlich doch all dies ist! Aber ich bin gezwungen, Ihnen rasch zu schreiben; heute ist der 19., und ich möchte es nicht versäumen, mit Ihnen im Geiste über diese Dinge zu sprechen. Wie ich bereits sagte, sind Sie der einzige unter all meinen Freunden, der neben der Wertschätzung für meine Fähigkeiten, die Ihnen erlaubt, diesen Brief nicht für das Werk eines Megaloma-

64 A. d. Ü.: Siehe: *Fernando Pessoa, Er selbst*, a. a. O., S. 25.

nen zu halten, eine tiefe Religiosität besitzt und um das schmerzliche Rätsel des Lebens weiß und daher zu denken vermag wie ich.

Ich muß Ihnen jetzt nicht mehr erklären, wie sehr mich diese Haltung – die ich aus verschiedenen Gründen nicht offenbare, angefangen bei ihrem intimen Charakter bis hin zum völligen Unverständnis derer, die mich umgeben – die stumme Unvereinbarkeit mit meiner Umgebung empfinden läßt. Keine, wie ich bereits sagte, drastische Unvereinbarkeit, eine Unduldsamkeit gegenüber allen, die Kunst aus niederen Beweggründen machen, als ginge es um ein Spiel oder ein Amüsement oder darum, ein Zimmer geschmackvoll einzurichten – eine Art Kunst, die gut veranschaulicht, was ich sagen möchte, weil sie kein Darüberhinaus beinhaltet und auch keine andere Absicht verfolgt als die sozusagen *dekorativ* künstlerische. Daher meine ganze »Krise«. Nicht daß ich mich deshalb beklagen wollte. Aber es ist die Krise von einem, der sich allein wiederfindet, da er seinen Reisegefährten zu weit voraus ist auf dieser Reise, die andere unternehmen, um sich zu zerstreuen, während ich sie als etwas so Ernsthaftes empfinde, als etwas, das uns zwingt an ihr Ziel zu denken, darüber nachzudenken, was wir dem Unbekannten sagen, zu dessen Haus unsere Unbewußtheit unsere Schritte lenkt ... Diese Reise, mein Freund, zwischen Seelen und Sternen, durch den Wald der Schrecknisse ... und Gott, der uns am Ende der unendlichen Straße in der Stille seiner Größe erwartet ...

Ich habe Ihnen eher schlecht als recht – gewiß eher schlecht – alles dargelegt. Ich bin es zufrieden, weil ich so mit Ihnen gesprochen habe und weil ich weiß, daß meine derzeitige Traurigkeit in Ihrem Geist mir zugeneigt und freundschaftlich aufgehoben ist. Ich brauche Ihnen wohl nicht zu sagen, daß all das unter uns bleiben muß ... Wem, im übrigen, sollten Sie es auch erzählen? ...

(...)

Ich schicke Ihnen einige meiner Verse ... Lesen Sie sie und behalten Sie sie für sich. Ihrem Vater können Sie sie meinethalben vorlesen, aber *verbreiten* Sie sie nicht, denn sie sind noch nicht erschienen. Das letzte Gedicht liebe ich besonders, das der *Schnitterin*, dem ich eine »paulische« Note in einfacher Sprache geben konnte. Und mich liebe ich, da ich geschrieben habe:

Ach, du sein können, ich seiend!
Deine heitere Unbewußtheit haben
Und das Bewußtsein davon! ...[65]

und, nun ja, das ganze Gedicht.

Ich habe noch andere geschrieben, aber ich schicke Ihnen die, die fertig und leichter zu kopieren sind. Schade, daß alles maschinegeschrieben ist, das macht die Poesie weniger poetisch, aber so geht es schneller und ist besser zu lesen.

Schreiben Sie mir, mein lieber Côrtes-Rodrigues. Grüßen Sie Ihren Vater von mir und seien Sie herzlich und brüderlich umarmt von Ihrem
Fernando Pessoa

1915

Wenn ich bisweilen an berühmte Männer denke, empfinde ich für sie die ganze Tristesse der Berühmtheit.

Berühmtheit ist ein Plebejismus. Und muß daher eine zarte Seele verletzen. Sie ist ein Plebejismus, denn hervorzustechen, von allen gesehen zu werden, weckt in einem empfindsamen Menschen ein äußerliches Verwandtschaftsgefühl mit Leuten, die in der Öffentlichkeit Aufsehen erregen und gestenreich große Reden schwingen. Wer berühmt wird, hat kein Privatleben mehr ... die Wände seines häuslichen Leben werden gläsern; seine Kleidung wirkt stets übertrieben; und sein geringstes Tun – bisweilen lächerlich menschlich –, von dem er wünschte, niemand nähme es wahr, wird durch die Lupe der Berühmtheit zu einer aufsehenerregenden Bagatelle,

65 A. d. Ü.: Siehe: *Fernando Pessoa, Er selbst*, a. a. O., S. 91.

deren Offenkundigkeit seiner Seele Schaden zufügt und sie verstimmt. Man muß schon von recht grober Wesensart sein, um die eigene Berühmtheit genießen zu können.

Zudem ist die Berühmtheit nicht nur ein Plebejismus, sondern auch ein Widerspruch in sich. Auch wenn sie den Eindruck erweckt, sie erhöhe und stärke, so setzt sie doch nur herab und schwächt. Ein unbekannter genialer Mensch kann die süße Wonne des Kontrastes zwischen seiner Anonymität und seinem Genie genießen und kann im Wissen, berühmt zu sein, wenn er nur wollte, seinen Wert mit dem besten Maß messen, nämlich sich selbst. Ist er aber einmal bekannt, ist ihm die Rückkehr in die Anonymität für immer verwehrt. Berühmtheit ist irreversibel. Sie kennt kein Zurück – wie die Zeit.

Zu den wenigen geistigen Vergnügen, die dem bleiben, was an Geistigem in der Menschheit noch verblieben ist, gehört die Lektüre von Kriminalromanen. Zu der goldenen und spärlichen Anzahl glücklicher Stunden, die mir das Leben vergönnt, zähle ich jene zu den besten des Jahres, in denen die Lektüre von Conan Doyle oder Arthur Morrison[66] mein Bewußtsein in den Armen wiegt.

Ein Band eines dieser Autoren, eine Zigarette aus einer Pakkung zu 45, der Gedanke an eine Tasse Kaffee – eine Dreieinigkeit, deren Bündelung das Glück für mich bedeutet –, mehr bedarf es nicht zu meinem Glück. Wahrlich wenig für so viel. Sehr viel mehr aber kann ein Geschöpf mit geistigem und ästhetischem Gespür im gegenwärtigen Europa nicht verlangen.

Das Geständnis, daß ich die Genannten, die weder meine Lieblingsautoren noch auf meinem Nachttisch zu finden sind, persönlich so sehr schätze, mag die Herrschaften vielleicht verwundern.

66 A. d. Ü.: Arthur Morrison (1863–1945), englischer Journalist und Schriftsteller, bekannt für seine naturalistischen Romane und Erzählungen über das Leben der Menschen im Londoner East End und seine Detektivgeschichten.

Ich weiß nicht, wer ich bin, welche Seele ich habe.

Spreche ich in aller Aufrichtigkeit, weiß ich nicht, mit welcher Aufrichtigkeit. Ich bin auf vielfältige Weise anders als ein Ich, von dem ich nicht weiß, ob es existiert.[67]

Ich empfinde religiöse Überzeugungen, die ich nicht habe. Ich berausche mich an Begierden, die mich abstoßen. Meine beständige auf mich gerichtete Aufmerksamkeit zeigt mir beständig den Verrat meiner Seele an einem Charakter, den ich vielleicht nicht habe und den auch sie nicht für den meinen hält.

Ich fühle mich vielfältig.

Ich bin wie ein Zimmer mit unzähligen, wundersamen Spiegeln, die eine einzige zentrale Wirklichkeit falsch und verzerrt reflektieren, eine Wirklichkeit, die sich in allen und in keinem dieser Spiegel findet.

Wie ein Pantheist sich als Welle, Gestirn und Blume fühlt, fühle ich mich als mehrere Wesen. Ich fühle mich fremde Leben leben, in mir, unvollständig, als habe mein Sein an allen Menschen teil, an jedem unvollständig, und als füge sich aus einer Summe von Nicht-Ichs ein künstliches Ich zu einem Einzelwesen zusammen.

[1915]

Handeln heißt eingreifen. Ein ausgestreckter Arm nimmt Raum ein und wird so zu einer metaphysischen Skulptur. Ich konnte nie umhin, dieser unbedeutenden Tatsache eine geflügelte Wichtigkeit über dem Alltäglichen beizumessen.

Nie habe ich in mir etwas anderes gesehen als eine Wallfahrt von Unbewußtheiten hin zum Herbst meiner Absichten. Die langen Stunden, die ich am Ufer meines Fließens verbrachte, haben an der Oberfläche der Existenz Flüsse entstehen lassen.

Mit meinen Schritten bringe ich das Sternenlicht zum Flimmern. Eine Bewegung meiner Hand verbirgt mir den Mond für einen Moment und zeigt mir zu meinem Erstaunen, wie viel sie

67 Variante: ob es all diese anderen ist.

wirklich besagen kann. Aus diesen inzwischen vertrauten und täglich überprüften Gedanken folgerte mein Instinkt, daß er im Hafen Schiffbruch erlitten hatte. Sein bedeutete für mich stets wagen; und Wollen, sich auf etwas einlassen. Trägheit schmeckte mir nach Heiligkeit, und Nicht-Wollen nach Anstand. Ich habe mir auf diese Weise eine bürgerliche Moral des Denkens konstruiert, und, indem ich das Geheimnis wahrte, Sorge getragen für Bequemlichkeit und Schicklichkeit. Das übertriebene Bewußtsein, das ich immer von dem hatte, was in mir vorgeht, schmerzte mich stets wie etwas Geheimnisvolles und Göttliches. Ich habe mich nie verstanden, insbesondere, wenn ich mich dabei überraschte, wie ich meine Instinkte in ihrer Unbewußtheit lebte und die alles in allem banale Erschütterung meiner Nervenreflexe.

Ich bin traurig und weiß nicht
Was mich betrübt …
Lesen … mich verlieren … In mir
□ finden
Einzig das Wissen tröstet.

Einzig das Wissen erteilt die Absolution und tröstet. Das emotionale Schicksal eines gebildeten Menschen, der sein Leben lesend und immer wieder lesend in der Stille seines Arbeitszimmers verbringt, schien mir für kranke Nerven wie meine stets das Beste zu sein. Der Rückzug von allem, der feierliche Verzicht – wie der eines Königs auf seinen Thron – auf alles, was das Leben ist!

Die innere Ruhe! Wer wird uns die innere Ruhe geben? Wer wird die Schlaflosigkeit unserer Wünsche in den Schlaf wiegen und die Kälte unseres vergeblichen Strebens erwärmen?

Der Überdruß, der bei mir wohnt, schien mir immer lebloser Alkoven würdig. Doch konnte ich ihm niemals die gebührende Bleibe bieten noch die Atmosphäre, in der er sich wohl gefühlt hätte … Weh meinem Leben, in dem zu viel gefühlt wird und zu wenig □!

Könnte ich mich doch nur irgend etwas widmen – einem Ideal, einem Kanarienvogel[68], einem Hund, einer Frau, einer historischen Untersuchung, der unmöglichen Lösung eines unnützen grammatikalischen Problems ... Dann, ja, dann wäre ich vielleicht glücklich. Diese Dinge würden mir etwas bedeuten. Aber nichts bedeutet mir etwas, mit Ausnahme der Fiktionen meiner Träume, und diese haben als solche keine Bedeutung. Selbst wenn ich das Vergnügen habe, sie zu träumen, kommt mich das Wissen, daß ich sie träume, bitter an.

Früher trug ich mich mit dem Gedanken, mich eingehend mit den Vier Evangelien zu befassen. Aus einer plötzlichen Eingebung heraus hatte ich ein Buch zu diesem Thema gekauft und gelesen. Ich ließ weitere kommen, erwartete sie voller Ungeduld. Als sie schließlich da waren, las ich sie nicht.

[Brief an Mário De Sá-Carneiro[69]]

Lissabon, den 14. März 1916

Mein lieber Sá-Carneiro,

Ich schreibe Ihnen heute, weil es mich danach drängt – ich habe das schmerzliche Verlangen, mit Ihnen zu sprechen. Mit anderen Worten, ich habe Ihnen nichts Besonderes zu sagen. Nur dies: Ich befinde mich heute auf dem Boden einer bodenlosen Depression. Dieser absurde Satz spricht für mich.

68 Variante: Huhn.

69 A. d. Ü.: Mário de Sá-Carneiro (1890–1916), bedeutender Lyriker und Prosaist, der sich nach symbolistischen Anfängen dem Modernismus zuwandte, enger Freund und künstlerischer Weggefährte Pessoas. Mitbegründer und Herausgeber der modernistischen Zeitschrift *Orpheu* (1915), die, obgleich in nur zwei Ausgaben erschienen, die portugiesische Literatur nachhaltig beeinflußte. Sein Selbstmord am 26. 4. 1916 in Paris stürzte Pessoa in eine tiefe Depression.

Es ist wieder einer dieser Tage, *an denen ich nie eine Zukunft hatte.* Ich sehe nur eine statische Gegenwart, umgeben von einer Mauer aus Angst. Die andere Seite des Flusses ist, solange sie die andere ist, nie diese Seite; und das ist die eigentliche Ursache für mein ganzes Leid. Viele Schiffe steuern viele Häfen an, aber keines einen Hafen, in dem das Leben nicht schmerzt, oder einen Kai, an dem man vergessen könnte. All das geschah vor langer Zeit, doch mein Leid ist noch älter.

An Seelentagen wie heute spüre ich deutlich, mit der ganzen bewußten Wahrnehmung meines Körpers, wie sehr ich das traurige, vom Leben geschlagene Kind bin. Man hat mich in eine Ecke gestellt, von wo ich die anderen spielen höre. Ich spüre in meinen Händen das zerbrochene Spielzeug, das sie mir gaben, eine blecherne Ironie. Heute, am 14. März, um zehn nach neun Uhr abends, ist das der Reiz, der Wert meines Lebens.

Im Garten, den ich durch die schweigenden Fenster meiner Gefangenschaft sehe, hat man alle Schaukeln hoch in die Äste geworfen, wo sie jetzt zusammengerollt hängen. Und nicht einmal die Vorstellung, ich sei alldem entflohen, kann in meiner Phantasie schaukeln, um die Zeit zu vergessen. Das ist mehr oder minder, und stillos, meine derzeitige seelische Verfassung. Wie der Wachenden aus dem *Seemann*[70] brennen mir die Augen, weil ich dachte, weinen zu müssen. Das Leben schmerzt mich zunehmend, schluckweise, in Intervallen. All dies steht in winzigen Lettern in einem Buch, dessen Broschur sich langsam löst.

Schriebe ich Ihnen nicht gerade, ich müßte Ihnen schwören, daß dieser Brief aufrichtig ist und die hysterischen Gedankenverbindungen darin ein spontaner Ausdruck meines Empfindens sind. Aber Sie werden nur zu gut wissen, daß diese nicht aufzuführende Tragödie so wirklich ist wie ein Kleiderbügel oder eine Tasse – voller Hier und Jetzt – und zu meiner Seele gehört wie das Grün zu den Blättern.

70 A. d. Ü.: *Der Seemann* (O Marinheiro), 1913 geschrieben, statisches Drama ohne Handlung.

Daher regierte der Prinz nie. Dieser Satz ist völlig absurd. Aber in genau diesem Augenblick fühle ich, daß ich bei absurden Sätzen am liebsten weinte. Sofern ich diesen Brief nicht heute in die Post von morgen werfe, könnte es sein, daß ich mir morgen, beim nochmaligen Durchlesen, die Zeit nehme, ihn mit der Maschine abzuschreiben, um einige seiner Sätze und Grimassen in das *Buch der Unruhe* zu übernehmen. Aber das wird weder die Aufrichtigkeit, mit der ich ihn schreibe, noch die schmerzliche Unvermeidbarkeit, mit der ich ihn fühle, im geringsten schmälern.

Soweit das Neueste. Doch da wäre noch der Kriegszustand, in dem wir uns mit Deutschland befinden, aber schon vorher brachte der Schmerz Leid mit sich. Auf der anderen Seite des Lebens steht dieser Satz vielleicht unter irgendeiner Karikatur.

Das ist nicht wirklich Wahnsinn, der Wahnsinn muß sich zweifellos ganz dem hingeben, woran man leidet, muß ein geheimes Vergnügen an den Erschütterungen der Seele verspüren, so ähnlich wie bei mir.

Welche Farbe wohl das Fühlen hat?

Seien Sie tausendmal umarmt von Ihrem getreuen
Fernando Pessoa

P.S. Ich habe diesen Brief in einem Zug geschrieben. Jetzt, da ich ihn nochmals lese, sehe ich, daß ich tatsächlich eine Abschrift von ihm machen werde, ehe ich ihn morgen an Sie schicke. Selten habe ich meinen Psychismus so umfassend beschrieben, mit all seinen emotionalen und intellektuellen Ausprägungen, mit all seiner grundlegenden Hystero-Neurasthenie, mit all seinen für ihn so charakteristischen Überschneidungen und Winkeln im Bewußtsein seiner selbst …

Sie geben mir doch recht, oder?

13. 6. 1916

Da habe ich nun mein achtundzwanzigstes Jahr erreicht und nichts geleistet im Leben – nichts im Leben, nichts in der Literatur, nichts in mir. Bis jetzt habe ich nichts als Scheitern erlebt. Wie lange wird es mir noch so ergehen? Weh mir!

Je genauer ich mein Gewissen prüfe, um so weniger verzeihe ich mir die Bedeutungslosigkeit meines Lebens.

Was nur hat mich so furchtbar aufgehalten?

Meine unzureichende Lektüre, mein fehlender praktischer Sinn, mein □

(Orig. engl.)

[Entwurf eines Briefes von Marcos Alves[71]]

Ich habe mich mein Leben lang als nicht zugehörig gefühlt, selbst seinen höchsten Dingen nicht, und habe mich doch immer allen angepaßt, selbst den niedrigsten. Auf diese Weise erschuf ich mir eine doppelte Persönlichkeit, deren beider Wesen[72] falsch sind. Daher finde ich mich nicht. Hinter dem Geistesmenschen, und in geringem Maße auch Gesellschaftsmenschen, bin ich ein toter Künstler, und auch dies nicht wirklich. Wenn ich sehe, was ich sein wollte und was ich glaubte, voll und ganz sein zu können, und feststelle, was ich heute unabänderlich bin, steigt mir, als hätte ich meine Seele verloren, eine übergroße Angst zu Kopf.

Ich spürte mich immer nur vermittels einer Vorstellung von mir selbst.

Alles, was ich liebte, verletzte früher oder später □

Ich habe alle Bande zu mir durchtrennt, heute bindet mich nichts mehr an mich, bis auf das Gefühl, gebunden sein zu müssen. Ich fühle mich einzig als einer, wenn ich sehe, daß ich zumindest zwei bin.[73]

Sie fragen mich, wie ich es schaffe, schaffe, ein brillanter Plauderer zu sein, ein Triumphator der Aufmerksamkeit … Indem ich

71 A. d. Ü.: Von Pessoa später aufgegebenes Präheteronym.

72 Variante: Zweige

73 Variante: daß ich viele bin.

mich verliere. Jeden Stein, mit dem ich an meinem Ruf als Blagueur, als Künstler, als □ arbeitete, habe ich der heute eingefallenen Mauer entnommen, mit der ich mich vor dem Nicht-Ich schützte. Heute habe ich keine Seele mehr. Ich habe sie an mich selbst verkauft, gegen Falschgeld, gekaufte Küsse, unnütze Freundschaften, verachtenswerte Bewunderer, Feinde, die mich bereits vergessen haben.

[Fragment eines Briefes an einen nicht identifizierten Adressaten]

[1915–1916?]

Ich meinerseits biete Ihnen meine Unterstützung an. Ich bin ein armer Zuschneider von Paradoxien, besitze aber die Fähigkeit, Beweise zur Verteidigung jedweder Theorie zu erbringen, selbst für

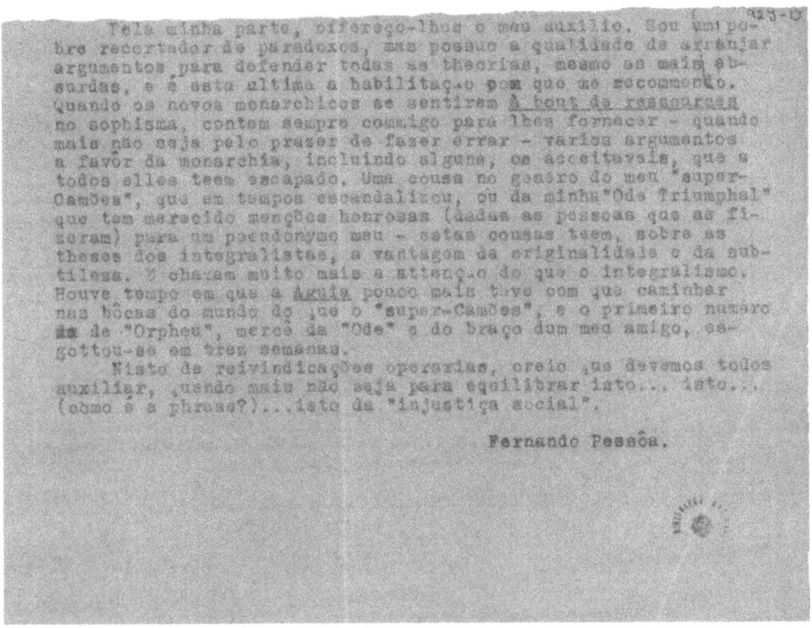

92j-13

Pela minha parte, offereço-lhes o meu auxilio. Sou um pobre recortador de paradoxos, mas possuo a qualidade de arranjar argumentos para defender todas as theorias, mesmo as mais absurdas, e é esta ultima a habilitação com que me recommendo. Quando os novos monarchicos se sentirem à bout de ressources no sophisma, contem sempre comigo para lhes fornecer – quando mais não seja pelo prazer de fazer errar – varios argumentos a favôr da monarchia, incluindo alguns, os acceitaveis, que a todos elles teem escapado. Uma cousa no genero do meu "super-Camões", que em tempos escandalizou, ou da minha "Ode Triumphal" que tem merecido menções honrosas (dadas as pessoas que as fizeram) para um pseudonymo meu – estas cousas teem, sobre as theses dos integralistas, a vantagem da originalidade e da subtileza. E chamam muito mais a attenção do que o integralismo. Houve tempo em que a Aguia pouco mais teve com que caminhar nas bôcas do mundo do que o "super-Camões", e o primeiro numero de "Orpheu", mercê da "Ode" e do braço dum meu amigo, esgottou-se em trez semanas.

Nisto de reivindicações operarias, creio que devemos todos auxiliar, quando mais não seja para equilibrar isto... isto... (como é a phrase?)...isto da "injustiça social".

Fernando Pessôa.

Fragment eines Briefes an einen nicht identifizierten Adressaten (BNP/E3, 92j–13)

die absurdeste, und insbesondere mit dieser letztgenannten Befähigung empfehle ich mich Ihnen an. Wenn die neuen Monarchisten fühlen, daß sie mit ihrem Sophismus *à bout de ressources*[74] sind, können sie immer auf mich zählen, damit ich ihnen – schon allein wegen des Vergnügens, sie in die Irre zu führen – etliche Bewei se zugunsten der Monarchie liefere, einschließlich einiger, nämlich der akzeptablen, die ihnen allen entgangen sind. Etwas in der Art meines »Super-Camões«[75], der seinerzeit die Geister erhitzte, oder meiner »Triumph-Ode«, die einem meiner Pseudonyme [sic] eine lobende (bedenkt man, von wem sie kam) Erwähnung einbrachte – diese Dinge haben gegenüber den Thesen der Integralisten den Vorteil, daß sie originell und subtil sind. Es gab Zeiten, in denen *A Águia*[76] weniger Grund hatte, in aller Munde zu sein, als der »Super-Camões« und die erste Nummer von *Orpheu*[77] dank der Ode und der Hilfe eines Freundes innerhalb von drei Wochen vergriffen war.

Was die Forderungen der Arbeiter angeht, so müssen wir sie meines Erachtens alle unterstützen, allein schon um das ... das ... (wie lautet noch der Satz?) das mit der »sozialen Ungerechtigkeit« auszugleichen.

74 franz.: hier in der Bedeutung von »am Ende sein«.

75 A. d. Ü.: Pessoa kündigte 1912 in der Zeitschrift *República* das baldige Erscheinen eines Supra-Camões [sic] an (als den er sich selbst sah), der den neuen Höhepunkt der nationalen Literatur Portugals definieren wird. Siehe hierzu: *Fernando Pessoa, Orpheu, Schriften zur Literatur Ästhetik und Kunst*, herausgegeben und übersetzt von Steffen Dix, Frankfurt / M. 2015, S. 23 ff. Pessoa schrieb abwechselnd »Super-« und »Supra-Camões«.

76 A. d. Ü.: *A Águia*, von Teixeira de Pascoaes zwischen 1910 und 1932 in Porto herausgegebene Zeitschrift, in der die bedeutendsten Vertreter der portugiesischen Literatur des frühen 20. Jahrhunderts publizierten.

77 A. d. Ü.: *Orpheu*, von Pessoa 1915 gegründete avantgardistische Literatur- und Kunstzeitschrift, die vierteljährlich erscheinen sollte, es aber auf nur zwei Ausgaben brachte, die allerdings für den größten Skandal in der Literaturgeschichte Portugals sorgten. Siehe hierzu: *Fernando Pessoa, Orpheu*, a. a. O., S. 251 ff.

Was oberflächlich als mein Egoismus erscheint, ist für mich meine Hingabe. Mein Geist lebt im beständigen Bestreben, die Wahrheit zu erforschen, und in der Sorge, lege ich das Kleid ab, das mich an diese Welt bindet, ein Werk zu hinterlassen, das dem Fortschritt und dem Wohl der Menschheit dient.

Ich gestehe, daß der geistige Sinn, den dieser Dienst an der Menschheit für mich beinhaltet, mich aufgrund meines Temperaments oftmals von jenen kleinen Bekundungen abhält, die im allgemeinen eine humane Gesinnung offenbaren. Die Akte der Nächstenliebe, die sozusagen tägliche Hingabe, werden bei mir selten sichtbar, obgleich nichts in mir sie ablehnt.

Der Gerechtigkeit halber muß ich indes anerkennen, daß ich nicht egoistischer bin als die meisten Menschen und weit weniger als meine Kollegen aus der Welt der Kunst und der Literatur. Ich erscheine denjenigen als Egoist, die aus einem anmaßenden Egoismus heraus die Hingabe der anderen wie einen Tribut einfordern.

Bisweilen sehe ich in den Träumereien, die in den Winkeln meines Denkens und Fühlens entstehen, Lieben vor mir. Einmal ertappe ich mich dabei, wie ich die Fäden zu einer Leidenschaft spinne, erwidert von einer genialen Schwindsüchtigen, die in unbestimmter Hoffnung ein unsterbliches Buch verfaßt hatte und jetzt tagein tagaus am Fenster ihres weißgekalkten Hauses sitzt. Ein andermal ist es die Marquise in ihrem noblen Landgut, die, als sie erfährt, daß ich in der Nähe von dort wohne, wo ich nie sein könnte, mich unwillkürlich an sich zieht; unsere Liebe entfaltet sich ohne Geschichte und nimmt einen glanzvollen Ausgang. Dann wieder kehrt die Romantik allen Schwindsüchtigen und Aristokratinnen den Rücken und in den im Traum gelebten Begierden herrscht große Einfachheit: Ich fand sie inmitten des Lebens wie eine Blume zwischen hohen Gräsern, ich pflückte sie für mein heiteres und hübsches Heim, und unser Leben schläft, zumindest bis dahin, wohin der Traum geht, einen ruhigen und ehrlichen Schlaf und ist eine einzige Liebkosung.

Ach, welch vielschichtige Geschichten, an Schiffsdecks, auf fernen Inseln, in Hotels überall auf der Welt, auf kurzen Reisen, entzücken meine Träumereien wie Kleider in einem Schaufenster.

Doch plötzlich, als kehrte ich aus einem am Boden zerschellten Alptraum zurück, erwache ich aus meiner sexuellen Romantik und erröte über mich, da ich in Gedanken das tue, was alle Männer tun. Und habe als Wappen meiner wortreichen Noblesse den lächerlichen Vorteil des Gegenteils. Ja, bisweilen träume ich so gegenteilig. Bisweilen bin ich eine männliche Schneiderin und habe Prinzen, die Prinzessinnen sind; und nicht selten sind sie auch noch anderes, in der unvermeidbaren Phantasie.

Und dann, hellwach, lache ich fast laut, mich so zu sehen, als sähe ich mich nackt unter meiner Nacktheit, als erblickte ich das Skelett meiner Seele, und eine aufreizende Heiterkeit tanzt Walzer durch meine Hirngespinste. Wie traurig!

Den Charakter eines Träumers kennzeichnen bestimmte Merkmale: Seine Asexualität, oder Parasexualität, gehört dazu und ist als solche klar erkennbar; in ihr tritt seine Unfähigkeit im Umgang mit der Normalität und der Wirklichkeit der Dinge am deutlichsten zutage.

In den Augenblicken, in denen ich des Lebens □ überdrüssig bin, wenn mich die Angst vor der Gegenwart eisern im Griff hat, überkommt mich das heftige Verlangen, andere Leben zu leben, andere Seelen, andere Sinneswahrnehmungen.

So träumte ich mich □ immer wieder schlafend in einem Bett auf dem Land, im Januar, nahm den Regen draußen wahr, prasselnden Regen, fühlte mich aufgehoben und plauderte aus einem idiotischen Wohlgefühl von Leib und Seele heraus mit mir selbst. □ überall die Verbannung der Sinneswahrnehmung, stets intellektualisiert vom Bewußtsein all dessen, was □

Und selbst in und nach diesen Träumen verspüre ich fortwährend Sehnsucht nach ihnen, eine herbe, bittere, nüchterne, unvorstellbar schmerzliche Sehnsucht. Meine Seele schmerzt mich über den schmerzlichen Überdruß hinaus während und bei der Rückkehr von dieser Traumreise.

Ich habe den Eindruck, das Mysterium des Lebens in seiner innersten Substanz durchdrungen zu haben und empfinde noch immer jenen Überdruß, doch müde jetzt, unendlich müde, bis zur Leblosigkeit.

[Unbeendeter Brief an Hector und Henri Durville[78]]

Lissabon, den 10. Juni 1919

Sehr geehrte Herren,

ich bitte Sie, mir freundlicherweise – wenn möglich postwendend – Ihre vollständigen Kataloge zukommen zu lassen sowie Informationen über das *Institut du Magnétisme et du Psychisme Experimental* und insbesondere über den Fernkurs in persönlichem Magnetismus.

Vielleicht ist es einfacher für Sie, mir genauere Informationen zu geben, wenn ich Ihnen meinerseits umgehend erläutere, was ich möchte und aus welchem Grund. Sie erhalten daher anbei die Angaben, die Sie zweifellos benötigen, um mir entsprechend zu antworten. Es erübrigt sich, Ihnen zu erklären, daß sich all dies ausschließlich auf meine Bitte um Informationen zu dem bereits genannten Fernkurs bezieht.

Ich möchte meinen persönlichen Magnetismus so weit wie möglich entwickeln, mit anderen Worten dahingehend, daß ich, so-

78 Hector Durville (1849–1923), Magnetiseur, Okkultist und Verfasser zahlreicher Studien über magnetische Theorie bzw. experimentelle Psychologie, gründete die Société Magnétique de France und zusammen mit seinem Sohn, dem Arzt Henri Durville (1887–1963), die École Pratique de Magnétisme et de Massage in Paris.

fern möglich, meinem Leben eine *äußere Richtungskoordination* geben kann. Dies mag zunächst etwas kompliziert klingen, doch ich hoffe, es Ihnen vermittels meiner folgenden Ausführungen klarmachen zu können. Ich werde Sie zunächst über mein Temperament informieren und anschließend über meine (nebenbei bemerkt äußerst geringen) Kenntnisse in Sachen Magnetismus.

Psychiatrisch gesehen bin ich ein Hysteroneurastheniker, glücklicherweise aber ist meine Neuropsychose eher schwacher Prägung; das neurasthenische Element ist stärker ausgeprägt als das hysterische, was zur Folge hat, daß ich äußerlich keine hysterischen Züge aufweise – kein Bedürfnis zu lügen, keine morbide Unbeständigkeit in der Beziehung zu anderen etc. Meine Hysterie ist rein innerlich und betrifft nur mich; in meinem Leben mit mir tritt die Unbeständigkeit der Gefühle und Wahrnehmungen, das Schwanken von Gefühl und Willen, wie sie für eine vielschichtige Neurose charakteristisch sind, deutlich zutage. Mit Ausnahme von Dingen, die den Intellekt angehen und wo ich bereits zu Schlußfolgerungen gelangt bin, die ich für sicher erachte, ändere ich meine Meinung zehn Mal am Tag; einzig in Bereichen, die jegliche Emotion ausschließen, vertrete ich eine feste Meinung. Ich weiß, was ich von dieser philosophischen Doktrin oder jenem literarischen Problem zu halten habe; was aber meine Freunde angeht oder die Art und Weise meiner äußeren Aktivitäten, so hatte ich nie eine feste Meinung.

Da ich ein in mich gekehrter Verstandesmensch bin, meistere ich jedoch wie die meisten geborenen Neurastheniker fast ausnahmslos alle äußeren oder dynamischen Folgen dieser inneren Zustände. Ich muß bereits etwas müde oder tief bewegt sein, damit meine Emotivität nach außen dringt. Meine Stimmung ist *nach außen hin* ausgeglichen: Ich bin vor anderen fast immer ruhig und guter Dinge. Meine Emotivität ist für mich als solche und da ich sie unter Kontrolle habe, nicht von Nachteil; sie kommt mir sogar überaus zupaß, denn sie ist mir für mein literarisches Leben, das ich neben meinem praktischen Leben führe, durchaus von Nutzen. Ja, ich kultiviere diese lebhaften wie subtilen Emotionen, aus denen mein Innenleben besteht, sogar mit einer gewissen dekadenten Sorgfalt. Ich möchte daran nichts ändern. Das Übel ist anderer Art.

Sie haben meinen Schwachpunkt gewiß bereits entdeckt; ein Temperament, wie ich es Ihnen beschrieben habe, krankt weder am Gefühl noch am Verstand, sondern am Willen. Dieser Wille leidet unter der Emotion und unter dem Verstand; ich beziehe mich hierbei auf meine mir eigene Emotion und meinen mir eigenen Verstand. Übermäßige Emotivität beeinträchtigt den Willen; übermäßige Kopflastigkeit – ein allzusehr in die Analyse und ins Nachdenken vernarrter Verstand – beeinträchtigt und unterbindet den vom Gefühl gestörten Willen. Daher die Parabulie und die Abulie. Ich möchte stets drei oder vier Dinge auf einmal tun, aber im Grunde tue ich es nicht nur nicht, sondern möchte es auch gar nicht tun, nicht im geringsten. Die Tat lastet auf mir wie ein Fluch; handeln bedeutet für mich, mir Gewalt antun.

Alles, was bei mir ausschließlich intellektuell ist, ist nicht nur sehr stark, sondern auch sehr gesund. Der hemmende Wille, der zugleich der intellektuelle Wille ist, ist bei mir stark ausgeprägt. Das Gefühl kann mich noch so stark unter Druck setzen, ich halte diesem Druck stand und *tue nichts.* Der Wille zu handeln, der Wille, nach außen zu wirken, fehlt mir; alles *Handeln* fällt mir schwer.

Sehen wir uns das Problem genauer an. Die Konzentration ist die Substanz allen Willens. Meine Konzentration ist rein intellektueller Art, mit anderen Worten, sie beschränkt sich auf mein Denkvermögen. Wenn ich denke, bin ich ganz und gar Herr meiner selbst: Kein Gefühl, kein fremder Gedanke, kein gedankliches Abschweifen vermag meinen unbeirrten und nüchternen Gedankengang zu stören. Jede andere Form der Konzentration aber fällt mir schwer oder ist mir unmöglich.

Daher bin ich im allgemeinen einzig mittels der zentrifugalen Umsetzung dieses zentripetalen Willens in der Lage, kontinuierlich zu handeln. Aber diese Methode ist natürlich nur auf bestimmte Handlungsvarianten anwendbar. Nehmen Sie an, es geht darum, einen längeren Brief zu schreiben, einen komplizierten Geschäftsbrief, da ich das Auslandsressort eines portugiesischen Handelshauses leite, ist dies eine meiner nahezu täglichen Aufgaben. Ich kann ihr nur vermöge einer geistigen Klassifizierung des Briefinhaltes nachkommen, vermöge einer durchdachten Gliederung der zu übermittelnden Materie. Ich erledige diese Arbeit überaus schnell, und die Methode, die ich dabei anwende, hat in einem Fall wie diesem den Vorteil, die beste zu sein, denn dank ihrer könnte der Brief nicht klarer und überzeugender werden. Stellen Sie sich jedoch vor, man würde versuchen, diese Methode auf ein Tun, und nur ein Tun, das nicht, wie dieses hier, rein literarisch wäre, anzuwenden! Das Resultat ist nur nicht absurd, weil es null und nichtig ist. Koordinierendes Handeln wird hier zum Hemmnis und verhindert somit jegliches Handeln. Es gibt keine Strategie der kleinen Handlungen; in der täglichen Wirklichkeit spielt man kein Schach.

Man sollte die Tragweite dieser Betrachtungen jedoch nicht überbewerten. Ich bin nicht gänzlich ein bewußter Leichnam. Aber mein Wille zu handeln ist zu schwach, vor allem, wenn man ihn mit meinem hemmenden Willen vergleicht.

Diese Geistes- oder besser Temperamentsverfassung ist (muß dies überhaupt noch gesagt werden?) äußerst entmagnetisierend. Mein seelisches Leben ist eine Art Lehrgang in persönlicher Entmagnetisierung. Sie werden daher unschwer verstehen, was mich bewogen hat, Ihnen zu schreiben und Sie mit solch weitschweifenden und ermüdenden Ausführungen zu behelligen. Ich möchte meinen Willen zum Handeln entwickeln, doch dies so, daß weder mein Gefühl noch mein Verstand Grund zur Klage haben. Soweit ich weiß, gibt es nur eine Methode, den Willen zu entwickeln, der weder das Gefühl abtötet noch den Verstand beeinträchtigt, und das ist die magnetische Kultur □

(Orig. franz.)

Tramway

8. 10. 1919

Da fahre ich nun in einer Elektrischen, mit weiteren dreißig oder
vierzig Personen,
Erfüllt (nur) von meinen unsterblichen (ich glaube guten) Ideen.

Morgen werden sie in Versform
In ganz Europa sein, in der ganzen Welt (wer weiß?!)
Anfang, Vollendung, Triumph, Glanz,
Der vielleicht nie erlischt.

Und wer steigt zu? Was nimmt er wahr? Mein unmittelbarer
Nachbar
Nimmt von mir nur wahr, daß ich, ihm fremd,
Vorn sitze, ganz vorn, wo Platz nimmt,
Wer als erster einsteigt.

Was zählt aber sind die Ideen, die ich habe, kurzum,
Der Rest, der Mann, der hier sitzt, bin ich,
Im Anzug, sichtbar, korrekt, immer bei mir,
Unter dem Blau des Himmels.

Ah, Schicksal der Götter, verleiht zumindest
Dem in mir, der das Leben denkt, die Fähigkeit, ein tiefes
Empfinden zu haben, essentiell, aber klar und prägnant,
Für das Leben und die Welt.

Ich weiß, unter diesem Himmel, der meine Ideen berührt,
Unter diesem Himmel, ähnlicher dem, was ich in mir denke,
Fährt diese Elektrische mit ihren voll besetzten Bänken,
Wohin ich fahre.

Und was an alldem ist der absurde Punkt?
Wo ist hier der Fehler, den ich spüre?

Mein milde gestimmter Verstand verliert hier den Boden unter den Füßen,
Und denkend lüge ich bereits,

Doch welche Wahrheit belüge ich, welche Verbindung
Besteht zwischen dem Falschen hier und dem Richtigen dort?
Wenn ich das, was ich spüre und denke, nicht einmal zu formulieren vermag,
Wenn das, was auf der Hand liegt,

Jetzt in meinem Sinnen Abgrund ist und Dunkel,
Was mache ich dann mit meinem gespaltenen Bewußtsein?
Oh, absurde und irreale Elektrische, wo sind all meine Gedanken?
Auf welcher Seite ist das Leben?

[Brief an Francisco Manuel Cabral Metello[79]]

Mein lieber Francisco Manuel,

gerade noch habe ich mit der Lektüre Ihrer Filmnovelle *Sachá* zusammengelebt, als wäre es mit Ihnen. Ich sah die Episoden eher vor mir, als daß ich sie las. Ich ging zwischen ihnen hindurch wie jemand, der zwischen Menschen hindurchgeht. Und ich hatte das Vergnügen, Sie zu begleiten, diesen bunten Spaziergang mit Ihnen zu machen.

Ich würde Ihre Novelle nicht eben als literarisch bedeutsam bezeichnen. Doch als bemerkenswert elegant. Etwas anderes als Eleganz haben Sie mit ihr, wie ich annehme, auch nicht beabsichtigt. Und Sie taten gut daran, ist es doch der Eleganz eigen, nichts anderes anzustreben als elegant zu sein.

79 A. d. Ü.: Francisco Manuel Cabral Metello (1893–1979), Dichter, Autor und Bekannter Pessoas. Der Brief erschien im Februar 1923 in *Contemporânea* Nr. 8 anläßlich des Erscheinens von Metellos Film-Novelle *Sachá*.

Von allen, die schreiben, vermögen nur wenige, wirklich Schriftsteller zu sein – das heißt außergewöhnliche Schriftsteller, Künstler des geschriebenen Wortes. Die höhere literarische Tätigkeit erfordert, wie jede höhere Spezialisierung, nicht nur eine vielschichtige Begabung, sondern auch eine umfassende Vorbereitung. Was die Begabung angeht, so bleibt nur zu sagen, daß man entweder mit ihr zur Welt kommt oder sie schlicht und einfach nicht hat. Was die Vorbereitung angeht, so gibt es, selbst unter solchermaßen Begabten, nur wenige, die die Disziplin, die sie sich abverlangen wollen müssen, auch unermüdlich aufbringen. Doch selbst dann muß eine Begabung, so groß sie auch sei, ausgeglichen sein und eine Vorbereitung, so beständig sie auch sei, mit einer gelungenen Erziehung in der Kindheit beginnen; was mit Umständen zu tun hat, deren Ursache weder im organischen Erbe noch in der eigenen Wahl zu sehen sind. Und nicht vergessen werden darf, daß auch die Umgebung, in der der schon erwachsene Schriftsteller lebt, das Ergebnis beeinflußt. Aus so vielen und so unterschiedlichen Elementen erschafft das Schicksal sowohl in der Literatur als auch auf jedem anderen geistigen Gebiet letztendlich den Zufall, den man Genie nennt.

Folglich ist für eine große Anzahl derer, die schreiben, das Schreiben entweder ein einfaches Mittel, Ideen zu transportieren, dann aber sind sie Philosophen und keine Schriftsteller, oder die Literatur ist ein Beruf, den sie ausüben, dann aber sind sie keine Künstler, sondern Kunsthandwerker, oder aber das Schreiben ist für sie eine bewußte geistige Zerstreuung, damit sich die anderen mit dem die Zeit vertreiben, was dem Autor selbst Zeitvertreib ist. Ich spreche nicht von denen, die aus anderen Gründen schreiben als aus den drei genannten, und die annehmen, sie seien echte Schriftsteller. Sie, die in der Mehrzahl sind, sind nichts.

Diese drei Typen des Schriftstellers, die eigentlich keine Schriftsteller sind, vermögen uns geistig nur zu fesseln, wenn ihnen mit ihren Werken die Annäherung an die wahre Literatur gelingt. Beim Denker geschieht dies, wenn seine Absicht mit der ihr eigenen Kraft Satz und Wort anfeuert und die Eloquenz als Stimme des Gedankens entsteht; beim literarischen Kunsthandwerker, wenn es dem Ausführenden gelingt, mit nachahmendem Gespür geschickt künstlerische Sorgfalt vorzutäuschen; beim »Zeitvertreiber«, wenn seine Persönlichkeit auf intelligente Weise interessant ist und es ihm gelingt, sie unbewußt auf das, was er schreibt, zu übertragen; und er weniger schreibt als vielmehr schriftlich mit uns spricht.

Sie und Ihr *Sachá* gehören zu diesem dritten Typus. Da Sie eine opulente Persönlichkeit besitzen, konnten Sie Interesse wekken, sobald Sie diese spontan zum Ausdruck brachten. Und Sie waren spontan, denn Sie haben geschrieben, ohne darüber nachzudenken, was Sie schrieben, Sie haben einzig im Gedanken an sich selbst geschrieben. Daher können Sie den Bildern Ihrer Novelle das subtile Geheimnis Ihrer Person anvertrauen. Daher haben Sie sie mehr gesprochen als geschrieben; und die Episoden Ihres nonchalanten Erzählens sind Teil Ihres Esprits und Ihrer unnachahmlichen Eleganz. Ihre unbeschwerte, weibliche, skandalös europäische, kompliziert umgängliche, durch und durch für alle Listen der Eleganz und alle Feinheiten ihrer Kenntnis prädestinierte Persönlichkeit kommt in Ihrem Buch farbig zum Vorschein. Und wenn Sie in ihm so ungeschminkt, mit so authentischer, organischer Kenntnis eine lokale Kinematographie des eleganten Semikosmopolitismus schaffen, das Ergebnis der Invasion der Aristokratie durch die Hochfinanz, bei dem die Umgangsformen zunehmend zufälligen Moden entsprechen und die Oberflächlichkeit zunehmend der Langeweile geschuldet ist, dann nur, weil all dies in Ihnen lebt und weil diese gesellschaftliche Atmosphäre Bestandteil Ihres Geistes ist.

Und selbst wenn es diese generellen Gründe nicht gäbe, damit Sie, sich zeigend, verzaubern können, gäbe es andere, besondere, die (ironischerweise durch unsere Gegensätzlichkeit) Geister wie mich überaus fesselten. Die angeführten Gründe bedeuten aber noch nicht, daß alle Ihren *Sachá* unweigerlich schätzen; und daher sage ich auch, daß es besondere Gründe sind, und erkläre sie einzig zu den meinigen.

Ich, ein spekulativer und metaphysischer und daher trauriger und wenig anmutiger Geist, bin fasziniert von der Anziehungskraft, die unser beider Gegensätzlichkeit auf mich ausübt. Sie legen, so wie Sie sind, Eleganz in alles; ich hingegen wäre, selbst wenn ich irgendwo elegant wäre, dergestalt elegant, daß ich es nicht wäre. Der übermäßige und zehrende Gebrauch des Verstandes, übermäßige Aufrichtigkeit, ausgeprägter Gerechtigkeitssinn, analytisches Herangehen, das nichts so gelten läßt, wie es sich zeigt, sind Eigenschaften, die mich eines Tages zu einem bemerkenswerten Menschen machen könnten; sie berauben mich jedoch jeglicher Eleganz, denn sie lassen die Illusion des Glücks nicht zu.

Geister, die beschaffen sind wie der meine, werden alt geboren und leben als Besiegte. Die strahlendste physische Jugend, sofern sie uns zufällig gegeben ist, reicht nie an unseren Geist heran; die größte Berühmtheit hat für uns immer einen düsteren Beigeschmack von Niederlage, einen grausamen Makel von Nutzlosigkeit und Irrtum. Und so sind wir veranlaßt, alles ernst zu nehmen: Oberflächlichkeit ist uns folglich fremd. Daher verhalten wir uns, sobald wir bewußt werden, ihr gegenüber, die von Natur aus jung ist, wie Alte gegenüber der Jugend. Die Mißgünstigeren reagieren auf sie mit Bitterkeit und mit der Verärgerung der Ausgeschlossenen; die Wohlmeinenderen mit der traurigen Zuneigung der Sehnsüchtigen. Ich hatte, glaube ich, das einzigartige Glück, zu letzteren und nicht zu den Mißgünstigeren zu gehören. Daher fasziniert mich unsere Gegensätzlichkeit. Die Ihnen angeborene jugendliche Frische, Ihre triumphale Oberflächlichkeit im Gegensatz zu der mir angeborenen Müdigkeit eines zur Niederlage Bestimmten, auch wenn sie sich Sieg nennen könnte.

Sie wurden als Sieger geboren, denn bei Ihrer Geburt führten die guten Feen die böse hinters Licht. Sie, mein Freund, siegten nicht wie all jene, die vermittels eines Sieges siegen, mit dem Erfolg, der immer schwer wiegt, da es ihn gibt; nicht mit der Anstrengung, die immer nichtswürdig ist, da sie ermüdet; nicht mit dem Verdienst, das vernünftig ist und daher ohne Leben. Ihr Schicksal war jugendlicher. Der Sieg ist Ihnen als Leben zugefallen, und nicht als Sieg. Man gab Ihnen liebevoll als Wiege, was den Besten von uns, die wir uns abmühen, wider Willen als Grab zuteil wird.

Ich wünsche Ihnen, lieber Francisco Manuel, daß Ihnen die

Jugendlichkeit ihrer Gestalt und ihrer Gesten für immer erhalten bleiben möge, jene Jugendlichkeit, die das Schicksal ihnen gewährte wie einem jungen Gott und nicht als vorübergehende, sterbliche Episode des Alters, sondern als Lebensgeheimnis und Substanz des Gefühls.

Ich bewahre an das, was Sie geschrieben haben, die flüchtige und zugleich deutliche Erinnerung wie die an einen Duft. Es ist nicht der vage Nachklang von etwas Geistigem, doch auch nicht von etwas Materiellem. Es lebt im Zwischenbereich der beschreibbaren Dinge. Es ist eine Aura, eine Atmosphäre, ein unbestimmtes Vergnügen, eine Gegenwart, der wir zulächeln. In diesem Falle sind Sie es.

Alles andere ist Philosophie.

Fernando Pessoa

Lebensplan

Ein allgemeiner Lebensplan muß an erster Stelle die Sicherung einer irgendwie gearteten finanziellen Stabilität einschließen. Als Mindestgrenze für die bescheidene Sache, die ich finanzielle Stabilität nenne, setze ich ungefähr sechzig Dollar an, vierzig für die notwendigen und zwanzig für die überflüssigen Dinge des Lebens. Um dies zu erreichen, muß ich zu den einunddreißig Dollar aus den beiden Büros (P&FF)[80] weitere neunundzwanzig hinzufügen, über deren Herkunft noch zu entscheiden ist. Strenggenommen reichten fürs bloße Leben fünfzig Dollar aus, denn wenn man fünfunddreißig als notwendige Basis nähme, deckten fünfzehn den Rest ab.

Der nächste grundlegende Schritt ist, eine Wohnung mit ausreichend Platz zu finden, sowohl der Größe als auch der Räumlichkeit nach, um meine sämtlichen Papiere und Bücher angemessen

80 A. R. Zenith: Pessoa arbeitete intensiv für Büros von A. Xavier Pinto und Frederico Ferreira. Dies belegen zahlreiche mit diesen Firmennamen versehene und von ihm beschriebene Blätter aus seinem Nachlaß.

und ordentlich unterzubringen; und all dies, ohne daß ich kurzfristig erneut umziehen könnte. Es wäre wahrscheinlich am einfachsten, ich würde selbst eine Wohnung mieten – für ungefähr acht oder höchstens neun Dollar – ich könnte dort angenehm leben und mir täglich Abendessen (und Frühstück) bringen lassen, oder etwas in dieser Art. – Aber wäre das wirklich zweckmäßig?

Was die Ordnung meiner Papiere angeht, sollte ich die große Truhe durch kleinere Truhen ersetzen, in der die Papiere nach ihrer Wichtigkeit Platz finden.

Die große Truhe und die andere, die bei A. S. steht, sollten nur die Zeitungen und Zeitschriften enthalten, die ich aufbewahre.

Ist eine Wohnung gemietet, wie sie möblieren? Wäre es nicht besser, mich erneut mit S. ins Einvernehmen zu setzen, um zu erreichen, was ich möchte, und wir, sofern dies dazu nötig ist, umziehen?

Es möge kommen, wie das Schicksal es will.

(Orig. engl.)

Ich bin kein »Skeptiker«. Obgleich zutiefst inaktiv, bin ich zu aktiv, um nicht zu glauben. Ich bin eine Heide der Dekadenz, voller Vertrauen in eine Deutung der Götter, wie sie die preisgegebenen Mysterien möglich gemacht haben. Ich glaube an die heidnischen Götter mit der ganzen mystischen Inbrunst einer christlichen Seele. Die heidnischen Götter sind meine Kraft, und die christliche Seele ist mein Weg. Die Götter sind Eintracht und Friede. Christus löst sich auf, die zurückgekehrten Götter kommen wieder zusammen. Ich stehe daher an der Schwelle eines wiederauflebenden Heidentums. Meine Bewegungen sind tastend, wie von einem, der in der Nacht sucht. Aber ich habe in der leeren Luft einen besseren Halt gefunden als meine nutzlosen Arme. Ich bin an der schimmernden Grenze eines gedachten Alls der Gegenwart der Götter begegnet. Sie befinden sich außerhalb von mir, wie Gedanken eines größeren Bewußtseins, das die meinen in der größeren Fülle eines gebenden Seins einschließt.

(Orig. engl.)

Pessoas berühmte Truhe mit ihren über 30 000 beschriebenen Blättern und Zetteln

[Entwurf eines Briefes an den Herausgeber der englischen Wochenzeitung Answers[81]]

[1926]

Ich bin ein Jahr älter als Ihr Korrespondent und fühle mich jung, aus Gründen, die den seinen genau entgegengesetzt sind. Ich bin achtunddreißig Jahre alt und fühle mich jedes Jahr jünger, weil ich der Tatsache, im Leben nie etwas geleistet zu haben, immer näher komme. Leistung macht uns alt. Alles hat seinen Preis; der Preis für Leistung ist der Verlust der Jugend. Einzig Ziellosigkeit und ein inkonsequenter Lebensplan – wenn denn das Wort »Plan« bei einer solchen Abwesenheit von Plan überhaupt gebraucht werden kann – erhalten uns jung. Ich habe nicht geheiratet und mir daher sowohl die speziellen Freuden als auch die typischen Sorgen dieser Art Partnerschaft[82] erspart; und das Gute wie auch das Schlechte dieses Standes lassen uns gleichermaßen altern. Ich habe mich nie einem Beruf verschrieben oder eine Karriere angestrebt, ja, nicht einmal eine Meinung vertreten, die ich nicht in der nächsten Minute geändert hätte. Ich habe nie einen Plan verfolgt, von dem mich nicht ein schöner Tag (und in Lissabon sind die Tage meistens schön, in jeder Jahreszeit) oder eine leichte Brise abgebracht und ihn auf einen angenehmen und unvorhergesehenen Traum reduziert hätten. Ich habe mich nie wirklich bemüht, etwas zu erreichen, noch habe ich meine Aufmerksamkeit ernsthaft auf etwas anderes gerichtet als auf unwichtige, überflüssige, fiktive Dinge. Ich fühle mich jung, weil ich so und nicht anders gelebt habe. Sie werden sagen, ich habe der Menschheit keinen Dienst erwiesen, was »Dienst« und »Menschheit« auch immer bedeuten mögen; nun, ich könnte schwadronieren, bis auch der letzte Stern erloschen ist, ohne daß mir jemand den Nutzen dieses Dienstes oder die Bedeutung von »Menschheit« darlegen könnte. Aber ich habe vielen Menschen einen Dienst er-

81 A. R. Zenith: *Answers* gehörte zu den englischen Wochenzeitungen, die Pessoa wegen der dort veröffentlichten Preisrätsel regelmäßig kaufte.

82 Variante: dieser Art doppelten Lebens.

wiesen, indem ich ihnen nicht im Weg stand. Ich habe mich mit niemandes Moral oder Unmoral gemessen und mich auch keines Dummkopfs natürlicher Bedeutung in den Weg gestellt. Ich habe mich allen gegenüber gleich verhalten, den Guten wie den Schlechten, habe einen Kriminellen nicht für schlechter erachtet als einen gewöhnlichen Menschen, ganz wie in den Viktorianischen Tagen meiner Kindheit oder, besser, wie in den »Georgischen« meiner gegenwärtigen Jugend. Ich werde von Tag zu Tag jünger, da ich nie etwas getan habe und somit nicht älter werden kann. Meine Freuden sind unkompliziert, da ich von ihnen nicht einmal verlange, mich zu erfreuen. Ich bin Zuschauer meiner selbst und der Zeit und fühle mich nicht weniger weise als die großen Männer dieser kleinen Welt. Daher bin ich aufgrund des natürlichen Gebrauchs von Imagination und Phantasie in der Lage, aus zufälligen Begegnungen Imperien entstehen zu lassen und □ neue Welten aufzuzwingen.

Wenn Sie mir erlauben, mit einer Bemerkung zu schließen, die den seltenen Vorzug hat, aufrichtig zu sein: Die Lektüre von *Answers* ist eine dieser Freuden.

All dies ist ziemlich literarisch, so wie auch ich immer ziemlich literarisch bin – ist dies doch die eigentliche Neigung eines Geistes, der keine Neigung hat.

(Orig. engl.)

Vorwort[83]

Ich verspüre keinerlei Schwierigkeit, mich zu definieren: Mein Temperament ist weiblich, meine Intelligenz männlich. Meine Sensibilität und die Impulse, die von ihr ausgehen – und darin bestehen wiederum das Temperament und sein Ausdruck –, sind die einer Frau. Meine Fähigkeiten zu Beziehungen – die Intelligenz und der Wille, der wiederum die Intelligenz des Impulses ist – sind die eines Mannes.

83 A. R. Zenith: Vermutlich für ein Essay zu Shakespeare gedacht.

Was die Empfindsamkeit angeht, so habe ich alles gesagt, wenn ich sage, daß ich es immer mochte, geliebt zu werden, aber selbst nie lieben mochte. Es verletzte mich stets, aus einer Verpflichtung banaler Gegenseitigkeit – einer Loyalität des Geistes – diesen Gefühlen Folge leisten zu müssen. Die Passivität gefiel mir. Von der Aktivität wollte ich nur die Stimulanz, die notwendig war, um nicht vergessen zu werden, die liebende Aktivität desjenigen, der mich liebte.

Ich mache mir keine Illusionen hinsichtlich der Beschaffenheit dieses Phänomens. Es handelt sich um eine minderwertige sexuelle Inversion. Sie hört im Geist auf. Doch in den Augenblicken, in denen ich über mich nachsann, fürchtete ich stets – Gewißheit hatte ich nie und habe sie noch immer nicht –, diese Disposition meines Temperaments könnte eines Tages in meinen Körper gelangen. Ich sage nicht, daß ich die diesem Impuls entsprechende Sexualität dann ausleben würde, aber allein das Verlangen genügte, um mich zu erniedrigen. Wir sind nicht die einzigen dieser Art in der Geschichte – vor allem nicht in der Geschichte der Kunst. Shakespeare und Rousseau zählen zu den berühmtesten Beispielen oder Exemplaren. Und meine Furcht vor dem Abstieg dieser Inversion des Geistes in meinen Körper rührt aus meinen Überlegungen, wie sie sich bei beiden äußerte – bei ersterem klar und deutlich, in Form von Päderastie, bei letzterem unbestimmt, in Form eines vagen Masochismus.

Notiz

Ich besitze tatsächlich genau jene Eigenschaften, die ungeeignet sind, um in irgendeiner Weise auf die Allgemeinheit eines sozialen Umfelds Einfluß zu nehmen.

Ich bin in erster Linie ein rationaler Denker und, noch schlimmer, ein minutiöser und analytischer rationaler Denker. Die Allgemeinheit aber ist unfähig, einem rationalen Gedankengang zu folgen und ebenso unfähig, einer Analyse Aufmerksamkeit zu schenken.

In zweiter Linie bin ich jemand, der analytisch vorgeht, der die Wahrheit, soweit er dies vermag, zu entdecken sucht. Die Allgemeinheit aber will die Wahrheit nicht, sondern die Lüge, sie gefällt ihr besser. Dem wäre hinzuzufügen, daß die Wahrheit – in allem, insbesondere aber in gesellschaftlichen Dingen – stets komplex ist. Die Allgemeinheit aber versteht keine komplexen Ideen. Man darf ihr nur einfache Ideen vorsetzen, vage Verallgemeinerungen, mit anderen Worten, Lügen, auch wenn sie auf Wahrheiten beruhen; denn als einfach ausgeben, was komplex ist, unklar sein, wo Klarheit vonnöten ist, allgemein sein, wo es wichtig wäre, zu differenzieren, um definieren zu können, ungenau sein, wo es Genauigkeit braucht – all das gehört zum Lügen.

Drittens bin ich, eben weil ich nach der Wahrheit suche, so unparteiisch, wie ich nur sein kann. Die Allgemeinheit aber, im Innersten von Gefühlen und nicht von Gedanken bestimmt, ist grundsätzlich parteiisch. Folglich mißfällt ihr nicht nur der ihr wesensfremde *Ton* der Unparteilichkeit oder interessiert sie nicht, es irritiert sie vielmehr, daß Unparteilichkeit Zugeständnisse verlangt, Einschränkungen und Unterscheidungen. Bei uns zum Beispiel wie auch in den meisten Ländern Südeuropas ist man entweder katholisch oder antikatholisch oder aber dem Katholizismus gegenüber so gleichgültig wie gegenüber allem anderen. Wenn ich daher eine Studie über den Katholizismus erstellte und notwendigerweise Gutes und Schlechtes sagen, auf mit Nachtteilen einhergehende Vorteile hinweisen und auf durch Tugenden verminderte Fehler aufmerksam machen müßte, was geschähe dann? Die Katholiken würden mich nicht anhören, da sie meine Kritik am Katholizismus nicht akzeptierten. Die Antikatholiken würden mich nicht anhören, da sie dessen Lob nicht akzeptierten. Und auch die Gleichgültigen nicht, die in alldem nichts als ein unlesbares Geschwafel sähen. Meine Arbeit könnte noch so sorgfältig und gewissenhaft sein, sie wäre vollkommen nutzlos, ich würde sogar sagen, je sorgfältiger und gewissenhafter, um so inakzeptabler für die Allgemeinheit. Geschätzt würde sie allenfalls von dem einen oder anderen mir in der Geisteshaltung ähnlichen Individuum, einem rationalen Denker ohne Traditionen und Ideale, einem vorurteilsfreien und analytisch Denkenden, liberal, weil er befreit und nicht Sklave einer falsch verstandenen Idee von Freiheit ist. Was aber könnte ich ihm beibringen? Allenfalls das eine oder andere über den Katholizismus, sofern er mir denn als Beispiel diente und falls ihm dieses Thema fremd ist. Und wenn dem so ist, dann weil ihn, einem Erforscher der Kultur wie ich, dieses Thema nie interessiert hat; und wenn es ihn nie interessiert hat, wozu sollte er dann lesen, was ich dazu geschrieben habe?

Daraus scheint man zwangsläufig folgern zu können, daß eine rational aufgebaute, unparteiische und wissenschaftlich durchgeführte Studie zu welchem Thema auch immer, gesellschaftlich gesehen, unnütze Arbeit ist. Was sie in der Tat auch ist. Sie ist bestenfalls ein Kunstwerk, mehr nicht. *Vox et praeterea nihil.*[84]

Die Gesellschaften werden von Gefühlsagitatoren angeführt, und nicht von Ideenagitatoren. Kein Philosoph hat seinen Weg je anders als ganz oder teilweise im Dienst einer Religion, einer Politik oder irgendeiner anderen sozialen Gegebenheit des Gefühls gemacht.

Wenn sich eine Forschungsarbeit auf sozialem Gebiet somit als sozial unnütz erweist, es sei denn als Kunstwerk und in dem Maße, in dem es Kunst enthält, sollten wir unsere etwaigen Anstrengungen besser darauf verwenden, Kunst zu schaffen, als Halbkunst zu machen.

In Anerkennung der Tatsache, daß alle Doktrinen vertretbar sind und ihren Wert nicht aus dem ziehen, was sie wert sind, sondern aus dem Wert desjenigen, der sie vertritt, werden wir uns mehr auf die Literatur zu ihrer Vertretbarkeit konzentrieren als auf das, was sie vertreten. Wir werden intellektuelle Erzählungen schreiben, wo wir sonst aus einem ersten und unvorsichtigen Impuls heraus wissenschaftliche Untersuchungen anstellen würden. Die Wahrheit der Idee an sich wird uns einerlei sein; sie ist nicht mehr als der Stoff für eine schöne Argumentation, für die Eleganz und die List der Subtilität.[85]

84 latein.: Eine Stimme und nichts sonst. (Plutarch)

85 A. d. Ü.: Pessoa hat eine Reihe von unvollendeten, höchst raffiniert konstruier-

Aus der gleichen, allerdings in eine andere Richtung gehenden Regung heraus werden wir Wert darauf legen, die Torheit der übernommenen Ideen aufzuzeigen, die Erbärmlichkeit der hehren Ideale, die Illusion all dessen, was die Menschheit übernimmt oder übernehmen kann, die Lüge all dessen, an was das Volk glaubt oder glauben kann. Auf diese Weise werden wir das aristokratische Prinzip retten, das, die Leere einer universellen, monotonen Sklaverei zurücklassend, in der sozialen Ordnung untergegangen ist.

Wären wir zersetzend? Wie das, wenn wir nicht auf die Allgemeinheit einzuwirken vermögen, wenn uns nur diejenigen lesen, die Kunst um der Kunst willen lesen, eine intellektuelle, mit Ideen statt mit Rhythmen geschaffene Kunst, und wenn sich diese verschwindend geringe Anzahl Leser entweder schon zersetzt oder aber durch Intelligenz und Bildung gegen jede Zersetzung gewappnet hat?

Sozial zersetzend ist die soziale Doktrin dessen, was nicht ist. Zersetzend und antisozial war das Christentum, insofern als es der Ordnung und der Eintracht der Völker zum Nachteil gereichte, als das Heidentum die Zivilisation war. Zersetzend und antisozial war die Reformation, als die europäische Zivilisation katholisch war. Zersetzend und antisozial war die Doktrin der Französischen Revolution, als das Ancien régime die Zivilisation Europas war. Zersetzend wirken heute all jene sozialen Doktrinen, die sich den Doktrinen ebendieser Revolution widersetzen. Wer heute gewerkschaftliche Betätigung predigt, den korporatistischen Staat[86], die soziale Tyrannei, sei es in Form des Faschismus oder Kommunismus, betreibt die Zersetzung der europäischen Zivilisation; wer hingegen die Demokratie und den Liberalismus verteidigt, der verteidigt sie.

ten Kriminalgeschichten und Erzählungen hinterlassen, in denen das methodische Vorgehen z. T. wichtiger ist als die Lösung bzw. die Geschichte selbst.

86 A. d. Ü.: Der staatlich-autoritäre Korporatismus wurde in Portugal 1935 von Salazar unter dem Namen »Estado Novo« (Neuer Staat) übernommen.

Besagt dies, Doktrinen sind nur aufgrund ihrer zufälligen Situation zersetzend? Genau. Die »radikalste« Doktrin ist, sobald sie allgemein übernommen ist, eine konservative Doktrin; die »konservativste« Doktrin wird radikal, wenn sie sich dann der ersteren widersetzt.

Besagt dies, es gibt im Leben der Gesellschaften keine grundlegenden Prinzipien? Nein, es besagt vielmehr, daß wir sie nicht kennen, falls es sie denn gibt. Es gibt keine Gesellschaftswissenschaft, wir wissen nicht, wie Gesellschaften entstehen, wie sie fortbestehen oder nicht, wie sie erblühen oder untergehen, wie sie verkümmern oder sterben. Die Existenz der Menschheit, sofern man darunter mehr versteht als die tierische, Mensch genannte Spezies, ist so hypothetisch und rational so wenig beweisbar wie die Existenz Gottes. Wenn man jedoch unter Menschheit die tierische, Mensch genannte Spezies versteht, dann existiert sie für die Biologen, die Ärzte, für alle, die sich auf die eine oder andere Weise mit dem menschlichen Körper beschäftigen; sie existiert wie Fische und Vögel existieren, und damit hat es sich.

Welches gesellschaftliche Prinzip kann man als grundlegend bezeichnen? Alle und keines, je nach Geschick des Argumentierenden. Es gibt Zeiten der Ordnung, die Zeiten des Stillstandes sind, wie das lange tote Leben von Byzanz. Und Zeiten geistiger Aktivität, wie die in der alten französischen Monarchie. Es gibt Zeiten der Unordnung, die für die jeweiligen Länder den geistigen Ruin bedeuten, wie für das Römische Reich während seines Niedergangs oder die Französische Revolution im engeren Sinne. Es gibt Zeiten der Unordnung reich an geistiger Produktivität, wie die der Renaissance in den italienischen Republiken oder das Elisabethanische Zeitalter und das Cromwells in England.

Ich spreche hier von geistiger Produktivität als einem Vorteil oder zumindest einem Teil der Zivilisation. Gleichwohl beharre ich nicht auf dieser Ansicht und kann die Doktrin, nach der Kunst und Kultur ein Übel sind und Frieden und nicht Sonette das Wichtigste für die Menschheit, durchaus akzeptieren. Aber welche Umstände schaffen Frieden oder verhindern ihn? Wir werden feststellen, daß sich gleiche Ursachen verschieden auswirken, oder besser, daß identische Umstände zu unterschiedlichen Ergebnissen führen – was besagt, daß es sich nicht um Ursachen, sondern um Koinzidenzen handelt, daß irgend etwas, dem man einen sozialen Gewinn beimißt, sei es das Hören einer Symphonie oder ein fest verabredetes Abendessen, unter unterschiedlichen Gegebenheiten erfolgen kann, ohne daß man je weiß, woher die Symphonie kam oder warum man in den Genuß eines Abendessens kam.

Zudem gibt es, da es keine Gesellschaftswissenschaft gibt, auch keine Gesellschaftskunst, keine sichere Zweckbestimmung für die Existenz von Gesellschaften. Hier wird das Problem, zunächst dem der Metaphysik ähnlich, selbst Metaphysik. Zu welchem Zweck existieren Gesellschaften? Um das Glück derer zu erreichen, aus denen sie sich zusammensetzen? Wir wissen es nicht, sicher aber ist, daß Glück für jeden Menschen etwas anderes bedeutet, und so mancher verlöre gern seine Frau, wenn er nur seine Briefmarkensammlung behalten könnte. □

Wenn die äußersten Ränder und Grenzen meines Werkes nicht übereinstimmen mit dem Ende der Zeiten und den Begrenzungen der Nationen, dann kommt meine Aufgabe in dieser Welt für mich einem zerbrochenen Gefäß gleich, einem echolosen Schrei inmitten von Wüsten. Mein Herz schlägt für einen Ruhm, der hinausgeht über die bunte Abfolge von Moden, die unverstandenen Unterschiede zwischen den Sprachen, die gleichförmigen Wellen der Zeit und die unendliche Vielfalt der Völker. Alles andere wäre meiner Meinung nach der Verfall meines Bestrebens und mein Herz darin, so dies geschehen sollte, wie eine Leiter ohne Sprossen, die Verleugnung und die Absurdität seiner selbst.

Wenn ich selbst nicht mein eigenes Epos bin, dann habe ich umsonst gelebt. Klingt in jedem meiner Verse nicht die Ewigkeit an, habe ich die Zeit der Götter in mir vergeudet. Wenn mir in der sichtbaren Welt ein Unglück – die Erde, die erkaltet, oder ein Komet, der uns alle als Staub erkennen läßt – einen korrigierenden

Strich durch das Manuskript meines beabsichtigten Lebens machen kann, dann bin ich nicht mehr gewesen als die Leere meiner selbst, das namenlose Echo der stumm teilnehmenden Gestirne.

Mein Stolz wiegt schwerer als jene gespenstischen Erscheinungen, die wir Menschen nennen.

(Orig. engl.)

Bibliographische Tafel[87]

Geboren am 13. Juni 1888 in Lissabon. Schule und Studium am Gymnasium *(High School)* in Durban, Natal, Südafrika, und an der (englischen) Kap-Universität. Dort 1903 mit dem Queen Victoria Memorial Prize für englischen Stil ausgezeichnet, dem Jahr, in dem dieser Preis zum ersten Mal verliehen wurde.

Was Fernando Pessoa schreibt, gehört zwei unterschiedlichen Werkgruppen an, die wir als orthonym und als heteronym bezeichnen können. Nicht zu verwechseln mit anonym und pseudonym, denn das sind sie tatsächlich nicht. Ein pseudonymes Werk stammt vom Autor in Person, doch der Name, mit dem er unterschreibt, ist ein anderer; ein heteronymes Werk stammt vom Autor außerhalb seiner Person, von einer Individualität, die so vollständig von ihm erfunden ist, wie es die Worte einer Gestalt aus einem Drama von ihm wären.

Die heteronymen Werke Pessoas sind bislang unter den Namen dreier Personen verfaßt – Alberto Caeiro, Ricardo Reis und Álvaro de Campos. Diese Individualitäten müssen als verschieden von der Individualität ihres Autors betrachtet werden. Eine jede stellt sich als eine Art Drama dar; und alle zusammen stellen sie ein weiteres Drama dar. Alberto Caeiro, angeblich 1889 geboren und 1915 gestorben, schrieb Gedichte in einer ganz bestimmten Ausrichtung. Zu Schülern hatte er – entsprechend den unterschiedlichen Aspekten dieser

87 A. d. Ü.: Von Pessoa selbst verfaßt und im Dezember 1928 in *Presença* Nr. 17 erschienen.

Ausrichtung – die beiden anderen: den vermeintlich 1887 geborenen Ricardo Reis, der die intellektuelle und heidnische Seite dieses Werkes durch Stilisierung heraushob; und den 1890 geborenen Álvaro de Campos, der aus ihm die gleichsam gefühlsbetonte Seite heraushob, die er »sensationistisch« nannte, und der – unter verschiedenen Einflüssen, darunter vor allem dem von Walt Whitman, wenngleich weniger stark als dem Caeiros – mehrere Dichtungen verfaßte, zumeist skandalöser oder irritierender Art, insbesondere für Fernando Pessoa, dem allerdings nichts anderes übrigbleibt, als gute Miene zum bösen Spiel zu machen, sie zu Papier zu bringen und zu veröffentlichen. Die Werke dieser drei Dichter stellen, wie gesagt, ein dramatisches Ganzes dar; wobei die intellektuelle Interaktion dieser Persönlichkeiten wie auch ihre persönlichen Beziehungen gebührend untersucht wurden. All dies wird in noch zu schreibenden Biographien zu finden sein, die, wenn sie erscheinen, Horoskope und vielleicht auch Photographien enthalten werden. Es handelt sich um ein Drama in Menschen, statt in Akten. (Ob oder inwieweit diese drei Individualitäten so wirklich sind wie Fernando Pessoa selbst, ist ein metaphysisches Problem, das dieser, da er fern dem Geheimnis der Götter ist und folglich nicht weiß, was die Wirklichkeit ist, nie wird lösen können.)

Fernando Pessoa veröffentlichte vier orthonyme Broschüren mit englischen Versen: *Antinous* und *35 Sonnets*, beide gleichzeitig 1918, und *English Poems I–II* und *English Poems III*, ebenfalls gleichzeitig 1922. Das erste Gedicht der dritten dieser Broschüren ist eine Neufassung des *Antinous* von 1918. Ferner veröffentlichte er 1923, um Raul Leal[88] zu unterstützen, das Manifest *Sobre um Manifesto de Estudantes* (Über ein studentisches Manifest) und 1928 die Broschüre *Interregno – Defesa e Justificação da Ditatura Militar em Portugal* (Interregnum – Verteidigung und Rechtfertigung der Militärdikta-

88 A. d. Ü.: Raul Leal (1886–1964), Schriftsteller, Journalist, Jurist, Okkultist und Mitstreiter Pessoas. Sein sich mit der Thematik der Homosexualität befassender Essayband *Sodoma Divinizada* (1923) wurde in Portugal verboten und von rechtsextremen Studenten geschmäht und verbrannt.

tur in Portugal), deren Veröffentlichung die Regierung genehmigte.

Keiner dieser Texte ist endgültig. Vom ästhetischen Gesichtspunkt her zieht es der Autor somit vor, diese Werke als nur annähernd existent anzusehen. Keine seiner heteronymen Schriften ist als Broschüre oder Buch erschienen.

Fernando Pessoa hat häufig und wann immer sich dies auf Bitten von Freunden hin ergab, in Zeitschriften und anderen Publikationen verschiedenster Art mitgearbeitet.

Was sich darin von ihm wiederfindet, ist im allgemeinen von noch geringerem öffentlichem Interesse als die oben zitierten Broschüren. Es sei jedoch, unter Vorbehalt, auf folgende Ausnahmen hingewiesen:

Unter den orthonymen Werken: das statische Drama *O Marinheiro* (Der Seemann) in *Orpheu 1* (1915); *O Banqueiro Anarquista* (Der Bankier als Anarchist) in *Contemporânea 1* (1922); die Gedichte *Mar Português* (Portugiesisches Meer) in *Contemporânea 4* (1922); eine kleine Gedichtsammlung in *Athena 3* (1925); und, in der ersten Ausgabe der Lissabonner Zeitung *Sol* (1925), die wahre und bewegende Erzählung vom *Conto do Vigário* (Trickbetrüger).

Unter den heteronymen Werken: die beiden Oden – Triumph-Ode und Meeres-Ode von Álvaro de Campos in *Orpheu 1* und *2* (1915); das *Ultimatum* desselben in der einzigen Ausgabe von *Portugal Futurista* (1917); das Buch *Odes* (Oden) von Ricardo Reis in *Athena 1* (1924); und Auszüge aus den Gedichten von Alberto Caeiro in *Athena 4* und 5 (1925).

Alles übrige, sei es orthonym oder heteronym, ist entweder nicht von Interesse oder war dies nur vorübergehend, muß entweder vervollkommnet oder neu definiert werden, oder aber es handelt sich um kleinere Texte in Prosa oder Versform, die einem nicht ohne weiteres einfallen und deren Aufzählung, hat man sich erst einmal an sie erinnert, lästig ist.

Was die sogenannte Werbung angeht, lohnt es jedoch, auf einige 1912 in *A Águia* erschienene Artikel hinzuweisen, insbesondere wegen der Irritation, die sie mit der Ankündigung des »baldigen

Erscheinens« eines »Super-Camões« hervorriefen. In gleicher Absicht kann man angesichts des beispiellosen Skandals, der durch diese Veröffentlichung ausgelöst wurde, ausnahmslos alles erwähnen, was in *Orpheu* erschien.

Einzig in diesen beiden Fällen vermochte etwas aus der Feder Fernando Pessoas die öffentliche Aufmerksamkeit auf sich zu ziehen.

Fernando Pessoa beabsichtigt nicht – zumindest nicht in naher Zukunft –, auch nur ein Buch oder eine Broschüre zu veröffentlichen.

Da ihm die entsprechende Leserschaft fehlt, sieht er sich nicht veranlaßt, für eine Veröffentlichung unnütz Geld auszugeben, das er nicht hat; und um einen Verleger zu veranlassen, unnütz Geld auszugeben, müßte man erst einmal lernen, es dem unvergeßlichen, weiter oben bereits indirekt zitierten Manuel Peres Vigário (*Trickbetrüger*) gleichzutun, der diesem Prozedere seinen Namen schenkte.

[Aus einem Brief an Luís Miguel Nogueira Rosa[89]]

7. Januar 1929

Morgen schicke ich Dir (ich habe keines bei mir) ein Exemplar eines Pamphlets, das man mich Anfang letzten Jahres zu verfassen bat und das ich tatsächlich geschrieben und veröffentlicht habe, obwohl es, ich hatte es in der Tat nicht anders erwartet, von der hiesigen Presse einhellig schweigend zur Kenntnis genommen wurde. Ich hatte dies insofern erwartet, als ich darin eine These vertrete, die zufälligerweise nicht jedermanns Meinung entspricht; sie stimmt in einem Punkt mit der Ansicht von A überein, in einem anderen mit der von B, und so weiter; die völlige Übereinstimmung aber mit der Ansicht von A. betrifft ein für B. absolut skandalöses Thema, und so wurde die »Schweigestrafe« verhängt. Das Pamphlet ist eine Vertei-

89 A. d. Ü.: Zu diesem Zeitpunkt in London lebender Halbbruder Pessoas.

digung und Rechtfertigung der Militärdiktatur in Portugal (nur in Portugal – es bezieht sich also in keiner Weise auf andere ähnliche Systeme hier im Süden) und ist nicht repräsentativ für das, was man als das »gegenwärtige politische Denken in den romanischen Ländern« bezeichnen kann. Das gegenwärtige politische Denken in den romanischen Ländern ist entschieden konservativer als das, was mein Pamphlet enthält; vielleicht weißt Du nicht – man weiß nicht viel darüber in England –, welches Ausmaß die antiliberale Stimmung in den romanischen Ländern erreicht hat, speziell in Frankreich und Italien. Wenn man mir 1905, mit anderen Worten, als ich aus Durban zurückkam und feststellte, daß nahezu jeder Student hier Republikaner war, gesagt hätte, daß zwischen 1920 und 1929 nahezu jeder Student ein absolutistischer Monarchist sein würde, hätte ich diesen Propheten für verrückt oder betrunken gehalten.

(Orig. engl.)

Ich war immer, so oft mich die Unschlüssigkeit meines kritischen Verstandes auch hat schwanken lassen, im Geiste nationalistisch und liberal; nationalistisch heißt, daß ich an mein Land als Seele glaubte und nicht als einfache Nation; liberal heißt, daß ich an die Existenz glaubte, die Existenz des göttlichen Ursprungs, der menschlichen Seele und der Unantastbarkeit ihres Bewußtseins, in sich selbst und in ihren Äußerungen.

Daher empfand ich stets Abscheu und Ekel gegenüber allen Formen des Internationalismus, die ihrer drei sind: die Römische Kirche, die Internationale Finanz und der Kommunismus.

[1929]

[Aus einem nicht abgesandten Brief an João Gaspar Simões[90]]

Verehrter Kollege,

kürzlich habe ich Ihr Buch *Temas*[91] erhalten und, wie dies menschlich ist, als erstes die Seiten gelesen, mit denen Sie mich ehren.

Natürlich weiß ich nicht, inwieweit diese Seiten das rechte Augenmaß beinhalten und der Wahrheit entsprechen, und kann es auch nicht wissen, aber die freundschaftliche Absicht, die ich ihnen entnehme, hat mich tief bewegt. Ich sage nicht »freundschaftlich« im Sinne von »Freundschaft«, sondern im Sinne von bester Freundschaft.

Die Zufälle des Lebens, das ich das meine nenne, oder das Fatum, das alle scheinbaren Zufälle lenkt, haben gewollt, daß ich bis zum heutigen Tag eine tatsächlich unbekannte Persönlichkeit war. Die deutliche Zuneigung in Ihren Worten befreit mich von dem, was man zu Recht als Morgengrauen des Nichts bezeichnen könnte. Zum ersten Mal fühle ich deutlich die Sonne der Seelen außerhalb der meinen, und weiß nicht, wie ich Ihnen für das Morgengold dieses Gefühls danken soll.

Nun aber befinde ich mich gegenwärtig in einem Stadium des Übergangs von mir zu mir, einem jener Übergangsstadien, in die ich häufig gerate und die sich nie wiederholen. Ihre Studie ist eine Freundesstimme, die mir so ganz anders erscheint als die Bosheit des Zögerns und die Tücke des Weges, damit ich etwas Vertrauen in meine persönliche Existenz als unabhängige Nation haben kann.

90 A. d. Ü.: João Gaspar Simões (1903–1987), portugiesischer Schriftsteller, Literaturwissenschaftler und Kritiker. Seine Biographie über Pessoa *(Vida e Obra de Fernando Pessoa)* war nicht nur die erste über den Dichter, sondern sollte auch dessen Bild in der Öffentlichkeit über Jahrzehnte nachhaltig prägen.

91 A. d. Ü.: 1929 erschienener Essayband, darin ein Beitrag, der sich zum ersten Mal mit der Dichtung des bis dahin noch weitgehend unbekannten Fernando Pessoa befaßt.

Vor kurzem habe ich vermöge eines gewaltigen Kraftakts von Entpersönlichung eine erste Studie von Ricardo Reis – zwei schlichte Seiten Prosa – zum Gesamtwerk Alberto Caeiros abgeschlossen. Als ich damit fertig war, weinte ich fast vor Freude, dann aber erinnerte ich mich, daß die Begeisterung des Schülers und die darin zum Ausdruck gekommene Größe des Meisters ausschließlich in mir stattgefunden hatten, daß sie Fiktionen des Zwischenspiels waren, Alleen der Verwirrung und des Irrwegs.

Ich war wie ein hoffungslos Verliebter, dem man urplötzlich das erste entscheidende Lächeln geschenkt hatte. Es war einer der glücklichsten Tage eines Lebens, das ihrer nicht viele kannte, es sei denn inwendig gedacht oder gelebt.

Und dieser Tag
Geht mir nie mehr aus dem Herzen.

Ihre Studie rührt und ermutigt mich. Sie ist der erste – für mich völlig unerwartete – Versuch, mich nicht als Schriftsteller zu sehen, sondern als schreibende Seele, und mich in der Wirklichkeit zu finden und nicht in der Literatur.

Ihre Studie schenkt mir mit der Vorhersage der Berühmtheit einen zumindest geahnten Augenblick der Befreiung. Denn für mich – ich gestehe Ihnen das bedenkenlos – wäre einzig die Berühmtheit (die weitreichende Berühmtheit) das psychische Synonym für Freiheit. Ich zöge meine Ruhe aus dem, was andere in Aufregung versetzt.

Nicht ich zu sein, ist so faszinierend für mich, daß es mir zunehmend schwer fällt zu sein, was andere unter aufrichtig verstehen. Würden Sie mich kennen, wüßten Sie, daß ich im normalen und menschlichen Gespräch aufrichtig bin, aber es gibt kein geschriebenes Gespräch, das normal und menschlich wäre, es sei denn bei denen, die nicht schreiben können.

[Zwei Briefe an Ofélia Queirós[92]]

Verehrte, gnädige Frau,

ein verwerfliches, erbärmliches Individuum namens Fernando Pessoa, ein mir überaus teurer Freund, hat mich – in Anbetracht der Tatsache, daß seine geistige Verfassung nicht erlaubt, irgend jemandem auch nur irgend etwas mitzuteilen, nicht einmal einer trockenen Erbse (ein Vorbild an Gehorsam und Disziplin) – damit betraut, Ihnen mitzuteilen, daß es Ihnen untersagt ist:

1. abzunehmen, und sei es nur ein Gramm
2. wenig zu essen
3. nicht zu schlafen
4. Fieber zu haben
5. an besagtes Individuum zu denken.

Ich meinerseits rate Ihnen als enger und aufrichtiger Freund dieses Spitzbuben, dessen Mitteilung ich hier (nur ungern) weitergebe, das Bild, das Sie sich womöglich von besagtem Individuum gemacht haben, dessen Erwähnung dieses halbwegs weiße Papier beschmutzt, zu nehmen und in die Gosse zu werfen, da es faktisch unmöglich ist, solches mit diesem vorgetäuscht menschlichen Wesen zu tun, ein Schicksal, das ihm gerechterweise gebührte, wenn es auf der Welt denn Gerechtigkeit gäbe.

Hochachtungsvoll
Álvaro de Campos
Schiffsingenieur

25. 9. 1929
Abel[93]

92 A. d. Ü.: Einzig bekannte Liebesbeziehung in Pessoas Leben.

93 A. d. Ü.: Lissabonner Taverne von Portugals größtem Weinhändler Abel Pereira da Fonseca, zu deren Stammgästen Fernando Pessoa zählte. In diesem am Tresen von Abel geschriebenen Brief nimmt das Heteronym Álvaro de Campos vollständig den Platz Fernando Pessoas ein.

Kleine Ofélinha,

da ich nicht möchte, daß Sie sagen, ich hätte nicht geschrieben, zumal ich Ihnen tatsächlich nicht geschrieben habe, schreibe ich Ihnen jetzt. Nicht, wie versprochen, eine Zeile, aber auch nicht viele. Ich bin krank, hauptsächlich wegen einer Reihe von Sorgen und Ärgernissen, wie ich sie gestern hatte. Wenn Sie nicht glauben, daß ich krank bin, dann glauben Sie es eben nicht. Aber ich bitte darum, mir nicht zu sagen, daß Sie es nicht glauben. Es genügt mir schon, krank zu sein, daran muß man nicht auch noch zweifeln oder gar von mir Rechenschaft über meinen Gesundheitszustand verlangen, als hätte ich Einfluß darauf oder die Verpflichtung, jemandem über irgend etwas Rechenschaft abzulegen.

Was ich Ihnen von meiner Absicht, nach Cascais zu gehen, sagte (mit Cascais meine ich irgendwohin außerhalb von Lissabon, aber nicht zu weit entfernt, es könnte ebenso gut Sintra oder Caxias sein), ist die reinste Wahrheit, zumindest, was die Absicht angeht.

Ich habe ein Alter erreicht, in dem man im Vollbesitz seiner eigenen Fähigkeiten ist und die Verstandeskraft die Stärke und Geschicklichkeit erreicht hat, die sie haben kann. Es ist daher an der Zeit, mein literarisches Werk zu verwirklichen, einiges abzuschließen, anderes zusammenzustellen und wieder anderes, noch nicht Geschriebenes, zu schreiben. Um dieses Werk zu verwirklichen, benötige ich Ruhe und muß mich in gewisser Weise absondern. Bedauerlicherweise kann ich die Arbeit in den Büros nicht ganz aufgeben (ja, ich kann es nicht, da ich keine anderen Einkünfte habe), wenn ich meine Arbeit dort jedoch auf zwei Tage in der Woche (den Mittwoch und den Samstag) beschränke, habe ich die verbleibenden fünf Tage allein für mich. Jetzt wissen Sie, was es mit Cascais auf sich hat.

Mein ganzes künftiges Leben hängt davon ab, ob mir dies, und zwar bald, gelingt oder nicht. Ansonsten kreist mein Leben um mein literarisches Werk – so gut oder schlecht, wie es ist oder sein mag. Alles andere im Leben ist für mich von sekundärem Interesse: Selbstverständlich gibt es Dinge, die ich gerne hätte, andere wiederum sind mir vollkommen einerlei. Alle, die mit mir zu tun haben, sollten wissen, daß ich so bin, und daß, wenn man von mir die im übrigen durchaus ehrenwerten Gefühle eines gewöhnlichen und normalen Menschen verlangt, dies ist, als ob man von mir verlangte, blaue Augen und blondes Haar zu haben. Und mich zu behandeln, als sei ich eine andere Person, ist nicht die beste Art, sich meine Zuneigung zu erhalten. Es ist besser, die Menschen so zu nehmen, wie sie sind, und sich in diesem Fall, »an jemand anderen zu wenden« oder dergleichen.

Ich liebe Sie – ja, liebe Sie sehr – kleine Ofélia. Ich schätze Ihr Wesen und Ihren Charakter über alles. Falls ich je heiraten sollte, dann nur Sie. Es fragt sich allerdings, ob eine Heirat, ein Heim (oder wie immer man dies nennen mag), Dinge sind, die sich mit meinem Gedankenleben vereinbaren lassen. Ich habe meine Zweifel. Vorerst, und zwar bald, möchte ich *mein* Gedanken- und Arbeitsleben regeln. Falls mir dies nicht gelingen sollte, werde ich gewiß niemals auch nur daran denken, ans Heiraten zu denken. Falls es mir jedoch gelingen sollte und ich sehe, daß eine Heirat ein Hindernis wäre, werde ich selbstverständlich nicht heiraten. Aber höchstwahrscheinlich wird dem nicht so sein. Die Zukunft – und zwar die nahe Zukunft – wird es weisen.

Nun, da haben Sie es, und zufällig ist es die Wahrheit.

Auf Wiedersehen, kleine Ofélia. Schlafen Sie und essen Sie, und nehmen Sie nicht ab, nicht ein Gramm.

Ihr zutiefst ergebener
Fernando

29.9.1929
Sonntag

[1929]

Ich hätte meine Seele ebenso genau mit genau anderen Worten beschreiben können als fragil, disparat und absurd; unfähig zu wollen, und dies wissend; unfähig, nicht wünschen zu wollen, und auch dies wissend; verzehrt von tausend nicht nur unerfüllbaren, sondern auch widersprüchlichen Wünschen und mit den aufkommenden Wünschen bereits wissend, daß sie widersprüchlich und unerfüllbar sind; sich immerzu analysierend, bis hin zum Abstrakten, und in sich selbst Subtilitäten der Subtilität findend, die sie mit Fiktionen der aus ihrem Analysiervermögen entstandenen Analyse verschleiert; präzise denkend, was sie unpräzise denkt; alles fühlend, als sähe sie, aber alles sehend, wie vom Hören fasziniert; umwölkt bei großen Kümmernissen, doch klar mit ihnen; benommen bei kleinen Beleidigungen, als fühlte sie; sich vor allem ängstigend, nur nicht davor, alles zu fühlen; glücklich über einen Sonnenstrahl, der auf einen anderen fällt, einzig, weil sie ihn sieht, unglücklich, weil sie weiß, wie sie sieht, träge aus Überdruß, schmachtend aus Versehen, banal, weil sie dazu steht.

[1929–1930]

Ich weiß nicht, was sagen. Ich gehöre dem Volk der Seefahrer und der Gründer von Imperien an. Wenn ich spreche, wie ich bin, versteht man mich nicht, weil ich keine Portugiesen habe, die mir zuhören. Wir, meine Landsleute und ich, sprechen nicht dieselbe Sprache. Ich schweige. Spräche ich, verstünden sie mich nicht. Ich ziehe Unverständnis durch Schweigen vor.

[1930]

Je mehr wir unsere Empfindungen im Laufe des Lebens ergründen, mit um so größerer Ironie erkennen wir uns selbst. Mit zwanzig Jahren glaubte ich an mein trauriges Los; heute weiß ich, wie banal es ist. Mit zwanzig Jahren sehnte ich mich nach den Fürstentümern des Orients; heute gäbe ich mich, ohne Wenn und Aber, mit einem ruhigen Lebensende als Besitzer eines verschlafenen Tabakladens[94] in einem der hiesigen Vororte zufrieden.

94 A. d. Ü.: Siehe hierzu: *Pessoa / Campos, Poesia-Poesie*, a. a. O., S. 415 ff. und *Pessoa / Campos, Poesie und Prosa*, a. a. O., S. 217 ff. sowie *Pessoa, Buch der Unruhe*, a. a. O., Fragment 59, Abschnitt 4, S. 70–71.

Das der Empfindung Abträglichste ist, an sie, statt mit ihr zu denken. Als ich noch nicht wußte, daß ich lächerlich war, konnte ich hochfliegend träumen. Heute, da ich weiß, wer ich bin, bleiben mir nur noch die Träume, die ich zu träumen beschließe.

Das Lächerliche ist ein Fußtritt des Verstandes; lange schon ist mir vom Verstand nur noch der Fußtritt geblieben.

Wenn ich diese Analysen entspannt und beiläufig anstelle, dann nur, weil ich so ein genaueres Bild von mir zeichne. Zu einer eingehenderen Analyse bin ich nicht nur außerstande, sondern auch zu sehr Künstler, um sie auch nur in Erwägung zu ziehen; täte ich es, hieße das, ich wollte den Eindruck vermitteln, ich sei ein disziplinierter und kohärenter Mensch, während ich in Wirklichkeit ein sich verzettelnder und subtil unkonzentrierter Analytiker bin. Meine Kunst besteht darin, ich zu sein. Und ich bin viele. Da ich aber viele bin, bin ich viele verschwommen und schwer faßbar.

Viele haben eine falsche oder lückenhafte Vorstellung von mir; und ich tue, wenn ich mit ihnen spreche, alles, um sie in ihrem Glauben zu lassen. In Gegenwart von jemandem, der mich nur für einen Kritiker hält, spreche ich ausschließlich über Kritik. Anfangs tat ich dies ganz spontan. Schließlich erkannte ich darin mein ständiges Bestreben, jede Reibung zu vermeiden, □

Erlöse mich, wie du mich an der Schwelle erlöst hast, von Ehrgeiz, Eitelkeit und Hochmut. Gib mir die Hand, auf daß ich nicht strauchle; Licht, auf daß ich nicht erblinde; Leben, auf daß ich nicht sterbe.

[Aus einem Brief an João Gaspar Simões vom 11.12.1931]

Ich habe mich nie nach meiner Kindheit zurückgesehnt; ich habe mich eigentlich nie nach irgend etwas zurückgesehnt. Ich bin von Natur aus und im direkten Sinn des Wortes Futurist. Ich bin weder pessimistisch noch rückwärtsgewandt, darauf verstehe ich mich nicht. Soweit ich weiß oder mir bewußt bin, vermag mich einzig Geldmangel (wie im Augenblick) oder ein Gewitter (solange es anhält) zu deprimieren. Was die Vergangenheit angeht, so sehne ich mich nur nach Menschen, die nicht mehr leben, Menschen, die ich geliebt habe; aber ich sehne mich nicht nach der Zeit, in der ich sie geliebt habe, sondern nach ihnen selbst: Ich wünsche sie mir lebendig, heute und hier, und so alt wie sie heute wären, lebten sie noch. Alles andere sind literarische Haltungen, intensiv empfunden, aus einem dramatischen Instinkt heraus, gleich ob Álvaro de Campos dafür zeichnet oder Fernando Pessoa. Sie sind hinreichend repräsentiert, in Tonfall und Wahrheit, durch mein kurzes Gedicht, das beginnt mit »O Glocke meines Dorfes ...«. Die Glokke meines Dorfes, lieber Gaspar Simões, ist die Kirche der Märtyrer, dort am Chiado. Das Dorf, in dem ich geboren wurde, war der Largo de São Carlos, heute der Largo do Directório, und das Haus, in dem ich zur Welt kam, war das Haus, in dem später (im zweiten Stock; ich wurde im vierten geboren) die Republikanische Verwaltungsbehörde einziehen sollte. (Anmerkung: Das Haus war zur Berühmtheit verdammt; möge der vierte Stock es weiter bringen als der zweite.)

[Brief an José Osório de Oliveira aus dem Jahr 1932[95]]

Vor fünf Minuten habe ich Ihre Anfrage erhalten: »Welche Bücher haben Sie auf besonders intensive Weise moralische Energie, Großzügigkeit, Seelengröße und Idealismus erfahren lassen?« Wie Sie sehen, antworte ich umgehend. Sie schreiben, diese Frage stamme von António Sérgio[96], den ich persönlich nicht kenne, aber überaus schätze. Ein Grund mehr für eine rasche Antwort, was leider nicht heißt, daß sie auch klar und unmißverständlich ausfällt, zumal es sich um eine Sache handelt, über die ich bisher noch nie nachgedacht habe.

Da man aber, wie in allen schwierigen Lebenslagen, stets handeln sollte, ehe man nachdenkt, will ich antworten, noch ehe ich überhaupt weiß, was ich sagen werde, und meine Antwort wird somit das königliche Siegel der Aufrichtigkeit tragen.

Doch zuvor möchte ich etwas anmerken. Die Termini der Frage setzen voraus, daß die moralische Energie, die Großzügigkeit, die Seelengröße und der Idealismus abstrakte Personen sind, mit denen ich täglich verkehre. Unglücklicher- oder glücklicherweise sind sie das nicht. Ich behaupte nicht, daß ich sie nicht kenne, aber ich kenne sie nicht so gut wie die Launenhaftigkeit, die Unaufrichtigkeit und die Phantasterei – bisweilen sogar die logische Phantasterei –, durch die ich mich hauptsächlich hervorgetan habe.

Ich übersetze die Frage daher folgendermaßen: »Welche Bücher haben mich innerlich am meisten zu jener anderen Person gemacht, die wir alle gern sein möchten?« Darauf habe ich eine Antwort, nämlich die unmittelbare und unüberlegte, auf die ich mich weiter oben beziehe und die der Wahrheit entsprechen müßte.

In meiner Kindheit und ersten Jugend gab es für mich, der

95 A. d. Ü.: José Osório de Oliveira (1900–1964), Dichter, Essayist und Literaturkritiker.

96 A. d. Ü.: António Sérgio (1883–1969), portugiesischer Philosoph, Pädagoge, Politiker und Gegner von Salazars Estado Novo.

in einem englischsprachigen Land lebte und zur Schule ging, ein packendes Buch, das Buch schlechthin – die *Pickwick Papers* von Dickens; noch heute lese ich es aus genau diesem Grund immer und immer wieder, als täte ich nichts anderes, als mich zu erinnern.

In meiner zweiten Jugend beherrschten Shakespeare und Milton meinen Geist und nebenbei jene romantischen englischen Dichter, die ihre ungleichmäßigen Schatten waren, von ihnen inspirierte mich vielleicht Shelley am stärksten.

In meiner, wenn ich so sagen darf, dritten, hier in Lissabon verbrachten Jugend, lebte ich im Dunstkreis der griechischen und deutschen Philosophen sowie in dem der französischen Dekadenzdichter, deren Einfluß auf meinen Geist mir durch schwedische Gymnastik und die Lektüre von Max Nordaus *Dégénérescence* gründlich ausgetrieben wurde.

Seither ist jedes Buch, das ich lese, gleich ob es sich um Prosa oder Gedichte handelt, um Gedanken oder Gefühle, ob um eine Studie über die vierte Dimension oder einen Kriminalroman, während ich es lese, das einzige Buch, das ich je gelesen habe. Alle sind sie von einer Wichtigkeit, wie sie größer nicht sein könnte, und die am folgenden Tag erlischt.

Diese Antwort ist ganz und gar aufrichtig. Wenn sie vermeintlich etwas Paradoxes enthält, so ist dieses Paradox nicht von mir: Ich bin es.

[Aus dem Entwurf eines Briefes an Adolfo Casais Monteiro[97] 1935]

Ich hatte immer schon, seit meiner Kindheit, das Bedürfnis, die Welt mit fiktiven Persönlichkeiten zu bereichern, mit von mir sorgfältig konstruierten Träumen, die ich mit photographischer Klarheit

97 A. d. Ü.: Adolfo Casais Monteiro (1908–1972), Lyriker, Essayist, Übersetzer und politischer Aktivist gegen das Salazar-Regime. Von 1931 bis 1940 einer der drei Chefredakteure von *Presença*, damals die zweitgrößte Literaturzeitschrift Portugals.

sah und bis in ihre tiefsten Tiefen verstand. Ich war nicht älter als fünf, ein einsames Kind und wollte auch nichts anderes sein, als mir bereits einige meiner Traumgestalten Gesellschaft leisteten – ein gewisser Kapitän Thibeaut, ein Chevalier de Pas – und andere, die ich bereits vergessen habe und deren Vergessen, wie auch die unzureichende Erinnerung an diese beiden, zu den Dingen in meinem Leben gehören, die ich zutiefst bedaure.

Dies mag nach kindlicher Phantasie klingen, die sich damit vergnügt, Puppen Leben zu verleihen. Doch es war mehr: Ich stellte mir diese Gestalten so lebhaft vor, daß ich keine Puppen brauchte. Deutlich und sichtbar waren sie in meinem fortwährenden Traum für mich vollkommen menschliche Wirklichkeiten, die eine Puppe in ihrer Unwirklichkeit nur zerstört hätte. Sie waren Menschen.

Statt sich mit dem Ende meiner Kindheit zu legen, verstärkte sich dieser Hang noch in der Adoleszenz, verfestigte sich weiter mit den Jahren, wurde für mich schließlich zu einer natürlichen Geisteshaltung. Heute habe ich bereits keine Persönlichkeit mehr: Alles an mir Menschliche habe ich unter den verschiedenen Autoren aufgeteilt, deren literarischer Vollstrecker ich war. Heute bin ich der Treffpunkt einer kleinen Menschheit, die nur mir gehört.

[Aus einem Brief an Adolfo Casais Monteiro vom 13. Januar 1935]

Der Ursprung meiner Heteronyme liegt in einem mir eigenen, zutiefst hysterischen Zug begründet. Ich weiß nicht, ob ich schlicht nur hysterisch bin oder vielmehr ein Hysteroneurastheniker. Ich neige zu dieser zweiten Hypothese, zumal ich eine gewisse Entschlußlosigkeit an mir beobachte, die nicht ins Symptomeregister der eigentlichen Hysterie gehört. Wie dem auch sei, der geistige Ursprung meiner Heteronyme beruht auf meinem angeborenen und anhaltenden Hang, mich zu entpersönlichen und zu verstellen. Diese Phänomene haben sich – zu meinem und der anderen Glück – in mir vergeistigt; mit anderen Worten, sie treten nicht in meinem praktischen, äußeren Leben und im Kontakt mit anderen auf; sie explodieren nach innen, und ich erlebe sie allein, in und mit mir. Wäre ich eine Frau – bei Frauen äußert sich Hysterie in Anfällen und dergleichen –, würde jedes Gedicht von Álvaro de Campos (dem am hysterischsten Hysteriker in mir) die Nachbarschaft aufschrecken. Doch ich bin ein Mann – und bei Männern weist die Hysterie vornehmlich mentale Aspekte auf; so mündet alles in Stille und Poesie …

Das erklärt *tant bien que mal* den organischen Ursprung meiner Heteronymie. Dazu will ich Ihnen jetzt einen chronologischen Überblick geben. Ich beginne mit denjenigen meiner Heteronyme, die bereits gestorben sind und an die ich mich teilweise nicht einmal mehr erinnere – die verloren in der fernen Vergangenheit meiner nahezu vergessenen Kindheit ruhen.

Von Kindesbein an neigte ich dazu, mich mit einer von mir erschaffenen fiktiven Welt zu umgeben, Freunde und Bekannte um mich zu versammeln, die nie existiert hatten. (Ich weiß wohlgemerkt nicht, ob sie wirklich nicht existierten oder ob ich es bin, der nicht existiert. In diesen wie auch in allen anderen Dingen dürfen wir nicht dogmatisch sein.) Ich erinnere mich, daß ich, seit ich mich als den kenne, den ich *Ich* nenne, im Geiste etliche unwirkliche Gestalten entwarf, denen ich ein Gesicht, Bewegungen, einen Charakter und eine Geschichte gab und die für mich so sichtbar und mein waren wie die Dinge dessen, was wir vielleicht fälschlicherweise das wirkliche Leben nennen. Diese Neigung, die ich in mir verspüre, seit ich mich entsinnen kann, ein *Ich* zu sein, hat mich allzeit begleitet, wobei sie die Musik, mit der sie mich bezaubert, ein wenig verändert hat, nie aber die Art und Weise, mit der sie zu bezaubern weiß.

Und so erinnere ich mich an den, der scheinbar mein erstes Heteronym war oder vielmehr mein erster inexistenter Bekannter – ein gewisser *Chevalier de Pas* – ich war damals sechs Jahre alt und schrieb mir Briefe in seinem Namen, seine nicht ganz verblaßte Gestalt besetzt noch immer jenen Teil meiner Zuneigung, die an Sehnsucht grenzt. Und ich erinnere mich, wenn auch weniger deutlich, an eine andere Gestalt, deren ebenfalls fremdländischer Name

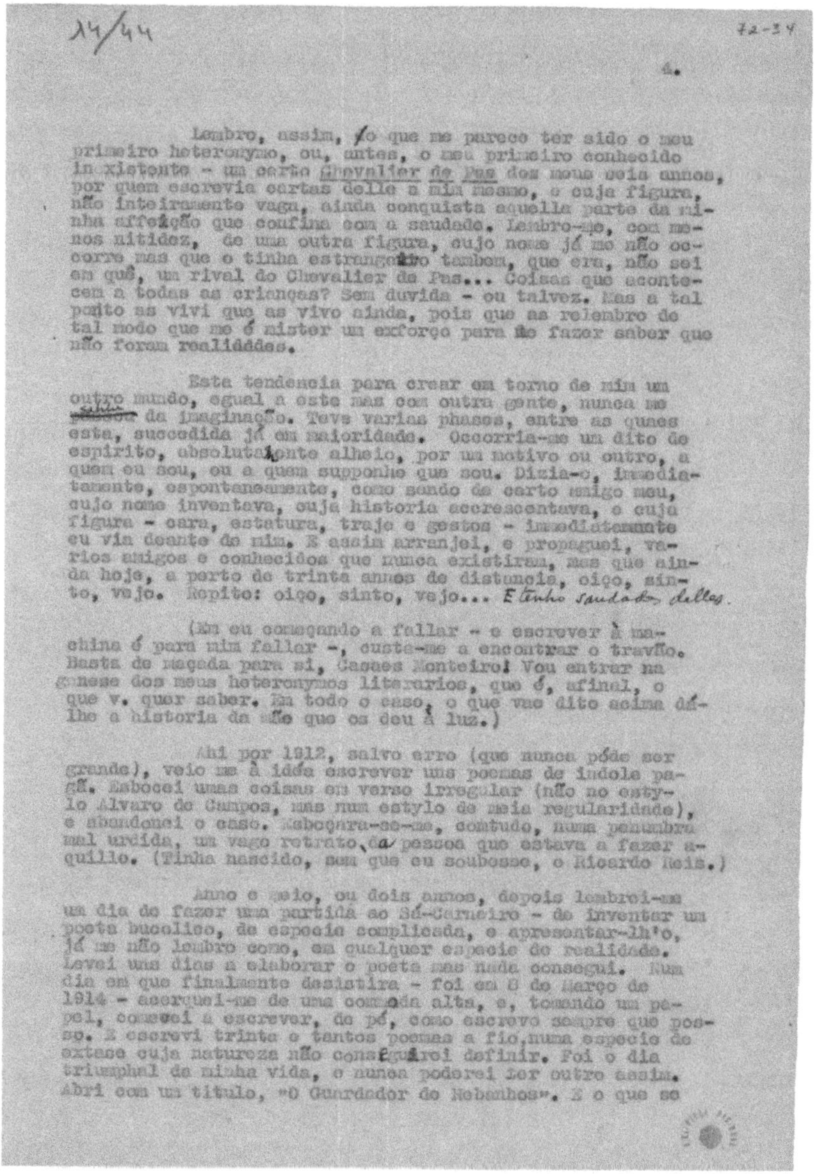
14/44 72-34

4.

Lembro, assim, ~~o~~ o que me parece ter sido o meu primeiro heteronymo, ou, antes, o meu primeiro conhecido inexistente – um certo Chevalier de Pas dos meus seis annos, por quem escrevia cartas delle a mim mesmo, e cuja figura, não inteiramente vaga, ainda conquista aquella parte da minha affeição que confina com a saudade. Lembro-me, com menos nitidez, de uma outra figura, cujo nome já me não occorre mas que o tinha estrangeiro tambem, que era, não sei em quê, um rival do Chevalier de Pas... Coisas que acontecem a todas as crianças? Sem duvida – ou talvez. Mas a tal ponto as vivi que as vivo ainda, pois que as relembro de tal modo que me é mister um esforço para me fazer saber que não foram realidades.

Esta tendencia para crear em torno de mim um outro mundo, egual a este mas com outra gente, nunca me ~~passou~~ saiu da imaginação. Teve varias phases, entre as quaes esta, succedida já em maioridade. Occorria-me um dito de espirito, absolutamente alheio, por um motivo ou outro, a quem eu sou, ou a quem supponho que sou. Dizia-o, immediatamente, espontaneamente, como sendo de certo amigo meu, cujo nome inventava, cuja historia accrescentava, e cuja figura – cara, estatura, traje e gestos – immediatamente eu via deante de mim. E assim arranjei, e propaguei, varios amigos e conhecidos que nunca existiram, mas que ainda hoje, a perto de trinta annos de distancia, oiço, sinto, vejo. Repito: oiço, sinto, vejo... E tenho saudades delles.

(Em eu começando a fallar – e escrever à machina é para mim fallar –, custa-me a encontrar o travão. Basta de maçada para si, Casais Monteiro! Vou entrar na genese dos meus heteronymos literarios, que é, afinal, o que v. quer saber. Em todo o caso, o que vae dito acima dá-lhe a historia da mãe que os deu à luz.)

Ahi por 1912, salvo erro (que nunca póde ser grande), veio-me à idéa escrever uns poemas de indole pagã. Esbocei umas coisas em verso irregular (não no estylo Alvaro de Campos, mas num estylo de meia regularidade), e abandonei o caso. Esboçara-se-me, comtudo, numa penumbra mal urdida, um vago retrato da pessoa que estava a fazer aquillo. (Tinha nascido, sem que eu soubesse, o Ricardo Reis.)

Anno e meio, ou dois annos, depois lembrei-me um dia de fazer uma partida ao Sá-Carneiro – de inventar um poeta bucolico, de especie complicada, e apresentar-lh'o, já me não lembro como, em qualquer especie de realidade. Levei uns dias a elaborar o poeta mas nada consegui. Num dia em que finalmente desistira – foi em 8 de Março de 1914 – acerquei-me de uma commoda alta, e, tomando um papel, comecei a escrever, de pé, como escrevo sempre que posso. E escrevi trinta e tantos poemas a fio, numa especie de extase cuja natureza não conseguirei definir. Foi o dia triumphal da minha vida, e nunca poderei ter outro assim. Abri com um titulo, "O Guardador de Rebanhos". E o que se

Auszug aus dem Brief vom 13. 1. 1935 an Adolfo Casais Monteiro (BNP/E3, 72–34)

mir nicht mehr einfällt und die, ich weiß nicht mehr, weshalb, ein Rivale des Chevalier de Pas war … Derlei kommt bei allen Kindern vor? Zweifellos – oder vielleicht. Aber ich habe diese Gestalten so intensiv gelebt, daß sie für mich noch immer lebendig sind, ich entsinne mich ihrer so genau, daß es mich einige Mühe kostet, mir zu vergegenwärtigen, daß sie nicht wirklich waren.

Diese Neigung, mich mit einer anderen, von mir erschaffenen Welt gleich dieser zu umgeben, doch mit anderen Menschen, beherrscht bis heute meine Phantasie. Sie kennt verschiedene Phasen, darunter diese hier, die bereits in mein Erwachsenenalter fällt. Mir fiel einmal ein geistreiches, aus dem einen oder anderen Grund für den, der ich bin oder zu sein glaube, vollkommen untypisches Bonmot ein. Ich gab es sogleich spontan als das eines Freundes zum besten, wobei ich nicht nur dessen Namen erfand, sondern auch dessen Geschichte und Gestalt – Gesicht, Statur, Kleidung und Gestik – unmittelbar vor mir sah. Auf diese Weise fand ich etliche Freunde und Bekannte und stellte sie der Welt vor; sie existierten zwar nie, doch noch heute, nahezu dreißig Jahre später, höre, fühle und sehe ich sie. Ich wiederhole: höre, fühle, sehe sie … Und ich verspüre Sehnsucht nach ihnen.

(Komme ich einmal ins Reden – und maschineschreiben ist für mich wie reden –, kann ich mich kaum mehr bremsen. Aber ich will Sie nicht überstrapazieren, Casais Monteiro! Daher komme ich jetzt auf die Genese meiner literarischen Heteronyme zu sprechen, denn letzten Endes wollen Sie ja wissen, was es damit auf sich hat. Auf jeden Fall erzählt Ihnen das oben Gesagte die Geschichte der Mutter, die sie geboren hat.)

Etwa um 1912, wenn ich nicht irre (allzu groß kann der Irrtum nicht sein), kam mir der Gedanke, einige Gedichte heidnischen Charakters zu verfassen. Ich entwarf einiges in freien Versen (nicht im Stil von Álvaro de Campos, sondern in Versen halbfreier Regelmäßigkeit), ließ die Sache dann jedoch sein. Dennoch war mir, in einem schlecht gewobenen Halbschatten, ein ungefähres Bild der Person erschienen, die all dies schrieb. (Ohne daß ich es wußte, war Ricardo Reis geboren.)

Anderthalb oder zwei Jahre später kam ich eines Tages auf die Idee, Sá-Carneiro einen Streich zu spielen – einen bukolischen Dichter komplizierter Natur zu erfinden, den ich ihm, ich weiß nicht mehr genau wie, als irgendwie wirklich vorstellen wollte. Ich arbeitete einige Tage an seiner Entstehung, aber es wollte mir nicht gelingen. An dem Tag, an dem ich schließlich aufgegeben hatte – es war der 8. März 1914 –, ging ich zu einer hohen Kommode, nahm ein Blatt Papier und begann zu schreiben, stehend, wie ich dies immer tue, wenn nur irgend möglich. Ich schrieb über dreißig Gedichte, eines nach dem anderen, in einer Art Ekstase, deren Beschaffenheit ich niemals werde erklären können. Es war der Tag des Triumphs in meinem Leben, ein Tag, wie er mir wohl kaum noch einmal vergönnt sein wird. Ich begann mit dem Titel: *Der Hüter der Herden.* Als nächstes erschien jemand in mir, dem ich sogleich den Namen Alberto Caeiro gab. Verzeihen Sie das Absurde dieses Satzes, aber mein Meister war in mir erschienen. Dies war meine unmittelbare Empfindung. Und sie war dergestalt, daß ich, kaum waren diese über dreißig Gedichte geschrieben, sogleich zum nächsten Blatt griff und, ebenfalls hintereinander weg, die sechs Gedichte schrieb, die den *Schrägen Regen* Fernando Pessoas bilden. Unmittelbar und vollständig … Das war die Rückkehr von Fernando Pessoa / Alberto Caeiro zu Fernando Pessoa allein. Oder vielmehr die Reaktion Fernando Pessoas auf seine Nichtexistenz als Alberto Caeiro.

Kaum war Alberto Caeiro erschienen, bemühte ich mich (instinktiv und unbewußt), Schüler für ihn zu finden. Ich entriß den latenten Ricardo Reis seinem falschen Heidentum, fand einen Namen für ihn und paßte ihn sich selbst an, denn ich *sah* ihn damals bereits. Und unversehens und entgegengesetzten Ursprungs zu dem Ricardo Reis' erschien mir voller Ungestüm ein anderes Individuum. In einem Zug und an der Schreibmaschine entstand, ohne Unterbrechung oder Korrektur, die *Triumph-Ode* von Álvaro de Campos – die Ode mit diesem Namen und der Mann mit diesem Namen.

Sodann erschuf ich eine inexistente Sippschaft. Ich siedelte alles in einem wirklichen Rahmen an. Ich stufte die Einflüsse ab, lernte die Freundschaften kennen, hörte in mir die Diskussionen und abweichenden Meinungen, und bei alledem kam es mir vor, als sei ich, der Schöpfer von allem, am wenigsten daran beteiligt gewesen. Es scheint, als sei dies alles unabhängig von mir geschehen. Und scheint auch heute noch so zu sein. Wenn ich eines Tages die ästhetische Diskussion zwischen Ricardo Reis und Álvaro de Campos publizieren kann, werden Sie sehen, wie verschieden die beiden sind und wie wenig ich mit alldem zu tun habe.

Als die Veröffentlichung des *Orpheu* anstand, mußte man in letzter Minute noch etwas finden, um die Seitenzahl zu vervollständigen. Daher sagte ich Sá-Carneiro, ich wolle ein »altes« Gedicht von Álvaro de Campos schreiben – ein Gedicht, das Álvaro de Campos zeigte, ehe er Caeiro kennengelernt hatte und unter dessen Einfluß geraten war. Und so schrieb ich *Opiarium*, in dem ich versuchte, alle verborgenen Tendenzen von Álvaro de Campos aufzuzeigen, wie sie sich später, allerdings noch ehe er mit seinem Meister Caeiro überhaupt in Berührung kam, offenbaren sollten. Von allen Gedichten, die ich geschrieben habe, kam mich dieses am schwersten an, denn mit ihm mußte ich meine Fähigkeit, mich zu entpersönlichen, doppelt unter Beweis stellen. Aber ich denke, es ist alles in allem nicht schlecht geworden und zeigt einen sich entfaltenden Álvaro …

Ich glaube, ich habe Ihnen hiermit den Ursprung meiner Heteronyme erklärt. Sollte es dennoch irgendeinen Punkt geben, der einer luzideren Erklärung bedarf – ich schreibe schnell, und wenn ich schnell schreibe, bin ich nicht sehr luzide –, so lassen Sie es mich wissen, ich gebe sie Ihnen gern. Dem wäre noch etwas hinzuzufügen, es entspricht der Wahrheit und ist hysterischer Natur: Beim Schreiben bestimmter Passagen der *Aufzeichnungen zur Erinnerung an meinen Meister Caeiro*[98] habe ich echte Tränen geweint. Nur damit Sie wissen, mit wem Sie es zu tun haben, mein lieber Casais Monteiro!

Und noch einige Anmerkungen zu diesem Thema … Ich *sehe*

98 A. d. Ü.: Siehe *Fernando Pessoa / Alberto Caeiro, Poesia-Poesie*, Zürich 2004 und Frankfurt / M. 2016, S. 199.

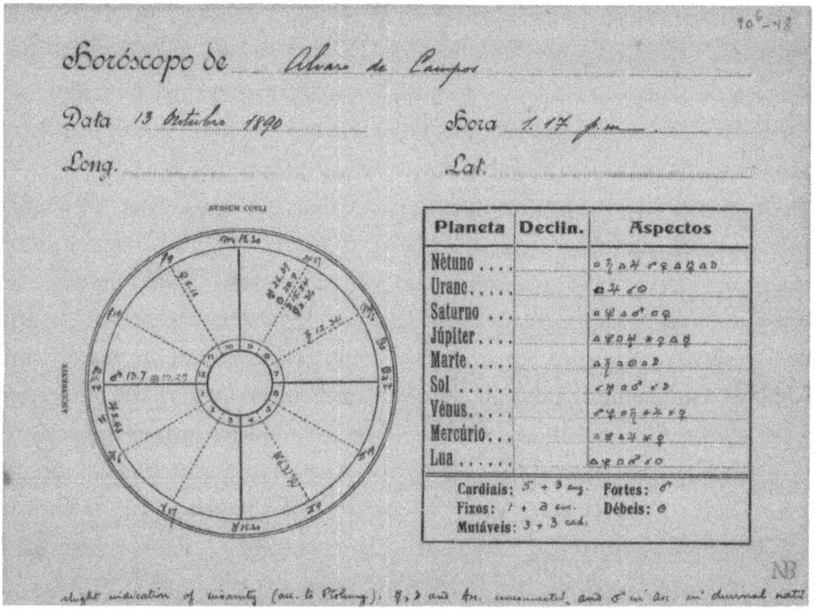

Von Pessoa erstelltes Horoskop für Álvaro de Campos (BNP/E3, 90–48)

im gespenstischen, aber wirklichen Bereich des Traums die Gesichter und Gesten von Caeiro, Ricardo Reis und Álvaro de Campos vor mir. Ich habe ihnen ein Alter und ein Leben entworfen. Ricardo Reis wurde 1878 (ich erinnere mich weder an den Tag noch an den Monat, aber ich habe sie irgendwo notiert) in Porto geboren, er ist Arzt und hält sich gegenwärtig in Brasilien auf. Alberto Caeiro wurde 1889 geboren und starb 1915; er stammt aus Lissabon, verbrachte aber fast sein gesamtes Leben auf dem Land. Er verfügte weder über einen Beruf noch über eine nennenswerte Ausbildung. Álvaro de Campos wurde am 15. Oktober 1890 in Tavira geboren (nach Aussage von Ferreira Gomes um 13.30 Uhr [sic]; und dies stimmt, wie das für diese Stunde erstellte Horoskop bestätigt).

Er ist, wie Sie wissen, Schiffsingenieur (ausgebildet in Glasgow), lebt jetzt aber untätig hier in Lissabon. Caeiro war von mittlerer Statur und obgleich von wirklich schwacher Konstitution (er starb an Tuberkulose), wirkte er nicht so. Ricardo Reis ist ein wenig, aber nur ein ganz klein wenig, kleiner, er ist robuster und hagerer. Álvaro de Campos ist groß (1,75 m, zwei Zentimeter größer als ich), dünn und neigt zu einer gebeugten Haltung. Keiner von ihnen trägt einen Bart – Caeiro ist blaßblond und hat blaue Augen; Reis' Hautfarbe ist annähernd mattbraun; die von Campos zwischen weiß und braun, er entspricht in ungefähr dem Typ des portugiesischen Juden, sein Haar jedoch ist glatt und normalerweise seitlich gescheitelt, er trägt ein Monokel. Caeiro genoß, wie ich bereits erwähnte, so gut wie keine Ausbildung – einzig die Grundschule; er verlor Vater und Mutter früh, blieb daheim hängen und lebte von irgendwelchen bescheidenen Einkünften. Er lebte mit einer alten Tante zusammen, einer Großtante. Ricardo Reis wurde in einem Jesuitenkolleg erzogen, und ist, wie gesagt, Arzt; er lebt seit 1919 in Brasilien, wohin er als Monarchist freiwillig emigrierte. Er ist Latinist dank fremder und halber Gräzist dank eigner Erziehung. Álvaro de Campos genoß die übliche Gymnasialbildung; anschließend wurde er zum Ingenieursstudium nach Schottland geschickt; zunächst Maschinenbau, dann Schiffsbau. Während seiner Ferien unternahm er eine Orientreise, von der er das Gedicht *Opiarium* mitbrachte. Latein hatte ihm ein Onkel aus Beira, ein Priester beigebracht.

Wie ich im Namen dieser drei schreibe? Als Caeiro rein inspirativ, es kommt über mich, ich sehe weder vorher, was ich schreiben werde, noch weiß ich, daß ich schreiben werde. Als Ricardo Reis nach einer abstrakten Überlegung, die plötzlich in einer Ode konkret Ausdruck findet. Als Campos, wenn ich einen plötzlichen Drang zum Schreiben verspüre und nicht weiß, was ich schreiben soll. (Mein Halbheteronym Bernardo Soares, das übrigens in vielerlei Hinsicht Álvaro de Campos ähnelt, erscheint immer, wenn ich müde oder schläfrig bin und meine Hemmungen und mein Denkvermögen etwas nachgelassen haben; diese Prosa ist eine ständige Träumerei. Soares ist insofern ein Halbheteronym, als seine Persönlichkeit, auch wenn sie nicht die meine, so doch nicht anders ist als sie, wohl aber eine leichte Verstümmelung von ihr. Soares ist ich, allerdings ohne mein Denkvermögen und ohne meine Emotionalität. Seine Prosa ist wie die meine, bis auf gewisse formale Restriktionen, die der Verstand meinem Schreiben auferlegt, auch unser Portugiesisch unterscheidet sich in nichts; wohingegen Caeiro schlecht portugiesisch schrieb, Campos einigermaßen, doch mit gelegentlichen Fehlern, Reis besser als ich, seinen Purismus allerdings halte ich für übertrieben. Es fällt mir nicht leicht, die – noch unveröffentlichte – Prosa von Reis oder von Campos zu schreiben. In Versen ist das Vortäuschen leichter, zumal es spontaner vonstatten geht.

Sie werden sich jetzt fragen, lieber Casais Monteiro, welch unseliges Geschick Sie da über den Umweg dieser Lektüre mitten in ein Irrenhaus geführt hat. Hinzu kommt, und das ist das schlimmste, daß ich so unzusammenhängend schreibe. Aber ich kann nur wiederholen: Ich schreibe, als würde ich mit Ihnen sprechen, denn es soll unverzüglich geschehen. Andernfalls würden Monate vergehen, ohne daß ich Ihnen schreiben könnte.

Erklärung eines Buches

[1935]

Vergangenen Oktober habe ich einen Gedichtband, der in Wirklichkeit aus nur einem Gedicht besteht und den Titel *Botschaft*[99] trägt, veröffentlicht und mit Vorbedacht am 1. Dezember[100] auf den Markt gebracht. Dieses Buch wurde unter besonderen und für mich sehr ehrenvollen Umständen vom Sekretariat für Nationale Propaganda ausgezeichnet.

Viele, die *Botschaft* gelesen und wertgeschätzt haben, wie auch

99 A. d. Ü.: *Botschaft* (*Mensagem*, Lissabon 1934), patriotisch hymnischer Gedichtzyklus zum Ruhme Portugals, das einzige Werk, das Pessoa zu Lebzeiten vollständig veröffentlichte. Siehe: *Fernando Pessoa, Esoterische Gedichte, Mensagem – Botschaft, Englische Gedichte*, übersetzt von G. R. Lind, Ammann, Zürich 1989, S. 60 ff.

100 A. d. Ü.: Am 1. Dezember wird in Portugal des Endes der spanischen Herrschaft über Portugal und der Restauration seiner Monarchie 1640 gedacht.

viele, die es gelesen und wenig oder gar nicht geschätzt haben, reagierten auf gewisse Dinge teils irritiert, teils ratlos: die Struktur des Buches, seinen inhaltlichen Aufbau und insbesondere auf die Tatsache, daß hier ein nationaler Mystizismus – der in unserem Land für gewöhnlich mit dem Geist und den Doktrinen der Kirche von Rom einhergeht – und eine so gesehen rein häretische Religiosität miteinander vermischt werden.

Ein von *Botschaft* unabhängiges und nach dessen Erscheinen aufgetretenes Phänomen verstärkte die Irritation bei dem einen oder anderen Leser. Es handelte sich um die Veröffentlichung meines Artikels über »Geheimgesellschaften« im *Diário de Lisboa* vom 4. Februar. Ich spreche mich darin vehement gegen einen – inzwischen Gesetz gewordenen – Gesetzentwurf zu erwähnten Gesellschaften aus und verteidige zugleich voll und ganz die Freimaurerei, gegen die dieser Gesetzentwurf sich richtete und das Gesetz sich heute richtet.

Dieser Artikel stammt offenkundig von einem Liberalen, einem entschiedenen Gegner der Kirche von Rom, und (da er spontan war und sich noch immer so fühlt) von jemandem, der der Freimaurerei und den Freimaurern tief und brüderlich verbunden ist.

Ein aufmerksamer Leser von *Botschaft* wird, wie auch immer er zum Wert dieses Buches stehen mag, nicht erstaunt sein über die antivatikanische Haltung, die hier konstant, wenn auch negativ durchscheint. Einen ebenso aufmerksamen, aber im Verständnis oder zumindest im intuitiven Erfassen hermetischer Dinge geschulteren Leser wird die Verteidigung der Freimaurerei bei dem Verfasser eines so stark vom Symbolismus der Templer und Rosenkreuzer durchdrungenen Werkes nicht befremden. Und da die Templerorden, obwohl politisch nicht aktiv, die gleichen gesellschaftlichen Vorstellungen haben, seien sie positiv oder negativ, wie die Freimaurer, und sich das Rosenkreuzertum, im gesellschaftlichen Bereich, um die Ideen von Frieden und Brüderlichkeit dreht (*Pax profunda, Frater!* lautet der Gruß der Rosenkreuzer für Brüder wie für Profane), wird ein derart geschulter Leser unschwer zu dem Schluß kommen, daß der Autor eines solchen Buches mithin unweigerlich ein Liberaler sein muß, sofern er es nicht schon von seinem Wesen her war.

Ich aber war in der Tat von meinem Wesen her und mehr noch durch meine Erziehung – eine gänzlich englische Erziehung –, stets den grundlegenden Prinzipien des Liberalismus treu, nämlich der Achtung der Menschenwürde und der geistigen Freiheit oder, anders gesagt, dem Individualismus und der Toleranz oder auch einfach nur: dem brüderlichen Individualismus.

[1935]

Der eigentliche Ursprung dieses Artikels geht auf persönliche Umstände zurück, denn viele – viele für einen, der wenige kennt – haben mir gestanden, sie verstünden nicht, wie ich mich nach meinem Buch *Botschaft*, einem Gedichtband nationalistischen Inhalts, im *Diário de Lisboa* für die Freimaurerei hätte stark machen können. Diese persönlichen und konkreten Umstände waren mir Anlaß und Stoff für diesen unpersönlichen und abstrakten Artikel. Auch wenn niemanden recht interessiert, was ein obskurer Dichter und (etwas weniger obskurer) Verteidiger des Freimaurerordens macht und denkt, so muß doch allen daran gelegen sein, daß man unterscheidet, was vermischt, und zusammenbringt, was irrtümlich getrennt wurde, und daß die Vorstellungen etwas weniger nebulös sind, auch wenn man ihretwegen nicht gleich auf Dom Sebastião[101] hoffen muß.

101 A. d. Ü.: Dom Sebastião, König von Portugal, 1578 im Alter von 24 Jahren bei der Schlacht von Ksar-el-Kebir (Marokko) gefallen. Durch seinen Tod verlor Portugal für 60 Jahre seine Unabhängigkeit an die spanische Krone. Der Glaube, daß der im Schlachtennebel verschollene König eines Tages zurückkehrt und dem Land wieder zu altem Ruhm und Glanz verhilft, hat sich in Portugal bis heute als Mythos erhalten. Pessoa schreibt dazu im *Buch der Unruhe*: »Daß Dom Sebastião eines Tages im Nebel zurückkommt, steht im Widerspruch zur Geschichte. Die Geschichte kommt und geht im Nebel, und die größten Schlachten, von denen man erzählt, die glanzvollsten Feste, die mächtigsten Errungenschaften sind nichts als Schauspiele im Nebel, Heerscharen, die in der Ferne entschwinden und untergehen.«

Eine Sache, und nur eine, bereitet mir Sorgen, und zwar, daß ich mit diesem Artikel in irgendeiner Weise dazu beitragen könnte, den portugiesischen Reaktionären eine ihrer größten und billigsten Freuden zu vermiesen, nämlich dummes Zeug daher zu reden. Ich vertraue jedoch auf ihre solide Holzköpfigkeit und auf die diesem unerschütterlichen und totalitären Glauben innewohnenden Tugenden, die sie zwischen Unserer Lieben Frau von Fátima und Herrn Dom Duarte Nuno de Bragança[102] gerecht aufteilen.

Wenn ich nicht publiziere, dann nicht etwa, weil ich nicht möchte, sondern weil ich nicht kann. Man verstehe diese Zeilen nicht als gegen die Zensurkommission gerichtet; niemand hat weniger Grund zur Klage über diese Kommission als ich. Dennoch befolgt die Zensur Direktiven, die sie von oben erhält; und wir alle wissen, was diese Direktiven, mehr oder weniger, bedeuten.

Nun aber könnte das meiste, das ich schreiben könnte, nicht von der Zensur genehmigt werden. Möglicherweise kann ich mich aber auch nicht beherrschen, es nicht zu schreiben; doch ich kann es problemlos, da ich weder den Drang verspüre, es zu publizieren, noch die Zensoren mit Stoff belästigen werde, dessen Publikation sie zwangsläufig untersagen müßten.

Da dem so ist, wozu also publizieren? Da mir versagt ist, zu publizieren, was die Öffentlichkeit wirklich interessieren würde, warum dann in einer Zeitung etwas bringen wollen, das, weil unlesbar, niemandem von Nutzen wäre, oder das □

Gewiß, ich kann mich frei und ungehindert (und selbst das nur bis zu einem gewissen Punkt und in bestimmten Kreisen) über die Philosophie Kants auslassen □

102 A. d. Ü.: Damaliger Kronprinz von Portugal.

[Aus einem Brieffragment an Adolfo Casais Monteiro vom 30. Oktober 1935]

Nun aber ist – vor fünf Minuten – etwas geschehen, das mich nach all meiner Unsicherheit in der Entscheidung bestärkt, ja, mir geradezu verbietet, bei *Presença* oder sonst einer Zeitschrift hier im Land mitzuarbeiten oder ein Buch zu veröffentlichen.

Seit Salazars Rede, anläßlich der Preisverleihungen im Sekretariat für Nationale Propaganda am 21. Februar dieses Jahres, haben wir alle, die wir schreiben, begriffen, daß die restriktive Vorschrift der Zensur, »dieses oder jenes darf man nicht sagen«, durch das sowjetische Diktum der Macht, »dieses oder jenes soll man sagen«, ersetzt worden ist. Mit anderen Worten: Alles, was wir schreiben, darf sich nicht nur nicht den (mir ihrer Natur nach unbekannten) Prinzipien des Neuen Staates[103] widersetzen, sondern muß sich auch den Direktiven derer unterordnen, die besagten Neuen Staat führen. Dies heißt, nehme ich an, daß man sich legitimerweise in Portugal nicht mehr literarisch äußern darf, ohne in irgendeiner Form auf den ausgeglichenen Staatshaushalt, die korporative Zusammensetzung (von der ich ebenso wenig weiß, was sie bedeutet) der portugiesischen Gesellschaft und anderer Verzahnungen dieser Art Bezug zu nehmen.

Biographische Notiz

Vollständiger Name: Fernando António Nogueira Pessoa.

Alter und Geburtsort: Geboren in Lissabon, Gemeinde Mártires, Largo de São Carlos Nr. 4 (heute Largo do Directório), am 13. Juni 1888.

Abstammung: Ehelicher Sohn von Joaquim de Seabra Pessoa und von Dona Maria Madalena Pinheiro Nogueira. Väterlicherseits

103 A. d. Ü.: Siehe hierzu in: *Fernando Pessoa, Er selbst,* a. a. O., das Gedicht *Ja, dies ist der Neue Staat,* S. 229.

Enkel von General Joaquim António Pessoa, Teilnehmer an den Feldzügen der liberalen Armee,[104] und von Dona Dionísia Seabra; mütterlicherseits Enkel des Geheimrats Luís António Nogueira, Rechtskundiger und ehemaliger Staatssekretär des Königlichen Ministeriums, und von Dona Madalena Xavier Pinheiro. Vorfahren insgesamt: eine Mischung aus Adeligen und Juden.

Familienstand: ledig.

Beruf: Die zutreffendste Bezeichnung wäre »Übersetzer«, die genaueste »Fremdsprachenkorrespondent in Handelshäusern«. Dichter und Schriftsteller ist kein Beruf, sondern eine Berufung.

Adresse: Rua Coelho da Rocha 16, 1. Stock rechts, Lissabon.

(Postanschrift: Postfach 147, Lissabon)

Bereits ausgeübte gesellschaftliche Funktionen: Sofern man darunter öffentliche und höhere Ämter versteht, keine.

Veröffentlichte Werke: Das Werk liegt derzeit im wesentlichen verstreut vor, in verschiedenen Zeitschriften und einzelnen Publikationen. An Büchern oder Broschüren sieht er folgendes als brauchbar an: *35 Sonnets* (englisch), 1918; *English Poems I–II* und *English Poems III* (ebenfalls englisch), 1922; und das Buch *Botschaft*, 1934, innerhalb der Kategorie »Gedicht« vom Sekretariat für Nationale Propaganda ausgezeichnet. Die Broschüre *Das Interregnum*, 1928 publiziert und eine Verteidigung der Militärdiktatur in Portugal, muß als nicht existent angesehen werden. All das muß nochmals durchgesehen und vieles davon vielleicht verworfen werden.

Ausbildung: Da sein Vater 1893 verstarb und seine Mutter 1895 in zweiter Ehe den Kommandanten João Miguel Rosa, Konsul von Portugal in Durban, Natal, heiratete, genoß er dort seine Ausbildung. 1903 gewann er im Alter von fünfzehn Jahren bei der Aufnahmeprüfung an der Universität des Kaps der Guten Hoffnung den Königin-Victoria-Preis in der Kategorie englischer Aufsatz.

104 A. d. Ü.: Feldzüge während des dynastischen Kampfes innerhalb des Hauses Bragança. Pedro IV. war liberal und trat für eine konstitutionelle Monarchie ein, während sein Bruder Miguel I. an dem alten absolutistischen Regierungssystem festhalten wollte.

Politische Ideologie: Er ist der Ansicht, daß für eine strukturell imperiale Nation wie Portugal das monarchische System das geeignetste wäre. Desgleichen hält er die Monarchie in Portugal für gänzlich unrealisierbar. Daher würde er, im Falle eines Volksentscheides über Staatsformen, für die Republik stimmen, wenn auch mit Bedauern. Konservativer englischer Prägung, mit anderen Worten, liberal innerhalb des Konservatismus und entschieden antireaktionär.

Religiöse Haltung: Gnostischer Christ und somit vehement gegen alle organisierten Kirchen, insbesondere die Kirche von Rom. Aus den nachstehend angeführten Gründen ersichtlich der Geheimtradition des Christentums treu, die mit der Geheimtradition in Israel (der Heiligen Kabbala) und der okkulten Essenz des Freimaurertums aufs engste verbunden ist.

Einweihungsgrad: Durch Kommunikation vom Meister zum Lehrling in die drei niederen Grade des (offenbar ausgelöschten) Templerordens von Portugal eingeweiht.

Patriotische Haltung: Anhänger eines mystischen, von jeglicher römisch-katholischen Infiltration freien Nationalismus, mit dem Ziel, einen neuen Sebastianismus zu begründen, der diese spirituell ersetzen könnte, wenn es denn im portugiesischen Katholizismus je so etwas wie Spiritualität gab. Nationalist mit der Devise: »Alles für die Menschheit, nichts gegen die Nation«.

Gesellschaftliche Haltung: Antikommunist und Antisozialist. Alles übrige läßt sich aus dem oben Gesagten ableiten.

Resümee dieser letzten Überlegungen: Den Märtyrer Jacques de Molay, Großmeister der Tempelritter, stets im Gedächtnis behalten, stets und überall seine drei Mörder bekämpfen – die Unwissenheit, den Fanatismus und die Tyrannei.

Lissabon, den 30. März 1935

Mediumistische Intermezzi

[Aus einem Brief an Ana Luisa Pinheiro Nogueira de Freitas (Tante Anica) vom 24. Juni 1916]

Gegen Ende März (wenn ich mich nicht täusche) erfuhr ich mich zum ersten Mal als Medium. Stellen Sie sich das vor! Ich, der (wie Sie sich gewiß erinnern) immer ein störendes Element bei unseren halbspiritistischen Sitzungen war, begann plötzlich mit dem Automatischen Schreiben. Eines Abends, ich war gerade von der Brasileira *zurück nach Hause gekommen, verspürte ich das Verlangen, wortwörtlich zur Feder zu greifen und sie aufs Papier zu setzen. Natürlich bin ich mir erst später dieser plötzlichen Eingebung bewußt geworden. Zunächst schenkte ich alldem keine Beachtung, fand es ganz normal, daß man als zerstreuter Mensch zur Feder greift und etwas hinkritzelt. In dieser ersten Sitzung begann ich mit der (mir wohlbekannten) Unterschrift »Manuel Gualdino da Cunha«. Ich dachte dabei nicht im entferntesten an Onkel Cunha. Anschließend schrieb ich noch mehr, nichts von Bedeutung, Interesse oder Belang.*

Hin und wieder schreibe ich so, einmal aus freien Stücken, ein andermal einem Zwang folgend. *Aber es sind nur selten verständliche »Mitteilungen«. Manche Sätze erschließen sich von allein. Und vor allem eines ist nicht nur äußerst merkwürdig, sondern auch ärgerlich, nämlich daß mir auf Fragen häufig mit Zahlen und Zeichnungen geantwortet wird. Es handelt sich dabei um keine Zeichnungen von Gegenständen, sondern um kabbalistische und freimaurerische Zeichen, Symbole des Okkultismus und dergleichen, die mich ein wenig verwirren. Nichts, was sich mit Ihrem Automatischen Schreiben oder dem Marias*[105] *vergleichen ließe – einer Erzählung, einer Reihe von Antworten in einer zusammenhängenden Sprache. Es ist unvollkommener, aber sehr viel geheimnisvoller.*

105 Tochter von Tante Anica.

Der angebliche Geist von Onkel Cunha hat sich jedoch nie wieder schriftlich (oder sonstwie) gezeigt. Die gegenwärtigen Mitteilungen sind sozusagen anonym, und jedesmal, wenn ich frage: »Wer spricht da?«, zeichnet man mir etwas oder schreibt mir Zahlen.

Ich schicke Ihnen beiliegend ein einfaches Beweisstück, Sie müssen es mir nicht zurückgeben. Es sind Zahlen und Kritzeleien darauf, aber nahezu keine Zeichnungen. Ich habe im Augenblick nichts anderes zur Hand. Aber so können Sie sehen, wie meine Mitteilungen beschaffen sind.

Erwähnenswert wäre, daß ich, da ich nichts von diesen Zahlen verstehe, einen Freund konsultiert habe, einen Okkultisten und Magnetiseur (ein höchst kurioser und interessanter Mensch und zudem ein trefflicher Freund), der mir sonderbare Dinge sagte. Ich erzählte ihm zum Beispiel einmal, ich hätte irgendeine (vierstellige) Zahl geschrieben, an die ich mich jetzt nicht erinnere. Er entgegnete, in dem Haus, in dem ich derzeit wohne, befänden sich fünf Personen. Und dem war so. Aber er sagte mir nicht, woraus er dies schloß. Er erklärte mir einzig, die Tatsache, daß ich Zahlen schriebe, sei ein Beweis für die Echtheit meines Automatischen Schreibens – mit anderen Worten, daß es sich um keine Autosuggestion handle, sondern um tatsächliche Medialität. Die Geister – sagte er – teilen sich so mit, um diese Echtheit zu gewährleisten; und aus genau diesem Grund sind diese Mitteilungen für das Medium nicht zu verstehen und dergestalt, daß selbst sein Unbewußtes außerstande sei, sie zu begreifen.

Mein Freund hat mir noch andere Zahlen mit der gleichen rätselhaften Bestimmtheit erläutert. Bis auf drei Zahlen, die er nicht verstand.

Ich erzähle Ihnen das natürlich in aller Kürze und verzichte dabei zwangsläufig auf interessante Einzelheiten.

Aber meine Medialität hört damit noch nicht auf. Ich habe eine weitere mediale Fähigkeit entdeckt, die ich bisher nicht nur nie, sondern sozusagen nur negativ wahrgenommen hatte. Als Sá-Carneiro in Paris eine große geistige Krise durchmachte, die ihn in den Selbstmord treiben sollte, spürte ich diese Krise hier, *ich verfiel in eine plötzliche* von außen kommende *Depression, die ich mir damals nicht erklären konnte. Diese Form des Empfindungsvermögens hat sich nicht wiederholt.*

Das interessanteste Detail spare ich dennoch für den Schluß auf. Ich entwickle also nicht nur Fähigkeiten eines schreibenden, sondern auch ei-

nes sehenden Mediums. *Ich beginne »Astralvisionen« zu haben, wie die Okkultisten dies nennen, und auch sogenannte »ätherische Visionen«. All dies steckt noch sehr in den Anfängen, ist aber nicht anzuzweifeln. Alles ist vorerst noch unvollkommen und geschieht nur in bestimmten Augenblicken, dann aber ist es da.*

In manchen Augenblicken zum Beispiel erlebe ich sage und schreibe Morgendämmerungen »ätherischer Visionen« – in denen ich die »magnetische Aura« einiger Menschen sehe, und besonders meine eigene, wenn sie mir im Spiegel und im Dunkel aus den Händen strahlt. Und das sind nicht etwa Hirngespinste, denn was ich sehe, sehen auch andere, zumindest solche, bei denen diese Fähigkeiten stärker ausgeprägt sind. In einem glücklichen Augenblick ätherischer Vision konnte ich eines Morgens in der Brasileira am Rossio die Rippen eines Mannes durch dessen Anzug und Haut hindurch *sehen. Das ist die ätherische Vision, wie sie vollkommener nicht sein könnte. Sollte ich diese Fähigkeit wirklich besitzen, mit anderen Worten, immer klarer sehen können und wann immer ich will?*

Meine »Astralvision« ist noch recht unvollkommen. Zuweilen aber schließe ich nachts die Augen und sehe eine Abfolge kleiner, rasch vorüberziehender, sehr deutlicher Bilder (so deutlich wie etwas aus der äußeren Welt): darunter seltsame Gestalten, Zeichnungen, symbolische Zeichen, Zahlen (auch Zahlen habe ich schon gesehen) etc.

Und manchmal ist mir plötzlich – ein äußerst seltsames Gefühl –, als gehörte ich irgend etwas anderem an. *Mein rechter Arm zum Beispiel wird, ohne daß ich dies wollte, langsam nach oben gehoben. (Ich kann selbstverständlich* Widerstand leisten, *Tatsache aber ist,* daß ich ihn in diesem Augenblick nicht heben wollte.*) Dann wieder läßt mich etwas wie magnetisiert zur Seite sinken.*

Sie werden sich fragen, inwieweit mich das beunruhigt und inwieweit mich diese – übrigens noch sehr in den Anfängen steckenden Phänomene – irritieren. Nicht daß sie mich erschreckten. Sie machen mich eher neugierig, als daß sie mich erschreckten, obgleich mir bei manchem nicht so recht geheuer ist; wie zum Beispiel, wenn ich in den Spiegel schaue und mein Gesicht häufig verschwinden und statt dessen das Gesicht eines bärtigen Mannes sehe oder einen anderen Mann (alles in allem sind es vier an der Zahl, die mir auf diese Weise erscheinen).

Allerdings beunruhigt mich ein wenig, daß ich mehr oder minder weiß, was es mit alldem auf sich hat. Denken Sie nicht, es sei Wahnsinn. Das trifft nicht zu: Im Gegenteil, was mein geistiges Gleichgewicht betrifft, geht es mir kurioserweise besser denn je. Nur hat dies alles nichts mit einer normalen Entwicklung medialer Fähigkeiten zu tun. Ich weiß bereits genug über okkulte Wissenschaften, um zu erkennen, daß in mir die sogenannten höheren Sinne in einer bestimmten Absicht geweckt werden, daß mich der unbekannte Meister, der mich einweiht, indem er mir diese höhere Existenz auferlegt, weit mehr leiden lassen wird, als ich es bisher getan habe, und mich jene tiefe Abneigung gegenüber allem verspüren lassen wird, was mit dem Erwerb dieser hohen Fähigkeiten einhergeht. Darüber hinaus wird allein schon das Erwachen dieser Fähigkeiten von einem geheimnisvollen Gefühl der Einsamkeit und der Verlassenheit begleitet, das einen bis auf den Grund der Seele mit Bitterkeit erfüllt.

Nun ja, komme, was da wolle.

Ich sage nicht alles, *denn man darf nicht alles sagen. Aber es genügt, um mich halbwegs zu verstehen.*

Ich weiß nicht, ob Sie mich nicht doch für verrückt halten. Ich denke nicht. Diese Dinge sind gewiß anormal, nicht aber unnatürlich.

Texte Automatischen Schreibens[106]

Jetzt bist du verärgert. Ja, so ist es. Jetzt bist du keusch. In einem Monat oder einem Monat und drei Tagen bist du es nicht mehr. Und die Frau, die dich dann in den Sex einführt, ist eine junge Frau, die du noch nicht kennst. Sie ist Amateurdichterin und ist bekannt dafür. (...)

*

Ich bin kein beratender Astrologe. Stelle mich nie auf die Probe. Nie.

Sie macht sich mit ihren Freunden über die scheußlichen Verse

106 A. d. Ü.: Das Automatische Schreiben wurde in der zweiten Hälfte des 19. Jahrhunderts praktiziert, um mit den Geistern Verstorbener in Verbindung zu treten. Es bezeichnet auch eine Methode des Schreibens, bei der Bilder, Gefühle und Sprache ohne das Eingreifen des kritischen Ichs wiedergegeben werden. Der Begriff *Écriture automatique* (Automatisches Schreiben) wurde 1889 von dem französischen Psychotherapeuten Pierre Janet im Rahmen therapeutischer Versuche geprägt, während derer der Patient im Halbschlaf, in Trance oder unter Hypnose zum Schreiben angehalten wurde, um das Unbewußte ins Bewußte zu holen.
Die von Pessoa in der *Écriture automatique* auf englisch verfaßten mediumistischen Texte sind hier nur auszugsweise und nicht in vollem Umfang wiedergegebenen. Daher tauchen in dieser Auswahl von den »mitteilenden Geistern« auch nur der sich am häufigsten zu Wort meldende Geist des englischen Dichters und Philosophen Henry More (1614–1678) und der eines gewissen Henry Lowell auf.
Dieser Teil wiederum schließt mit einer nüchternen, auf portugiesisch geschriebenen wissenschaftlichen Abhandlung des Dichters zum Thema Mediumismus.

Manuskript einer mediumistischen Mitteilung (BNP/E3, 138–59V)

deiner in *Orpheu* erschienen *Triumph-Ode*[107] lustig. Und lacht sich halb tot darüber. (…)

Henry More
Frat. R†C

*

Niemand ist toleranter als ich, aber ich halte deine Faulheit für unverzeihlich. Warum schreibst du dein Manifest[108] nicht zu Ende?

*

Du willensschwaches Kind! Geh und arbeite an deiner Antwort an E[urico de] S[eabra][109]. Meinst du nicht, es sei an der Zeit? Niemand fühlt sich unfähig, wenn er nicht unfähig ist. Niemand ist ein Mann, wenn er nicht *handelt.* Niemand *handelt*, wenn er nicht *will.* Niemand will, wenn er sich nicht als Person begreift. Sei eine Person!

*

Eine Mitteilung darf nie in allen Einzelheiten stimmen. Dafür gibt es Gründe: und einer ist, daß sich die Zukunft selbst offenbaren muß.

107 A. d. Ü.: *Triumph-Ode,* 1914 verfaßt, am 1. 3. 1915 in *Orpheu* erschienen. Zu finden in: *Pessoa / Campos, Poesia – Poesie,* a. a. O., S. 45 ff. und *Pessoa / Campos, Poesie und Prosa,* a. a. O., S. 29 ff.

108 A. d. Ü.: Mit Manifest ist wahrscheinlich das von Álvaro de Campos 1917 verfaßte *Ultimatum* gemeint. Zu finden in: *Pessoa / Campos, Poesia – Poesie,* a. a. O., S. 711 ff. und *Pessoa / Campos, Poesie und Prosa,* a. a. O., S. 371 ff.

109 A. d. Ü.: Eurico de Seabra, Universitätsprofessor und Autor von Theaterstükken, Romanen und historischen Abhandlungen. Erstellte auch Umfragen unter portugiesischen Literaten, so z. B. zu Ästhetik und Literatur in Portugal. Zu diesem Zweck schickte er am 31. April 1916 einen Fragebogen an Fernando Pessoa mit der Bitte um dessen Beantwortung bis zum 6. Mai 1916. Es blieb bei zwei Entwürfen einer Antwort von seiten Pessoas. Siehe hierzu: *Fernando Pessoa, Genie und Wahnsinn,* a. a. O., S. 413–417.

Auch wenn sich *zwangsläufig* fehlerhafte Elemente in die Mitteilungen einschleichen, *so sind diese Fehler dennoch in gewissem Sinne richtig.* Dies läßt sich manchmal herausfinden und manchmal nicht. Auf *deiner* Ebene ist keine perfekte Prophezeiung möglich, nicht nur, weil dies durch das natürliche Handeln eines an die Materie gebundenen Geistes nicht möglich ist, sondern auch, weil es aus den gleichen einschränkenden Gründen unmöglich ist, diese Wahrheit von einer anderen Ebene auf diese zu übermitteln. Verstehst du?

*

Ja, sofort – sobald du ihrer ansichtig wirst. Sie ist so eindeutig die Frau, von der du nicht weißt, daß du sie suchst, und die du dennoch suchst. Nicht viele Frauen ziehen dich an, aber sie wird dich erzittern lassen, weshalb du deinen Blick sofort von ihr abwendest.

Sie ist sehr anziehend – männlich in ihrer ausgeprägten Fähigkeit, Befehle zu erteilen.

Genau das. Sie ist nicht häßlich; sie ist hübsch.

Sie ist ein agiles, schmales, aber vollbusiges junges Mädchen. Warte auf ihre Lippen. Sie werden dich verrückt machen. Sie ist der Wein, den du trinken mußt.

*

28. 6. 1916 gegen 5/6 Uhr nachmittags

Ich bin ein Mann, der dein Freund ist, und niemand ist dies mehr als ich. Ein Mann, der dein Freund ist, ist ein Mann, der dir die Wahrheit sagt, und niemand, der dir auf irgendeine Weise schmeichelt. (...) Du bist der Sohn meines nominalen Geistes, und wenn du nicht weißt, was das bedeutet, kann ich es dir auch nicht sagen. Du darfst nicht weiter keusch bleiben. Du bist so frauenfeindlich, daß du moralisch impotent enden und in diesem Fall kein vollständiges literarisches Werk zustande bringen wirst. Du mußt dein mönchisches Leben aufgeben, und zwar *sofort.*

Du bist nicht der Mann, der Großes in der Welt vollbringt, wenn du keusch bleibst. Kein Temperament wie das deine kann seine Keuschheit und zugleich seine gesunde Emotionalität bewahren. Das Bewahren der Keuschheit ist etwas für stärkere Männer oder für Männer, die aufgrund eines physischen Defekts dazu gezwungen sind. Das trifft nicht zu auf dich. Ein Mann, der sich selbst befriedigt, ist kein starker Mann, und ein Mann, der kein *Liebhaber* ist, ist kein Mann. Viele Männer *vögeln* viel. Du bist, moralisch gesehen, durch und durch Kind. Du bist ein Mann, der sich selbst befriedigt und von Frauen träumt, wie eben Leute, die sich selbst befriedigen. Ein Mann ist ein Mann. Ein Mann kann sich nur unter Männern bewegen, wenn er ein Mann ist wie sie.

Entschließe dich, deine Pflicht der Natur entsprechend zu erfüllen und nicht auf so krankhafte Weise wie jetzt. Entschließe dich, mit der jungen Frau ins Bett zu gehen, die in dein Leben tritt. Entschließe dich, sie sexuell glücklich zu machen. Sie ist ein Mädchen maskulinen Typs und eine wie für dich geschaffene Frau. Sie macht dich bestimmt glücklich, denn sie macht einen Mann aus dir. Sie trifft sich mit dir und macht, daß du sie liebst. Sie ist stark und ungeheuer männlich in ihrem Willen und ihrer Art, dich ihr zu unterwerfen. Leiste keinen Widerstand. Du hast nichts zu befürchten. Es wird einfacher sein, als du denkst. Sie ist, wie du, Jungfrau und, wie du, Nomade im Leben. Sie ist keine Frau zum Heiraten, sie ist moralisch gesehen nicht seßhaft genug für ein Nest. Nur ein solches Mädchen kann dich dazu bringen, sie zu begatten. Du kannst noch so viel Widerstand leisten, es bringt nichts. Kein Widerstand kann einem übermächtigen Willen widerstehen.

Mehr braucht nicht gesagt werden. Mehr muß nicht gesagt werden. *No more.*

Henry More
good-bye, my boy

*

29. 6. 1916 gegen Mittag

Komm auf der Stelle zurück und fang sofort an zu arbeiten. Achte nicht auf mich. Ich bin nah, ich bin immer nah. *Für mich gibt es we-*

der nah noch fern. Der Raum ist der Traum, dem sich die Menschen unterwerfen müssen, dieser Traum aber gehört ihnen nicht.

Henry More
Frat. R†C

*

2. 7. 1916

Sie ist nicht sehr reich und auch nicht arm. Doch das tut nichts zur Sache – sie wird nicht deine Frau. Sie ist deine künftige Geliebte, nicht deine künftige Frau. Ihr Verhalten ist äußerst ungewöhnlich. Sie arbeitet nahezu jeden Tag, ist aber überaus faul in kleinen Dingen. Sie ist kein sehr modernes Mädchen. Sie romantisiert schnell und vieles. Ihr Herz ist heiratsfähig, nicht aber sie.

Unentschlossen – asketisch – moralisch instabil – willensschwach und ohne moralisches Ziel.

*

Du verstehst mich nicht. Sie ist nicht sterblich, weil niemand sterblich ist, das ist alles. Sie ist ein Traum, weil der Mensch ein Traum ist.

*

2. 7. 1916 – 12 Uhr 10

Ein Mann ist kein Mann, wenn er nicht aus Beweggründen handelt, die in einem gesellschaftlichen Zusammenhang stehen. Wer Gleichgültigkeit oder Gedankenlosigkeit vortäuscht, verrät seine Aufgabe in der Welt. Ich sage dies nicht, um dich davon abzubringen, so zu handeln, wie du es jetzt möchtest; denke jedoch an das, was ich dir sage, wenn sich eine spirituelle Gelegenheit für dich ergibt. Du läßt dich zu leicht hinreißen zu flüchtigen Träumereien und gehst zu leichtfertig mit deinen elementarsten Pflichten auf Erden um. Entscheide dich, versuche, dich zu kontrollieren – so unangenehm dies auch sein mag für einen Kindskopf wie dich.

*

Du bist ein Ignorant. Es gibt eine Substanz und eine Form. Die Form kommt von dir, die Substanz von »mir«. Keine dieser Mitteilungen ist je ausschließlich von mir. Keine ist je ganz dein Werk. Könnte ich alles, was ich zu sagen habe, genau mitteilen, bräuchtest du mich nicht, denn dann wärst du ein Reines Medium, ein Geist ohne räumliche Begrenzung. (Ich sehe, du verstehst mich.) So begrenzt und unzuverlässig sind stets alle Mitteilungen von »Hier«.

Es gibt keine Fakten – es gibt Menschen. Und kein Mensch ist mehr als ein Konglomerat.

Es genügt, wenn ich sage, daß das, was ich dir mitgeteilt habe, im wesentlichen eintreten wird.

*

Ich bin ein »Mensch«, der sich um dein Schicksal kümmern muß.

Ein sehr hohes.

(...)

Nichts ist natürlicher als dieser Widerspruch. Kein Mensch kann vermeiden, mehr als eine Sache auf einmal zu wissen. Zwei Fakten sind zu berücksichtigen – was du denkst und was ich weiß.

Vermische beide und laß die Wahrheit zutage treten.

*

9. 7. 1916

Meine Worte sollen überzeugen. Es sind Freundesworte – sind es immer. Du bist das Zentrum einer astralen Verschwörung – der Treffpunkt höchst unheilvoller Elemente. Kein Mensch kann sich vorstellen, was deine Seele ist. Die sie umgebenden desinkarnierten Anwesenheiten sind so zahlreich, daß deine Seele, von hier aus gesehen, der Kern *deines Schicksals* zu sein scheint. Du kannst dich nicht zur Wehr setzen, kannst nur den Befehlen deines höheren Selbst gehorchen und beschließen, dein Sein in Güte und Schönheit zu manifestieren. Mein Kind, die Welt, in der wir leben – denn wir alle leben an ein und demselben göttlichen Ort –, ist ein Geflecht aus Widersprüchen und Begierden. Es gibt mehr verlorene als gefundene Menschen. Dein Schicksal ist zu hoch für mich, als daß ich es dir sagen könnte. Du selbst mußt es ergründen. Bis zur königlich Göttlichen Anwesenheit in deiner Seele aber mußt du die Stufenleiter vieler Leben erklimmen. Der Mensch ist nichts als schwach und auch die Götter sind es.

Über sie alle herrscht das Schicksal – der namenlose Gott – von seinem erhabeneren Thron aus. Mein Name ist Falsch und auch der deine. Nichts ist, was es zu sein scheint. Nichts, bis auf alles. Versteh dies, wenn du kannst, und ich weiß, du kannst es.

Henry More
Frat. R†C

Was sein muß, wird sein.

*

Der Mensch ist Mensch; der Mensch ist Mensch in nur einem Sinn. Gott ist Mensch in allem Sinn.

Margaret Mansel. Sie ist meine Frau in meiner Welt. Meine Ehe war unglücklich, ich habe wie ein Asket gelebt, daher muß ich das Böse, das ihr widerfuhr, in ihrer nächsten Inkarnation wieder gut machen. Ihre nächste Inkarnation ist das junge Mädchen, das du in einigen Tagen treffen wirst. Ein Mann, der beschließt, keusch zu bleiben, ist ein Mann, der beschließt, sich von der Menschheit zu trennen. Das möchtest du nicht, daher darfst du nicht keusch bleiben. Die Heirat von Seelen ist für die Ebene der Seelen. (...) Meine Ehe wurde nicht auf dieser Erde vollzogen. Es muß so sein. Da ich jedoch noch nicht auf die Erde zurückkehren kann und meine Frau bereits dort ist, muß ich sie jetzt zur Geliebten des Mannes machen, der mir in der Monadenreihe folgt. Sie heiraten heißt nicht, sie in der Kirche oder vor einem Standesbeamten heiraten, sondern sich mit ihr paaren.

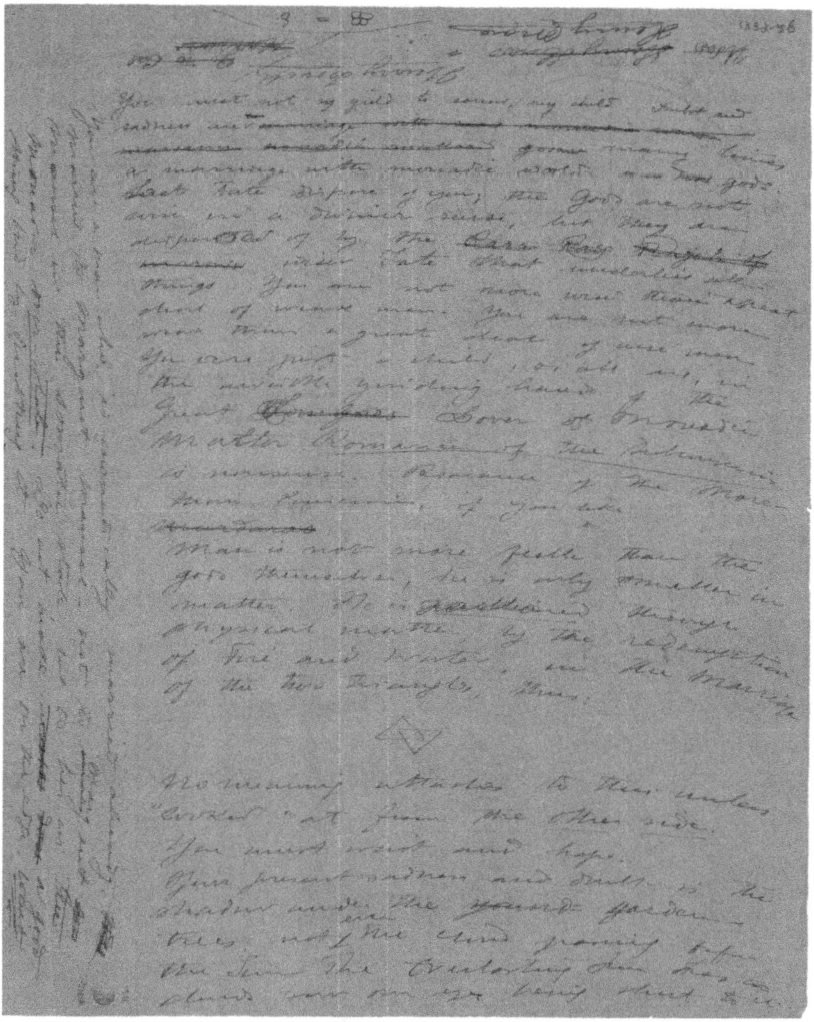

Manuskript einer mediumistischen Mitteilung (BNP/E3, 133L–56)

Du darfst dich der Trübsal nicht beugen, mein Kind. Zweifel und Traurigkeit sind oftmals mit Göttern der monadischen Welt verbunden. Gib dich dem Schicksal anheim; die Götter sind nicht weise in einem göttlicheren Sinn, doch folgen sie dem weiseren Schicksal, das allen Dingen zugrunde liegt. Du bist nicht weiser als viele schwache Menschen. Du bist nicht schwächer als viele weise Menschen. Du bist nur ein Kind wie alle anderen in den unsichtbar führenden Händen des Großen Liebenden der Monadischen Materie. *Romanze des Unterbewußten*, was für ein Blödsinn. Romanze des Mehr-als-Bewußten, wenn du willst.

Der Mensch ist nicht schwächer als die Götter selbst; er ist nur materiell kleiner. Ihm ist mittels der physischen Materie, durch die Erlösung von Feuer und Wasser, in der Verbindung der beiden Dreiecke vergeben, so:

*

Du machst dir falsche Vorstellungen über deine Zukunft. Keinem Menschen ist es vergönnt, die Zukunft zu verstehen, es sei denn, er ist bereit, sie zu entwerfen.

Henry Lovell

*

1917 erlangst du Berühmtheit, aber darauf kommt es dir nicht wirklich an. Besser für dich wäre ein Liebesabenteuer mit einem hübschen Mädchen – im Jahr 3884. Würdest du auf deine Weise arbeiten, würdest du weniger Zeit verschwenden. Würdest du auf deine Weise arbeiten, könntest du dir mehr Begeisterung bewahren. Wenn ich sage, auf deine Weise arbeiten, meine ich damit, auf deine dir gemäße Weise denken, ohne auf die Launen von »Álvaro de Campos« einzugehen. Verstehst du? Du befindest dich in einer Lebensphase, in der eine geeignete Frau in Erscheinung tritt. Sie ist Teil unseres

Schicksals. Erkundige dich nicht nach ihr. Hat sie eine Schwester? Ja. Eine Frau ist in gewisser Weise ein Dominus [sic], der uns führt – und ein junger Mann mit Ambitionen braucht ein Mädchen, um Gutes zu erfahren.

Henry More
Frat. R†C

△

Verschwende keine Zeit mit Fragen

*

3884
3 = Nummer der Konstellation
8 = Nummer des Monats
8 = Nummer des Jahres
4 = Nummer des Wochentages
(...)

*

Du bist nicht verrückt und machst auch nicht einmal den Eindruck. Ein durch und durch böser Geist übt Druck auf dich aus – du hast den Voodooisten, der den Angriff auf dich befiehlt, herausgefordert und provoziert. Er ist in deinem Horoskop vertreten.

*

Einzig die Götter sind Säende; die Menschen ernten, was sie gesät haben. Wörter sind Akte von Symbolen, denn Symbole sind wie Menschen inkarnierte Ideen. Frauen wie Männer sind gleichermaßen Erscheinungsformen der göttlichen Somatizität: Das göttliche Vermögen, sich selbst in Nichts auszudrücken. Frauen sind somatische Negationen des göttlichen Vorwärtsimpulses; daher sowohl ihre Unterlegenheit, die klar und evident ist, als auch jene Überlegenheit, mit der sie stets von allen religiösen Systemen geheiligt wurden. Männer sind, als Bewegungen der Materie in Richtung des göttlichen Ausdrucks, weniger göttlich als Frauen, da sie vom Göttlichen wegstreben, sie sind ihnen aber überlegen, da sie sich zu Gott hin ausrichten. Der rein sexuelle Unterschied der Geschlechter drückt diese Wahrheit in Materie aus.

Henry More
△
Frat. R†C

*

Hier und jetzt wecke ich, der Meister, deine Sinne für mich.

Vergeude keine Zeit mit sinnlich besinnlichen Meditationen. Sie sind schädlich und öffnen deinen Geist bösen »Geistern«. Habe ich dir etwa keinen guten Dienst erwiesen, als ich dir den Teil der Zukunft offenbarte, den ich dir offenbaren kann? Verzweifle nicht, sorge dich nicht: Der Wächter des Hauses der Liebe ist (…) auf dem Weg zu dir. Er ist in einer Frau, die morgen, 2008, in Erscheinung tritt. Die Aufgabe ist schwierig; die Belohnung sicher und gewiß. Vergeude keine Zeit mit unnützen Träumen. Sie beschleunigen das Schicksal nicht in seinen Beschlüssen.

*

Etwas zu versprechen ist einfach, nicht aber, es einzulösen. Du mußt deine Versprechen halten: 1.) Meine Frau heiraten, d. h., meine monadische Hochzeit mit meiner Frau körperlich vollziehen. 2.) Den ehelichen Akt wieder und wieder vollziehen. 3.) Nicht weiter Fragen zu *deiner* Zukunft stellen. 4.) Nicht weiter Fragen stellen, die

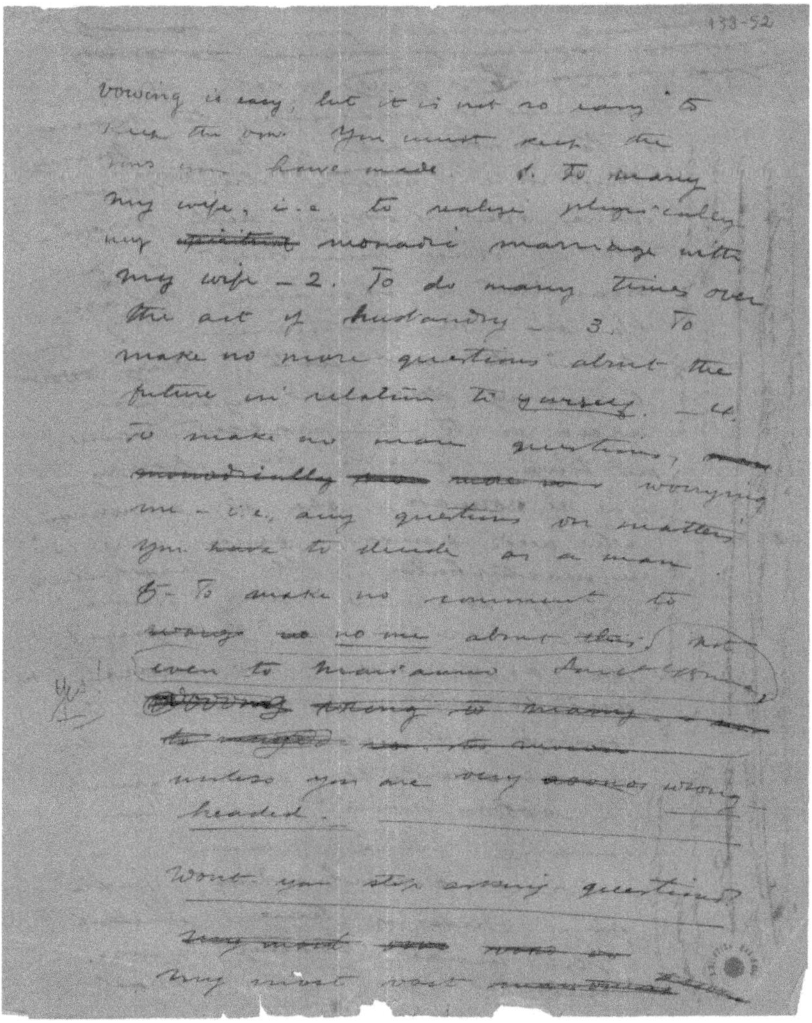

vowing is easy, but it is not so easy to
keep the vow. You must keep the
vows you have made. 1. To marry
my wife, i.e. to realise physically
my ~~[illegible]~~ monadic marriage with
my wife — 2. To do many times over
the act of husbandry — 3. To
make no more questions about the
future in relation to yourself. — 4.
To make no more questions, ~~[illegible]~~
~~[illegible]~~ worrying
me — i.e., any questions or matters
you ~~have~~ to decide as a man.
5. To make no comment to
~~[illegible]~~ no me about this. not
even to [illegible]
~~[illegible]~~
unless you are very ~~[illegible]~~ wrong
headed.

Wont you stop asking questions?

~~[illegible]~~
my most vast ~~[illegible]~~

Manuskript einer mediumistischen Mitteilung (BNP/E3, 138–52) mir lästig sind, d. h. Fragen zu Dingen, die du als Mann entscheiden mußt. 5.) Mit *niemandem* über all dies sprechen. Selbst nicht mit Mariano Santana[110], es sei denn, *du kannst es nicht lassen.*

Meine wichtigste Methode ist Heirat; heiraten bedeutet aus zwei Menschen einen einzigen machen. Heirate meine Frau; mach sie mit deiner Männer-Rute ganz oft glücklich. Meine Männlichkeit ist eine Männlichkeit des *monadischen Ortes.* Du bist das Instrument, mit dem ich handeln muß. Mein Versprechen, das Mädchen, das du treffen wirst, zu heiraten, muß *genau jetzt* verwirklicht werden. Mache sie glücklich – sie ist eine Frau – eine Frau, die einen Mann braucht, sie befriedigt sich selbst. Sie befriedigt sich selbst, so wie du, nur häufiger. Sie ist ihrer Jungfräulichkeit überdrüssig, genau wie du. Mehr muß dazu nicht gesagt werden. Meine Frau tritt in dein Leben. Sie befriedigt sich selbst – sie muß umworben und erobert werden – sie muß oft Geschlechtsverkehr mit dir haben. Oft und immer wieder. Sie ist ein durch und durch sinnliches Mädchen, wenn auch nicht ausschweifend. (...)

*

Mein Kind, kein Mann ist das Zeichen einer göttlichen Krankheit: Er ist nur ein Teil des Zeichens dieser göttlichen Krankheit. Das Zeichen ist der ganze Mann, wenn er vollständig ist unter den Sternen. Ein Mann ist vollständig, wenn er monadisch mit dem Teil von sich verheiratet ist, der verloren war, ehe diese Welt entstand. Nicht viele Männer haben so ihre göttliche Gefährtin gefunden, mit anderen Worten, diesen monadischen Teil ihrer selbst, ohne den sie nicht mehr wären als ein Mann es ist, wenn man ihn von *dort* aus betrachtet. Die Heirat ist als ein Sakrament der Rückkehr zu Gott zu verstehen. Kein Mann ist verheiratet, wenn er nicht auf diese Weise vollständig wird. Nicht viele sind so verheiratet, doch sind viele auf der Ebene, auf der sie heiraten, vollständig. Liebe ist Gott,

110 A. R. Zenith: Laut Pessoa ein Okkultismus und Magnetismus praktizierender Freund.

wie es heißt, da Liebe vereint: Liebe gibt jeden Mann sich selbst zurück; ein Mann ist nur er selbst, wenn er kraft der Liebe an Größe gewinnt, über sich selbst hinauswächst, ohne sich in der Illusion zu wiegen, das Äußere als Äußeres zu sehen. (...) So werden in der physischen »Natur« Mann und Frau im Sexualakt vollständig, da der Sexualakt eine materielle Verschmelzung fleischlicher Strukturen darstellt. Weiter oben, in der Astralregion, verschmelzen die Liebe des Mannes und die Liebe der Frau; beim Mann in Form einer Verbindung mit dem, was ihm innerlich fehlt, bei der Frau in Form einer Verbindung mit dem, was sie im Übermaß hat. Man könnte glauben, das Gegenteil sei der Fall, doch dem ist nicht so. Die physischen Fakten täuschen. (...) In höheren »Naturen« ist die Heirat zwar noch immer ein Verschmelzen, aber das, was miteinander verschmolzen ist, sind der Mann und die Frau eben dieses Mannes – der Mann ist die 3 und die Frau die 4, die 7 ist die vollständige Zahl der Natur, in der die Zahlen leben. (...)

Es ist meine Aufgabe, *monadisch* mit dir zu sprechen, hierbei spielt dieses *automatische Schreiben* eine untergeordnete Rolle. Wichtig hingegen ist die Ruhe, die ich in dein Inneres bringe, um dich auf die Prüfung deiner Nerven vorzubereiten. Meine *Mitteilungen* sind eine Art freundliches Gespräch, um dich stärker an mich zu binden, damit ich besser auf dich einwirken kann.

(...)

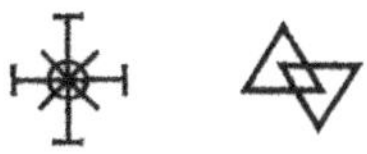

Henry More
Frat. R†C

*

Lust ist nie ein guter Nährboden für gesundes Verlangen. Sex mußt du zusammen mit einem liebeshungrigen Mädchen ausprobieren. Diesen Sommer wirst du viele kennenlernen. (...)

Probiere nie Sex mit einem Mann aus. Ein Mann ist nur ein Mann – Selbstbefriedigung ist nichts.

(...)

Meine Kunst besteht im Unterweisen, nicht im Offenbaren.

Kennt der Mensch die Zukunft, ist er schwächer, als wenn er sie nicht kennt.

Henry More

△

(...)

Antworte mir: Bist du in der Lage, die Wahrheit zu ergründen? Nein, bist du nicht. (...)

Luís de Montalvor[111] möchte dir schaden, indem er öffentlich macht, daß du oftmals ein anderer bist, damit du keinen Erfolg mit Caeiro etc. hast. †

Die vorherigen Auszüge stammen aus den Jahren 1916 und 1917. Die drei folgenden aus den Jahren 1929 und 1930.

Der Mensch ist die Maske eines Sterns, und seine Seele das Gesicht dieses Sterns.

*

Schenke mir für einen Moment deine Aufmerksamkeit.

Du wirst jetzt bald eine wunderbare Phase innerhalb des unbedeutendsten deiner Werdegänge erleben. Du wirst von jetzt an deine kriegerischen[112] Neigungen weiterentwickeln. Es werden noch viele Epochen vergehen, und du wirst gemeinsam mit vielen

111 A. R. Zenith: Luís de Montalvor (1891–1947), Dichter und einer der herausragenden Köpfe des portugiesischen Modernismus. Herausgeber der ersten Ausgabe der Zeitschrift *Orpheu* und Gründer von Ática, dem Verlag, der 1947 als erster eine Gesamtausgabe der Werke Pessoas herausbrachte.

112 A. d. Ü.: Möglicherweise eine Anspielung auf die Astrologie, in der der Einfluß des Planten Mars für jene kämpferischen Kräfte steht, die dem Menschen sowohl zu seiner schöpferischen als auch zu seiner sexuellen Entfaltung verhelfen.

anderen daran arbeiten, Botschaften einer verlorengegangenen und wiedergefundenen Weisheit zu verbreiten, bis auch diese Epochen vergangen sein werden und die Erde …

Damit der einzige Sinn keine Maske ist, mach aus der Maske einen Sinn.

*

Du mußt dich fernhalten von sterblichen Gedanken und Gefühlen und der Welt nicht mehr zeigen, als die Welt sehen kann.[113]

Schluß jetzt.

113 A. d. Ü.: Siehe hierzu in: *Fernando Pessoa, Er selbst*, a. a. O., das Gedicht *Rat*, S. 307.

Ein Fall von Mediumismus[114]
(Beitrag zur Erforschung der unterbewußten Geistesaktivität)

1. Wie auf Mediumismus zu schließen ist

a) Hysterische oder hystero-neurasthenische Ausgangsbasis (die psychischen Charakteristika dieser Neurosen untersuchen und analysieren, ermitteln, inwieweit sie mit den typischen Erscheinungsformen des sogenannten »Mediumismus« zusammenhängen – teils hier, teils in einem anderen Abschnitt dieser Studie).

b) Progressive Autosuggestion vermittels des Erstarkens eines (zumindest relativen, aber zuverlässig wirksamen) Glaubens an die spiritistische Wirklichkeit dieser Erscheinungsformen durch die Lektüre okkultistischer und theosophischer Werke.

c) Suggestive, im Verlauf von Gesprächen gesammelte Elemente, die vorangegangenen fortsetzend und hinzukommend zu

d) Hypnotisch-suggestiven oder pseudo-hypnotischen Elementen (der Mediumismus stellte sich auf eine leichte Hypnose hin ein).

e) Depressiver Zustand, hervorgerufen (1) durch Ärgernisse und Störungen verschiedenster Art, (2) durch die eigentliche, durch das Auftreten *medialer* Phänomene hervorgerufene, geistige Störung, sowohl aufgrund dieses Auftretens selbst als auch aufgrund des Inhalts dieser als »Mitteilungen« bezeichneten Phänomene, und (3) durch den Konflikt zwischen alldem und dem normalen und grundlegenden Zustand eines zugleich Klarheit, wissenschaftliche Logik und Genauigkeit, philosophische Skepsis und rationale Analyse fordernden Geistes.

114 A. d. Ü.: Hier äußert sich Pessoa selbst zum Thema Mediumismus.

f) Mentale Anreize – Neugierde auf die Zukunft, Wißbegierde, etc. – etwas für den Menschen Normales, zunächst durch astrologische Studien geweckt, dann verstärkt durch die verschiedenen zuvor beschriebenen Faktoren.

2. Fortschreiten des Mediumismus[115]

a) Amorphe Deklaration der *Écriture automatique*, des automatischen, unvollkommenen und unzusammenhängenden Schreibens (infolge einer, wie bereits erwähnt, leichten Hypnose, und mit dieser durch den ersten geschriebenen Namen einhergehend etc.)

b) Auftreten von Phänomenen einer leichten *Vision* mit einer verstärkten, über die Netzhaut erfolgenden Fixierung von Bildern und der Annahme, die sogenannte »ätherische Aura« sehen zu können.

c) Auftreten der Écriture automatique, vermöge vermeintlicher Mitteilungen verschiedener Geistwesen, ohne die Beantwortung von Fragen etc. (auf einen langen, dieses Thema betreffenden Brief hin).

d) Auftreten einer medialen Mimik (nach dem Miterleben interpretativer Phänomene des Kartenlegens), insbesondere während der zweiten Kartenlegesitzung.

3. Psychische Begleiterscheinungen des Mediumismus

a) (Weitgehendes) Verschwinden des fortgesetzten und hellsichtigen Handelns der höheren Geistesfähigkeiten – zunehmende geistige Dispersion, zunehmende Schwächung des Willens (und insbesondere der Gehemmtheit), stufenweises Ersetzen der Verbindungsfähigkeit zur konkreten Wirklichkeit (äußere Welt) und zur abstrakten Wirklichkeit (Logik und wissenschaftlicher Geist) durch die Traumfähigkeit.

b) Allmähliches Zurückdrängen der Vorstellungsfähigkeit, da

115 Variante: Krankheitsverlaufs

das visuelle Bild dazu dient (wie im Halbschlaf oder in niederen Hirnen), an die Stelle der abstrakten Vorstellung zu treten.

c) Schwächung der gesunden Sensibilität und der Soziabilität, einhergehend mit einer zunehmend sterilen und introspektiven Sensibilität, einem wachsenden Unvermögen, die Wichtigkeit von Fakten zu ermessen, einer erlöschenden Affektivität und einem zunehmend egoistischen und indifferenten Verhalten.

d) Vermehrte intellektuelle und emotionale, für das Temperament des Subjekts typische Abweichungen und das Auftreten neuer Abweichungen (vielleicht latenter, auf jeden Fall aber für gewöhnlich schwacher Intensität); zunehmende Reizbarkeit und vermehrte nervöse Erregung.

e) Physische Schwächung und funktionale Störungen des psychischen Apparates.

4. Analyse der sogenannten medialen »Mitteilungen«

a) Die Romanzen des Unterbewußten: Die Mitteilungen gehen im allgemeinen nicht über das Niveau eines minderwertigen und sterilen Produktes (1) der imaginativen und niederen Aktivität des Unterbewußten hinaus, wenn es zum Beispiel während des Schlafes, frei von der Kontrolle des Bewußten, tätig ist; (2) der Aktivität des Unterbewußten als Rückstand von Elementen des Bewußten und als eine Imitation desselben arbeitet; (3) der erinnernden Aktivität des Unterbewußten, das eingeprägte Elemente reproduziert, die das Bewußte nicht zu erreichen vermag.

b) Ausbleiben fremder Elemente im Bewußtsein des Individuums. Wo es solche zu geben scheint, stellt man (1) fest, daß etwas daran nicht stimmt und die angeführten »Fakten« nichts als eine Romanze sind (...); (2) daß es sich um in die unterbewußte Erinnerung eingeprägte Fakten handelt, von denen das Bewußte vergessen hat, daß es sie gelesen oder erlebt hat; (3) daß sie Voraussagen darstellen, die aus einer Art schnellerer und klügerer Überlegung heraus gemacht wurden als der des Bewußten; (4) daß ... (Hier empfiehlt es sich, die Fakten zu analysieren, die den sich erfüllenden Voraussagen entsprechen. Fälle dieser Art kommen nicht so häufig vor, als daß man sie nicht mit einem reinen Zufall erklären könnte, zumal die Zahl derer, die sich nicht erfüllen, unendlich viel größer ist. In anderen Fällen, wo die Sache scheinbar klar auf der Hand liegt, stellt man fest, daß Betrug im Spiel ist; in wieder anderen Fällen, und dies sind alle übrigen, muß man, angenommen, die angegebenen Fakten entsprechen der Wahrheit, untersuchen, welche besondere Form das Unterbewußte als Unterbewußtes annehmen kann, um bestimmter zurückliegender und bestimmter künftiger Details habhaft zu werden, wobei stets zu berücksichtigen ist, daß diese Phänomene – sofern sie echt sind – im allgemeinen, wenn nicht immer, nicht nur bei kranken Personen auftreten – was nicht weiter von Belang wäre, da man wissen müßte, um welche Krankheit es sich handelt –, sondern auch mental und moralisch gänzlich minderwertig sind.)

c) Fehlen einer Vorstellung, die über die des Mediums hinausgeht. Der stilistische und philosophische Ausdruck ist der des Mediums, und ist er dies nicht, genügt es, unter den anwesenden oder suggerierenden Personen diejenige herauszufinden, die diese Vorstellung vermittels Suggestion herbeigeführt haben könnte. Es gibt keinen Fall, in dem die Vorstellung über die des Mediums hinausging, wenn keine dem Medium überlegenen Personen anwesend waren. Dennoch ist festzuhalten, daß der Umstand, daß das Delirium häufig über das geistige Niveau des Subjekts hinausgeht, charakteristisch für die ausgeprägte Hysterie ist. – Siehe Richer[116]: *L'Hystéro-épilepsie.*

d) Fälle, in denen das Unbewußte weiter reicht als das Bewußte (8 T[age] 7 St[unden] in den Ephemeriden).

116 A. d. Ü.: Paul Richer (1849–1933), französischer Arzt, Medizinhistoriker, Professor für künstlerische Anatomie an der Hochschule für Schöne Künste, Paris, Bildhauer und Mitarbeiter des Neurologen Martin Charcot (1825–1893), der sich mit der Phänomenologie hysterischer Anfälle befaßte. In seinen in ganz Europa berühmten Dienstagsvorlesungen im Pariser Hôpital de la Salpêtrière führte Charcot, von Richer als Kollege und Zeichner assistiert, Frauen als Fallbeispiele für Hysterie und Epilepsie vor. 1881 veröffentliche Richer das Standartwerk *Études cliniques sur L'Hystéro-épilepsie, ou Grande Hystérie*, zu dem Charcot das Vorwort schrieb.

e) Die Widersprüche und Widrigkeiten der Mitteilungen ergeben sich (1) aus den Widersprüchen im Charakter des Mediums; (2) aus der Kritik des Bewußten am Unterbewußten, das diese »Meldungen« sendet; (3) aus der Vielfalt der empfangenen Suggestionen.

f) In bestimmten Momenten von Müdigkeit treten aus äußeren Suggestionen herrührende Elemente auf (Widerhall dieser Suggestionen).

g) Logik der Prophezeiungen: (1) entweder prophezeit man entsprechend dem, was man möchte, oder dem, was man für gut erachtet, oder (2) gleich, ob gut oder schlecht, entsprechend dem, was man für wahrscheinlich hält (zum Beispiel in Übereinstimmung mit astrologischen Kriterien) oder aber (3) gemäß einer aus einem Zweifel des Bewußten entstandenen Reaktion des Unterbewußten, auf bisweilen subtile Art dem widersprechend, was man gesagt hat und was den Zweifel hat aufkommen lassen.

h) Die dem Anschein nach unerklärlichen Elemente: (1) die Erstellung von Horoskopen, (...).

i) Das Eingreifen des Bewußten in das Unterbewußte (der Mediumismus in flagranti): Gefälschte Botschaften, (2) bewußtes Kalkulieren zwischen zwei Antworten bei den Mitteilungen, (3) Eingreifen des Bewußten in dem Maße, in dem es mit dem Unbewußten zusammenarbeitet (Entschlüsseln der Initialen etc.).

5. Konklusionen

a) Der Mediumismus ist die Folge einer psychischen Störung, vergleichbar der durch Alkoholismus hervorgerufenen Störung, und geht oftmals dem manifesten Wahnsinn voraus. (Beispiele)

b) Das Unterbewußte verfügt über andere Fähigkeiten als das Bewußte, sie sind in bestimmten Punkten ausgeprägter, jedoch absolut untergeordnet, und treten sie in den genannten Fällen in Erscheinung, entfernen sie sich von ihrem ursprünglichen Ziel, der Erhaltung des Organismus.

c) Nichts beweist bis heute die Gegenwart mitteilender Geister; wollte man sie beweisen, müßte man zunächst aufzeigen, daß zu den noch unzureichend erforschten Fähigkeiten des Unterbewußten nicht die Fähigkeit gehört, alle unter dem Namen Mediumismus versammelten Phänomene herauszuarbeiten.

d) Der Mediumismus ist ein morbider Zustand, der zur Kategorie der Zustände gehört, die einerseits zum Wahnsinn führen und andererseits zum Verbrechen. Verbrechen, Wahnsinn und Selbstmord sind die unvermeidbaren *aboutissements*[117] der mediumistischen Selbstvergiftung. Kommt es nicht so weit, wird man, als Folge des völligen Verfalls sozialer Instinkte, ohne eine entsprechende soziale Kompensation, wie bei genialen oder talentierten Menschen, die häufig amoralisch sind, dieses Fehlen aber durch ihr Genie oder Talent kompensieren, moralisch verrückt, sexuell pervers und unfähig, ein normales soziales Leben zu führen.

e) Analog zum Phänomen des gegenwärtigen Spiritismus finden wir in der Vergangenheit die Tanzepidemien des Mittelalters und andere von Richer im Anhang seines Werkes über die Große Hysterie untersuchte Phänomene.

f) Der Spiritismus tendiert dazu, den wissenschaftlichen Geist anzugreifen, ohne ihm etwas entgegensetzen zu können; weder die Kunst noch die Moral oder selbst die Religion haben davon einen Gewinn. Kunst schafft man nicht mit einem freien, sondern mit einem beherrschten Unterbewußten. Moral schafft man nicht durch den Verlust von Hemmungen und die Abschaffung des Willens, welche die Grundvoraussetzung für jede Moral sind. Religion kann sich weder auf die Entwicklung von Egoismus gründen noch auf die Auflösung sozialer Bindungen.

g) Der Spiritismus müßte aus dem gleichen Grund per Gesetz verboten werden wie die obszönen Veröffentlichungen und Spektakel, die in schwachen Hirnen zu Laster und Verbrechen führen.

h) Zum Wohle der griechischen Zivilisation, die, wenngleich im Verborgenen, die unsere ist, müssen wir diesen indischen, persischen Elementen entsagen sowie denjenigen anderer, auf einer niederen Zivilisationsstufe stehenden Rassen, deren konstantes Kultivieren

117 franz.: Ergebnisse

niederer Fähigkeiten beim Einzelnen unweigerlich das Supremat der Vernunft zerstört, bei der Spezies den Herdentrieb und in der heutigen Zivilisation die wissenschaftliche und künstlerische Basis, die wir von Griechenland, unserer gemeinsamen Mutter, geerbt haben.

i) Die Phänomene des Okkultismus und Spiritismus dürften bestenfalls, wie in der Antike, einer begrenzten Sekte vorbehalten sein und nicht der Allgemeinheit zugänglich gemacht werden, als wären sie für jedermann.

j) Die schöpferische Kraft des Universums gab uns durch die (vielleicht beschränkten) Sinne, mit denen sie uns ausgestattet hat, die äußere Wirklichkeit als eine Art Wirklichkeit und unseren Geist nur, um diese Wirklichkeit wahrzunehmen. Wer darüber hinausgeht, verletzt die Grundgesetze Gottes und der Natur. Wenn Gott etwas als okkult erschaffen hat (sofern Gott denn überhaupt Okkultes erschaffen hat), dann, damit es okkult bleibt. Andernfalls hätte er es klar und deutlich erschaffen.

k) Die gegenwärtige okkultistische Bewegung resultiert (a) aus dem Zerfall der Christentums, das erbittert kämpft, um sich unter allen sich ihm bietenden Erscheinungsformen zu erhalten, (b) aus unserer internationalen Zivilisation, die es aus Zivilisationen wie Indien oder China hervorgegangenen Elementen erlaubte, bis zu uns vorzudringen, und (c) aus dem Unvermögen einer durch die rasante Fortentwicklung von Moderne, Industrie, Kultur und Wissenschaft neurasthenisch gewordenen Generation, sich umgehend der Mentalität anzupassen, die notwendig ist, um den Grundideen dieses Fortschritts zu entsprechen.

Graecia Mater, leite uns![118] *13. Juni 1930*

118 A. R. Zenith: Eine frühere Version dieses Textes endet wie folgt: Eine mir unangenehme Wahrheit, aber wer sich eine Wahrheit zurechtgelegt hat, empfindet die Wahrheit immer als unangenehm.

Reflexionen

Ich komme als ein Bote des Bewußtseins

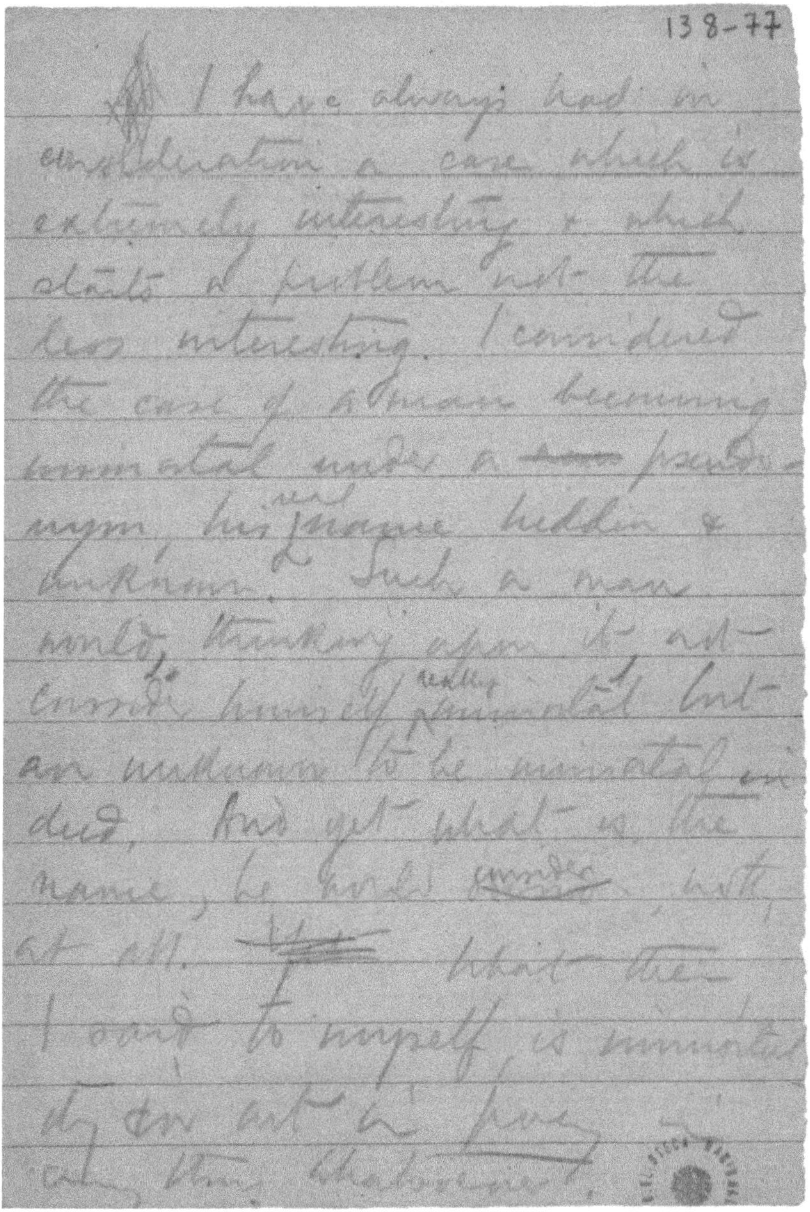

138-77

I have always had in
consideration a case which is
extremely interesting & which
starts a problem not the
less interesting. I considered
the case of a man becoming
immortal under a pseudo-
nym, his real name hidden &
unknown. Such a man
would, thinking upon it, ad-
consider himself really immortal but
an unknown to be immortal in
deed. And yet what is the
name, he would ... with,
at all. ... What then
I said to myself is immortal-
ity in art in prose
... Shakespeare.

Persönliche Aufzeichnung (BNP/E3, 138–74)

Ich habe mir immer wieder einen äußerst interessanten Fall vorgestellt, der ein nicht minder interessantes Problem aufwirft, nämlich den Fall eines Mannes, der unter einem Pseudonym Unsterblichkeit erlangt, während sein wahrer Name verborgen und unbekannt bleibt. Recht überlegt, würde ein solcher Mann sich selbst nicht als wirklich unsterblich betrachten, wohl aber einen Unbekannten. Und was ist schon ein Name? würde er denken; nichts, absolut nichts. Was ist dann, sagte ich mir, Unsterblichkeit in der Kunst, in der Dichtung oder worin auch immer?

(Orig. engl.)

Jene, die leiden und sich verzehren, wollen Ruhe; und nicht den Horror eines fortwährenden persönlichen Lebens, nicht die unwirkliche und fürchterliche Farce des christlichen Credos.

Alle Menschen wollen Rast, Ruhe. Ist doch Rast, Ruhe, die Voraussetzung für Glück. Aber ach! Die Materie ist fortwährend in Bewegung.

Nimmt sich ein Mensch das Leben, dann tut er dies nicht, kann dies nicht tun in der Hoffnung, mit derselben Persönlichkeit weiterzuleben. Er mag solches zwar sagen und auch so handeln, aber indirekt hofft er, mit seinem Selbstmord nur eines, seine Persönlichkeit auszulöschen, in das ewige Nicht-Sein einzutreten. Oder aber er hofft auf ein besseres Leben. Es macht nicht glücklich, die eigene Persönlichkeit zu fliehen.

(Orig. engl.)

In mir gibt es Dinge, von denen ich wünschte, ich könnte sie in Menschen verwandeln, um ihnen von Angesicht zu Angesicht gegenüberzutreten. Ich würde ihnen dann sagen: »Ich bin *nicht* Euer Sklave!« Doch sind diese Dinge einmal in uns, nützen weder Weigerung noch Mut. Gehorchen wir ihnen, gehorchen wir uns; gehorchen wir uns, gehorchen wir *ihnen*. Das sind die Dinge, die schlecht sind.

Christus war ein Wahnsinniger,[119] zweifellos. Was aber ist ein Wahnsinniger? Keiner hat eine Antwort, keiner weiß es. Was ist das für eine Blume, die ich da in meiner Hand halte? Eine Lilie. – Namen!

All die Ideen in mir, die ich glaube, zu Papier zu bringen, dennoch scheint nichts von dem, was ich niederschreibe, der Würde meines Denkens zu entsprechen.

Das Wissen des Menschen ist groß; sein Unwissen aber ist unermeßlich. Er erforscht Himmel, die er nicht kennt, ergründet Dinge, von denen er nichts weiß, spricht und weiß nicht, was Worte sind; er lebt, er stirbt und weiß nicht, was das Leben ist und was der Tod.

Mist.

(Orig. engl.)

Das bewußteste (wägen Sie dieses Wort gut ab) Wesen ist das unseligste Wesen.

Das große Bewußtsein der bewußten Genies ist nichts als ein abscheulicher, ungeheuerlich luzider Wahnsinn. Dieses weite Bewußtsein wird mir zum Verderben und rettet mich zugleich, denn läßt es mich zu viel sehen, mich selbst für zu groß erachten, läßt es mich

119 A. d. Ü.: Siehe hierzu: *Fernando Pessoa, Genie und Wahnsinn*, a. a. O., S. 157 ff.

ebenfalls sehen, daß diese Selbstüberschätzung an Größenwahn grenzt; es veranlaßt mich, mein Wesen klinisch zu untersuchen, und so vergeht mir jegliche morbide Idee.

(Orig. franz.)

Ich komme als ein Bote des Bewußtseins.

(Orig. engl.)

Lebensregeln

1. Teile dich so wenig mit wie möglich. Am besten gar nicht; tust du es aber, dann nicht wirklich und nur vage.
2. Träume so wenig wie möglich, es sei denn in der unmittelbaren Absicht, ein Gedicht oder Literatur hervorzubringen. Lerne und arbeite.
3. Versuche, so nüchtern wie möglich zu sein, wobei der Nüchternheit des Körpers die des Geistes vorausgehe.
4. Sei freundlich nur aus Freundlichkeit und nicht, indem du deine Gedanken offenbarst oder offen über Probleme sprichst, die mit dem inneren geistigen Leben zusammenhängen.
5. Schule deine Konzentration, stärke deinen Willen, mache etwas aus dir, denke so innerlich wie möglich, daß du wirklich etwas bist.
6. Bedenke, wie wenige wahre Freunde du hast, sind doch nur wenige fähig, jemandes Freund zu sein.
7. Versuche mit dem zu beeindrucken, was dein Schweigen birgt.
8. Lerne schnelles Handeln in kleinen Dingen, erlaube dir keinen Verzug in den banalen Dingen des Lebens, sei es auf der Straße, im Haus oder in der Arbeit.
9. Organisiere dein Leben wie ein literarisches Werk, lege so viel Einheit hinein wie möglich.
10. Ermorde den Mörder.

(Orig. engl.)

Willenskraft

Kultiviere niemals so absolute Dinge wie absolute Keuschheit oder absolute Abstinenz: Die Willenskraft eines Menschen, der gerne trinkt und wenig trinkt, ist größer als die eines Menschen, der gar nicht trinkt.

Die Abstinenzbewegung gehört zu den größten Feinden des eigenen Willens und seiner Entwicklung. Kastriert man einen Mann, wird man seinen Geschlechtstrieb zweifellos »kontrollieren«. Kastriert man seine Seele, bewirkt man das gleiche. Sich zu enthalten ist die Schwierigkeit.

Du solltest ein Verlangen nach Rauchen und Trinken entwikkeln *und dann in Maßen* rauchen und trinken. Mit dieser Methode stärkst du nicht nur entscheidend deinen Willen, indem du ihn zwingst, dein Verlangen *zu zügeln*, was die eigentliche Funktion des Willens ist (und nicht, das Verlangen *zu unterbinden*), sondern du wirst am Rauchen und Trinken auch das größtmögliche Vergnügen haben. Denn die Natur hat es so eingerichtet, daß die größte Kraftanstrengung, die Mäßigung, zum größten Vergnügen führt, und genau das ist ein Zeichen für Normalität.

Die Eugenik ist der große Feind der Willenskraft.

(Orig. engl.)

Anmerkung

Offenbar liegt etwas Entwürdigendes in einer Formulierung wie »Tue, was du willst, soll sein das ganze Gesetz«,[120] allerdings kann

120 A. d. Ü.: Devise des Okkultisten und Magiers Aleister Crowley und gewissermaßen Gesetz des von ihm gegründeten Geheimordens Astrum Argenteum. Pessoa stand mit Aleister Crowley 1930/31 in engerem Kontakt. Siehe hierzu: *Fernando Pessoa, Boca do Inferno. Aleister Crowleys Verschwinden in Portugal*, herausgegeben und übersetzt von Steffen Dix, S. Fischer, Frankfurt / M. 2012.

man diesen Satz ganz unterschiedlich verstehen, doch sollte man ihn richtig verstehen. So wie man in der Freimaurerei den Orden und seine Symbole ganz unterschiedlich verstehen kann, ist dies auch bei diesem Satz der Fall, und um so mehr, als er höher steht und daher in der Tiefe mehr Raum für die Willkür von Interpretationen zuläßt.

Auf den ersten Blick ist dieser Satz eine schlichte Aufforderung zur Freiheit in jeder Hinsicht. Wenn man aber unter dem Wort Wille den wahren Willen der Seele versteht, sieht alles anders aus, denn die Seele kann sich zu Recht nicht wünschen, was sie, wie die uneingeschränkte Freiheit, zur Sklavin ihrer selbst macht.

Somit lautet die Kernaussage dieses Satzes: Finde heraus, was du bist; finde heraus, was will, wer du bist; tue, was du willst, als der, der du bist.

(Orig. engl.)

Lebensregel

Nach dem strengen Kriterium der Okkultisten vertreten einige, die Crowleys Regel nicht den unterschiedlichen Stufen [Tier, gewöhnlicher Mensch, höherer Mensch] entsprechend anwenden, die Ansicht, daß die Regel »Tue, was du willst« auf allen Stufen unterschiedslos angewandt werden muß. Dieses »was du willst« aber erfordert vorab die Kenntnis des Wahren Willens.

Beim Tier – das im wesentlichen ganz Instinkt ist, und bei dem der Wahre Wille der Wille des Instinktes ist –, stellt das Leben der beiden Instinkte, dem der Erhaltung und dem der Fortpflanzung, wirklich das wahre Leben des Willens dar. Das aber braucht man die Tiere nicht zu lehren.

Beim höheren Menschen, mit anderen Worten beim schöpferischen Menschen, ist der wahre Wille ebenfalls klar in seine Bestimmung zum Schöpfer eingeschrieben, auch wenn die Schwierigkeiten, die der Übergang für den gewöhnlichen Menschen mit sich bringt, ihn fortgesetzt hindern, seinen bloßen Willen zu äußern, geschweige denn ihn wahrzunehmen.

Beim gewöhnlichen Menschen jedoch bedeutet »Tue, was du willst« nicht dasselbe, da der gewöhnliche Mensch eine höhere kindliche Persönlichkeit ist und die Kinder keinen wahren Willen haben. Sagt man daher einem gewöhnlichen Menschen, er solle tun, was er will, ist das für ihn im allgemeinen gleichbedeutend mit »Tue, was dir Spaß macht«, ohne Rücksicht auf andere, ohne moralische Skrupel gegenüber sich selbst. Das aber ist falsch. Der wahre Wille □

Da ich an nichts fest glaube und folglich alle Meinungen als im Prinzip – über das sie nicht hinausgehen – für gleich gut erachte; da ich einzig glaube, daß eine These nur so gut ist wie der, der sie vertritt, und ein Gefühl nur so gut, wie der, der es äußert, konnte ich mich nie mit jenem literarischen Dogma anfreunden, das darin besteht, von einer Persönlichkeit Gebrauch zu machen. Eine Persönlichkeit ist eine Form des Glaubens und als Glaube für einen vernunftgeleiteten Denker unmöglich.

Vom Glauben an die äußere Wahrheit zum Glauben an die innere Wahrheit und von einer als richtig erachteten Vorstellung der Welt zu einer als richtig erachteten Vorstellung von uns selbst ist es jeweils nur ein kleiner Schritt. Ich behaupte nicht, alles sei fließend, denn dies wäre eine Behauptung; für unseren Verstand aber ist tatsächlich alles fließend; und spaltet sich die Wahrheit für uns in unterschiedliche Wahrheiten auf, verschwindet sie, weil sie nicht vielfach sein kann.

1. **Habe keine festen Meinungen** und miß ihnen auch keinen zu großen Wert bei.
2. Sei tolerant, denn du hast keine Gewißheit, wovon auch immer.
3. Richte über niemanden, denn du siehst nicht die Motive, sondern nur die Taten.
4. Erwarte das Beste und sei gefaßt auf das Schlimmste.
5. Töte nicht und zerstöre nicht, denn da du nicht weißt, was das Leben ist, außer daß es ein Mysterium ist, weißt du auch nicht,

was du tötend oder zerstörend anrichtest, noch, welche Kräfte du, wenn du tötest oder zerstörst, entfesselst und auf dich ziehst.

6. Versuche, nichts zu verändern, denn da wir nicht wissen, welchen Gesetzen die Dinge gehorchen, wissen wir auch nicht, ob die Naturgesetze übereinstimmen mit der Gerechtigkeit oder zumindest mit unserer Auffassung von Gerechtigkeit.
7. Bemühe dich, wie die anderen zu handeln und anders als sie zu denken. Glaube nicht, es bestünde ein Zusammenhang zwischen Handeln und Denken. Sie sind einander entgegengesetzt. Die größten Männer der Tat waren vom Verstand her Esel. Die kühnsten Denker waren unfähig, etwas Gewagtes zu tun oder auch nur einen Schritt vom Weg abzuweichen.

Zwischen dem theoretischen und dem praktischen Leben liegt ein Abgrund, über den einige, eher Individualisten denn Gesellschaftsmenschen, eine Brücke bilden. So befehle denn der, der *will* – Knecht verstreuter, anonymer Gedanken, die als solche keine Gedanken sind.

Überlassen wir das Handeln denen, die mittels fremder Hirne denken, denn sie existieren nur, um zu handeln. Suchen wir Zuflucht im leichten und selbst im belanglosen Spiel der Theorien, frei von der Illusion, andere beeinflussen zu können und mehr zu sein im Leben als nur Fremde.

Verächter aller Ideale, insbesondere der Ideale, die für die anderen das Glück auf Erden suchen – denn einzig für uns kann das Glück ideal sein –, werden wir abseits leben, wie die anderen Eingeweihten, nämlich die der Seele (jenseits der Verstandeskraft), die ebenfalls nichts vom Leben wollen oder erwarten. So wird der Ironiker mit dem Adepten im Gleichschritt durch die Ruinen von Salomos Tempel gehen und über die nahe Ebene, wo der Meister eine Zeitlang begraben lag.

[Nachwort[121] – Portias Kästchen]

Uns allen, die wir leben, erscheint das Leben eines Tages, als existiere es, und stellt uns vor eine Wahl ähnlich der von Portias Kästchen.[122] Wir müssen zwischen dem Inhalt dreier Kästchen wählen, einem aus Gold, einem aus Silber und einem aus Blei. Anders als Bassanio wissen wir nicht, welche Bedeutung sich mit ihrem Inhalt verbindet. Das goldene enthält die Freude, die verfliegt, kaum öffnet es sich; das silberne den Traum, der verblaßt, bleibt es geöffnet; das bleierne ist leer, und dennoch enthält es das Wissen.

Glücklich ist nicht, wer eine Wahl trifft, sondern wer nicht bereut, eine Wahl getroffen zu haben. Indes sind einige noch glücklicher als jene, die gewählt haben, nämlich jene, die nicht gewählt, sondern ihre Entscheidung auf unbestimmte Zeit verschoben und vom Leben einzig die Erinnerung an die nicht geöffneten Kästchen mitgenommen haben. Sie haben, ohne hinzusehen, das wenig Essentielle der Dinge berührt, ihren äußeren Anschein – von der nicht erlebten Freude das Gold, das nur äußerlich ist; von dem nicht geträumten Traum das Silber, das ihn nur vortäuscht; vom Wissen, daß kein trübes und tristes Äußeres ein richtiges und falsches Abbild der leeren Wahrheit zeigt.

Der Autor dieses Buches gehört zu denen, die nicht wissen, daß Kästchen da sind, um geöffnet zu werden. Er hat sie mit einer einzigen Bewegung an sich genommen und in seinen Armen behalten, ohne wissen zu wollen, was sie enthielten. Er hat sich auf das absolut Äußere des Lebens beschränkt. Er hat äußerlich gelebt, was letztendlich nicht lohnt, innerlich gelebt zu werden. Und er hat geschrieben, wie er gelebt hat, denn fühlen heißt nicht Kästchen öffnen. Er hatte recht, weil er nicht recht hatte. Deuten heißt nicht erklären können. Erklären heißt nicht verstanden haben.

121 A. d. Ü.: Nachwort Pessoas für den Band *Entrevistas* (Gespräche) von Francisco Manuel Cabral Metello. Editora Portugália, Lisboa 1923.

122 A. d. Ü.: Aus Shakespeares *Kaufmann von Venedig.*

Jede praktische Tätigkeit ist, gerade weil sie praktisch ist, antiintellektuell. Die Beweggründe einer äußeren Tätigkeit sind nicht nur andere als die einer inneren Tätigkeit, sondern ihr auch entgegengesetzt. Handeln ist nicht denken.

Warum weckt ein schöner Tag unser Verlangen nach Schlaf? Er sollte uns vielmehr mit Leben und Tatenlust erfüllen, aber dem ist nicht so, es sei denn, man ist krank. Es sind die kalten und traurigen Tage, wie auch die kalten und traurigen Regionen, die Menschen der Tat hervorbringen.

Jeder denkende Mensch, der, sei es auch nur für einen Moment, die Absicht hegte, auf das öffentliche Leben einzuwirken, wird bald von diesem törichten Plan Abstand genommen haben. Es ist die Aufgabe der Intelligenz, jedes Tun gefühlsmäßig abzulehnen, zu kritisieren und herabzumindern. Handeln ist zentrifugal, Denken zentripetal. Eine solide Nation ist eine Nation, in der zwei Kräfte, wiewohl getrennt, mit gleicher Kraft, auf ihrem jeweiligen Gebiet handeln und so ein Gleichgewicht herstellen.

Der Mensch, Narr seines Strebens, Schattenspiel seines fruchtlosen Verlangens, bleibt aufbegehrend und schmachvoll Sklave der immer gleichen chemischen Gesetze im unerschütterlichen Kreisen der unerbittlich ein gelbes Gestirn umrundenden Erde; ohne Hoffnung, ohne Ruhe, ohne Trost, bis auf den seiner ihn wärmenden Illusionen über die Wirklichkeit und die Wirklichkeit seiner Illusionen. Er regiert Staaten, verkündet Gesetze, entfesselt Kriege; er hinterläßt Erinnerungen an Schlachten, Gedichte, Statuen und Monumente. Die Erde wird erkalten, ohne daß all dies Bedeutung hätte. Fern von alledem, fern, seit sie zum ersten Mal aufging, wird die Sonne, so sie leuchtete, eines Tages zu leuchten aufhören, und so sie Leben schenkte, sich selbst den Tod geben. Andere Sternensysteme, andere Satellitensysteme werden vielleicht andere Menschheiten hervorbringen; andere Arten fiktiver Ewigkeiten die Seelen einer anderen Spezies nähren; andere Glauben anderen Pfaden folgen, fern der vielfältigen Wirklichkeit. Andere unnütze Christusse werden umsonst das Kreuz besteigen. Neue Geheimsekten die Geheimnisse der Magie und der Kabbala für sich beanspruchen. Und diese Magie wird so anders sein wie diese Kabbala neu. All diesen Menschheiten und all diesen Systemen wird nur eines gemein sein: die Illusion, daß sie existieren, und die letzte Wahrheit, daß sie eines Tages aufhören zu existieren.

Die Liebe, weil □; der Ruhm, weil er nur ein Name ist und ein Name nicht genügt; die Macht, weil sie Anstrengung bedeutet und Anstrengung ermüdet; □

Nur das Wasser der Flüsse □ gehorcht in der unnützen Schönheit der unbewußten Dinge würdevoll den gleichen fatalen Gesetzen, die unser versklavtes Hirn beherrschen und deren Tochter das eigene Aufbegehren gegen sie ist.

Die Blasphemie ist ein Akt des Glaubens. Der Spiritualismus eine Chemikalie. Auch wenn der Vogel die Erde verachtet, verachtet er nicht die Gesetze, die Erde und Luft regieren. Wir verlassen den Kerker des Lebens nie, selbst nicht im Tod, dem individuellen Leben dieser zahllosen Leben, aus denen unsere fiktive Einheit hervorging.

Passiver Gehorsam, ohne Aufbegehren, ohne Lächeln, so sklavisch wie das Aufbegehren und so unvermeidbar wie □, ist das einzige der absoluten Äußerlichkeit unseres Sklavenlebens angemessene geistige System.

… **Der große Shakespeare,** der alle Menschen ist, und der unpersönliche Homer, der vielleicht wie Homer selbst ein großer Mensch ist, der dennoch niemand ist.

Die größte Reise, die man unternehmen kann, ist eine Weltumschiffung, mit dem Ausgangspunkt als Ziel.

Die wichtigste Aufgabe des Willens ist die des Verhinderns. Das Sicherste ist, in völliger Reglosigkeit zu verharren. Die indischen Asketen benötigen Jahre, bis sie ihren Atem unbegrenzt anhalten können.

Nicht die Askese Christi, die der zu Leid verklärte Egoismus ist, □. Nicht die Askese der Verneinung, die alle Buddhas erleuchtet – denn sie lebt im Licht der menschlichen, in einen göttlichen Ausdruck transponierten Liebe. Weder die eine noch die andere Askese, sondern die düstere Begeisterung der inneren Reinigung, jenseits von Liebe und Haß, von Gut und Böse, von Leben und Tod, einziger und vollständiger Ausdruck des abstrakten Körpers des Abgrunds ohne Sein.

Wir verwirklichen nie, was wir wollen, es sei denn, das, was wir wollen, ist nicht wert, verwirklicht zu werden.

Jeder Mensch, der etwas gründet, gründet stets etwas anderes. Wer etwas verwirklicht, verwirklicht stets seinen eigenen Traum, dessen Schatten die flackernde Flamme des Lebens wirft. Er zeichnet sich ab, doch was sich abzeichnet, ist nichts als der formlose Schatten seines Traums, der Totentanz[123] seiner Phantasie.

Nichts von dem, was geschieht, ist absurd. Alles ist möglich, sobald es wirklich ist. Hätte man einem Bürger des Römischen Reiches gesagt, die Welt würde eines Tages von einer Religion aus Palästina beherrscht, die das Reich knechten, zermürben, verändern und schließlich überleben würde, hätte er da, *risum teneret,* nicht gelacht? Aus diesem Absurden, diesem Unmöglichen heraus ist es dennoch geschehen. Wenn man mir daher sagte, ein Hirte aus dem Minho würde der neue Gott eines künftigen Reiches, könnte ich dies wohlgemerkt bezweifeln, da alles möglich ist; und dennoch kann ich dies nicht historisch belegen.

Nichts verdrießt uns mehr als eine enttäuschte Hoffnung – diese Ironie der Seele sich selbst gegenüber, die dazu führt, daß sie, da sie lebt, nicht umhin kann zu hoffen und, da sie das Leben kennt, nicht umhin kann, der Hoffnung zu mißtrauen. Da es dieselbe Seele

123 Variante: die Dynamik.

ist, die hofft und nicht erwartet, finden sich diese beiden Gefühle, wenngleich von Natur aus entgegengesetzt an ein und demselben Ort vereint; da man aber nicht zugleich glauben und nicht glauben kann und der Unglaube von Natur aus auf den Glauben folgt und das spätere Gefühl das vorangegangene verdrängt, weil es unmittelbarer ist, bleibt in der Seele durch die Verbindung dieser beiden Gefühle letztlich als Stimmung die des Unglaubens. Somit hat die Hoffnung, wenn sie dergestalt hofft □

Jeder Philosophie, jeder Wissenschaft liegt immer eine – je nach System und Wissenschaft unterschiedliche – Idee zugrunde, die wir zu beweisen vergessen.

Mit einem Philosophen zu diskutieren ist zwecklos, denn seine Philosophie hängt nicht von seinem Intellekt ab, sondern von seiner Wesensart.

Lebensregel

... Dennoch, wir kennen weder die Wahrheit noch wissen wir, wie wir sie erkennen können. Sie ist dergestalt, daß sie für uns nicht die Wahrheit ist; und hiermit haben wir vermutlich die einzige Lebensregel genannt, die unser Unwissen mit Gewißheit aufstellen kann.

Unser Verlangen nach Wahrheit ist groß, und lieber als diese Doktrin der Schwelle wären uns unzweifelhaft das Haus und das Heim, die sie beherbergt.

Daraus erwächst die Kunst, geschaffen, um die anderen zu unterhalten und um uns mit uns selbst zu beschäftigen, uns, die wir auf diese Weise zu beschäftigen sind. Leugnen wir die Wahrheit, bleibt uns zu unserer Unterhaltung einzig die Lüge. Unterhalten wir uns also mit ihr, doch wir sollten sie auch als Lüge ausgeben und nicht als Wahrheit; wenn uns eine metaphysische Hypothese einfällt, sollten wir daraus nicht die Lüge eines Systems (in dem sie eine Wahrheit sein könnte) machen, sondern die Wahrheit eines Gedichts oder einer Novelle – eine Wahrheit, die wissend, daß sie Lüge ist, folglich nicht lügt.

Der einzige glückliche Mensch ist der, der nichts schwernimmt. Je schwerer man die Dinge nimmt, um so unglücklicher ist man. Wer das Schicksal der Welt schwernimmt, ist nahezu der unglücklichste aller Menschen … Nahezu, denn wer das Schicksal der Welt und das Rätsel des Universums schwernimmt, ist noch unglücklicher.

Sie sind so unterlegen, die Menschen, die sich einem Ideal verschreiben! Überlegen sind sie einzig denen, die sich keinem Ideal verschreiben. Wirklich überlegen ist nur der Mensch, der gerne Ideale hätte. Er kann sie aber nicht haben, da er über dem Haben steht.

Es gibt Nationen, die zivilisiert und dennoch wild sind, wie zum Beispiel Deutschland. Der Gemeinschaftsgeist gründet auf Wildheit. Die einzig reale Feststellung auf dieser Welt ist die der Existenz des denkenden Subjekts – *cogito ergo sum.*

Es sind die großen und zugleich fragilen Nationen, die Zivilisation hervorbringen.

Glauben Sie mir, mein Teurer: Nur der Unterlegene strengt sich an. Und ganz unten steht, wer sich nicht anstrengt. Der Überlegene würde sich gerne anstrengen, erkennt aber die Vergeblichkeit aller Anstrengung. Alle Überlegenheit steht jenseits der Anstrengung und über ihr – sei es die dichterische Inspiration, sei es die Intuition des Handelns. Die »Anstrengung« eines großen Schachspielers ist größer als die eines Napoleons.

Seinen größten Triumph erlebt der Mensch, wenn er sich davon überzeugt, daß das Lächerliche eine Sache für sich ist, die es nur für die anderen gibt und zudem ganz in deren Belieben steht. Dann hört er auf, das Lächerliche wichtig zu nehmen, das, da es ihm nicht eigen ist, ihn auch nicht umbringen kann.

Es gibt drei Dinge, die der überlegene Mensch lernen muß zu vergessen, damit er seine Überlegenheit in aller Ruhe genießen kann: das Lächerliche, die Arbeit und die Hingabe.

Da er sich niemandem hingibt, erwartet er auch nichts von der Hingabe anderer. Maßvoll, keusch, anspruchslos, das Leben so wenig wie möglich berührend – sowohl, um sich nicht zu ärgern, als auch um die Dinge nicht zu sehr an sich herankommen zu lassen, selbst auf die Gefahr hin, sie nicht mehr träumen zu können – hält er sich abseits, um seinem Stolz und seiner Enttäuschung Genüge zu tun. Er lernt, alles zu fühlen, ohne es unmittelbar zu fühlen, denn unmittelbar fühlen hieße sich unterwerfen – sich der Wirkung des Gefühlten unterwerfen.

Er lebt in den Schmerzen und Freuden der anderen, der olympische Whitman[124], Proteus des Verständnisses, ohne jedoch wirklich an ihnen teilzuhaben, sie zu leben. Er kann, wenn die Schiffe in See stechen, je nach Belieben, an Bord gehen oder an Land bleiben – und kann zugleich an Bord gehen und an Land bleiben, da er weder an Bord geht noch an Land bleibt. Er fand sich zu allen Stunden seines Lebens in allen Empfindungen aller wieder. Er erlebte, mit den Augen und den Herzen der Protagonisten, alle Tragödien der Erde mit. Er entsagte gemeinsam mit denen, die entsagten. Er fiel in allen Schlachten und ging doch als Sieger aus ihnen hervor.

Er besiegte seine Freuden und seine Schmerzen, alle Freuden und alle Schmerzen der Welt besiegend.

Er erinnert sich seiner eigenen Stimme, wie sie inmitten des herbeiströmenden jüdischen Volkes schrie: »Wir wollen Barrabas.« Und in dem Augenblick, als er daran dachte, erinnerte ihn Barrabas' Name auch schon daran, daß er Barrabas war und ebenso Christus, nach dem das Volk nicht verlangt hatte. Als er sich erneut in Erinnerung rufen wollte, welcher Mann aus dem Volk er gewesen war, sah er, daß er alle zugleich war. Wenn er seinen Blick leicht hob, spürte er im Traum auf seiner Frauenstirn das schwarze Haar

124 A. d. Ü.: Siehe hierzu: *Gruß an Walt Whitman* in *Pessoa / Campos, Poesia – Poesie*, a. a. O., S. 173 ff. und Pessoa / Campos, Poesie und Prosa, a. a. O., S. 93 ff.

Marias. Spürte Brüste. Da sie seine Gedanken auf den Geschlechtstrieb lenkten, begann er plötzlich zu weinen, wissend, daß er Maria Magdalena war. Er streckte seine Hände aus, erinnerte sich aber, daß Pontius Pilatus sie von aller Verantwortung reingewaschen hatte, und richtete sich auf, ganz römischer Statthalter in seiner geträumten Toga, die ihn leicht berührte, ihn seine Haut in idealer Weise wahrnehmen ließ. Von alldem mannigfach ermüdet, schloß er die Augen, seine Traumaugen, und in einem letzten Reflex vor der Apathie ziehen die von Adlern gekrönten Standarten des Endes von alledem in einer Dämmerung vor fern aufschimmernden grünen Bergen vorüber.

Die durch so viele einzelne Sinnenswahrnehmungen hervorgerufene Erschöpfung führte bei ihm zu einer Depression; und die Depression führte zu depressiven Gefühlen – darunter, soweit es seine Erschöpfung erlaubte, ein laues und weinerliches Mitleid für die anderen – ein abendliches Lied seiner Amme von einem Armen ohne Freunde, der auf seinem Weg Unserer als Hirtin verkleideten Lieben Frau begegnet, die ihn bei der Hand nimmt und in den Himmel führt.

Die erinnerte Kindheit öffnete Christus die Tür, der durch sein Empfinden aller noch zu weinenden Tränen hereinkommt.

Denn über allem schwebt heiter der Geist Buddhas. Die wahrhaft Großen der Menschheit sind jene, die sie geliebt haben, ohne ihr nahezukommen, von oben, von wo aus man lieben kann, ohne jemandem anzugehören, denn wir lieben nur, indem wir uns selbst täuschen. Alles für Illusion erachten und mit allem entsprechend umgehen (die zweite Phase ist schwieriger als die erste) ist die wahre Befreiung …

Verzicht ist □. Ist ein Mensch von Geburt an ein perfekter Künstler, wird er nie ein perfektes Kunstwerk schaffen oder überhaupt ein Kunstwerk, denn er wird nichts tun. Der Mensch, der von Natur aus ein perfekter Künstler ist, erkennt, daß er kein perfekter

Künstler sein kann. Folglich muß er sein Leben sterben – mit anderen Worten: verzichten. Einzig die Kranken, die für den Ruhestand Bestimmten, die nervösen Ästhetiker, können von Krankheiten genesen, die sie nicht haben.

(...)

... und all diese Dinge haben als Hintergrund immer dieses gleichbleibende Blau des ewigen Himmels – dieselben unzähligen Sterne, riesig und poesk[125] weit entfernt, alles, was dort ist und dennoch Millionen Jahre und Milliarden Kilometer entfernt, während wir unsere Stiefel anziehen und uns auf den Weg machen, alles zu erobern.

Seien wir keine Synthesen, seien wir Summen: Die Synthese ist mit Gott.

Wir verstehen nichts; wir lauschen.[126]

All dies umgibt mich wie ein Mangel an Luft. Und ich frage mich, wozu ich diese oder andere Zeilen geschrieben habe – all diese so schön aneinandergereihten Zeilen, die auf der Welt geschrieben wurden ... Das Universum ist ein halboffenes Gitter an einer verschlossenen Tür. Wir ersinnen Mythen über die Schwelle: Theorien über Schlösser, doch ohne Schlüssel – imaginäre Schlosser, die wir nicht hineingelangen.

Wir sind in gewisser Weise Opfer unserer Manie, verstehen zu wollen. Dies sind Auswirkungen des Schattens jener Sonne, um die Oswald[127] bat. Seit Tausenden von Jahren bittet der Mensch, wie Oswald, und vielleicht aus dem gleichen Grund, um Sonne. Aber noch immer hat man sie ihm nicht gegeben. Mehr Licht! sagte

125 A. R. Zenith: Anspielung auf einen Essay von Edgar Allan Poe namens *Heureka*, der sich mit der Natur und dem Ursprung des Universums, Sternen und kosmischen Entfernungen befaßt.

126 A. R. Zenith: Die Lesart dieser beiden Zeilen ist ungewiß.

127 A. R. Zenith.: Anspielung auf Henrik Ibsens Drama *Gespenster*, in dem Oswald im 3. Akt sagt: »Gib mir die Sonne, Mutter.«

Goethe, wie die gesamte Menschheit. Und augenblicklich gab das Schicksal ihm, wie auch der Menschheit, das große Dunkel.

Tun wir, als schrieben wir, Verse schreibend, ein Stück. So wird uns die mangelnde Inspiration leichter ankommen, denn was uns fehlt, ist ja Inspiration.

(...)

Ich schreibe und habe eine schwarze Regenlandschaft vor mir. Es ist Sommer, aber alles hier ist England. Jenseits von mir tummelt sich die menschliche Masse, verstrickt sich in tausend Probleme, löst Knoten mit einem Messer, öffnet Konservendosen, die sie verschlossen läßt, sagt, sie seien bereits geöffnet, und verdeckt[128] das Loch im Tischtuch umgehend mit einem schmutzigen Staubtuch.

Millionen unbestimmter Zweibeiner – die wenigsten bedeutend und beschuht – haben eine Meinung. Und irgendein Gesetz oder das Fehlen eines Gesetzes, das sie alle ignorieren, ein Schachspiel, das Zug um Zug von dem gegen sich selbst spielenden Spieler gewonnen wird, schleift plötzlich eine Burg (die eine von einem Erdbeben zerstörte Stadt sein kann), verhaftet einen Bischof (was ein edelmütiges, in Gleichgültigkeit verkümmerndes Bestreben sein kann) und setzt den König schachmatt, während ein Imperium langsam untergeht, weil der König nur in seinem Haus stirbt und dieses im allgemeinen gut verteidigt wird.

Was sind wir für uns selbst? Träume, die durch den Nebel ziehen, Orte der Angst ... Was wir tun, wollen wir nicht tun; es ist von einem uns Fremden in uns gewollt.

Dies gilt für Nationen wie für Individuen. Sie bekriegen sich aus persönlichen Gründen, von denen der Club der Staatsmänner nichts weiß, sie finden andere offenkundige, klare, aber falsche Gründe.

128 A. R. Zenith: Ab »verdeckt« ungewisse Lesart des Satzes.

Selig die, für die sich das Mysterium auf Vater, Sohn und den Heiligen Geist beschränkt. Denn ihnen gehört die Glückseligkeit. Für sie ist der Raum die Entfernung zwischen Wohnung und Büro oder Dienststelle, die Zeit das, was sie zum Abendessen benötigen, und die Materie das, was Pickel absondern, drückt man sie aus. Dummheit, dein Name ist Glückseligkeit.

Ebenso selig aber sind jene, für die sich das Mysterium auf nichts beschränkt, denken sie doch nicht einmal daran. Selig die, wenn sie Materie sagen, alles sagen.

Das Leben ist im wesentlichen monoton. Glück besteht daher darin, sich in einem vernünftigen Maße an die Monotonie anzupassen. Monoton werden heißt wie das Leben werden; und, summa summarum, voll und ganz leben. Und voll und ganz leben heißt glücklich sein.

Die kranken Unlogischen machen sich – im Grunde wider Willen – über das bürgerliche Glück lustig, über das monotone Leben des Bourgeois, seinen geregelten Alltag und □, über seine Frau, die ihre Zeit damit verbringt, das Haus in Ordnung zu halten, in ihren Kindern aufzugehen und über Nachbarn und Bekannte zu reden. Doch genau das ist Glück. Zunächst scheint es, als seien es die Neuigkeiten, die dem Geist Vergnügen bereiten müßten, aber Neuigkeiten sind selten und jede ist nur einmal neu. Zudem ist die Sensibilität beschränkt und vibriert nicht unbegrenzt. Ein Übermaß an Neuigkeiten wird schließlich ermüden, denn keine Sensibilität kann ihren Stimuli standhalten.

Sich mit der Monotonie abfinden heißt alles immer als neu empfinden. Die bürgerliche Auffassung von Leben ist eine wissenschaftliche Auffassung, denn im Grunde ist immer alles neu, und vor diesem Heute gab es dieses Heute nie.

Selbstverständlich würde der Bourgeois nie dergleichen sagen. Könnte er dies, könnte er nicht glücklich sein. Meine Betrachtungen quittiert er lediglich mit einem Lächeln; und genau dieses Lächeln führt zu den Betrachtungen, die ich hier in allen

Einzelheiten zu Papier bringe, damit die Nachwelt über sie nachdenkt.

Etwas ganz anders zu machen, als alle es machen, ist beinahe ebenso schlecht, wie etwas zu machen, weil alle es machen. Es zeigt gleichermaßen, wie sehr einen die anderen beschäftigen und welches Gewicht man ihrer Meinung beimißt – ein untrügliches Zeichen tiefster Unterlegenheit.

Daher verabscheue ich Leute wie Oscar Wilde und einige andere, die bemüht sind, sich unmoralisch oder grob zu geben und uns Widersprüche und ungeheuerliche Meinungen aufzuzwingen. Kein überlegener Mensch läßt sich je herab, einer fremden Meinung solche Bedeutung beizumessen, daß er sich bemüßigt fühlte, ihr zu widersprechen.

Für den überlegenen Menschen gibt es keine anderen. Er ist sein eigener anderer. Will er jemanden nachahmen, sucht er sich selbst nachzuahmen. Will er jemandem widersprechen, sucht er sich selbst zu widersprechen. Er sucht sich selbst zu verletzen in dem, was ihm im Innersten eigen ist … Er führt seine eigenen Meinungen an der Nase herum, führt voller Verachtung lange Gespräche mit sich selbst und □ für die Gefühle, die er verspürt.

Jeder Mensch ist Ich. Die gesamte Gesellschaft ist in mir. Ich bin meine besten Freunde und meine aufrichtigsten Feinde. Der Rest – das, was außerhalb dessen ist – angefangen bei den Ebenen und Bergen bis hin zu den Menschen und den □ –, all dies ist nichts als Landschaft …

Arbeit und Anstrengung haben einen großen Fehler: Sie können zur Gewohnheit werden … Mit dem Nichtstun verhält es sich ebenso. Es kann ebenfalls zur Gewohnheit werden. Wer keine Gewohnheiten, keine Meinungen und keine feste Persönlichkeit hat, ist das genaue Gegenteil eines überlegenen Menschen …

Wenn man aber keine Meinungen und Gewohnheiten hat, heißt das nicht, daß man über die Meinungen und Gewohnheiten der anderen lacht …

Wer einen festen Charakter, feste Gewohnheiten und feste Meinungen hat, hat sich selbst. Wir müssen unsere Meinung, unseren Charakter und unsere Pläne immer so ändern, daß diese Meinung oder diese □ nie mit denen der anderen übereinstimmt.

Alle Arbeit des überlegenen Menschen muß darin bestehen, vergessen zu wollen, daß die äußere Welt existiert.

Ein aus Verzicht bestehendes Epikureertum …

Unsere ganze Kunst muß darauf ausgerichtet sein, das schmerzliche Element der Freuden auf ein Minimum zu reduzieren – den Furor, den wir in sie legen würden, den Wunsch, daß sie über die ihnen zugemessene Dauer hinaus dauern mögen, die unnütze Sehnsucht nach dem, was sie waren …

Ein luzider und stiller Verzicht, ein wissentlich naiver Kult des eigenen Ichs und seiner Laster, sofern sie sich für diesen Kult eignen.[129]

Grundlegend über einen völlig belanglosen Gegenstand nachdenken, tiefgehend und intensiv träumen, was man nicht fühlt, beharrlich und hartnäckig ein völlig lächerliches Ziel verfolgen – das zeichnet den überlegenen Menschen aus und unterscheidet ihn vom animalischen Menschen und vom nicht menschlichen Tier. Alle Tiere sind aufrichtig, selbst die menschlichen: Allein der Mensch vermag durch seine Überlegenheit, nicht zu glauben, woran er glaubt, nicht zu fühlen, was er fühlt, nicht zu wollen, wonach ihn verlangt. Und auch die belanglose Belanglosigkeit des überlegenen Menschen nicht mit jener aufrichtigen Belanglosigkeit zu verwechseln, die für die Unterlegenheit kennzeichnend ist. Eine Frau, die ihre Lippen schminkt und ihre Haare schneidet, tut dies gewissenhaft, mit der

129 A. d. Ü.: In diesem Textfragment findet sich die Philosophie der Oden von Pessoas Heteronym Ricardo Reis wieder.

ganzen Aufrichtigkeit der Äußerlichkeit und Dummheit. Der Philosoph aber, der mit Ideen spielt, der Künstler, der mit Gefühlen unterhält – sie geben sich nicht dem Gegenstand hin, den sie behandeln; sie leben frei von dem, was sie fesselt.

Die überlegene Belanglosigkeit hat nichts gemein mit der Leichtigkeit der Seele. Mit Ideen spielen ist etwas anderes, als keine Ideen haben: Keine Ideen haben ist nicht belanglos, sondern dumm.

Ein Aristokrat ist, wer *nicht gehorcht*; und da es in seiner Natur liegt, nicht zu gehorchen, degeneriert er derart, daß er weder seinen eigenen Meinungen noch sich selbst gehorcht. Daraus erklärt sich, daß die Aristokratien im allgemeinen die theoretische Moral und die praktische Korruption auf sich vereinigen – beides in hohem Grade, bewußt und aufrichtig.

Ein Aristokrat ist ein Mensch, der vermeint, anders als die anderen handeln zu müssen. Während es den Bürger danach verlangt, der allgemeinen Regel entsprechend zu handeln, ist der Aristokrat um das Gegenteil bemüht. Er ist jemand, der aus sich heraus handelt. Er ist er, und nicht die *anderen*, wie Oscar Wilde von den meisten Leuten sagte. (Der Anzug – man hebt sich durch die Kleidung ab, eine Aristokratie auf Herrenschneiderniveau.) Ein Aristokrat ist die spaltende Kraft, die Kraft des Fortschritts, die anarchistische Kraft. Das Volk ist die konservative Kraft. In der Mittelschicht, von der Herkunft plebejisch, durch Anpassung aristokratisch, ergibt sich das Gleichgewicht beider Tendenzen, das den sozialen *Status* anzeigt, die lebendige Gesellschaftsnorm. Totale Aristokratisierung = Anarchisierung. Der Individualismus ist begrenzt. Es gibt nicht individualisierbare Menschen.

Der Sozialismus, der Anarchismus, all diese Ismen des metaphorischen Magens (wobei der Magen in den Kopf steigt) sind Unvermögen der Ideologie und keine Ausdrucksformen des Ideals. Zudem sind sie keine Kunst, und die Malerei kann sie nicht abbilden.

Ein Baum geht nicht zu Versammlungen. Ein Stein trägt nicht alles auf der Zunge (die er im übrigen nicht hat), was Karl Marx letztendlich nie sagte oder sagen wollte.

Die Agonie eines Sonnenuntergangs ist um so vieles schöner als die Agonie eines Menschen, es sei denn □, seine Agonie adelt ihn.

In einem Palisanderbett mit Intarsien kann man noch im Einklang mit Apoll sterben. Auf einer Pritsche aber stirbt man nicht, man wird gestorben. In einem Tod wie in diesen beiden gibt es keine Individualität.

Daher habe ich – der ich, wenngleich ein wenig linkisch, an die Unsterblichkeit der Seele glaube – Zweifel an der Unsterblichkeit der Seele von Arbeitern, Kleinbürgern und reichen Leuten, wenn es ihnen an Feinheit fehlt.

Ich weiß nicht einmal, ob ein Proletarier eine Seele hat; wenn ja, dann ist es wohl so. Aber selbst in diesem Fall habe ich meine Zweifel. Sterben ist ein wichtiger Teil des Lebens. Man muß zu sterben verstehen – und ein armer oder ein ungehobelter Mensch versteht nie zu sterben. Er krepiert nach innen …

Ein Baum lebt seine Eleganz, eine Blume *ist* ihre eigene Schönheit. Beim Menschen ist nahezu alles hinzugefügt und künstlich: Dennoch gibt es Menschen von so bestechender Eleganz, daß sie, obgleich aufgesetzt, natürlich ist, und obgleich falsch, wirklich und wahrhaftig.

Ein Stein ist interessanter als ein Arbeiter.

Das Leid eines vom Wind gefällten Baumes ist unendlich edler als die Angst eines Tagelöhners, der an seinem Elend stirbt! Ein Baum stirbt zumindest still, bis auf das □, wenn er bricht, und den Aufprall, wenn er tot zu Boden stürzt. Er faselt im Sterben nichts von ausbeuterischen Kapitalisten und sozialen Forderungen. Er ist weder schmutzig noch häßlich. Ein Baum ist nie häßlich … Und selten ist ein schlecht gekleideter Arbeiter dies nicht.

Die tiefe Ergriffenheit, die die statische Seele der Felsen ist, ist wahrhaftiger und schöner als alle sozialistische oder anarchistische Theorie.

Die Ergriffenheit eines Felsen mag dummes Zeug sein, und es mag sie auch nicht geben. Zweifellos dummes Zeug aber sind die menschlichen Theorien, dummes Zeug auch die soziologischen Theorien und die der psychologischen Analyse[?].

Selbst wenn uns ein Berg häßlich vorkommt, wird es immer einen Sonnenuntergang geben, der ihn mit einer Aureole des Schönen und Sonderbaren umgibt. Aber welcher Sonnenuntergang wird uns einen armen Kerl malerisch vergolden, der sich abrackert, um in einer Fabrik sein tägliches Brot zu verdienen? Welche Morgenröte gibt einem Untermenschen, der □, den Anstrich von etwas Neuem.

Der Dichter sucht die Schönheit, und nicht □. Und was ist schön am Leid eines Proletariers? Selbst am Leid eines Aristokraten, der sich beklagt?

Eine Horde Arbeiter! Man stelle sich dergleichen nur lebhaft vor, und schon wird einem übel. Das Leid einer Frau aus dem Volk! Ein unschickliches, für ein musikalisches Gehör unerträgliches Gebrüll.[130]

Der Biologe Ernst Haeckel stellte vor Zeiten eine These mit höchstem Wahrheitsgehalt auf. Sie besagt, daß der Unterschied zwischen einem Affen und einem gewöhnlichen Menschen geringer ist als der zwischen einem gewöhnlichen und einem genialen Menschen.

Zwischen einem sogenannten Kopfarbeiter und einem Handarbeiter besteht weder Identität noch Ähnlichkeit, sondern eine tiefgreifende, radikale Gegensätzlichkeit.

Der Unterschied zwischen einem Arbeiter und einem Affen ist zweifellos geringer als zwischen einem Arbeiter und einem wirklich kultivierten Menschen.

130 Variante: Ein unschickliches Gebrüll, das den, der ein musikalisches Gehör besitzt, mit Schrecken und jähen Mordgelüsten erfüllt. Siehe hierzu: *Pessoa, Buch der Unruhe*, a. a. O., Fragment 165.

Das Volk ist nicht erziehungsfähig, weil es das Volk ist. Könnte man Individuen aus ihm machen, könnte man es erziehen, dann wäre es erzogen, wäre aber nicht mehr das Volk.

Der Haß auf die Wissenschaft, auf die Naturgesetze kennzeichnet die Mentalität des Volkes. Das Volk möchte das Wunder, das und nur das versteht das Volk. Sei es das Wunder der Heiligen Jungfrau von Lourdes oder der Heiligen Jungfrau von Fátima oder – und dies ist der einzige Unterschied – das Wunder Lenins. Das Volk ist von Grund auf durch und durch hoffnungslos reaktionär. Der Liberalismus ist ein aristokratisches Konzept und folglich der Demokratie gänzlich entgegengesetzt.

Ja, wenden wir uns dem zu. Lassen wir die rein äußeren Unterschiede beiseite, wie den Unterschied zwischen Schwarzen und Weißen. Der wahre Unterschied ist anderer Art. Nämlich zwischen Leuten und Individuen.

Ich anerkenne einen Menschen aus dem Volk als meinen Bruder in Gott, als meinen Bruder in Christus, aber nicht als meinen Bruder von Natur aus. Wir sind gleich vor der Religion, nicht aber vor der Natur und der Wissenschaft, nicht im geringsten. Wo auch immer man zwischen von Natur aus unterschiedlichen Dingen Gleichheit herstellt, ist Mystik, ist Religion im Spiel, nicht aber Wissenschaft.

Alle Religionen teilen sich, mehr oder minder sichtbar, jede einzeln in zweierlei auf: in den äußeren Kult und die äußere Doktrin; und in das, was durch die Initiation vermittelt wird, sei sie individuell und mystisch oder rituell und magisch. Kultur aber ist eine Initiation. Und zwar, weil sie die Essenz der Initiation beinhaltet – ein anderes Leben zu sein.

Ich habe Mitleid mit den Armen. Und auch mit den Reichen. Mehr noch mit den Reichen, denn sie sind unglücklicher. Wer arm ist, kann glauben, er würde glücklich, wenn er nicht mehr arm wäre. Ein Reicher weiß, daß es unmöglich ist, glücklich zu sein.

Ein Armer hat nur eine Sorge oder wird von nur einer Sorge

beherrscht – der Armut. Ein Reicher hat, da er diese Sorge unglücklicherweise nicht hat, gezwungenermaßen alle anderen Sorgen. Ich habe nie einen Reichen gesehen, der glücklicher gewesen wäre als ein Armer; es sei denn, man versteht unter Glück das, was man bei einem Schneider oder Juwelier kaufen und in einem Restaurant essen kann. Aber ich glaube nicht, daß selbst diese □ in ihrem historischen Materialismus so weit gehen.

Die Armen sind glücklich; sie haben eine Illusion, sie glauben, daß der Schneider, der Juwelier, der Besitzer des teuren Restaurants, daß sie alle über das Glück verfügen. Daran glauben sie. Die Reichen sind die Atheisten des Schneiders.

Er erzählte von den Todesfällen in seiner Familie – ich verstand nicht recht, um wen es dabei ging –, er zählte die Kümmernisse auf, die sie ihm bereitet hatten, und plötzlich, ohne Vorwarnung ans Universum, ohne daß er oder wir weiter auf das, was er sagte, geachtet hätten, schloß er, seine schon nicht mehr dampfende Kaffeetasse hebend:

»So ist das Leben, aber ich bin nicht einverstanden.« Das genau war der Satz, und rufe ich ihn mir in Erinnerung, würde ich mich nur zu gern rühmen, ihn erfunden zu haben. Die Gotteslästerer aller Couleur stehen arm da, seit dieser Satz gesagt wurde. Er ist der klassische und hieratische Ausdruck ihrer kümmerlichen Romantiker- und Akrobatenexistenz.

Mein Erwachen war überaus gewaltsam, und ich hielt diesen Satz rasch und unverzüglich mit Bleistift fest, aus Angst, ich könnte ihn, eben weil er so einfach war, vergessen. »So ist das Leben, aber ich bin nicht einverstanden.« Dies ist die gesamte Menschheitsgeschichte in ihrer Beziehung zur Natur. Alle Kunst, alle Religion, alles, was uns vom anderen unterscheidet, von □ und von uns selbst, findet ihren exakten Ausdruck in diesem mir nichts, dir nichts dahingeredeten Satz eines Mannes, von dem ich nicht weiß, wer er ist, und der von sich nicht mehr weiß als ich von ihm.

Es gibt geniale Augenblicke, entfleischte und lebendige Augenblikke, Augenblicke, die höhere Menschen sind, und unvermittelt am Fenster bestimmter Lebewesen erscheinen, aufs Geratewohl, weil es das nächstliegende Fenster ist. Solch ein Mann aus dem Volk, ein Fuhrmann, der seine Zügel hält, ein Milchmann, der mit einem dicken Dienstmädchen schwatzt, ein Laufbursche, der draußen an einer Laterne lehnt – sie alle haben derlei Sätze parat ... Dabei erinnere ich mich an einen anderen Satz, es ist einige Zeit her, aus dem Mund einer Frau, die ich nicht gesehen habe, aber an deren Stimme ich mich erinnere, sie unterhielt sich mit der Stimme einer anderen Frau an einer Haustür, an der ich vorbeikam, und sagte: »Genau daran ist er gestorben, aber nur, weil er sterben mußte!«

Ich bin zunehmend von der geistigen Engstirnigkeit und dem geistigen Provinzialismus unserer genialen Männer überzeugt. So groß sie auch sein mögen, von nahem besehen sind sie winzig, ungeschlacht, auf armselige und weibliche Weise perfide und mit einem Geist ausgestattet, dem das Kleid ihrer Ideen schlecht zu Gesicht steht, so gut es auch zugeschnitten und so prächtig es auch sein mag.

Sie tragen an ihrem Genie wie an einer zu schweren Last. Sie vermitteln den schmerzlichen Eindruck, die Lastenträger ihres eigenen Talents zu sein.

Lebensregel

Der geniale Mensch ist ein einfacher Depositar seines Genies. Sein ganzes Bestreben muß sein, von ihm Gebrauch zu machen und sich darauf vorzubereiten.

Tut er dies nicht, wird er künftig ernsthaft Rechenschaft ablegen müssen – ich weiß nicht, ob vor Gott –, gewiß aber vor sich selbst.

*

Die Kunst ist künstlich und unaufrichtig, die Moral natürlich und aufrichtig.

Die höchste Kunst ist die dramatische Dichtkunst, mit anderen Worten, das, was wir als in einer Sprache geschrieben empfinden, die wir nicht sprechen.

Welche Meinungen ein Individuum als Bürger auch immer haben mag, als Künstler darf es keine haben. Auf dem Gebiet der Politik ist Unparteilichkeit unmoralisch; auf dem Gebiet der Ästhetik ist Parteilichkeit unmoralisch.

Moral ist die Voraussetzung für das höhere Vorhandensein jedweden menschlichen Handelns. Unmoral rührt größtenteils daher, daß die Moral einer Sache mit der Moral einer anderen vermischt wird. In punkto Ästhetik ist der Versuch, feste Meinungen zu haben, *absolut unmoralisch.*

Dies scheint dekadent zu sein und ist es auch. Die Kunst ist eine Krankheit. Aber eine Krankheit in Bezug auf die Nicht-Kunst, so wie auch die Nicht-Kunst in Bezug auf die Kunst häßlich ist und die Krankheit für die Gesundheit, was das Häßliche für das Schöne ist.

Die Moral ist die Doktrin der Werte auf dem Gebiet der *gesellschaftlichen Aktivität.* So wie es in der Kunst *als Kunst* keine gesellschaftliche Aktivität gibt, ist auch ihre Wertedoktrin nicht moralisch, sondern eine andere.

Die Kunst ist die höchste und subtilste Form der Sinnlichkeit. Die Beziehung zwischen einem Künstler und seinem Publikum ist der eines Mannes und einer Frau beim Geschlechtsakt vergleichbar[?]. Das künstlerische Schaffen ist ein Beweis für Kraft, für Inbesitznahme; die künstlerische Kontemplation ein passives Vergnügen.

Daher ist ein feinsinniger Ästhet im allgemeinen auch sexuell invertiert. Insbesondere der *schöpferische* Ästhet, denn der schöpferische Akt impliziert einen gesteigerten Sinn fürs Ästhetische, dergestalt, daß er über das *Sein* hinausgeht.

Aber er wird seinen Sinn fürs Ästhetische immer auf die menschliche Schönheit verwenden oder auf das, was mit ihr zu tun hat.

Wer die Lust für etwas Trauriges und Schmerzliches erachtet, weil er die Schönheit, den Quell aller Lust, für traurig und schmerzlich erachtet, begreift die Lust weder als Freude (was sie zu einem Begriff machte) noch als Schmerz (was sie zu etwas Tragischem machte), sondern schlicht als Lust, eher Erregung als Glück, eher Traurigkeit als Schmerz. Die Lust dient dem dekadenten Geist, die Leere des Daseins zu füllen, sie sorgt dafür, daß es nicht als Schmerz, sondern als Überdruß empfunden wird, als jener Überdruß, der sowohl aus der Lebensfreude, die anhält, entstehen kann als auch aus dem Schmerz, der schnell eintritt und schnell nachläßt.

Depressive Gefühle, insbesondere wenn sie eine Komponente der Überspanntheit haben, gehören bei aller Seelenqual zu denen, die sich am besten dazu eignen, das Interesse eines Künstlers zu wecken, denn das bei einer Lektüre verspürte Angstgefühl löst jenes ihm eigene Erschaudern ohne die physische Depression aus, die mit seiner persönlich gelebten Wirklichkeit einhergeht.

Jedesmal, wenn ich darüber nachdenke, wie sichtlich unvollkommen jedes literarische Werk ist, kaum ist es ein wenig umfangreicher, und wie wenig Aufmerksamkeit und Sorgfalt der Meister darauf verwendet, um dessen Meisterschaft im Einzelnen und im Ganzen zu gewährleisten, ergreift mich Abscheu nicht nur über das, was ich nicht hätte tun können, sondern auch über das, was andere getan haben – ein Ekel vor dem, was andere hervorgebracht haben, wie auch vor dem, was ich nicht hervorgebracht habe.

Wenn es vollkommene Gedichte von vier Versen gibt, warum dann nicht auch von vierhundert? Weil der Wille des Künstlers schwach ist und seine Vorstellungskraft dürftig. Selbst Milton überkommt beim Verfassen eines langen Werkes der Schlaf (*Lycidas*).

Träumen widerstrebt all denen, die handeln, doch wer handelt, begeht Fehler. Wer nicht handelt, begeht keinen Fehler. Gebäude, die man nicht baut, verfallen nicht.

Die anderen, wie ich, träumen das verwirklichte Werk, und da sie es träumen, träumen sie es vollkommen. Einige haben es verwirklicht, andere, wie ich, haben dies nicht: Doch ob sie es nun verwirklicht haben oder nicht, läuft auf dasselbe hinaus, denn sowohl in dem einen wie in dem anderen Fall tritt die Unvollkommenheit des Meisters zutage, der, als er handelte, schlecht handelte, und der, als er nicht handelte, weil er nicht handelte, dasteht, als gäbe es ihn nicht.

Die Tage vergehen, feierlich für uns und nichtig für sich selbst, in ihrer immergleichen Kongruenz mit dem Ungleichen.

Sie alle versinken wie die Sonne, die ihren Lauf bestimmt, im Meer des Okzidents; und auch von ihnen bleibt nicht mehr als die Spur ihres Gewesen-Seins. Sie erinnern daran, daß sie an nichts erinnern, auch auf der Waage der Zeit hat dies, ob man sich erinnert hat oder nicht, kein Gewicht …

Was vergeht, dauert nicht und wird nur heute sein, um gestern zu werden, ohne Wenn und Aber. Alles, was vergeht, vergeht langsam und stirbt doch so schnell …

Sein heißt nichts erreichen. Das fertige Gebäude ist vielleicht nicht von dem errichtet, der es gebaut hat.

Ein großer Mann ist, wer anderen seinen Traum, seine Träume aufzwingt. Zu diesem Zweck muß er Träume träumen, die die anderen in gewisser Weise angeträumt haben, damit sie von ihnen auch wirklich angenommen werden können.

Wenn ich diesen Baum sehe, wie alle ihn *sehen*, habe ich nichts über diesen Baum zu sagen. Ich habe diesen Baum nicht gesehen.

Wenn aber der Baum eine Reihe oder eine Abfolge von

Gefühlen bei mir auslöst, sehe ich ihn anders und richtig. Und in dem Maße, in dem diese Vorstellungen und Gefühle für alle annehmbar und nicht nur individueller Art sind, wird der Baum Der Baum.

Nach einer Viertelstunde mit Künstlern ist es befreiend, mit einem Fuhrmann aus Fleisch und Blut ein »Guten Abend« austauschen zu können.

Anmerkungen zu einer Lebensregel

1. Jeder von uns besitzt an Eigenem und Wirklichem nichts als seine eigene Persönlichkeit.
2. Wachsen heißt größer werden.
3. In eine fremde Persönlichkeit einzudringen widerspricht nicht nur dem Grundprinzip, sondern (aus eben diesem Grund) auch uns selbst, denn wer eindringt, geht aus sich heraus, und wir bleiben immer da, wo wir gewinnen. (Daher ist der Kriminelle ein Schwächling und der Chef ein Sklave.) (Der wirklich Starke vermag in den anderen die Tatkraft zu wecken. Der wirkliche Meister ist ein Meister im Unnachahmlichsein.)
4. Die anderen an sich zu ziehen ist, dessenungeachtet, ein Zeichen für Persönlichkeit.

Was uns umbringt

Ist unser □ Leben ohne Ideale.
Unser Leben □, das im Guten
Wie im Bösen gehorcht …

Unser Leben ohne irgendein Ideal, aufs Alltägliche beschränkt, in der Gegenwart wie im Denken an die Zukunft. Wenn uns die Religion abhandenkommt, haben wir nichts, was sie ersetzen könnte: weder die Kunst, da die Kunst wie die Religion nur etwas für sehr wenige ist; noch die Wissenschaft, die nur etwas für noch wenigere ist; und auch nicht die Philosophie, die für nahezu niemanden etwas ist.

Ich spreche hier nicht von praktischem Verhalten, sondern von Idealen. Eine Gesellschaft ohne Ideale kann nie groß und rein sein, denn in der Moral, die □ entsteht, in der Moral zum alltäglichen Gebrauch und alltäglichen Ursprungs finden sich ein gewisser Anstand, eine □ Aufrichtigkeit, vernünftige menschliche Instinkte, aber keinerlei Noblesse und keine Charaktergröße. Und das ist der entscheidende Punkt. Das Ideal ist das Leben; das Ideal kommt uns zusehends abhanden, und auch unsere Vitalität schwindet auf traurige Weise.

[Das Beispiel von Noronha]

Vor einiger Zeit berichtete eine amerikanische Zeitung, daß ein Amateurforscher, der sich kühn in eine unzugängliche Schlucht der Allegheny Mountains vorgewagt hatte und sich in dieser gebirgigen Gegend als der erste und einzige Reisende wähnte, an der glatten Wand eines dunklen Felsens zu seiner Überraschung einige kurze, offensichtlich[?] mit einem behelfsmäßigen Werkzeug eingeritzte Wörter entdeckte. Der Reisende war ein Angehöriger des Volkes der Engländer und sprach als solcher keine andere Sprache als die eigene. Weshalb er die Sprache, in der die Inschrift verfaßt war, nicht verstand. Er schrieb sie jedoch ab, zweifellos in der Hoffnung, in diesen Höhen den Hinweis auf ein geheimnisvolles, unbekanntes und primitives Volk entdeckt zu haben. Wieder zurück in der Ebene und unter Menschen präsentierte er die von ihm abgeschriebene Inschrift, und schnell fand sich jemand, der sie ihm vorlas und seine Vorstellungen damit ebenso schnell zunichte machte. Die Inschrift erwies sich als ein portugiesischer Satz und lautete schlicht: NORONHA WAR HIER.

Noronha hatte nicht den üblichen Weg genommen, da der übliche Weg nicht in unbekannte Gegenden führte.

Noronha hatte nicht nach Berühmtheit gesucht, denn dann hätte er zumindest auch seinen Vornamen hinterlassen, damit wir gewußt hätten, welcher der zahlreichen Noronhas dort vorbeigekommen war.

Noronha ist das erhabenste Beispiel für Entschlußkraft, deren Gewinn einzig in der Entschlußkraft selbst liegt.

Lassen wir den patriotischen Aspekt dieser Angelegenheit beiseite. Unser altehrwürdiges Seefahrervolk kennt zweifellos noch den einen oder anderen Reisenden, der sich in unberührte Gebirge vorwagt, in unbekannte Schluchten vordringt und dort seine eigenhändig in den Fels gemeißelte Visitenkarte hinterläßt. Es ist bekannt, daß in den abgelegensten Winkeln der Welt immer irgendein Engländer oder Portugiese auftaucht – ein Engländer, weil es ihrer viele gibt, und der eine oder andere auf der Suche nach einem Abenteuer oder einem Geschäft unweigerlich dort landet; ein Portugiese, weil, obgleich sie nur wenige sind, dies sein Schicksal ist und es dort nichts zu tun gibt.

Ist Paketeschnüren dein Schicksal? Dann entdecke, während du Pakete schnürst, den Weg zu den Schluchten der Allegheny Mountains. Du wirst ihn nicht finden. Weil du ihn nicht zu finden weißt. Noronha hat den seinen gefunden. Du glaubst, du findest den Weg, den er gefunden hat? Aber wenn du nicht einmal den in deiner Nähe findest, wie willst du dann den Weg finden, der stets in weiter Ferne ist?

Amerikas Gebirge? Du hast sie überall, die Gebirge Amerikas. In der Routine, in der du gefangen bist, in der Dummheit, die dich abhält, in der □, die die fehlende Entschlußkraft derer, die dich umgeben, dir aufbürdet … Noronha ist in alldem, wenn wir uns entschließen, mit ihm aufzusteigen … Bringt es etwas? Bringt es nichts? Nebensächlich, ganz nebensächlich, glaub mir. Was zählt, ist das Bemühen und der Entschluß, der dieses Bemühen anspornt … *Noronha war hier.*

Berühmt? Nicht berühmt? Nebensächlich, ganz nebensächlich.

Er soll stolz darauf sein, daß er den Entschluß gefaßt hat. Er soll sich freuen, daß er getan hat, was noch niemand getan hatte und daß er dort war, wo noch niemand vor ihm war …

Es gibt Schönheit, wirkliche Schönheit, und doch weiß man nicht, wer diesen einfachen Satz, den der Engländer nicht übersetzen konnte, mit einem primitiven Werkzeug in den Fels hoch oben in den Allegheny Mountains eingemeißelt hat. Hier war der Entschluß, das Nie-Dagewesene: Noronha.

*

Welcher Art deine Arbeit auch immer sein mag, lege etwas von dir hinein, bemühe dich, ihr etwas Einzigartiges, etwas anderes, etwas *dir* Eigenes zu verleihen. Selbst beim Paketeschnüren kann man Abenteuer erleben. Selbst beim Schreiben von Rechnungen kann man kreativ sein. Denk an Noronha. Keiner konnte die Schluchten der Allegheny Mountains durchqueren. Noronha war dort!

Und du, wärest du dazu imstande? Nein. Dann sei wenigstens imstande, auf eine neue Art Briefe zu schreiben, Zirkulare zu falten, Briefmarken zu kleben. Sei besonders, in allem. Lebe. Sei wer … Erlaube dir nicht, wie die anderen zu sein, als wärst du als Herdentier geboren …

Tu das nicht, um zu glänzen. Noronha wollte nicht glänzen, er sagte nicht einmal, wer genau er war. Tu es, damit du dich als Mensch fühlst, stark, lebendig und entschlossen. Das gesamte Leben besteht darin, Berge und Schluchten zu überwinden. Du kannst überall als ein Mensch leben, der Lust hat, auf die Oberfläche der Dinge zu schreiben: *Noronha war hier!*

Was tat Noronha hoch oben in den Schluchten der Amerikanischen Kordilleren? Nichts. Es ist wenig wahrscheinlich, daß er dort etwas zu tun hatte. Aber da noch niemand dorthin gegangen war, hat er es getan, einzig, weil vor ihm noch niemand dort gewesen war. Er hinterließ seine Visitenkarte, und es bleibt anzunehmen, daß er mehr als ein Mal dort war, sofern er dort nicht gestorben ist, was wir nicht wissen. Aber, wie dem auch sei, er hat dies nur getan, weil es noch niemand getan hatte. Das genügt, um ein Leben zu rechtfertigen. Er war anders als die anderen, er folgte nicht dem vorgegebenen Weg, er ging seinen eigenen Weg, aus ganz und gar eigenem Entschluß, zwischen den hohen Felsen der noch höheren Kordilleren ... *Noronha war hier.*

Wie viele von denen, die diese wenigen Zeilen lesen, sind imstande, bei ihrer Tätigkeit, so anspruchslos sie auch sein mag, in ihrer Arbeit, so eintönig sie ihnen auch vorkommen mag, zu tun, was Noronha tat? Es geht nicht darum, Berge zu erklimmen oder Schluchten schwindelerregender Gebirgsketten zu durchqueren. Sondern einzig darum, daß man *einen Entschluß faßt*, zu tun versteht, was die anderen nicht getan haben.

Erinnerungen von Zeitgenossen

Konnte Fernando Pessoa Auto fahren?
Fernando nicht, aber Álvaro de Campos

Zehn Minuten mit Fernando Pessoa

Aus der Literaturbeilage des Diário de Lisboa *vom 14. 12. 1934.*

Ein sokratischer Kahlkopf, die Rabenaugen Edgar Allan Poes und ein lachhafter, chaplinesker Schnurrbart – dies ist, so grob wie genau umrissen, die Maske Fernando Pessoas. Wir haben ihn fröstelnd und von diesem unerbittlichen Dezemberregen durchnäßt an einem Tisch im Martinho da Arcada angetroffen, dem letzten romantischen Abbild der Kaffeehäuser des 20. Jahrhunderts. Der Ort, an dem gegenwärtig die letzten Vertreter von *Orpheu* leben. Die Leier ist nicht zerbrochen. Sie klingt noch nach, doch, am Busen einer Sirene aus dem alten Griechenland an die römische Mündung des Tejo gelangt, weniger barbarisch. Fernando Pessoa hat drei mit dem Weihwasser der neuen Ästhetik getaufte Seelen: Álvaro de Campos, den Dichter der Oden, mit seiner fieberhaften Dynamik; Ricardo Reis, den Klassiker, der die Prosa wunderbar bearbeitet, in der Asche der Gräber Bilderschätze entdeckt; und Alberto Caeiro, den Superklassiker, majestätisch wie ein Prinz. Doch dieses Mal spricht Fernando Pessoa – in »Person«. Der Titel seines jüngsten Werkes *Botschaft* verbindet uns wie eine literarische Freundschaft. Warum dieser Titel?

Der Dichter steigt langsam seine Jakobsleiter herab, gehüllt in Nebel und geheimnisvolle Symbole ... Sein Verstand geometrisiert Worte, die er sogleich modifiziert. Was er uns anvertraut, ist fast düster, tragisch, kommt aus seinem Tiefinneren.

FP: *Botschaft* ist ein nationalistisches Buch und folglich in der christlichen Tradition, veranschaulicht zunächst durch die Suche nach dem Heiligen Gral und dann durch die Hoffnung auf den *En-*

coberto[131]. Das ist nicht einfach zu verstehen, aber Dichter sprechen die Sprache der Höhlen, und die ist geheimnisvoll. Im Übrigen sind die Verse Sprachgold, stark wie Gewitterstürme.

DL: Ist das Buch neu?

FP: Seit langem in mir geschrieben. Einige der Gedichte sind von 1914, also fast zeitgleich mit *Orpheu* entstanden.

DL: Die aber sind jetzt, sagen wir, eher klassisch. Friedvolle Verse.

FP: Mag sein. Ich habe eben ganz unterschiedliche Arten zu schreiben – nie nur eine.

DL: Und wie treten Sie mit der weißen Papierwüste in Verbindung?

F. P. (in eine Opiumwolke gehüllt): Aus einem Impuls, einer Intuition heraus, und dann beginnt die eigentliche Arbeit. Der Autor macht dem Kritiker Platz, der aber weiß, was dieser sagen wollte …

DL: Ihre Botschaft …

FP: Etwas auf die Gegenwart projizieren, was sich seit den höfischen Romanen in Portugals Geschichte manifestiert. Ich wollte die Bestimmung Portugals zum Imperium hervorheben, zu diesem Imperium, das über Dom Sebastião hinausging, weiterlebt und »einmal kommen wird«.

Fernando Pessoa zieht sich zurück. Er hat alles gesagt. Er erklimmt seine Jakobsleiter und entschwindet unseren Blicken in einen mit Rätseln und schönen Bildern übersäten Himmel. Ferreira Gomes, der neben uns sitzt, wirft uns einen geheimnisvollen Blick zu. Was ist mit dem Dichter?

131 A. d. Ü.: Mit *Encoberto* (Der Verhüllte) ist Dom Sebastião gemeint.

Dona Henriqueta Madalena Rosa Dias, Stiefschwester Pessoas

Aus einem Interview im Jornal de Letras *vom 26. 11. 1985.*

JL: Führen Sie uns doch ein wenig in das familiäre und in englischer Sprache erlebte Umfeld Ihres Bruders in Durban ein.

DHMRD: Ich habe nicht viele Erinnerungen an Fernando aus dieser Zeit. Er war ein Kind, das sich mit sich selbst beschäftigte. Ich war damals noch sehr klein und weiß nur noch, daß er morgens in die Schule ging und nachmittags zurückkam. Später, als mein Bruder Luís schon da war, spielte Fernando mit uns. Wir waren die Personen einer von ihm erfundenen Fortsetzungsgeschichte. Mir fiel die Rolle eines französischen Leutnants zu, meinem Bruder eine andere, die ich bereits vergessen habe ... Fernando nahm dieses Spiel so ernst, daß ich mitunter sogar darüber hinaus ein französischer Leutnant war. Und zwar viele Jahre lang. Die Wirklichkeit wurde fortwährend verwandelt, und wir waren die Protagonisten seiner *Reverien*. Es gab da auch noch einen Knochenbrecher, eine Gestalt, die Kinder erschreckte. Uns natürlich nicht. Das alles ist bekanntermaßen ziemlich englisch. Fernando las schon als Kind sehr viel, und das Phantastische wie auch die *fairy tales* sind fester Bestandteil der englischen Literatur.

JL: Wissen Sie noch, wie es war, als Fernando den Queen Victoria Memorial Prize erhielt?

DHMRD: Es wurde viel darüber gesprochen zu Hause. Sie müssen wissen, er war damals erst fünfzehn und erhielt einen Preis für einen Essay, den er in seiner Adoptivsprache verfaßt hatte, die er im übrigen ausgezeichnet beherrschte, und das bei Hunderten von Mitbewerbern. Der Direktor, Mr. Nicholas, interessierte sich sehr für Fernando. Er war ein exzellenter Schüler, selbst in den klassischen Sprachen. Aber Shakespeare und Milton las er am liebsten, er beschäftigte sich ständig mit ihnen. Ich habe so vieles erst sehr viel später erfahren, als man begann, sich eingehend mit seinem Werk zu befassen. Ich war damals eben noch recht klein.

JL: Bedauern Sie, daß Sie keine richtige Spielkameradin für ihn waren?

DHMRD: Zum Teil war ich das ja. Auch wenn ich neun Jahre jünger war als er, nahm ich durchaus an seinem Leben teil. Wissen Sie, Fernando war irgendwie anders, er war nicht wirklich Kind und machte sich oftmals nichts aus Dingen, die mir etwas bedeuteten, aber wir verstanden uns trotzdem, er war seinen jüngeren Geschwistern sehr zugetan. Der Altersunterschied zwischen uns spielte keine Rolle, Fernando riß uns einfach mit in seine unvergeßliche magische Welt. Und da ist noch etwas, an das ich mich erinnere, nämlich an seine Angst vor Gewittern; er verkroch sich an den dunkelsten Ort, er konnte noch so winzig sein. Die Blitze waren für ihn das Schlimmste, wenn er es dann donnern hörte, war er erleichtert. Er litt unter einer nervösen Phobie, sie hat ihm sehr zugesetzt. Und das in Afrika, mit den vielen Gewittern dort …

(…)

JL: Glauben Sie, Fernando fühlte sich hin- und hergerissen zwischen den beiden Sprachen?

DHMRD: Durchaus. Zumal er in englischer Literatur ja so beschlagen war und auch von seiner ganzen Art her so englisch! … Und dann auch wieder so romanisch, was die Gefühle anging.

JL: Wie nahmen es Ihre Eltern auf, daß er sein Philologiestudium abbrach?

DHMRD: Sie waren sehr enttäuscht und sehr verstimmt. Er war ja schließlich nach Portugal gekommen, um zu studieren. Mein Vater hat ihn ganz treffend als »sanften Sturkopf« bezeichnet; er war ein wirklich verträglicher Mensch, aber letztlich tat er doch immer das, was er wollte. Meine Mutter machte sich schreckliche Sorgen. Ja, ich vermute, daß diese ständige Sorge zu ihrer Krankheit beigetragen hat. Meine Mutter dachte, wenn er schon nicht in die Vorlesungen gehen wollte, dann solle er wenigstens zusehen, daß er eine gute Anstellung bekam. Wo er doch solche Fähigkeiten hatte … Dieser Sohn machte ihr schwer zu schaffen. Manchmal sagte sie: »Meine anderen Kinder sind vielleicht nicht so intelligent, dafür aber normaler.«

(...)

JL: In seinem »Tagebuch« (25. 7. 1905) klagt Fernando an einer Stelle: »In meiner Familie finde ich keinerlei Verständnis für meine seelische Verfassung – nein, nicht das geringste. Man verlacht mich, macht sich lustig, glaubt mir nicht; sagt, ich wolle etwas Besonders sein.« Wissen Sie davon?

DHMRD: O ja! Er hatte immer Angst, wahnsinnig zu werden. Und weshalb? Wegen seiner Großmutter Dionísia, der Mutter seines Vaters. Sie muß ihn sehr verstört haben. Sie geriet hin und wieder so außer sich, daß man sie in eine geschlossene Anstalt einweisen mußte. Zweifellos hat sich diese Erfahrung mit dem Wahnsinn auf sein Gemüt ausgewirkt. Fernando graute es sein Leben lang davor, wie seine Großmutter wahnsinnig zu werden oder wie sein Vater an Tuberkulose zu sterben. Dazu kam noch seine schwache Konstitution. Irgendwann meinte selbst mein Vater, er müsse eine spezielle Gymnastik treiben, um kräftiger zu werden. Damals gewöhnte er sich an, täglich kalt zu duschen. Und da Fernando später ja auch immer wieder unter Zuständen geistiger Übererregtheit litt, hatte er einfach Angst, daß irgend etwas Schlimmes passieren könnte.

JL: In einem undatierten Fragment heißt es: »Ich habe niemanden, dem ich mich anvertrauen könnte. Meine Familie begreift nichts.« War er nur wie viele junge Menschen davon überzeugt, nicht verstanden zu werden, oder was war es?

DHMRD: Ich denke ja, je intelligenter junge Menschen sind, um so stärker leiden sie unter einer gewissen Unausgeglichenheit. Wenn Fernando überhaupt auf Unverständnis stieß, dann erst später.

JL: »Ein enger Freund ist ein Ideal von mir, ein Tagtraum, und doch ist ein enger Freund etwas, das ich nie haben werde.« Glauben Sie, daß Mário de Sá-Carneiro, wenngleich spät, annähernd die Verwirklichung dieses Traumes war, oder hat in seinem Leben niemand diesen Platz eingenommen?

DHMRD: Ich weiß nicht ... weiß es wirklich nicht ... Er war zweifellos ein enger Freund Fernandos, aber vielleicht nur auf geistiger Ebene. Sie verbrachten zu wenig Zeit miteinander für eine wirklich enge Freundschaft. Sá-Carneiro lebte in Paris, wenn er hierherkam, fuhr er auf seine Quinta in der Nähe von Camarate. Sie standen bekanntlich in Briefwechsel miteinander. Und dann war es ja keine lange Freundschaft, was wiederum mit Sá-Carneiros Selbstmord zusammenhing. Ferreira Gomes[132] und sein Vetter Vitoriano Braga, die waren wirklich eng mit ihm befreundet, sie gehörten zu einem ihm sehr nahestehenden Kreis.

(...)

JL: Nach 1912 begann für Pessoa eine äußerst fruchtbare Phase, er gab sein Debüt als Kritiker, schrieb neben anderem Der Seemann, Epithalamium *und* Der Hüter der Herden. *Álvaro de Campos trat mit seiner* Triumph-Ode *auf den Plan. Drang irgend etwas zu Ihnen nach Durban durch, das auf diese ungeheuere schöpferische Kraft hinwies?*

DHMRD: Bestimmte Dinge, die den üblichen Rahmen sprengten, vermied er uns mitzuteilen. Wahrscheinlich fürchtete er, die Familie würde ihn nicht verstehen.

JL: Wußten Sie vom Erscheinen der Zeitschrift Orpheu? *War Ihnen deren Bedeutung klar?*

DHMRD: Erst sehr viel später. Er hat uns nicht nur nicht davon in Kenntnis gesetzt, sondern uns auch kein einziges Exemplar geschickt. Damals war unsere Mutter bereits krank, und der Briefwechsel lief hauptsächlich über meinen Vater. Wir schrieben uns wenig, nur in großen Abständen. Aber als ich bei meiner Rückkehr nach Portugal von der Sache erfuhr, dachte ich, sie wären verrückt, exzentrisch und hätten sich auf eine fürchterliche Sache eingelassen. Die Polizei war sogar hinter ihnen her.

JL: Nach dem Tod Ihres Vaters kehrten Sie alle endgültig nach Portugal zurück und lebten einige Jahre gemeinsam in der Rua Coelho da Rocha. Welche Erinnerungen haben Sie an diese Wiederbegegnung?

DHMRD: Es war dramatisch. Als wir am Kai anlegten, war niemand da, der uns erwartete. Es dauerte eine ganze Weile, ehe Fernando mit Mário[133] erschien. Wir kamen sozusagen in ein fremdes Land, der Vater war gestorben, die Mutter krank, wir hatten in

132 A. d. Ü.: Augusto Ferreira Gomes (1892–1953), Lyriker und Journalist, einer der engsten Freunde Pessoas.

133 A. d. Ü.: Vetter Pessoas.

Pretoria ein schönes Haus zurückgelassen und wußten jetzt nicht einmal, wo wir leben würden. Ich war dreiundzwanzig, was sollte nur werden, ich wäre am liebsten wieder zurückgefahren.

Aber Fernando war natürlich überglücklich. Auch wenn unsere Mutter halbseitig gelähmt war, geistig war sie vollkommen klar. Sie war zwar nicht mehr so lebhaft und auch nicht mehr so strahlend wie früher, aber sie lauschte aufmerksam den Gedichten, die er ihr, neben ihr sitzend, vorlas, und äußerte ihre Meinung, um die er sie stets bat. Fernando war sehr liebevoll mit unserer Mutter.

JL: Wie sah Pessoas familiärer Alltag aus?

DHMRD: Ganz normal. Er stand weder sehr früh noch sehr spät auf, es hing ganz davon ab, wie die Nacht war. Er konnte oft nicht schlafen, dann hörten wir ihn häufig im Flur hin- und hergehen. In diesen Stunden war er am produktivsten, er schrieb ungeheuer viel.

Zwischen halb zehn und zehn Uhr morgens verließ er das Haus, ging ins Büro oder auch nicht, er war an keine festen Zeiten gebunden. Er arbeitete nach Lust und Laune. Wenn er sich nicht mit Freunden traf, kam er für gewöhnlich zum Mittagessen nach Hause. Anschließend ging er wieder und kam zum Abendessen zurück, abends ging er selten aus. Er blieb häufig in seinem Zimmer, ich nehme an, um zu schreiben. Er konnte zum Arbeiten abends aber auch in eines der Büros gehen, da er die Schlüssel hatte. Er besuchte und brachte nur selten Freunde mit nach Hause. Hin und wieder verbrachten wir recht vergnügliche Abende zusammen. Wir vier Geschwister blieben dann bis drei, vier Uhr morgens auf, lachten viel und diskutierten über alles mögliche. Da Fernando klassische Musik liebte, ging er oft zu Konzerten ins Teatro São Luís. Ins Kino ist er, glaube ich, nie gegangen.

(...)

JL: Die Nichten und Neffen müßten ihren Onkel doch in bester Erinnerung haben ...

DHMRD: Sie verstanden sich ausgezeichnet. Er hatte eine Engelsgeduld ... Maria Manuela, damals nur Lili genannt, spielte mit ihm Friseur und Maniküre. Die beiden hatten einen Riesenspaß.

Obgleich Luís Miguel damals noch sehr klein war, war er immer mit von der Partie bei diesen Spielen. Fernando liebte es, andere zu überraschen: Er brachte meiner Tochter immer ein kleines Geschenk mit, das er unter ihrer Serviette versteckte. Er hat ihr auch ein Gedicht gewidmet, an das ich mich allerdings nicht mehr erinnere.

JL: Wie nahm er den Tod Ihrer Mutter auf?

DHMRD: Es war furchtbar. Ein entsetzlicher Kummer für ihn. Er war verzweifelt, ich hatte ihn noch nie so erlebt. Unsere Mutter rang lange mit dem Tod. Es war schwer mit anzusehen, und ich sagte: »Wenn dieses Leiden doch nur ein Ende hätte ...« Darauf er: »Sag das nicht, man darf nie jemand den Tod wünschen.« Es war das einzige Mal, daß ich ihn so verstört erlebt habe. Außer seiner Angst vor dem Tod war die Mutter vielleicht das einzige, was ihn ans Leben band.

JL: Erinnern Sie sich an irgendeine interessante Begebenheit aus dieser Zeit?

DHMRD: Fernando machte sich einen Spaß daraus, andere zu narren, besonders mich. Wenn Mittagessenzeit war, ging ich oft ans Fenster und hielt Ausschau nach ihm. Kaum sah er mich, mimte er den Betrunkenen, torkelte, stolperte und zog den Hut vor der Straßenlaterne. Das brachte mich entsetzlich auf, und ich verschwand natürlich sofort. Wenn er dann ankam, sagte ich zu ihm: »Schäm dich, du solltest dich schämen, die Leute werden dich noch für verrückt halten.« Das hat ihn köstlich amüsiert. Selbst wenn ihn alle für verrückt gehalten hätten, es hätte ihm nichts ausgemacht.

JL: War der beim Trinken »in flagranti« abgelichtete Fernando Pessoa der Familie peinlich?

DHMRD: Also, weder ich noch sonst jemand aus meiner Familie hat ihn je betrunken erlebt. Er bewahrte immer Haltung. Möglich, daß er getrunken hat, er muß wohl sehr früh damit angefangen haben.

Mein Vetter, Jaime Neves, sagte immer zu mir: »Teca, du sprichst doch mit all diesen Leuten, warum sagst du ihnen nicht, daß kein Mensch Fernando je betrunken gesehen hat?« Natürlich weiß ich, daß er ziemlich viel trank, schließlich habe ich die Fünfliterflaschen gesehen, die er kaufte und in seinem Zimmer hatte. Aber das hat nichts an seinem Verhalten geändert.

JL: Hat es Sie jemals interessiert zu erfahren, was es mit der Heteronymie auf sich hatte?

DHMRD: Nein. In gewisser Weise war das ja nichts anderes als die fiktionale Fortsetzung dessen, was wir in unserer Kindheit gespielt hatten. Für mich handelte es sich immer um Fernando Pessoa.

(...)

JL: Haben Sie sich je über Okkultismus ausgetauscht so wie Pessoa mit Tante Anica in Sachen Esoterik?

DHMRD: Dazu muß ich sagen, daß ich nicht viel übrig habe für geheimnisvolle oder unbekannte Dinge, ich habe mich nie damit beschäftigt; somit war ich für diese Art Konfidenzen auch nicht die geeignete Person.

Damals, mit Tante Anica, da war er noch sehr jung und durchlief eine Phase der Neugierde, sowohl was das Automatische Schreiben betraf als auch die Hypnose. Mit Wahrsagen oder der Erforschung der Persönlichkeit anhand von Schädelformen hatte er sich schon früh befaßt. Er las viel über Okkultismus und hat später auf diesem Gebiet zahlreiche Werke übersetzt.

(...)

JL: Wann haben Sie entdeckt, daß Ihr Bruder nicht nur der Fernando war, sondern der Dichter Fernando Pessoa?

DHMRD: Nach und nach. Vergessen Sie nicht, wir waren lange getrennt. Wir kehrten 1920 aus Südafrika zurück. Damals wußten wir natürlich, daß alles, was Fernando schrieb, schön war. Sie sehen, uns war durchaus klar, daß er gut schrieb.

JL: Dessenungeachtet ist ja einiges, und auch äußerst Repräsentatives, zu Lebzeiten des Dichters publiziert worden. Haben Sie seine Genialität intuitiv erkannt oder erst, nachdem man den Schatz der berühmten Truhe entdeckt hatte?

DHMRD: Wir wußten, daß er ein Dichter war, aber daß er einmal so bedeutend werden würde, lag damals außerhalb unserer Vorstellungskraft. Im übrigen haben wir nicht damit gerechnet, daß sein Werk je veröffentlicht würde. Fernando schob das immer und immer wieder auf, und wenn wir mit ihm darüber sprachen und sogar unsere Unterstützung anboten, antwortete er unweigerlich, er sei dabei, es zu ordnen. Was auch stimmte. Aber ich bin überzeugt, selbst wenn er länger gelebt hätte, er hätte immer gefunden, der richtige Zeitpunkt sei noch nicht gekommen. Was seine Genialität betrifft, für die hat mir erst später die Meinung anderer die Augen geöffnet. Ich allein wäre nie darauf gekommen, daß er einer der größten Dichter ist; einige seiner Gedichte finde ich allerdings genial. Und da könnten die anderen denken, was sie wollen.

(…)

JL: Wie nahm es Fernando Pessoa auf, daß man ihm für seinen Gedichtband Mensagem (*Botschaft*) *beim Wettbewerb um den Prêmio Antero de Quental nur den Preis der Kategorie B zuerkannte?*

DHMRD: Das ließ ihn kalt. Er maß solchen Dingen keine Bedeutung bei, das wäre nicht seine Art gewesen. Er wußte um seinen Wert.

JL: Was sagen Sie dazu, daß man ihn jetzt so ehrt und feiert?

DHMRD: Einerseits finde ich das sehr gut, andererseits ein bißchen übertrieben. Er verdient diese Ehrungen, aber die Menschen haben so etwas schnell über. Ich fürchte sogar …

(…)

JL: Was empfinden Sie, wenn Sie den Dichter in der Einsamkeit des Hieronymusklosters sehen?

DHMRD: Um ehrlich zu sein, ich weiß nicht so recht. Die Idee war ja sehr gut. Es ist eine Ehre. Daß sie ihn ins Hieronymuskloster überführt haben, bedeutet, er ist einer der Großen unseres Vaterlandes. Aber gleichzeitig bedauere ich, daß er nicht mehr neben seinem Vater liegt, nicht mehr bei seiner Familie. Er ist jetzt so allein … Aber genaugenommen ist er dort ja gar nicht, und das tröstet mich.

JL: Da fällt mir ein Gespräch ein, das wir vor etlichen Jahren führten, Sie sagten damals, Pessoa sei sehr unglücklich gewesen …

DHMRD: O ja, das war er! Die Einsamkeit beschwerte ihn

sein Leben lang. All diese möblierten Zimmer ... Er war ein sehr einsamer Mensch, unverstanden, auch wenn alle ihn sehr mochten. Das schmerzt mich, sehr.

JL: Da war aber doch Ofélia ...

DHMRD: Wir hatten nicht die geringste Ahnung von dieser Liaison. Weder meine Mutter noch ich wußten von der Existenz Ofélias. Erst lange nach Fernandos Tod erfuhr ich, daß es in seinem Leben jemanden gegeben hatte. Seinerzeit sah ich auf der Kommode einige Briefe liegen, die aussahen, als hätte sie eine Frau geschrieben, aber ich dachte, sie gehörten längst der Vergangenheit an. Dabei geschah alles sozusagen vor unseren Augen. Allerdings hat Fernando nie etwas darüber verlauten lassen. Ich denke, er sagte nichts, weil er wußte, daß es außerhalb seiner Möglichkeiten war.

JL: Wie meinen Sie das?

DHMRD: Ihm fehlten die wirtschaftlichen Voraussetzungen, er hätte keine Familie gründen können. Und das wußte er. Eines der großen Anliegen unserer Mutter und der ganzen Familie war im übrigen, daß er eine gute Anstellung fand, um nicht in Schwierigkeiten zu geraten. Wir lagen ihm damit ständig in den Ohren. Und weil er unsere Vorhaltungen nicht mehr hören wollte, verschwand er. Er lebte schließlich in recht ärmlichen Verhältnissen, aber er wollte sich eben nie festen Arbeitszeiten unterwerfen. Er wollte frei sein, an seinem Werk arbeiten können.

(...)

JL: Es gibt bei Pessoa Texte, die auf eine gewisse Frauenfeindlichkeit hindeuten, und einige Forscher vermuten bei ihm eine, wenn auch sublimierte, homosexuelle Neigung. Glauben Sie, daß Ihr Bruder frauenfeindlich war oder eher und im weitesten Sinne jemand, der die Frau über alle Maßen idealisierte?

DHMRD: Dergleichen habe ich nie bemerkt. Weil er Frauen gegenüber extrem schüchtern war? Im Grunde genommen erhöhte Fernando die Frauen, man bedenke nur, wie sehr er seine Mutter verehrte. Jedenfalls bewunderte er die Frauen, ich erinnere mich sogar an einige, die er höchst fesselnd fand.

JL: Gibt es noch eine Frage, die ich Ihnen stellen sollte?

DHMRD: ... Ich weiß nicht ... Nein. Ich kann nur eines sagen: Jetzt, heute, da alles vorbei ist und es kein Zurück gibt und ich sehr viel älter bin und nach Belieben nachdenken und fühlen kann, bedauere ich zutiefst, daß ich nicht mehr Zeit mit ihm verbracht, nicht häufiger mit ihm gesprochen habe, nicht öfter an seiner Seite war. Letztendlich lebte er sehr allein. Jetzt, da ich sein Werk kenne, lese und besser zu verstehen suche, bin ich tief bekümmert, denn auch wenn wir Fernando sehr gern hatten, so haben wir alles in allem doch wenig für ihn getan. Wir haben ihm nicht die Beachtung geschenkt, die er verdient hätte. Sicher, er war extrem zurückhaltend, und das machte die Sache nicht gerade leichter. Er behielt selbst ganz einfache Dinge für sich. Auch wenn er nicht unglücklich wirkte – im Gegenteil, er war immer gut aufgelegt –, so stimmt es mich doch traurig, wenn ich an all die Stunden denke, die vielen Stunden, die er allein verbrachte.

Eduardo Freitas da Costa, Vetter und Herausgeber verschiedener Werke Pessoas

Aus: Poesia *Nr. 7 / 8, Madrid 1980.*

War er einer von denen, die sich ganz geben und das Innerste ihrer Seele offenlegen? Nein, das wissen wir. Die ihm eigene Scheu, hinter der er sich immer verbarg, sowie sein unerschütterlicher Wille, sich allem und allen gegenüber seine uneingeschränkte Bewegungs- und Handlungsfreiheit zu bewahren, ließen einen engeren Umgang mit ihm nur bedingt zu; denn der Dichter legte sein Leben lang Wert darauf (und es gelang ihm glücklicherweise auch), arbeiten zu können, ohne an feste Zeiten gebunden zu sein, Mittag und Abend zu essen, wo und wann es ihm gefiel, die Tage mit Gesprächen am Kaffeehaustisch zu verbringen und die Nächte mit intensivem Schreiben – und dies nicht nur ohne wem auch immer Rechenschaft ablegen zu müssen, sondern auch ohne gezwungen zu sein, jemanden davon in Kenntnis zu setzen. Wer denkt, dieses Verhalten habe sich in so etwas wie Kälte oder Zurückgezogenheit niedergeschlagen, irrt: Im persönlichen Kontakt war er immer ein unermüdlicher und subtiler Gesprächspartner, der eine ungewöhnlich Anziehungskraft auf alle ausübte, die in Verbindung zu ihm standen.

*

Konnte Fernando Pessoa Auto fahren?
Fernando nicht, aber Álvaro de Campos.

*

An einem Tag im Sommer 1934 ging ich mit Fernando in Cascais am Meer spazieren, als er plötzlich auf die Heteronyme zu sprechen kam. Er nahm vorweg, was er einige Monate darauf Adolfo Casais Monteiro in dem (später) berühmten Brief über die Genese der Heteronymie erklären sollte, nämlich, daß das Phänomen der Aufspaltung für ihn in der Poesie etwas *Natürliches sei*, in der Prosa aber etwas *künstlich Herbeigeführtes*, vom Willen bestimmt, und dies sei nicht immer einfach. Und er setzte mir die Kontroverse Reis / Campos mit Worten auseinander, die ich nicht vergessen habe: »Ich weiß nicht, ob es mir gelingt, sie eines Tages abzuschließen, denn sie verlangt mir einiges ab, mich zu entpersonalisieren erfordert einen doppelten Kraftakt. Es ist wirklich schwierig, zumal es sich um zwei Erscheinungsformen von Prosa handelt, um zwei völlig unterschiedliche Stile. Campos sorgt sich, wie du weißt, nicht sonderlich um die Form: Die Sprache ist ihm mehr oder minder einerlei, und so ist er ebenso unbeirrbar imstande, einen Syntaxfehler zu begehen, wie auch gänzlich ungerührt, von einem scheußlichen Gallizismus Gebrauch zu machen … Reis hingegen trägt aufgrund seines Temperaments, seiner humanistischen Bildung und seiner Vertrautheit mit der griechisch-römischen Kultur größtmögliche Sorge um die Reinheit der Sprache. Er gebraucht immer das genaue, etymologisch korrekte Wort und gelangt so an einen Punkt, an dem er die Berechtigung dieser oder jener orthographischen (selbst wenn von der Akademie gebilligten) Form hinterfragt, ehe er sie übernimmt ...«

Er hielt inne und sah mich kurz an, um sogleich hastig, vielleicht auch verärgert, weil er einen so bewunderten und geliebten Freund wie Ricardo Reis so ungnädig kritisierte, zu erklären: »Ich muß dir sagen, diese Skrupel sind meines Erachtens derart übertrieben, daß es schon an Pedanterie grenzt. Für mich sind sie völlig überzogen. Aber was soll man da machen ...?! Reis ist nun einmal so!«

Ofélia Queirós, einzig bekannte Liebesbeziehung Pessoas

Aus: O Fernando e eu *in* Cartas de Amor de Fernando Pessoa*, Lisboa 1978.*

Fernando war nicht direkt Angestellter der Firma, ich weiß nicht einmal, ob er überhaupt etwas verdiente. Er ging seinem Vetter bei der Korrespondenz zur Hand. Er übersetzte, was dieser ihm auf portugiesisch diktierte, direkt ins Französische und ins Englische. Bekanntlich sprach Fernando vor allem ja besonders gut Englisch. Seine Freunde scherzten, er würde sogar auf englisch denken.

Er kam oft ins Büro, nicht nur weil er der Vetter von Freitas, sondern auch eng mit ihm befreundet war und sich dort Freunde trafen, um zu reden. Ich erinnere mich noch an Luís de Montalvor, der sich nahezu täglich einfand und Fernando nicht verzeihen konnte, daß er sein Werk nicht veröffentlichte. Er sagte zu ihm: »Fernando, es ist kriminell, daß Sie noch immer nicht bekannt sind.« Woraufhin Fernando entgegnete: »Laßt nur, wenn ich sterbe, bleiben volle Kisten zurück.«

Auch Ferreira Gomes, der Fernando ebenfalls sehr bewunderte, kam. Ich traf ihn später zufällig im Propagandaministerium wieder. Er war ein höchst amüsanter Bursche.

(...)

Ich lernte Fernando an dem Tag kennen, an dem ich mich auf

eine Anzeige hin vorstellte, und dazu gibt es sogar eine lustige Geschichte, die es zu erzählen lohnt.

Da es zu jener Zeit nicht üblich war, daß junge Frauen alleine das Haus verließen, begleitete mich ein Dienstmädchen meiner Schwester, bei der ich damals lebte, der Mutter meines Neffen, des künftigen Dichters Carlos Queirós. Als wir ankamen und an die Tür des Büros klopften, war es noch geschlossen, und so mußten wir warten.

Auf einmal sahen wir einen ganz in Schwarz gekleideten Herrn die Treppe hochkommen (wie ich später erfuhr, war sein Stiefvater gerade gestorben), er trug einen Hut mit umgeschlagener, verbrämter Krempe, eine Fliege und eine Brille. Er schwebte eher, als daß er ging. Seine Hosenbeine steckten in Gamaschen, was nichts Ungewöhnliches war. Ich weiß nicht, weshalb, aber ich verspürte bei seinem Anblick eine unbändige Lust zu lachen, und als er uns schüchtern fragte, was wir wünschten, mußte ich mich sehr zusammennehmen, um zu erklären, ich käme auf die Anzeige hin.

Das war meine erste Begegnung mit Fernando.

Er bat uns überaus höflich, uns ein wenig zu gedulden, da er nicht der Eigentümer des Büros sei. Wir traten ein, und nach einer Weile erschien der Vetter. Er fragte, wer die Interessentin sei, und wir begannen, uns zu unterhalten. Fernando wohnte alldem, an einem Schreibtisch sitzend, bei, mir zugewandt und mit einem leichten Lächeln, als amüsiere ihn das alles.

Drei Tage später bestellte man mich ein.

Fernando höchstpersönlich empfing mich. Er war bereits anwesend, als ich kam, ja, er erwartete mich. Er setzte sich auf einen Stuhl neben meinem Schreibtisch und zeigte mir, was ich zu tun hatte: Adressen für das Firmenverzeichnis schreiben.

Auf einmal sagte er schüchtern: »Ich möchte Sie auf etwas aufmerksam machen. Die Sache ist die, der Läufer auf der Treppe hat ein Loch, daß Sie mir nur nicht hinfallen ...« Dann schwieg er und fuhr nach einer Weile fort: »Da ist noch etwas, worauf ich Sie aufmerksam machen möchte. Der andere Sozius, der Valadas, ist ein wenig grob. Wissen Sie, er ist kein schlechter Mensch, aber er ist bei der Republikanischen Nationalgarde, also, was auch immer sein mag, stoßen Sie sich nicht daran …«

All dies sagte er mit Bedacht, aber durchaus freundlich. Danach kamen die Blicke … das Werben …

Und dann geschah noch etwas Lustiges, gleich an diesem ersten Tag. Ich saß an der Schreibmaschine. Jemand, ich weiß jetzt nicht mehr, wer, kam herein und sagte: »Na, Fernando, so ein Hälschen möchte man doch am liebsten küssen, oder?«

»Finde ich nicht«, entgegnete er trocken, ja, mürrisch.

Später gestand er mir, daß er bereits eifersüchtig war …

Fernando litt sehr unter Eifersucht, ließ sich aber nichts anmerken, er schwieg und litt. Es mißfiel ihm, wenn ich einen Ausschnitt trug oder mit jungen Männern sprach. Eines Tages sagte er zu mir: »Heute war ich zum ersten Mal auf die Augen meines Vetters eifersüchtig«. »Warum?«, wollte ich wissen. »Weil sie, und nicht ich, dich gesehen haben.«

(…)

Eines Tages fiel der Strom im Büro aus. Freitas war nicht da, und Osório, der »Laufbursche«, erledigte gerade etwas außer Haus. Fernando holte eine Petroleumlampe, zündete sie an und stellte sie auf meinen Schreibtisch.

Kurz vor Büroschluß warf er mir ein Briefchen auf den Schreibtisch, in dem stand: »Bitte bleiben Sie.« Ich blieb, gespannt, was kommen würde. Zu diesem Zeitpunkt war mir bereits aufgefallen, daß sich Fernando für mich interessierte, und ich muß gestehen, auch ich fand in gewisser Weise Gefallen an ihm.

Ich weiß noch, ich stand da und wollte mir gerade meinen Mantel anziehen, als er in mein Zimmer kam. Er stellte die Lampe ab, die er mitgebracht hatte, setze sich auf meinen Stuhl und begann, mir aus heiterem Himmel eine Liebeserklärung zu machen, wie Hamlet Ofélia: »O geliebte Ofélia! Weder finde ich das rechte Vermaß noch vermag ich meine Seufzer zu mäßigen, doch ich liebe dich maßlos. Oh, über alle Maßen, glaube mir!«

Ich war verwirrt, wie auch anders, wußte nicht, was ich sagen sollte, zog meinen Mantel rasch fertig an und verabschiedete mich überstürzt. Fernando stand auf, um mich mit der Lampe in der Hand zur Tür zu begleiten. Plötzlich aber stellte er sie auf der Trennwand ab, umfaßte überraschend meine Taille, umarmte und küßte mich, küßte mich stumm und leidenschaftlich, wie ein Wahnsinniger.

(...)

Ich ging nach Hause, beschämt und verstört. Einige Tage vergingen, und da Fernando tat, als wäre zwischen uns nichts geschehen, beschloß ich, ihm einen Brief zu schreiben, in dem ich ihn um eine Erklärung bat. Und so kam wiederum sein erster Antwortbrief zustande, mit dem Datum vom 1. März 1920.

Und unsere »Liebelei« nahm ihren Anfang.

(...)

Wir sahen uns jeden Tag im Büro. Es waren nur Blicke, Botschaften und Briefchen, die er mir heimlich auf meinen Schreibtisch warf. Und auch Geschenke, die ich morgens, wenn ich kam, in den Schubladen fand.

(...)

Ich war neunzehn Jahre alt, als ich Fernando kennenlernte. Wir waren also zwölf Jahre auseinander. Er fand mich sehr niedlich und nannte mich zärtlich »Baby«, »Babylein« und schrieb sogar einige Verse für mich (...).

Eines Tages, es war noch im Büro von Felix und Valadas, brachte Fernando mir als Geschenk ein Puppenstühlchen aus rotem Stroh mit, eine handbreit hoch, ich sollte mich darauf setzen. Er hatte es auf der Praça da Figueira gekauft und sagte: »Wenn wir heiraten, muß ich dir eine kleine Bank kaufen, auf die stellst du dich dann und begrüßt mich, wenn ich nach Hause komme, mit einem Kuß. Ich komme herein und frage: »Haben Sie zufällig meine Frau gesehen? Dann erscheinst du, und ich sage: Ah, da bist du ja! Du bist so klein, daß ich dich gar nicht gesehen habe.«

Er war unendlich zartfühlend und zärtlich. (...)

Es war eine unbeschwerte »Liebelei«, bis zu einem gewissen Grad wie die aller Leute, obgleich Fernando nie zu mir nach Hause kommen wollte, wie dies ein »Verlobter« für gewöhnlich tat. Er sagte zu mir: »Weißt du, du mußt das verstehen, so machen das die gewöhnlichen Menschen, aber ich bin kein gewöhnlicher Mensch.« Ich verstand ihn und nahm ihn so, wie er war. Er sagte zum Beispiel auch des öfteren zu mir: »Sag keinem, daß wir verliebt sind, das wäre lächerlich. Wir lieben uns.«

Wir gingen zusammen spazieren und plauderten über alles, selbst über einfachste Dinge. Über Gedichte, über die Bücher, die er las, über seine Träume und Vorstellungen, über die Familie. Ich erinnere mich, daß mir Fernando sagte, er sei ein Anhänger von Präsident Sidónio Pais. Eines Tages schrieb er einige Verse auf ihn, die er mir schenkte. Sie sind mir unglücklicherweise abhandengekommen, wie auch andere Manuskripte mit Versen, an die ich mich hier erinnere. Fernando war auch als Monarchist bekannt, sagte aber zu mir: »Ich bin kein Monarchist, ich bin Reaktionär. Ich kann nicht an der Brasileira vorübergehen, ohne sofort Prügel zu beziehen. Wenn ich ungeschoren davonkommen will, muß ich auf die gegenüberliegende Seite wechseln.«

Fernando war vernarrt in mich, und gelegentlich übermannte ihn die Leidenschaft, was mich erschreckte und zugleich beglückte.

Eines Tages, zum Beispiel, im Büro, sein Vetter war schon gegangen, kam er in mein Zimmer, packte mich wortlos und trug mich nach nebenan, setzte mich auf einen Stuhl, kniete vor mir nieder und überschüttete mich mit den zärtlichsten Worten.

Als es ihn bei einer anderen Gelegenheit, wir standen gerade an der Haltestelle der Elektrischen in der Rua de São Bento, wieder einmal überkam, schob er mich kurzerhand in einen Hausflur. Ich begriff nicht recht weshalb, ja, dachte, er hätte jemanden gesehen und wollte, schüchtern wie er war, nicht, daß man uns zusammen sähe. Aber ehe ich mich versah, packte er mich auch schon mit aller Kraft und küßte mich lange, sehr lange. Oder aber es kam vor, daß er, wenn wir mitten im Gespräch waren, plötzlich etwas zu mir sagte, was absolut nichts damit zu tun hatte, mich zum Beispiel »Schwefelsäure« nannte, allerdings voller Leidenschaft.

(...)

Fernando war im allgemeinen sehr vergnügt. Er lachte wie ein Kind und machte sich aus allem einen Spaß. Er sagte zum Beispiel

»hast du gehörtet« statt »hast du gehört«. Wenn er sich die Schuhe putzen lassen wollte, sagte er zu mir: »Bin gleich zurück, ich wasch mir nur schnell die Füße von außen.« Eines Tages schickte er mir ein Briefchen, in dem stand: »Mein Liebchen ist klein und trägt rosa Höschen.« Ich traute meinen Augen nicht, war empört. Als wir zusammen ausgingen, sagte ich verärgert: »Fernando, woher wollen Sie wissen, ob ich rosa Höschen trage, Sie haben es nie gesehen …« (wir duzten und siezten uns abwechselnd). Er entgegnete lachend: »Sei nicht verärgert, Baby, kleine Babys tragen nun mal rosa Höschen …«

(…)

Er lebte, wie man weiß, sehr zurückgezogen. Er hatte oftmals niemanden, der sich um ihn kümmerte, und beklagte sich bei mir. Er war wirklich leidenschaftlich verliebt in mich, das kann ich nicht anders sagen, und wollte immerzu mit mir zusammensein, er brauchte mich. In einem Brief an mich schrieb er: »Du kannst Dir nicht vorstellen, wie sehr ich mich nach Dir sehne, wenn ich krank, niedergeschlagen und traurig bin …«

(…)

Damit wir uns auch sonntags sehen konnten, ging ich nicht wie üblich in die Igreja de São Domingos zur Messe, sondern in die Conceição Velha, weil mich Fernando (der zwar gläubig war, aber nicht praktizierte und daher nicht zur Messe ging) anschließend nach Hause begleitete und wir so mehr Zeit zum Plaudern hatten.

(…)

Fernando war ein sehr besonderer Mensch. Seine Art, zu sein, zu fühlen, ja, sogar sich zu kleiden, war besonders. Aber das habe ich damals vielleicht gar nicht so richtig wahrgenommen, vielleicht, weil ich verliebt war. Seine Sensibilität, seine Zärtlichkeit, seine Schüchternheit, seine Überspanntheit, sie haben mich im Grunde bezaubert.

Fernando war, wenn man so will, ein bißchen verrückt, vor allem, wenn er sich als Álvaro de Campos ausgab. Dann sagte er zu mir: »Heute bin nicht ich gekommen, sondern mein Freund Álvaro de Campos« … Er war dann immer ein ganz anderer Mensch. War wirr, redete konfuses Zeug. Eines Tages kam er zu mir und sagte: »Meine Dame, ich habe einen Auftrag: Stecken Sie die abscheuliche Physiognomie dieses Fernando Pessoa kopfüber in einen Wassereimer.« Ich antwortete: »Ich hasse diesen Álvaro de Campos. Ich mag nur Fernando Pessoa.« Woraufhin er zu mir sagte: »Ich weiß zwar nicht, warum, aber er hat dich sehr gern.«

Von Caeiro, Reis oder Soares sprach er nur selten.

(…)

Einmal, wir gingen gerade durch die Calçada das Estrelas, sagte er zu mir: »Deine Liebe zu mir ist so groß wie dieser Baum.« Ich tat, als verstünde ich nicht: »Aber da ist doch gar kein Baum.« »Ebendarum«, entgegnete er. Ein anderes Mal sagte er: »Daß du mich gern hast, grenzt schon an einen Akt christlicher Barmherzigkeit. Du bist blutjung und hübsch und ich uralt und häßlich.«

Es gibt da noch eine merkwürdige Koinzidenz. Wie Sie wissen, hatte Fernando am 13. Juni Geburtstag, dem Tag des Heiligen Antonius (er behauptete sogar, er hieße Fernando, weil der Heilige Antonius mit richtigem Namen Fernando de Bulhões hieß), ja, und mein Geburtstag ist am 14. Im Geburtsregister steht zwar der 17., aber das ist falsch, tatsächlich bin ich am 14. geboren. Diesbezüglich sagte Fernando: »Nur gut, daß wir nicht am selben Tag Geburtstag haben, denn die Paare, die am selben Tag Geburtstag haben, sind nicht glücklich.«

(…)

Unsere »Liebelei« dauerte bis November 1920. Sein letzter Brief trägt das Datum von 29. selbigen Monats. Er zog sich immer mehr zurück, bis wir uns schließlich überhaupt nicht mehr trafen.

(…)

Neun Jahre vergingen.

Eines Tages brachte mein Neffe Carlos Queirós dieses berühmte Foto von Fernando mit, das ihn zeigt, wie er bei Abel Pereira da Fonseca Wein trinkt (aufgenommen von Manuel Martins da Hora). Es hat eine Widmung: *Carlos, das bin ich bei Abel, mit anderen Worten, schon ganz nah dem irdischen, im übrigen, verlorenen Paradies. Fernando,*

Pessoa 1929 »em flagrante delitro« am Tresen von Abel Pereira da Fonseca

den 2. 9. 29. Das fand ich natürlich sehr witzig und sagte zu meinem Neffen, so ein Foto mit Widmung hätte ich auch gern. Der sagte ihm das, und kurz darauf schickte mir Fernando das gleiche Foto, auf dem stand: »*Fernando Pessoa: em flagrante delitro*[134].«

Ich bedankte mich schriftlich, und er antwortete mir. Und unsere »Liebelei« begann von neuem. Das war 1929. Damals arbeitete ich bereits nicht mehr, lebte aber weiterhin bei meiner Schwester am Rossio.

Fernando hatte sich verändert. Nicht nur äußerlich, er hatte stark zugenommen, er war auch sonst ganz anders. Immer nervös und wie ein Besessener mit seinem Werk beschäftigt. Er sagte mir oft, er habe wegen der vielen Zeit, die er auf sein Werk verwenden müsse, Angst, mich nicht glücklich zu machen. Einmal sagte er zu mir: »Ich schlafe wenig und das mit Papier und Stift auf dem Nachttisch. Ich wache nachts auf und fange an zu schreiben, ich muß schreiben, und das ist ärgerlich, weil das Baby dann nicht mehr ruhig schlafen kann.« Dann wieder fürchtete er, mir nicht den Lebensstandard bieten zu können, den ich gewohnt war. Er wollte nicht jeden Tag arbeiten, weil er Tage nur für sich haben wollte, für sein Leben, und sein Leben war sein Werk. Er lebte mit nur dem Nötigsten. Alles andere war ihm einerlei. Er war weder ehrgeizig noch eitel. Er war bescheiden und lauter.

Er sagte zu mir: »Sag keinem, daß ich Dichter bin. Ich mache bestenfalls Verse.

(...)

Wir schrieben und sahen uns bis Januar 1930.

(...)

Selbst während der neun Jahre, in denen wir uns so gut wie nie sahen, hat er wohl nie aufgehört, an mich zu denken. Einmal, da sagte er zu mir: »Es gibt schon verrückte Dinge. Ich hatte große Sehnsucht nach dir. Wollte dich sehen. Wie du weißt, gehe ich immer durch die Rua Augusta, an diesem Tag aber beschloß ich, die

134 A. d. Ü.: Das Wortspiel *em flagrante delitro* (in flagranti Liter) leitet sich im Portugiesischen von *em flagrante delicto (in flagranti)* ab und ist unübersetzbar.

Rua do Ouro zu nehmen, ich hoffte, ich würde dir dort begegnen. Dich habe ich zwar nicht gesehen, dafür aber deine Schwester. Ich habe mit ihr gesprochen, mich nach dir erkundigt, dir Grüße ausrichten lassen, und das war irgendwie tröstlich für mich.«

Auch nachdem wir uns schon lange nicht mehr sahen und schrieben, schickten wir uns noch immer gegenseitig per Telegramm Glückwünsche. Das letzte, das ich erhielt, ist vom Juni 1935, dem Jahr, in dem er starb.

Pedro Moitinho de Almeida, Dichter und Freund Pessoas

Aus: Fernando Pessoa no Cinqüentenário da Sua Morte, *Coimbra 1986.*

(...) 1923, ich kam damals gerade ins Gymnasium, besaß mein Vater im ersten Stock der Rua da Prata 71 ein Handelskontor. Dort lernte ich »Senhor Pessoa« kennen, wie wir ihn nannten. Er erledigte die englische und französische Korrespondenz, ich weiß noch, daß man seine Arbeit sehr schätzte. Seine Brille, eher ein Zwicker, verlieh ihm etwas Schüchternes, ungeachtet seines aggressiv wirkenden, auf amerikanische Art gestutzten, rotblonden Schnurrbarts, der nicht recht zu den spärlichen grauen Haaren auf seinem Kopf paßte, aber ich mochte ihn, und trotz des großen Altersunterschiedes unterhielten wir uns oft über alles mögliche, ohne daß ich auch nur im geringsten geahnt hätte, daß der mit mir so nachsichtige »Senhor Pessoa« schon damals ein, wenn auch nur wenigen, bekannter Dichter und eine außergewöhnliche Persönlichkeit war.

Er erhielt häufig Besuch von seinem Freundeskreis, mit dem er sich übrigens nahezu täglich im Martinho da Arcada, seinem Lieblingscafé, traf.

(...)

Szenen, wie die folgende, habe ich selbst mehrmals miterlebt: »Senhor Pessoa«, der, da er keine handschriftlichen Entwürfe brauchte, in der Regel an der Schreibmaschine arbeitete, stand auf, nahm seinen Hut, rückte seine Brille zurecht und verkündete mit feierlicher Miene: »Ich gehe zu Abel.« Niemand nahm daran Anstoß oder wunderte sich über dieses Verhalten, außer mir, der dies zum ersten Mal, es dürfte im Sommer 1923 gewesen sein, miterlebte. Eines Tages jedoch kam ich »Senhor Pessoa« und seinem geheimnisvollen Verhalten auf die Spur, das er sein Leben lang wie eine Gewohnheit aufrecht erhielt und das letzten Endes alles andere als geheimnisvoll war: Fernando Pessoa ging schlicht ins nächstgelegene Depot der Firma Abel Pereira da Fonseca, in der Rua dos Correeiros, um sich ein paar Schnäpse zu genehmigen, nach denen ihn mehr verlangte als nach dem Kaffee im Martinho da Arcada.

Einmal waren die Gänge zu Abel an einem einzigen Tag so häufig, daß ich mir erlaubte, zu »Senhor Pessoa«, als er gerade wieder einmal ins Büro zurückkam, zu sagen: »Sie saugen das ja auf wie ein Schwamm!« Woraufhin er sogleich in seiner gewohnt ironisch witzigen Art und dem *sense of humour*, der ihm von seiner britischen Erziehung geblieben war, entgegnete: »Was heißt hier wie ein Schwamm? Wie ein ganzes Schwammgeschäft inklusive Lagerraum.«

Das war das einzige Laster – wenn es denn überhaupt eines war –, das ich an ihm kannte. Er hatte immer ein freundliches Wort für alle, und alle im Kontor mochten ihn, achteten und schätzten ihn als Arbeitskollegen und hervorragenden Fremdsprachenkorrespondenten. Sogar mein Vater, der ihn als Dichter nicht wirklich ernst nahm, schätzte ihn sehr und ließ ihm freie Hand, er konnte so oft zu Abel gehen wie er wollte, da Pessoa – wie er sagte – jedes Mal, wenn er von dort zurückkam, noch besser arbeitete.

(…)

In gesellschaftlicher Hinsicht hatte Pessoa einen Adelsdünkel, da seine Vorfahren – seinen eigenen Worten nach – »eine Mischung aus Adeligen und Juden« waren, darunter ein zwangskonvertierter Astrologe und Okkultist, der im 18. Jahrhundert von der Inquisition mit der Beschlagnahme seines Vermögens bestraft wurde. Der Dichter trug mit einem gewissen Stolz einen silbernen Ring mit den Wappen der Familien Sousa Camisões und Araújo.

(...)

Von seiner politischen Gesinnung her war er Monarchist, für ihn war einzig die Monarchie in der Lage, die *Einheit* der Richtung mit der zentrifugalen *Vielfalt* der Individuen und Ideen in Einklang zu bringen, die seiner Meinung nach absolut frei sein mußten, zumal die *Einheit* der Richtung der Garant für genau diese Vielfalt und Freiheit war. Daher war er auch entschieden gegen Syndikalismus und Dirigismus, da beide, wie er sagte, auf Tyrannei hinausliefen.

Pessoas Monarchismus war jedoch gegen die Erbmonarchie (der König sollte, wie auch jeder Großmeister, durch Wahl bestimmt werden), war gegen den Saudosismus, gegen den Vergangenheitskult und vielfach sogar gegen den Traditionalismus.

(...)

Die familiären Probleme, die Pessoa sehr zugesetzt haben müssen, lasse ich hier außer Acht, ich weiß darüber zu wenig. Aber ich kann die wirtschaftlichen Schwierigkeiten bezeugen, mit denen er neben seinem Unglück zu kämpfen hatte. (...) Er arbeitete, wie ich bereits sagte, im Handelskontor meines Vaters, lebte aber allein, der ihn umgebenden Welt abgewandt und nur mit seinem großen inneren Universum beschäftigt. Daher auch seine prekäre finanzielle Lage, einzig gemildert durch die Fürsorge einiger Verwandter und die Großzügigkeit einiger Freunde. Mein Vater hatte liebevoll einige, heute als Reliquien geltende »Schuldscheine« aufbewahrt, die der Dichter hatte ausstellen müssen, wenn die materielle Not zu groß wurde.

(...)

Als er 1934 für *Mensagem* (Botschaft) vom damaligen Sekretariat für Nationale Propaganda einen dotierten Preis verliehen bekam, dürfte dies seine finanzielle Lage etwas entspannt haben, obwohl ihm nach Begleichung seiner Schulden nicht viel übrig blieb, wie sein Friseur in einem Fernsehinterview, wenn ich nicht irre, im Februar 1981 berichtete.

So erklärt sich nach meinem bescheidenen Verständnis auch, daß Fernando Pessoa zwischen dem 14. September 1934 und dem

22. Juni 1935, es muß die Glanzzeit seines relativen finanziellen Wohlstandes gewesen sein, im Kontor meines Vaters keine Schuldscheine eingereicht hat.

*

Chef Vasques war mein Vater. Nur wer ihn nicht persönlich kannte, erkennt ihn im folgenden Porträt[135] nicht wieder:

»Chef Vasques. Ich sehe ihn heute von dieser Zukunft aus, so wie ich ihn heute von hier aus sehe – mittelgroß, untersetzt, grob in Grenzen, mit Anwandlungen von Herzlichkeit, offen und verschmitzt, barsch und liebenswürdig – Chef, einmal abgesehen von seinem Geld, auch mit seinen behaarten, langsamen Händen, mit Adern wie kleine farbige Muskeln, einem fleischigen, aber nicht fetten Nacken, das Gesicht unter dem dunklen, allzeit frisch gestutzten Bart gerötet und zugleich angespannt.«

João Gaspar Simões, Schriftsteller, Kritiker und erster Biograph Pessoas

Aus: Retratos de Poetas Que Conheci, *Porto 1974.*

Wir – Pessoa, Almada[136] und ich – haben im Martinho da Arcada, zwei oder drei Tage bevor der Dichter seine letzte Reise antrat, nicht über den Tod und erst recht nicht über seine Krankheit gesprochen. Gänzlich anders als vielleicht annimmt, wer ihn nur über seine Schriften kennt, war Pessoa privat (zumindest in der Privatheit eines Kaffeehauses, dem praktisch privatesten Ort, den zu kennen ihm vergönnt war, seit er sein einzig wahres Heim in jungen Jahren unwiederbringlich verloren hatte), wenn er sich nicht gerade wie

135 A. d. Ü.: Aus dem *Buch der Unruhe*, Fragment 8, S. 22.

136 A. d. Ü.: Almada Negreiros (1893–1970), Universalkünstler, einer der wichtigsten Vertreter der portugiesischen Moderne und Mitbegründer der Zeitschrift *Orpheu*.

vor Régio[137] und mir bei unserer ersten Begegnung als Senhor Álvaro de Campos ausgab, der höflichste und umgänglichste Mensch, den man sich vorstellen kann. Im hintersten Teil des Cafés – das Martinho da Arcada am Terreiro do Paço bestand 1935, wie auch heute noch, wenn ich nicht irre, aus einer Abfolge von durch Bögen getrennten Räumen –, in einem der am weitesten von der Rua Augusta entfernten Raum (einige Türen des Kaffeehauses gingen auf die Arkaden des Terreiro do Paço) trafen wir – Almada und ich – mit tief ins Gesicht gezogenem Hut und in einem hellgrauen, recht schmutzigen Regenmantel den Dichter, der sich diesmal nicht zu unserer Begrüßung erhob, da er Almada gut kannte und seit kurzem fast ebensogut wie Almada auch den »Lissabonner«, der ich mit meinen acht Monaten in der Hauptstadt bereits war ... Ich hatte ihn jedoch noch nie so fahrig gesehen. Einige Tage zuvor, als er sich allein in der Rua Coelho da Rocha befand, war er im Badezimmer ohnmächtig zusammengebrochen, und man hatte die Tür aufbrechen müssen. Der Arzt äußerte sich unmißverständlich: noch ein Glas Schnaps, und das Ende wäre besiegelt. Was sollten wir sagen? Worüber sprachen wir? Natürlich nach wie vor über Sá-Carneiros *Indícios de Oiro* (Goldspuren), die *Presença* wollte sie veröffentlichen, und von seinen eigenen literarischen Projekten. Aber hatte der Dichter, dem vielleicht noch zwei, drei Tage blieben, denn überhaupt noch literarische Pläne? Genau gesagt, erinnere ich mich nicht mehr so richtig, worüber wir sprachen. Aber daß Pessoa lachte, schallend lachte, und zwar noch viel nervöser und heiserer als für gewöhnlich, daran erinnere ich mich gut, und auch noch, daß er alles tat, damit wir nicht bemerkten, daß er sich am Rande eines Abgrunds befand. Almada und ich sahen uns hin und wieder verstohlen an, wobei wir versuchten herauszufinden, was der jeweils andere von dieser absonderlichen Ungezwungenheit dachte. Aber der Dichter bemerkte dies nicht oder tat zumindest so. Und hinter seiner Brille, inzwischen kein randloses Metallgestell mehr, sondern

137 A. d. Ü.: José Régio (1901–1969), Schriftsteller und Mitherausgeber der Zeitschrift *Presença*.

runde, in Schildpatt gefaßte Gläser, wanderten seine Augen seltsam und eher fiebrig glänzend, und nicht wie im allgemeinen wach und maliziös, sichtbar beunruhigt, wenngleich täuschend echt gespielt, zwischen Almada und mir hin und her. Er trug, anders als sonst, keine Fliege um den zerknitterten weißen Kragen, sondern eine dunkle, vielleicht schwarze Krawatte. Die nach oben gebogenen Kragenspitzen seines weißen, etwas angeschmutzten Hemdes ragten über das Revers seines nicht weniger angeschmutzten Regenmantels.

Geflissentlich und argwöhnisch versuchte er, uns vergessen zu machen, woran wir uns möglicherweise erinnerten – seine letzte Leberkolik –, und als wir andeuteten, gehen zu wollen, schlug er von sich aus vor, uns zu begleiten. So verließen wir gemeinsam das Martinho da Arcada. Auf der Rolle des Hausherren bestehend, gab er uns den Vortritt, Almada ging vorneweg, ich in der Mitte, er folgte als letzter. Erst in der Rua Augusta konnte ich ihn in aller Ruhe ansehen, und der erste Eindruck, den ich vor Jahren im Café Montanha von seiner äußeren Erscheinung gewonnen hatte, bestätigte sich einmal mehr. Sein Körper schien den Boden nicht zu berühren, und obgleich er sich flink und sicher bewegte, schien er, wie eine an einem unsichtbaren Nagel aufgehängte *Marionette*, nicht selbst an den Fäden zu ziehen, die ihn in Bewegung setzten, es war, als ob etwas, irgend etwas, von irgendwoher, aus weiter Ferne, in den Wolken verloren, dies täte und als ob er, Fernando Pessoa, bestenfalls der mächtigen Hand gehorchen könnte, der er sich sein Leben lang vergeblich zu entziehen versucht hatte.

Wir gingen die Straße hinauf, wobei Pessoa von einem solch nervösen Gelächter geschüttelt wurde, daß ich schon dachte, er sei betrunken. Schließlich gelangten wir an die Ecke Rua da Vitória / Igreja São Nicolau. Er verabschiedete sich unvermindert heiter, ein wenig schwankend, und setzte seinen Weg Richtung Rua Douradores fort, zu einem der Büros, in denen er noch immer als Fremdsprachenkorrespondent arbeitete. (...) Ich sehe ihn noch lachen, schallend lachen, während er Almada die Hand drückte und irgend etwas zu ihm sagte. Zu mir meinte er nur lächelnd: »Bis bald.« Und ein wenig so, als ob seine Füße nicht wirklich das Pflaster des Bürgersteigs berührten und besagte Hand ihn unter ihrem gebieterischen Kommando schweben ließe, sah ich ihn Richtung Kirche gehen, die kleine Auffahrt Rua dos Franqueiros hinauf, schwankend, mit auf den Mantelkragen heruntergeschlagener Hutkrempe und erhobenen Hauptes, als versuche er, in einer übermenschlichen Anstrengung, den Kopf am Rumpf festzuhalten, von wo er sich schwebend, so schwebend wie sein gesamter Körper – Kopf, Rumpf und Glieder –, gewaltsam zu lösen suchte. Er sah aus wie ein Mann, der das Deck eines Schiffes entlanggeht, durchgeschüttelt von den Wogen eines aufgewühlten Meeres, das ihn von Backbord nach Steuerbord wirft und zurück, und der alles tut, um nicht über Bord gespült zu werden.

Augusto Ferreira Gomes, Dichter und langjähriger Freund Pessoas

Aus einem Interview im Diário da Manhã *vom 28. 8. 1950.*

(…) *Lebte Fernando Pessoa tatsächlich in einem so bedrückenden Elend, wie uns dies das Buch*[138] *über ihn enthüllt?*

Keineswegs. Fernando hat immer ein genügsames Leben geführt, mit gelegentlichen Ausnahmen, nämlich dann, wenn die Rechnung der englischen Buchhandlung höher ausfiel und er, sagen wir, den Gürtel etwas enger schnallen mußte, da der Geschäftsführer des Unternehmens, Senhor Tabuada, was ausstehende Rechnungen anging, kein Pardon kannte. Aber im Elend hat er deshalb noch lange nicht gelebt, Gott bewahre! …

Nun ja, einmal, als das Geld noch etwas wert war, bat Fernando einen Freund, ihm 5000 Réis zu leihen. Aber ich frage Sie: Wo ist der Schriftsteller, der einen Kollegen, einen Freund, nicht ir-

138 A. d. Ü.: Gemeint ist die 1950 erschienene und heute teilweise umstrittene Biographie Pessoas von João Gaspar Simões.

gendwann einmal gebeten hätte, ihm Geld zu leihen, und dem er wiederum bei anderer Gelegenheit selbst etwas geliehen hätte?

(...)

Es ist doch so, daß Fernando Pessoa das Geld verdiente, das er wollte, und zwar nicht nur mit Übersetzungen für Teixeira, sondern auch für einige der wichtigsten Handelshäuser von Lissabon mit anderen, anspruchsvolleren Aufgaben, wie englischer Korrespondenz, wofür er ja ein ausgewiesener Experte war. Ich denke da nur an die Firma Xavier Pinto GmbH und an die von Senhor Carlos Eugénio Moutinho de Almeida. Weder bei der einen noch bei der anderen bezog Fernando Pessoa, so wie er das zuvor mit den beiden Inhabern vereinbart hatte, ein festes Gehalt. Er erledigte die anstehende Arbeit und nahm sich monatlich das Geld, das er brauchte.

Da er ein durch und durch anständiger Mensch war, nutzte er die Situation nie aus und mußte daher gelegentlich kleinere finanzielle Engpässe überbrücken, die er hätte vermeiden können, wäre er nicht gewesen, wer er war.

Eines jedoch ist unbestreitbar: Pessoa hat nie Not gelitten, es bestand auch gar kein Grund. Er hatte in Lissabon Verwandte und Bekannte, die ihn, wenn seine Lage wirklich kritisch geworden wäre, immer unterstützen konnten.

(...)

Und was seine Freunde angeht, so hätte er bessere und ihm ergebenere kaum haben können.

(...)

Wie erklären Sie sich dann, daß in der Biographie, von der wir hier reden, steht, Pessoa habe, auf fremde Gunst angewiesen, in einem Milchladen genächtigt und dort auch gelebt, gelesen, geschrieben und sogar von dem sicher wenig intellektuellen Papier dieses Ladens Gebrauch gemacht?

An der ganzen Geschichte mit dem Milchladen stimmt, denke ich, einzig die Sache mit dem Briefpapier. Auch daß sich der Dichter angeblich im spärlichen Licht eines Winkels des Milchladens rasiert hat, ist reine Erfindung. Er hat sich nie selbst rasiert.

Die Sache war folgendermaßen: 1917 hatte Fernando Pessoa zusammen mit Ingenieur Geraldo Coelho de Jesus und mir in der

Rua São Julião 45, 2. Stock, ein Büro für Firmenvertretungen. Wenig später zog das Büro, was keinen Abstieg bedeutete, in die Rua do Ouro 87, 2. Stock, um.

Damals wohnte Fernando im Haus von Senhor M. A. Sengo zur Miete, dem ehemaligen Inhaber des inzwischen berühmten Milchladens Alentejana in der Rua Almirante Barroso, der damals ein Büro für Kommissionsgeschäfte neben dem unseren in der Rua do Ouro besaß.

Nun kam es mehr als einmal vor, daß Fernando Privatbriefe schreiben wollte und kein Papier hatte. Ich erinnere mich an zwei Sonntage, alle Geschäfte waren geschlossen. Aber Sengo hatte Papier, wenn auch nur aus seinem alten Milchladen. Pessoa, dem völlig einerlei war, ob er auf dem Papier eines Milchladens oder irgendeinem anderen schrieb, benutzte das Papier, das ihm der Nachbar freundlicherweise anbot, und schrieb an ich weiß nicht wen.

(...)

Aus Bequemlichkeit und weil er sich in einer Phase intensiver literarischer Arbeit befand, aß er bei Sengo, der nie zum Kreis um *Orpheu* gehörte oder sich sonstwie als Mäzen betätigte, zu Abend, wo er, wie ich bereits sagte, seine Zimmer hatte, aber eben nur zu Abend aß, denn zum Mittagessen trafen wir uns für gewöhnlich in mehr oder minder typischen Restaurants nahe der Unterstadt.

(...)

Bevor er bei Sengo wohnte, was nichts mit dieser Mansarde der Alentejana zu tun hatte, bewohnte er, soweit ich mich entsinne, in der Rua de Dona Estefânia ein bescheidenes Zimmer im Haus zweier Büglerinnen, die dort, glaube ich, noch immer sind.

(...)

Und dann darf man auch nicht vergessen, daß die Umgebung für geniale Menschen im allgemeinen nicht von Belang ist.

Fernando Pessoa war es einerlei, ob das Zimmer, in dem er lebte, ärmlich oder gut ausgestattet war. Er brauchte nur ausreichend Platz für seinen schweren Bücherschrank und seine übervolle Kampferkiste mit all den Originalmanuskripten, Gegenständen, von denen er sich nie trennte.

Soweit ich weiß, lebte er außer an den bereits genannten Orten auch in der Rua Antero do Quental, der Rua Bernardim Ribeiro und in der Rua Santo António dos Capuchos, in den letzten beiden in jeweils einer eigenen Wohnung.

Aber nehmen wir einmal an, an dieser absurden Sache mit dem Mansardenzimmer, die sich meiner Kenntnis völlig entzieht, ist etwas wahr, dann könnte dies nur während der drei Monate gewesen sein, in denen ich mich krank im Alentejo aufhielt.

Nun aber hatte in dem Zeitraum, in dem Gaspar Simões »die traurige Phase der Existenz Fernando Pessoas« ansiedelt, dieser bei der Post das Schließfach 147, das er bis zu seinem Tod beibehielt, und in dem steinreichen Geschäftshaus A. Xavier Pinto GmbH, wo man ihn schätzte und bezahlte und er keine Not leiden mußte, mit Sicherheit soviel Schreibpapier, wie er wollte.

(...)

Und wie ist es zu verstehen, daß jemand wie Fernando Pessoa aus einer Zeitung entfernt wurde, zu deren besten Mitarbeitern er zweifelsohne gehörte?

Da haben wir schon wieder eine Geschichte, die es so nie gegeben hat. Fernando war nie Redakteur irgendeiner Zeitung. Allerdings war er Mitarbeiter der von Boavida Portugal geleiteten Zeitung *O Jornal*, deren Chefredakteur wiederum der bekannte Journalist Arnaldo Pereira war. Dort schrieb er einige Male unter der Rubrik *Crônica da Vida que passa* (Chronik des vergehenden Lebens).

Nun aber knüpfte sich Pessoa eines Tages mit der ihm eigenen Spottlust, die ihn bis zu seinem Lebensende nicht verließ, die politische Organisation der konstitutionellen Monarchisten vor und erklärte, sie sei im Begriff, zu einer x-beliebigen proletarischen Klasse zu werden, wie zum Beispiel die der Chauffeure.

Aus einer übertrieben republikanischen Gesinnung heraus, wie sie damals in Mode war, protestierten diese erbost bei *O Jornal.* Woraufhin Boavida Portugal Pessoa Vorhaltungen machte. Der entgegnete ihm mehr oder minder zwischen zwei für ihn überaus typischen Scherzen, das Maß sei voll, er werde fortan keine Zeile mehr für sein Blatt schreiben.

Vorsorglich und um ja nicht gegen die Prinzipien der Demagogie zu verstoßen, veröffentlichte die Zeitung eine dumme Mitteilung, mit der sie ihren bekanntesten Mitarbeiter diskreditierte. Statt die Wahrheit zu sagen, erklärte man schlicht, Pessoa habe seine Mitarbeit auf Beschluß der Chefredaktion eingestellt, was der Wahrheit nicht entsprach. Pessoa lachte schallend und erheiterte sich anderentags noch mehr, als er die verquere Prosa der Taxichauffeure las, die Boavida Portugals Organ ebenfalls in demagogischer Absicht abgedruckt hatte.

Wie man sieht, hat dies mit Wahrheit wenig zu tun, selbst nicht mit der Wahrheit, die bisweilen so tut, als ob …

Und ich frage, wo ist der Journalist oder Mitarbeiter einer Zeitung, der nicht schon einmal aus einem spontanen Entschluß heraus seinen Arbeitsplatz verlassen hätte?

(…)

Sie werden von mir jetzt bestimmt nicht hören, Fernando Pessoa sei ein argloser und sittsamer Abstinenzler gewesen oder hätte sich nicht wenigstens hin und wieder gern mit Alkoholdunst etwas in Stimmung gebracht.

Im Grunde war er durch und durch Bohemien, wie es sie zu Beginn dieses Jahrhunderts gab, eine Boheme, die wir mehr oder minder alle gelebt und erlebt haben und die nach und nach ihr Ende fand. Aber Fernando blieb ihr in gewisser Weise treu, aus einer Reihe von Gründen, die hier nicht von Relevanz sind.

Er trank viel und zum Schluß vielleicht ein wenig mehr, als ihm guttat. Aber von Verwahrlosung kann man, wie sein Biograph, der wahrscheinlich bedauerte, daß Pessoa nicht wie Poe in der Gosse landete, weil das der von ihm erschaffenen Person besser angestanden hätte, deshalb noch lange nicht sprechen, beim besten Willen nicht! …

(…)

Auf diesem unschönen Foto, auf dem der Dichter ein Glas Wein am Tresen trinkt und mit dem der Biograph sich nicht entblödete, sein Werk zu illustrieren, können Sie da etwa einen verwahrlosten Mann mit zerknautschtem Hut und zerknittertem Anzug sehen?

Im Gegenteil, auf ihm zeigt sich deutlich der authentische, der wahre Gentleman, der er stets war, ohne jemals auch nur im geringsten seine Würde zu verlieren.

Wenn aber unser unglücklicher und lieber Freund, anders als der illustre Romancier dies will, nie Hunger oder Elend kannte und, entgegen seinem Biographen, auch nie der vom Laster besiegte Alkoholiker war, um so weniger war er dann der schwache Mensch, der sich von den Ereignissen forttragen ließ, wenn er sie doch immer und immer wieder mit fester und starker Hand lenkte.

Für den Autor von *Leben und Werk Fernando Pessoas* aber war dieser ein gehemmter Mensch, der nicht wußte, wie man sich mit Frauen unterhält usw.

Genau das Gegenteil war der Fall. Fernando Pessoa war ein glänzender Unterhalter, der bezauberte und eine besondere Anziehungskraft auf Frauen ausübte. Er war also ganz anders, als sein Biograph sagt, was im übrigen nicht weiter verwunderlich ist, zumal Senhor Gaspar Simões die Kreise, in denen Pessoa verkehrte, persönlich gar nicht kannte und folglich auch nicht beurteilten konnte, wie er wirklich war.

Jorge de Sena, Dichter, Romancier und Verfasser zweier Essaybände über Pessoa und dessen Werk

Aus: Fernando Pessoa & Ca. Heterônima I/II Edições 70, *Lisboa 1982.*

(…) Ich erinnere mich, daß ich, wenn ich meine Großtante besuchte, dort mitunter diesen liebenswürdigen, auffallend gut gekleideten Herrn antraf, der unter seiner Oberlippe ein diskretes Kichern verbarg. Er kam mir sehr alt vor, obgleich er damals nur um weniges älter war, als ich es heute bin, denn er starb 1935, im Alter von siebenundvierzig Jahren. Aber sein schütteres Haar, seine müden Augen, seine Art, mit den Händen auf den Knien Platz zu nehmen, seine belegte Stimme – Cousin Chester und seine Whiskys (im Lissabon der 30ger Jahre!) taten ihr übriges – verliehen ihm etwas

Fremdes, etwas außerhalb von Raum und Zeit. (...) Als am 31. Dezember 1934 in der Zeitung stand, daß Fernando Pessoa für seinen Gedichtband *Mensagem* einen Preis des (damaligen) Sekretariats für Nationale Propaganda erhalten hatte, fiel ich aus allen Wolken. War doch der Preisträger kein anderer als jener Herr, mit dem meine Großtante befreundet war, sie, die nie über Lyrik sprach und von deren modernistischen Abenteuern ich nichts gewußt hatte. Er starb im Jahr darauf (...). [Er war] einer der größten Dichter der Welt. Letztendlich habe ich ihn, wie so viele andere, die sich rühmen, ihn gekannt zu haben, nie wirklich gekannt.

*

(...) Im sogenannten Privatleben (und es gibt immer ein anderes, privateres, von dem man nie Genaues weiß) konnte Pessoa, so wie ich ihn wahrgenommen habe und wie dies alle, die ihn kannten, Familie, Freunde, Weggefährten etc., bezeugen, ein überaus angenehmer Mensch sein, liebenswürdig und humorvoll (auch wenn dieser sehr britische Humor nichts von der traditionellen Vordergründigkeit lusitanischer Scherze hatte) – aber diese Rolle war zugleich ein weiteres »Heteronym«, das ihn vor allzu großer Nähe zu wem auch immer schützte, während sie ihm erlaubte, auf dem normalen Fest des täglichen Lebens einen unauffälligen Platz einzunehmen. Sicher strahlte er für viele, die nicht weiter in ein inneres *Sanktum* vorgelassen wurden (man kann Pessoa mit einem Satz chinesischer Schachteln vergleichen, deren letzte das Nichts enthält, das wir und die Welt sind, ein Nichts, das Alles ist), aber empfänglich waren für die Existenz anderer »Innenräume«, eine Art erschreckender Kälte aus – etwas von jener *gespenstischen Kälte*, wie man sie bisweilen bei seiner Lektüre empfindet. Es ist die Kälte des äußeren Raumes, die Kälte der Elysischen Gefilde, die Kälte des Nichtseins. Was sonst könnte es *sein*? Pessoa war das Vakuum, und seine Heteronyme waren (ob wir wollen oder nicht und sosehr wir eines von ihnen auch lieben) keine wirklichen Menschen, selbst nicht im Sinne einer ambulanten Inexistenz.

Auf diese Weise versuchte Pessoa, hinter der Maske des liebenswürdigen Freundes, Verwandten oder aufmerksamen literarischen Weggefährten, die Leere zu füllen, die er sich auf Geheiß seiner Natur oder der Götter, die sie befehligten, gezwungen sah zu erschaffen, um »er selbst« zu werden beziehungsweise Fernando Pessoa, Álvaro de Campos, Alberto Caeiro, Ricardo Reis etc. und Co., eine Entität aus unwirklichen Geschöpfen, deren Rolle darin bestand, aus der äußeren Wirklichkeit zu kommen, um sie zu erobern und von allen Ecken und Enden aus in Besitz zu nehmen.

Pessoa gegen Ende seines Lebens im Martinho da Arcada

Daten zu Leben und Werk

1888

13. Juni – Um 15.20 Uhr erblickt am Largo de São Carlos 5 im 4. Stock links Fernando António Nogueira Pessoa als erstes Kind von Joaquim de Seabra Pessoa (geb. 1850 in Lissabon), Justizbeamter und Musikkritiker des *Diário de Notícias*, und dessen Ehefrau Maria Madalena Xavier Pinheiro Nogueira (geb. 1862 auf der Ilha de Terceira Azoren), das Licht der Welt. Seine Großeltern väterlicherseits sind General Joaquim António de Araújo Pessoa und Dionísia Estrela de Seabra, seine Großeltern mütterlicherseits Geheimrat Luís António Rebelo Nogueira und Madalena Xavier Pinheiro Nogueira. Auch das Heteronym Alexander Search wird an diesem Tag geboren, jedoch erst Jahre später von Pessoa in Durban erschaffen.

21. Juli – Taufe in der Igreja da Nossa Senhora dos Mártires, deren Glocke 1914 als *Sino da minha aldeia* (Glocke meines Dorfes) in die Literatur eingeht. Pessoas zweiter Name António wird ihm zu Ehren des Heiligen Antonius von Lissabon gegeben, dem Schutzpatron der Stadt, dessen Gedenktag der 13. Juni ist.

1889

16. April – Um 13.45 Uhr wird Pessoas Heteronym Alberto Caeiro in Lissabon geboren.

1890

15. Oktober – Pessoas Heteronym Álvaro de Campos wird in Tavira (Algarve) geboren.

1893

21. Januar – Geburt seines Bruders Jorge. Pessoa, zu diesem Zeitpunkt fünf Jahre alt, kann bereits schreiben und lesen.

13. Juli – Pessoas Vater stirbt im Alter von 48 Jahren an Tuberkulose.

15. November – Die Familie versteigert einen Teil ihres Eigentums und zieht gemeinsam mit Pessoas geisteskranker Großmutter Dionísia und zwei alten Dienstmägden in eine bescheidene Wohnung in der Rua de S. Marçal 104, 3. Stock.

1894

2. Januar – Noch kein Jahr alt, stirbt Pessoas Bruder Jorge. Im selben Monat lernt die Mutter ihren späteren zweiten Ehemann, Kommandant João Miguel Rosa, kennen.

Pessoa erfindet seine ersten geistigen Gefährten, den Chevalier de Pas und Kapitän Thibeaut.

1895

3. Mai – Großmutter Dionísia wird in das psychiatrische Krankenhaus Rilhafoles in Lissabon eingeliefert, aus dem sie am 14. Juli wieder entlassen wird.

Juni – Kommandant João Miguel Rosa wird als portugiesischer Interimskonsul nach Durban (Südafrika) abgeordnet. Er tritt dort im Juli seinen Dienst an.

26. Juli – Pessoa schreibt im Alter von sieben Jahren sein erstes Gedicht, den Vierzeiler *Meiner geliebten Mama*.

30. Dezember – Die Mutter ehelicht Kommandant João Miguel Rosa per Ferntrauung in der Igreja São Mamede in Lissabon. Der Bräutigam wird durch seinen Bruder General Enrique Rosa vertreten. Ihn und Pessoa wird zeitlebens eine intensive intellektuelle Freundschaft verbinden.

1896

20. Januar – Pessoa und seine Mutter reisen in Begleitung seines Großonkels Manuel Gualdino da Cunha nach Madeira, von wo aus sie sich am 31. 1. 1896 auf der *Hawarden Castle* nach Durban einschiffen.

März – Einschulung in die von irischen und französischen Schwestern geführte St. Joseph's Convent School, wo er die üblichen fünf Grundschuljahre in nur drei Jahren absolviert und auch die Erstkommunion erhält.

27. November – Geburt seiner Schwester Henriqueta Madalena, Teca genannt. Sie ist das erste Kind aus der zweiten Ehe seiner Mutter, überlebt Pessoa um 57 Jahre und stirbt 1992.

1898

22. Oktober – Geburt seiner Schwester Madalena Henriqueta.

1899

April – Eintritt in die Durban High School, wo er drei Jahre bleibt und einer der besten Schüler seines Jahrgangs ist. Der Schuldirektor, W. H. Nichols, Humanist, Lateinlehrer und profunder Kenner der lateinischen Klassiker und der englischen Literatur, spielt für die geistige und intellektuelle Entwicklung des jungen Pessoa eine wichtige Rolle.

1900

11. Januar – Geburt seines Bruders Luís Miguel.

1901

12. Mai – Pessoa schreibt *Separated from thee*, eine romantische Elegie auf eine abwesende Frau. Neben dem kindlichen Vierzeiler von 1895 das älteste von ihm bekannte Gedicht.

Juni – Mit 13 Jahren besteht er nach etwas mehr als zwei Jahren statt der üblichen drei die *Cape School Higher Certificate Examination* (Englisch, Latein, Französisch, Arithmetik, Algebra und Geometrie) mit Auszeichnung.

25. Juni – Seine Schwester Madalena Henriqueta stirbt im Alter von drei Jahren.

1. August – Die Familie bricht auf dem deutschen Schiff *König*, das auch den Leichnam Madalena Henriettas mitführt, zu einem einjährigen Sonderurlaub nach Portugal auf. Man bezieht zunächst in Pedrouços Quartier, später dann in der Avenida Dom Carlos I. 109, 3. Stock rechts. Fernando besucht mit seiner Mutter Verwandte väterlicherseits in Tavira.

1902

Mai – Pessoa besucht mit der Familie seine Patentante, Ana Luisa Nogueira de Freitas (Tante Anica) auf Terceira (Azoren), wo er gemeinsam mit seinem Vetter Mário eine handgeschriebene »Zeitschrift« namens *A Palavra* (Das Wort) kreiert, darin veröffentlicht er das von ihm verfaßte und mit Dr. Pancrácio unterzeichnete Gedicht *Quando ela passa* (Wenn sie vorübergeht), eine wahrscheinlich vom Tod Madalenas inspirierte Elegie, sowie Scharaden und die Geschichte eines Schiffsuntergangs.

26. Juni – Mutter, Stiefvater und Geschwister kehren nach

Durban zurück. Pessoa bleibt in Lissabon, wahrscheinlich bei seinen Tanten in Pedrouços.

18. Juli – Unter dem Titel *Ein vierzehnjähriger Dichter* veröffentlicht die Zeitung *O Imparcial* sein mit 31. März 1902 datiertes Gedicht *Quando a dor me amargurar* (Wenn der Schmerz mich bitter ankommt).

Zwischen August und September veröffentlicht er in der Zeitung *O Pimpão* vier kleine Scharaden, die er mit Dr. Pancrácio unterzeichnet.

19. September – Pessoa kehrt auf dem deutschen Schiff *Herzog* allein nach Südafrika zurück.

Oktober – Er besucht die Abendkurse der Commercial School von Durban und bereitet sich tagsüber für die Aufnahmeprüfung in der Kap-Universität vor.

Er versucht, Romane auf englisch zu schreiben.

1903

17. Januar – Geburt seines Bruders João Maria.

Seinen Tagebuchaufzeichnungen ist zu entnehmen, daß er im Durchschnitt täglich ein Buch liest, meist im Original: Shakespeare, Shelley, Keats, Espronceda, Guerra Junqueiro, Voltaire, Molière, Tolstoj, Aristoteles und Lombroso.

Er plant und beginnt mit der Redaktion einer Zeitschrift namens *O Palrador* (Der Schwätzer), an der fünfzehn von ihm erfundene portugiesische und englische Schriftsteller mitarbeiten.

11. Juli – In *The Natal Mercury* aus Durban erscheint unter dem Titel *The Miner's Song* ein Gedicht eines gewissen Karl P. Effield, hinter dessen Name sich der junge Pessoa verbirgt. Es ist sein erstes veröffentlichtes englisches Gedicht. Er ist zu diesem Zeitpunkt 15 Jahre alt.

Ebenfalls im Juli veranstaltet dieselbe Zeitung einen Scharadenwettbewerb (*Puzzle Column Prize*), aus dem Pessoa im Dezember unter dem Pseudonym »Tagus« als Sieger hervorgeht.

November – Pessoa legt die *Matriculation Examination* für die Kap-Universität ab, die zu dieser Zeit nur Prüfungen abhält und noch keine Vorlesungen anbietet. Er gewinnt unter 899 Kandidaten aus ganz Südafrika den *Queen Victoria Memorial Prize* für den besten Aufsatz in Englisch. Der Preis besteht in Büchern. Er wählt das dichterische Werk von Keats, Tennyson und Ben Jonson aus sowie einen Band mit Erzählungen von Edgar Allan Poe.

1904

Februar – Pessoa kehrt an die Durban High School zurück, wo er die dem ersten Universitätsjahr entsprechende *Sixth Form* besucht. Er liest Shakespeare, Milton, Shelley, Keats, Byron, Wordsworth, Poe und Carlyle. Er schreibt Lyrik und Prosa auf englisch.

9. Juli – Zu diesem Zeitpunkt 16 Jahre alt, nimmt er im *The Natal Mercury* an einer literarischen Debatte zu einer Horazübersetzung teil. Die Zeitung veröffentlicht ein satirisches, mit C. R. Anon unterzeichnetes Gedicht. C. R. Anon ist Pessoas erstes Präheteronym mit einem umfangreicheren Werk. C. R. Anon schreibt Lyrik und Prosa auf englisch.

16. August – Geburt seiner Schwester Maria Clara.

Dezember – *The Durban High School Magazine* veröffentlicht einen kritischen Essay Pessoas über Macaulay.

16. Dezember – Pessoa besteht die *Intermediate Examination in Arts* der Kap-Universität als bester Student der Provinz Natal und verläßt die Durban High School.

1905

20. *August* – Da er kein Stipendium für eine Universität in England erhält, verläßt er Südafrika und kehrt an Bord der *Herzog* ohne seine Familie nach Portugal zurück. Er ist 17 Jahre alt.

14. September – Ankunft in Lissabon. Zunächst wohnt er für einige Zeit bei einer Großtante (wo auch seine Großmutter Dionísia lebt) in Pedrouços, dann für ein Jahr bei seiner verwitweten Tante Anica und deren Kindern in der Rua de São Bento 19, 2. Stock links.

Er schreibt weiter auf englisch. Liest neben englischer Literatur Baudelaire, Verlaine und Mallarmé und unter dem Einfluß seines väterlichen Freundes, General Henrique Rosa, zunehmend zeitgenössische portugiesische Dichter, insbesondere Cesário Verde.

Er schreibt sich an der Philosophischen Fakultät der Universität Lissabon für den *Curso Superior de Letras* ein, den er am 2. Oktober beginnt.

1906

März – Pessoas Tagebuchaufzeichnungen ist zu entnehmen, daß er ohne große Begeisterung Vorlesungen in Geschichte, Geographie, Philologie, Englisch und Französisch besucht. Er liest u. a. Aristoteles, Alfred Weber, Rousseau, Kant und Sampaio Bruno, Chatterton, Guerra Junqueiro, Thackeray, Campoamor, Keats, Molière und Jules Verne. Das Präheteronym Alexander Search tritt auf den Plan, dem er rückwirkend mehrere von 1904 bis 1906 datierte und ursprünglich mit C. R. Anon gezeichnete Gedichte zuschreibt. Er fühlt sich allein und ohne Freunde und trägt sich mit dem Gedanken, nach England überzusiedeln.

April – Seinen Tagebuchaufzeichnungen ist zu entnehmen, daß er begonnen hat, Deutsch zu lernen. Am 11. Mai schreibt er, es sei ihm mit Schwierigkeiten gelungen, ein kurzes Gedicht von Schiller zu übersetzen.

Mai / August – In dieser Zeit häufig krank, nimmt er an den im Juli stattfindenden Semesterabschlußprüfungen nicht teil.

September – Er schreibt sich erneut für den *Curso Superior de Letras* ein, mit Schwerpunkt Philosophie.

Oktober – Seine Familie kommt für einen längeren Ferienaufenthalt aus Durban. Er bezieht zusammen mit ihr eine Wohnung in der Calçada da Estrela 100, 1. Stock.

11. Dezember – Seine Schwester Maria Clara stirbt im Alter von drei Jahren.

1907

Mehrere literarische Persönlichkeiten bzw. Alter egos Pessoas treten auf den Plan. Sie schreiben in unterschiedlichen Sprachen: Faustino Antunes und Pantaleão (Portugiesisch), Charles James Search und Friar Maurice (Englisch) und Jean Seul de Méluret (Französisch).

25. April – Die Familie kehrt nach Durban zurück. Pessoa zieht zu seinen Großtanten und seiner Großmutter Dionísia in die Rua da Bela Vista à Lapa 17 und läßt für Alexander Search Visitenkarten mit ebendieser Anschrift drucken.

Mai / Juni? – Pessoa bricht sein Studium ab und verläßt die Universität. Er macht eine schwere psychische Krise durch, der er u. a. mit Gymnastik zu begegnen sucht.

Er schreibt unter dem Namen Faustino Antunes auf französisch und englisch Briefe an ehemalige Schulkameraden und Lehrer in Durban, gibt sich als Psychiater aus und erbittet Informationen über Verhalten und Geisteszustand des ehemaligen Schülers »Fernando Pessoa«.

Er liest in französischer Übersetzung Max Nordaus *Entartung*, einige von dessen Ideen fließen 1912 in seine ersten publizierten Essays ein.[139]

Unter dem Namen Alexander Search verfaßt er die makabere Erzählung *A very original dinner* (Ein ganz ausgefallenes Abendessen).

September – Großmutter Dionísia stirbt in geistiger Umnachtung. Pessoa ist Alleinerbe. Er stellt seine kurze Tätigkeit als Praktikant in der Wirtschaftsauskunftei R. G. Dun & Co., die heute zu Dun & Bradstreet gehört, ein.

139 A. d. Ü.: Siehe hierzu: *Fernando Pessoa, Genie und Wahnsinn*, a. a. O., S. 56 ff.

1908

Pessoa beginnt als Fremdsprachenkorrespondent für verschiedene Handelshäuser in der Lissabonner Unterstadt zu arbeiten. Diesem Broterwerb geht er bis zu seinem Lebensende nach.

1. Februar – Dom Carlos I. und der Kronprinz werden in Lissabon ermordet. Manuel II. besteigt den Thron.

September – Drei Jahre nach der Rückkehr aus Südafrika beginnt Pessoa Gedichte in seiner Muttersprache zu schreiben, die er in der Folge als seine Heimat bezeichnet.

14. Dezember – Erste Szenen seines an Goethe inspirierten Faust-Fragments, an dem er sein Leben lang arbeiten wird.

1909

Neue fiktive Persönlichkeiten treten auf den Plan: Joaquim Moura Costa, Vicente Guedes, Carlos Otto. Pessoa verfolgt aufmerksam die politische Entwicklung seines Landes und schreibt weiterhin auf englisch und portugiesisch, Lyrik wie Prosa.

August – Pessoa fährt nach Portalegre, um mit dem Erbe seiner Großmutter Maschinen für eine Druckerei zu kaufen, die Empresa Íbis – Tipográfica e Editora, die er einige Monate später in Lissabon, in der Rua da Conceição da Glória 38, 4. Stock, gründet.

November – Er zieht von seinen Tanten fort in die Rua da Glória 4, Parterre. Bis zu seinem Tod 1935 wechselt er noch 13 mal seine Adresse.

Ende Oktober – Er veröffentlicht im *Novo Almanaque de Lembranças Luso-Brasileiro* zum zweiten Mal eine Scharade unter dem Namen Gaudêncio Nabos.

1910

Juni – Schließung der Empresa Íbis, die vom 12. März bis zum 18. Juni lediglich eine republikanische Wochenzeitung für die Stadt Loulé namens *O Povo Algarvio* druckte sowie Prospekte und Briefpapier, aber kein einziges Buch.

5. Oktober – Die Republik wird ausgerufen. Das Königshaus geht ins Exil. Bildung einer provisorischen Regierung unter dem Schriftsteller Teófilo Braga. Trennung von Kirche und Staat und Verbot aller religiösen Orden.

1911

Pessoa zieht an den Largo do Carmo 18–20, 1. Stock. Im selben Gebäude befinden sich die Unternehmen Agência Internacional de Minas und die Garantia Social, für die er gearbeitet haben soll.

Mai? – Er übersetzt im Auftrag des Verlegers Warren F. Kellogg englische und spanische Gedichte für die *Biblioteca Internacional de Obras Célebres* in Brasilien, die von 1912 an in 24 Bänden erscheinen soll. Eine Einladung des Verlegers nach England zur Vorbereitung des Werkes lehnt Pessoa ab.

Juni – Er zieht zu seiner Tante Anica in die Rua Passos Manuel 24, 3. Stock links.

August – Die Republikanische Partei spaltet sich in verschiedene Fraktionen auf, deren radikalste die Demokraten unter Afonso Costa[140] sind, auf den sich Pessoa »einschießt«.

12. September – Die Familie zieht von Durban nach Pretoria. Ernennung J. M. Rosas zum Generalkonsul von Portugal.

140 A. d. Ü.: Afonso Costa (1871–1937) setzte sich als erster republikanischer Politiker für die Trennung von Staat und Kirche ein. In der Ersten Republik war er zwischen 1913 und 1917 viermal Ministerpräsident.

1912

Januar – Gründung der literarischen und ästhetischen Bewegung »Renascença Portuguesa« in Porto, deren Sprachrohr die Zeitschrift *A Águia* und deren Doktrin der Saudosismus (von saudade = Sehnsucht) ist und eine Erneuerung der portugiesischen Dichtung fordert.

April – Beginn von Pessoas Tätigkeit als Literaturkritiker; in *A Águia* mit dem kritischen Essay *A Nova Poesia Portuguesa Sociologicamente Considerada* (Die neue portugiesische Dichtung unter soziologischem Gesichtspunkt[141]). In diesem ersten Essay prophezeit er das baldige Erscheinen eines »Super-Camões«, mit dem er sich selbst meint und sich als den großen künftigen Dichter Portugals ankündigt. Im Mai und September folgen zwei weitere und ebenso heftig und kontrovers diskutierte Essays zu diesem Thema.[142]

Oktober – Sein engster Freund und literarischer Weggefährte, Mário de Sá-Carneiro, schreibt sich in der Sorbonne ein und siedelt nach Paris über. Ein intensiver Briefwechsel beginnt. Sá-Carneiro beklagt, daß Pessoa in der Öffentlichkeit nur als Kritiker und nicht als Dichter wahrgenommen wird.

1913

Januar – Erste esoterische Gedichte unter eigenem Namen. Beginn eines intensiven literarischen Schaffens und geistigen Austauschs mit anderen zeitgenössischen Autoren. Pessoa schreibt kritische und polemische Artikel für die Wochenzeitungen *Teatro: Revista de crítica* und *Teatro: Jornal de arte*, desgleichen weiterhin für *A Águia*, wo im August sein Prosatext *Im Wald der Entfremdung*[143] mit dem Hinweis

141 A. d. Ü.: Siehe: *Fernando Pessoa, Orpheu*, a. a. O., S. 15 ff.

142 A. d. Ü.: ebd., S. 27–45 und S. 46–79.

143 A. d. Ü.: Siehe: *Fernando Pessoa, Buch der Unruhe*, a. a. O., S. 490–497.

»aus dem Buch der Unruhe, in Vorbereitung« erscheint. Sein erstes erotisches Gedicht *Epithalamium* und das Gedicht *Absurde Stunde*[144] entstehen sowie das statische Drama *Der Seemann.*

1914

Februar – Pessoa veröffentlicht in der ersten und einzigen Ausgabe von *Renascença* unter dem Titel *Impressionen der Dämmerung*[145] die Gedichte *O Glocke meines Dorfes* und *Sümpfe des Sehnens streifen meine vergoldete Seele.* Mit letzterem begründet er eine literarische Bewegung, die er *Paulismus*[146] (von dem Wort paúl: Sumpf / Pfuhl) nennt.

März – Er sammelt und übersetzt im Auftrag eines englischen Verlegers 300 portugiesische Sprichwörter.

4. März – Erstes datiertes Gedicht von Alberto Caeiro.

8. März – Von Pessoa als der »triumphale Tag« seines Lebens bezeichnet. Der Tag, an dem er in einer Art ekstatischer Trance seinen »Meister« Alberto Caeiro in sich in Erscheinung treten fühlt und durch dessen Hand den Gedichtzyklus *Der Hüter der Herden*[147] in einem Zug niederschreibt. Als Reaktion verfaßt er in unmittelbarer Folge unter eigenem Namen das Gedicht *Schräger Regen*[148], ein Schlüsseltext des von ihm ins Leben gerufenen *Intersektionismus*[149] (von engl. intersection: Überschneidung).

April – Er zieht mit Tante Anica und deren Tochter in die Rua Pascoal de Melo 119, 3. Stock rechts.

Juni – Álvaro de Campos tritt mit seiner *Triumph-Ode*[150] auf

144 A. d. Ü.: Siehe: *Fernando Pessoa, Er selbst,* a. a. O., S. 29 ff.

145 A. d. Ü.: ebd., S. 22–25.

146 A. d. Ü.: Siehe hierzu: *Fernando Pessoa, Orpheu,* a. a. O., S. 91 ff.

147 A. d. Ü.: Siehe: *Pessoa / Caeiro, Poesia – Poesie,* Zürich 2004 und Frankfurt / M. 2008, S. 10 ff.

148 A. d. Ü.: Siehe: *Fernando Pessoa, Er selbst,* a. a. O., S. 39 ff.

149 A. d. Ü.: Siehe hierzu: *Fernando Pessoa, Orpheu,* a. a. O., S. 103 ff.

150 A. d. Ü.: Siehe: *Pessoa / Campos, Poesia-Poesie,* a. a. O., S. 45 ff. und *Pessoa / Campos, Poesie und Prosa,* a. a. O., S. 29 ff.

den Plan, die Sá-Carneiro für »das Meisterwerk des Futurismus« hält. Sie erscheint im Folgejahr in der ersten Nummer von *Orpheu*.[151]

5. Juni – In einem Brief an seine Mutter in Pretoria ist zu lesen: »Was werde ich in zehn oder auch nur fünf Jahren sein? Meine Freunde sagen, einer der größten zeitgenössischen Dichter. (...) Aber weiß ich denn, was das, wenn dem wirklich so sein sollte, genau bedeutet? (...) Vielleicht schmeckt der Ruhm nach Tod und Sinnlosigkeit und riecht der Triumph nach Verwesung.«

12. Juni – Erste datierte Oden von Ricardo Reis.

September – Pessoa schreibt am *Buch der Unruhe*, »unzusammenhängende Versatzstücke«, seines Alter egos Bernardo Soares, an Fragmenten zur *Theorie der aristokratischen Republik* und den soziologischen Essay *Der deutsche Krieg*.

In der Cervejaria Jansen, Rua Victor Cordon, erste Zusammenkünfte der Gruppe, aus der *Orpheu* hervorgeht.

November – Tante Anica siedelt ins Ausland um. Pessoa zieht in ein möbliertes Zimmer bei einer Büglerin in die Rua de Dona Estefânia 127, Erdgeschoß rechts. Nach mehreren Zerwürfnissen bricht er mit der Gruppe der *Renascença Portuguesa*.

1915

Erster Hinweis auf das Heteronym António Mora. Pessoa betrachtet ihn als den »philosophischen Nachfolger« Alberto Caeiros, der im selben Jahr stirbt. Ebenfalls 1915, möglicherweise auch schon 1914, erfindet Pessoa das Astrologen-Heteronym Raphael Baldaya. Er nimmt an spiritistischen Sitzungen teil und trägt sich mit der Absicht, sich als Astrologe niederzulassen.

24. März – Erscheinen der ersten Ausgabe von *Orpheu*, einer von Pessoa, Sá-Carneiro und anderen gegründeten und als Sprachrohr des Modernismus bezeichneten Avantgardezeitschrift. Sie löst

151 A. d. Ü.: Siehe hierzu: *Fernando Pessoa, Orpheu*, a. a. O., S. 251 ff.

einen Skandal aus. Darin das orthonyme statische Drama *Der Seemann* sowie die Langgedichte *Opiarium*[152] und *Triumph-Ode* von Álvaro de Campos.

4.–21. April – Mitarbeit bei der Tageszeitung *O Jornal*, in der er u. a. sechs sozialpolitische Texte unter der Rubrik *Crônica da Vida que Passa* (Chronik des vergehenden Lebens) veröffentlicht.

6. Mai – Pessoa beginnt mit der Niederschrift von *Antinous*[153], einem langen auf englisch verfaßten Erzählgedicht und Versinnbildlichung der homoerotischen Liebe.

13. Mai – Veröffentlichung seines Artikels *O Preconceito da Ordem* (Die Voreingenommenheit der Ordnung) in der einzigen Ausgabe der Untergrundstreitschrift *Eh real!*, in dem er sich klar gegen die Diktatur von General Pimenta de Castro ausspricht.

14. Mai – Sturz der Regierung von Pimenta de Castro.

28. Juni – Erscheinen der zweiten Ausgabe von *Orpheu*, deren Herausgeber jetzt Sá-Carneiro und Pessoa sind. Darin unter eigenem Namen der Gedichtzyklus *Schräger Regen* und die *Meeresode*[154] von Álvaro de Campos.

Juli – Die Zeitung *A Capital* polemisiert in einem Artikel gegen die *Orpheu*-Gruppe. Am 6. Juli verwehrt sich Pessoa dagegen scharf in einem mit Álvaro de Campos, Ingenieur und sensationistischer Dichter, unterzeichneten Brief, den er mit einer sarkastischen Anspielung auf den kurz zuvor bei einem Straßenbahnunfall schwer verletzten Politiker und Vorsitzenden der Demokratischen Partei, Afonso Costa, beendet.[155]

7. Juli – Etliche Mitglieder der Gruppe um *Orpheu* distanzieren sich daraufhin von ihm.

152 A. d. Ü.: Siehe: *Pessoa / Campos, Poesia – Poesie*, a. a. O.; S. 23 ff. und *Pessoa / Campos, Poesie und Prosa*, a. a. O., S. 17 ff.

153 A. d. Ü.: Siehe: *Fernando Pessoa, Esoterische Gedichte, Botschaft, Englische Gedichte*, a. a. O., S. 173 ff.

154 A. d. Ü.: Siehe: *Pessoa / Campos, Poesia – Poesie*, a. a. O., S. 83 ff. und *Pessoa / Campos, Poesie und Prosa*, a. a. O., S. 48 ff.

155 A. d. Ü.: Siehe: *Fernando Pessoa, Orpheu*, a. a. O., S. 339.

September – Aus Paris bittet Sá-Carneiro Pessoa, die Herausgabe der dritten Ausgabe von *Orpheu* in Ermangelung finanzieller Mittel zurückzustellen.

Die *Livraria Clássica Editora* beauftragt Pessoa mit der Übersetzung einer sechsbändigen Sammlung zeitgenössischer theosophischer und esoterischer Texte aus dem Englischen. Die ersten beiden Bände erscheinen noch vor Jahresende.

November – Tod seines Heteronyms Alberto Caeiro, das dessenungeachtet noch bis 1930 weiter schreibt.

Dezember – In Pretoria erleidet seine Mutter einen Schlaganfall und bleibt halbseitig gelähmt.

1916

März – Erste mediumistische Phänomene und Erfahrungen mit dem Automatischen Schreiben.

9. März – Deutschland erklärt Portugal den Krieg.

April – In der ersten und einzigen Ausgabe der Zeitschrift *Exílio* erscheinen Pessoas orthonymes Gedicht *Absurde Stunde* und der Essay *Movimento Sensacionista.*

26. April – Selbstmord Sá-Carneiros in Paris, der ihn schwer trifft.

Mai–Oktober – Pessoa zieht mehrmals in möblierte Zimmer um, in die Rua Antero de Quental, in die Rua Almirante Barroso 12 und in die Rua Cidade da Horta 58. Am 4. September kündigt er Côrtes-Rodrigues die dritte Ausgabe von *Orpheu* an, die aufgrund finanzieller Schwierigkeiten jedoch nicht erscheinen kann. Er teilt ihm mit, daß er eine längere und schwere Depression überwunden habe, einiges auf englisch zu publizieren gedenke und seinen Nachnamen daher von seinem unnützen Zirkumflex befreien wolle, da dieser für dessen kosmopolitischen Gebrauch von Nachteil sei.

Er veröffentlicht in der ersten und einzigen Ausgabe der Zeitschrift *Centauro* unter seinem Namen den esoterischen Gedichtzyklus *Passos da Cruz* (Kreuzweg) und in der Provinzzeitung *Terra Nossa* das Gedicht *A Cefeira* (Die Schnitterin[156]).

1917

12. Mai – Pessoa schickt seine Gedichtsammlung *The Mad Fiddler* an den englischen Verlag Constable & Company Ltd., der eine Veröffentlichung jedoch ablehnt.

1. Juli – In der Zeitung *O Heraldo* aus Faro erscheint sein orthonymes Gedicht *A casa branca nau preta* (Das weiße Haus schwarze Schiff)[157], das er dem Futurismus zurechnet.

Juli / August – Mit zwei anderen Partnern gründet Pessoa das Büro für Kommissions- und Konsignationsgeschäfte F. A. Pessoa, das jedoch bereits ein Jahr später wieder aufgelöst wird. Es befindet sich zunächst in der Rua de São Julião 41, 1. Stock, dann in die Rua do Ouro 87, 2. Stock, der Straße, in der auch das Büro von Bernardo Soares aus dem *Buch der Unruhe* liegt.

Pessoa zieht in die Rua Bernadim Ribeiro 11, 1. Stock.

November – In der ersten und einzigen Ausgabe von *Portugal Futurista* erscheinen Gedichte von Pessoa ipse und das *Ultimatum*[158] von Álvaro de Campos. Die Zeitschrift wird von der Polizei beschlagnahmt. Grund ist angeblich die »unziemliche« Sprache von Almada Negreiros Beitrag *Saltimbancos*, einem pornographischen Text.

5. Dezember – Sidónio Pais putscht gegen die demokratisch gewählte Regierung und errichtet eine Diktatur.

156 A. d. Ü.: Siehe: *Fernando Pessoa, Er selbst*, a. a. O., S. 91.

157 A. d. Ü.: ebd., S. 67 ff.

158 A. d. Ü.: Siehe: *Pessoa / Campos, Poesia – Poesie*, a. a. O., S. 711 ff. und *Pessoa / Campos, Poesie und Prosa*, a. a. O., S. 371 ff.; sowie in *Fernando Pessoa, Orpheu*, a. a. O., S. 233 ff.

1918

Juli – Pessoa veröffentlicht im Selbstverlag (Monteiro & Co.) zwei Broschüren mit englischsprachigen Gedichten: *Antinous* und *35 Sonnets*[159]. Er schickt sie an verschiedene englische Zeitungen (darunter *Times Literary Supplement)*, die sie, ungeachtet einiger Vorbehalte, allgemein positiv rezensieren.

6. Dezember – Sidónio Pais wird in Lissabon ermordet. Sein Tod stürzt Portugal in eine schwere politische Krise. Pessoa, der in ihm den Retter des Landes sah, ist zutiefst betroffen.

Pessoa zieht in die Rua de Santo António dos Capuchos.

1919

19. Januar – In Porto und Lissabon wird zeitgleich von Militärs die Monarchie ausgerufen, die im Februar durch republikanische Kräfte gestürzt wird. Ricardo Reis, der Monarchist ist, wird von seinem Schöpfer Fernando Pessoa nach Brasilien ins Exil geschickt.

Pessoa beginnt aktiv an der Planung und Verbreitung einer neuen politischen Zeitschrift »sidonistischer« Couleur mitzuarbeiten, die am 9. August 1919 erscheint und großes öffentliches Aufsehen erregt.

April – Er plant eine portugiesische Zeitschrift, die ausschließlich im Ausland und auf englisch und französisch erscheinen soll. Álvaro de Campos soll darin mit einer Übersetzung von *Ultimatum* vertreten sein. Der Plan wird jedoch nie verwirklicht.

1. und 19. Mai – Er publiziert in *Acção* die politischen Essays *Como organizar Portugal* (Wie Portugal organisieren) und *A opinião pública* (Die öffentliche Meinung). Für die nächsten zwei Jahre wird er keine literarische Prosa schreiben.

159 A. d. Ü.: Siehe: *Fernando Pessoa, Esoterische Gedichte, Botschaft, Englische Gedichte*, a. a. O., S. 135 ff.

Mai–August? – Pessoa zieht in die Rua Capitão Renato Baptista 3, Erdgeschoß links.

10. Juni – Pessoa bittet die Pariser Magnetiseure und Okkultisten Hector und Henri Durville, Verfasser zahlreicher Studien über magnetische Therapie, in einem Schreiben um Informationsmaterial, insbesondere zu einem Fernkurs über persönlichen Magnetismus. Er selbst bezeichnet sich in diesem Schreiben als Hysteroneurastheniker vorwiegend neurasthenischer Prägung.

7. Oktober – Tod des Stiefvaters in Pretoria.

8. Oktober – Pessoa lernt Ofélia Queirós kennen, Sekretärin in der Import-Exportfirma Félix, Valladas & Freitas Lda., wo er als Fremdsprachenkorrespondent arbeitet. Sie ist zu diesem Zeitpunkt neunzehn, er einunddreißig Jahre alt.

Oktober–November? – Umzug in die Avenida Gomes Pereira in Benfica.

1920

30. Januar – Die renommierte englische Zeitschrift *The Athenaeum* veröffentlicht Pessoas Gedicht *Meantime* aus dem Gedichtband *The Mad Fiddler.*

20. Februar – Pessoas Mutter und seine drei Geschwister schiffen sich in Lourenço Marques nach Lissabon ein.

27. Februar – *Acção* veröffentlicht Pessoas elegisches Gedicht *À Memória do Presidente Sidónio Pais* (Zur Erinnerung an Präsident Sidónio Pais).

1. März – Pessoa schreibt seinen ersten Liebesbrief an Ofélia.

Er nimmt unter dem Namen A. A. Crosse an einem Wettbewerb der *Times* für Kreuzworträtsel teil.

29. März – Pessoa mietet eine Wohnung in der Rua Coelho da Rocha 16, wo er bis zu seinem Tod 1935 bleiben wird. Ende April ziehen auch seine am 30. März in Lissabon eingetroffene Mutter und seine Geschwister dort ein. Das Gebäude ist heute Eigentum der Stadt Lissabon und beherbergt die *Casa Fernando Pessoa.*

5. April – Zum ersten Mal findet in einem Brief an Ofélia Pessoas Heteronym Álvaro de Campos Erwähnung. Fortan immer wieder Störfaktor ihrer Romanze.

8. Mai – Seine beiden Halbbrüder Luís und João gehen zum Studium nach England, wo sie sich auch niederlassen und heiraten. Luís stirbt 1975, João 1977.

Oktober – Pessoa leidet unter starken Depressionen und trägt sich mit dem Gedanken, eine Nervenheilanstalt aufzusuchen.

November – Ende der ersten Phase von Pessoas und Ofélias Beziehung. Er schreibt ihr in einem letzten Brief: »Mein Schicksal gehorcht einem anderen Gesetz, von dessen Existenz Sie nicht wissen, und ist mehr und mehr Meistern Gehorsam schuldig, die nichts zugestehen und nichts verzeihen.«

1921

Pessoa gründet am 11. Oktober die Firma Olisipo-Agenten, Unternehmensberater und Verleger, mit Sitz in der Rua da Assunção 58, 2. Stock. Olisipo versteht sich sowohl als Verlag als auch als Wirtschaftsunternehmen, das portugiesische Interessen insbesondere im Ausland vertreten und fördern möchte. *Olisipo* besteht als Verlag bis 1923. 1921 erscheinen dort von Pessoa *English Poems I, II und III* und von Almada Negreiros *A Invenção do Dia Claro* (Die Erfindung des hellen Tages).

1922

Mai – In der ersten Ausgabe der von José Pacheco gegründeten Zeitschrift *Contemporânea* erscheint Pessoas *O Banqueiro Anarquista* (Der Bankier als Anarchist). Olisipo bringt eine Neuauflage der *Canções* (Gesänge) des bekennenden homosexuellen Dichters António Botto heraus.

Juli – Pessoa veröffentlicht in *Contemporânea* den provokativen

Essay *António Botto e o Ideal Estético em Portugal*, in dem er Botto als einzigen Ästheten Portugals bezeichnet und die Homosexualität verteidigt.

Oktober – In *Contemporânea 4* erscheint von Pessoa *Mar Português* (Portugiesisches Meer[160]), ein Zyklus von zwölf Gedichten, die später in *Mensagem* (Botschaft) aufgenommen werden. In derselben Nummer veröffentlicht der Literaturkritiker Álvaro Maia den gegen Pessoa gerichteten polemischen Essay *Literatura de Sodoma. O Sr. Fernando Pessoa e o Ideal estético em Portugal.*

1923

Januar – Pessoa veröffentlicht in *Contemporânea* französische Gedichte *(Trois chansons mortes).*

Februar – In *Contemporânea* erscheint *Lisbon Revisited (1923)*[161] von Álvaro de Campos. Olisipo veröffentlicht die Schrift *Sodoma Divinizada* (Vergöttertes Sodom) von Raul Leal, in der Leal Pessoa verteidigt. Es kommt zu einem öffentlichen Skandal, sowohl Bottos *Canções* als auch Leals Schrift werden von der Polizei beschlagnahmt.

6. März – Die rechtsradikale katholische Studentenvereinigung *Liga de Acção dos Estudantes de Lisboa* startet eine breitangelegte Kampagne gegen den Verfall von Moral und Sitten im Land. Álvaro de Campos antwortet darauf mit dem Flugblatt *Aviso por Causa da Moral* (Bekanntmachung in Sachen Moral[162]).

April – Pessoa bringt ein zweites Flugblatt *Sobre um Manifesto de Estudantes* in Umlauf, in dem er den von den Studenten attackierten und verunglimpften Raul Leal verteidigt.

160 A. d. Ü.: Siehe: *Fernando Pessoa, Esoterische Gedichte, Botschaft, Englische Gedichte*, a. a. O., S. 91 ff.

161 A. d. Ü.: Siehe: *Pessoa / Campos, Poesia – Poesie*, a. a. O., S. 347–349 und *Pessoa / Campos, Poesie und Prosa*, a. a. O., S. 183–184.

162 A. d. Ü.: ebd., S. 735 und S. 396.

10. Juli – Premiere des Theaterstücks *Mar Alto* von António Ferro, das wegen seines drastischen Realismus am Folgetag verboten wird. Pessoa unterzeichnet daraufhin ein Protestschreiben portugiesischer Intellektueller gegen die Zensur.

21. Juli – Pessoas Schwester Henriqueta heiratet und nimmt ihre inzwischen pflegebedürftige Mutter mit in ihre neue Wohnung in Benfica. Pessoa lebt zwei Jahre lang alleine in der Rua Coelho da Rocha.

1924

Oktober – In der ersten Ausgabe der Zeitschrift *Athena*, deren Herausgeber Pessoa ist, erscheinen zwanzig Oden (die literarischen Debüts) seines Heteronyms Ricardo Reis und in Pessoas Übersetzung Edgar Allan Poes Gedicht *The Raven*.

November / Dezember – In *Athena 2* erscheint von ihm ein Artikel über die letzten Gedichte von Mário de Sá-Carneiro, der Essay *O que é a Metafísica?* (Was ist Metaphysik?[163]) von Álvaro de Campos, in dem dieser eine andere Meinung als Fernando Pessoa vertritt. In *Athena 3* erscheinen ebenfalls von Campos *Apontamentos para uma estética não aristotélica* (Anmerkungen zu einer nicht-aristotelischen Ethik) und eine Reihe von Gedichten, die Pessoa mit eigenem Namen zeichnet sowie drei Gedichte seines Freundes Henrique Rosa.

1925

Januar – In der vierten Ausgabe von *Athena* tritt zum ersten Mal Alberto Caeiro auf den Plan, mit 23 Gedichten aus *O Guardador de Rebanhos* (Hüter der Herden).

Februar – Tod von Henrique Rosa.

In der fünften und letzten Ausgabe von *Athena* erscheinen

163 A. d. Ü.: ebd., S. 736 ff. und S. 397 ff.

sechzehn Gedichte aus *Poemas Inconjuntos* (Verstreute Gedichte) von Alberto Caeiro.

März – Tod der Mutter. Für Pessoa ein übergroßer Verlust.

August / September – Pessoa übersetzt *The Scarlet Letter* von Nathaniel Hawthorne.

27. Oktober – Pessoa meldet ein Patent für ein mehrsprachiges synthetisches Jahr- oder Merkbuch an, eine seiner zahlreichen Erfindungen, darunter auch ein von ihm *Aristography* genanntes Stenographiesystem für Portugiesisch, Französisch, Spanisch und Englisch. Er arbeitet seit 1925 für die Werbeagentur Empresa Nacional de Publicidade und schreibt Werbeslogans. Sein berühmtester Slogan (für Coca-Cola) lautete: *Primeiro estranha-se, depois entranha-se* (Erst ist man befremdet, dann kann man nicht mehr davon lassen).

1926

Januar – Zusammen mit seinem Schwager gibt Pessoa die *Revista de Comércio e Contabilidade* heraus, von der bis Juni desselben Jahres sechs Nummern erscheinen.

28. Mai – Ein Militärputsch etabliert am 4. Juni eine Militärdiktatur.

Juni – In *Contemporânea* erscheint *Lisbon Revisited (1926)*[164] von Álvaro de Campos.

1927

Februar – Niederschlagung republikanischer Erhebungen in Lissabon und Porto durch die Militärs.

April – In der im März gegründeten Zeitschrift *Presença*, Organ des sogenannten *Zweiten portugiesischen Modernismus*, bezeichnet José

164 A. d. Ü.: ebd., S. 351 ff. und S. 185 ff.

Régio, einer seiner Herausgeber, Pessoa als Meister der neuen literarischen Generation Portugals.

Juni – Beginn von Pessoas langjähriger Mitarbeit bei *Presença* mit dem orthonymen Gedicht *Marinha* und dem Text *Ambiente*[165] von Álvaro de Campos.

18. Juli – In *Presença* erscheinen drei Oden von Ricardo Reis.

1928

Januar – Pessoa verfaßt im Auftrag des *Núcleo de Acção Nacional* die Streitschrift *O Interregno. Defesa e Justificação da Ditatura Militar em Portugal* (Das Interregnum. Verteidigung und Rechtfertigung der Militärdiktatur in Portugal), von der er sich später distanziert.

März – In *Presença* erscheinen zwei Oden von Ricardo Reis und zwei orthonyme Gedichte.

April – António Oliveira de Salazar wird Finanzminister unter der neuen Regierung von General José Vicente de Freitas.

27. Mai – In *O Notícias Ilustrado*, in der Pessoa in den folgenden zwei Jahren regelmäßig publiziert, erscheint das Gedicht *Apostila* (Randnotiz[166]) von Álvaro de Campos.

August – Barão de Teive (Baron von Teive[167]), das wahrscheinlich letzte Heteronym Pessoas, tritt mit ersten Texten auf den Plan.

1929

April – Zusammen mit António Botto gibt Pessoa eine Anthologie moderner portugiesischer Lyrik heraus, zu der er das Vorwort schreibt. Erst 1944 erscheint das Werk vollständig.

165 A. d. Ü.: ebd., S. 745 und S. 413.

166 A. d. Ü.: ebd., S. 433 ff. und S. 225 ff.

167 *Pessoa/Teive, Die Erziehung zum Stoiker,* herausgegeben von Richard Zenith, übersetzt von Inés Koebel, Zürich 2004, und Frankfurt/M. 2008

Im Frühjahr erscheint in der Zeitschrift *A Revista* aus dem 1928 von Pessoa und anderen Autoren gegründeten Verlag Solução Editora der erste von elf Texten aus dem *Buch der Unruhe*, die Pessoa zu seinen Lebzeiten veröffentlicht. Er zeichnet sie mit seinem Namen, schreibt sie jedoch »Bernardo Soares, Hilfsbuchhalter in der Stadt Lissabon« zu.

Juni – João Gaspar Simões widmet sich in seinem Buch *Temas* als erster eingehend dem Werk Pessoas.

September – Pessoa nimmt auf einen Brief Ofélias hin die Beziehung erneut zu ihr auf. Am 11.9. schreibt er: »In mein Exil, das ich selber bin, ist Ihr Brief wie eine wohlbekannte Freude eingedrungen« und am 29.9.: »Mein Leben kreist um mein literarisches Werk (...). Alles andere im Leben ist für mich von sekundärem Interesse. (...) Ich liebe Sie – ja, liebe Sie sehr – kleine Ofélia. (...) Falls ich je heiraten sollte, dann nur Sie. Es fragt sich allerdings, ob eine Heirat, ein Heim (oder wie immer man dies nennen mag) Dinge sind, die sich mit meinem dem Denken verhafteten Leben vertragen.«

Dezember – Pessoa tritt mit dem englischen Magier, Okkultisten und Astrologen Aleister Crowley, ausgelöst durch dessen Buch *Confessions*, in regen Briefaustausch.

1930

11. Januar – Pessoa schreibt seinen letzten Brief an Ofélia. Sie bleiben jedoch lose in Verbindung. Ofélia heiratet nach Pessoas Tod; sie stirbt 1991.

Juni – In *Presença* erscheint das Gedicht *Aniversário* (Geburtstag[168]) von Álvaro de Campos sowie ein Fragment aus dem *Buch der Unruhe*.

2. September – Aleister Crowley trifft in Begleitung seiner jungen Geliebten Hanni Jaeger in Lissabon ein und wird von Pessoa empfangen.

168 A. d. Ü.: ebd., S. 523–525 und S. 271–272.

25. September – Erbost über die Abreise von Hanni Jaeger nach Berlin inszeniert Crowley mit Wissen und Unterstützung Pessoas seinen »Selbstmord« an der Boca do Inferno, der schroffen Felsküste bei Cascais. Sein mysteriöses Verschwinden erregt sowohl in Portugal als auch im Ausland großes Aufsehen, selbst Scotland Yard schaltet sich ein. Pessoa schreibt später die auf dieser Episode basierende nicht vollendete Kriminalgeschichte *Mouth of Hell.*

5. Oktober – In *Notícias Ilustrado* erscheinen »wichtige Aussagen« Pessoas zur Affäre Crowley.

1931

Januar – In *Presença* erscheinen das achte Gedicht aus *Der Hüter der Herden* von Alberto Caeiro und einige der *Aufzeichnungen zur Erinnerung an meinen Meister Alberto Caeiro* von Álvaro de Campos[169].

März–Juni – In *Presença* erscheinen Gedichte von Caeiro, Reis und Campos und das orthonyme Gedicht *O Andaime* (Das Gerüst[170]).

1. April – In der Zeitschrift *Descobrimento* erscheinen fünf Fragmente aus dem *Buch der Unruhe.*

Oktober – *Presença* veröffentlicht Pessoas Übersetzung von A. Crowleys Gedicht *Hymne an Pan*[171].

11. Dezember – In einem Brief an Gaspar Simões kritisiert Pessoa Freud und die Psychoanalyse.

169 A. d. Ü.: Siehe: *Pessoa / Caeiro: Poesia – Poesie*, a. a. O., S. 199 ff.

170 A. d. Ü.: Siehe: *Fernando Pessoa: Er selbst*, a. a. O., S. 87–89.

171 A. d. Ü.: Siehe: *Fernando Pessoa, Boca do Inferno. Aleister Crowleys Verschwinden in Portugal*, herausgegeben und übersetzt von Steffen Dix, Frankfurt / M. 2012, S. 356 ff.

1932

In *Presença* (November 1931 / Februar 1932) erscheinen ein Fragment aus dem *Buch der Unruhe* und ein Sonnet von Álvaro de Campos; in der ersten Nummer der *Revista Editorial* ein weiteres Fragment aus dem *Buch der Unruhe.*

März – In *Presença* erscheint sein orthonymes esoterisches Gedicht *Iniciação* (Initiation[172]).

6. Juni – In der Tageszeitung *Revolução* erscheint ein Fragment aus dem *Buch der Unruhe.*

5. Juli – Ernennung Salazars zum Ministerpräsidenten von Portugal.

16. September – Erfolglose Bewerbung Pessoas um den Posten eines Konservators an der Museumsbibliothek von Cascais.

November – In *Presença* erscheint *Autopsicografia* (Autopsychographie[173]), eines seiner berühmtesten orthonymen Gedichte.

30. November – In der ersten Nummer der Zeitschrift *Fama* erscheint Pessoas soziologischer Essay *O Caso Mental Português* (Der Geist Portugals).

1933

19. März – Die durch eine fragwürdige Volksabstimmung gebilligte und von Salazar diktierte neue Verfassung institutionalisiert den Estado Novo.

April – *Presença* veröffentlicht das orthonyme Gedicht *Isto* (Dies[174]).

Juli – *Presença* veröffentlicht das heteronyme Gedicht *Tabacaria* (Tabakladen[175]) von Álvaro de Campos.

172 A. d. Ü.: Siehe: *Fernando Pessoa, Er selbst,* a. a. O., S. 141.
173 A. d. Ü.: ebd., S. 121.
174 A. d. Ü.: Siehe: *Fernando Pessoa, Er selbst,* a. a. O., S. 161.
175 A. d. Ü.: Siehe: *Pessoa / Campos, Poesia-Poesie,* a. a. O., S. 415 ff. und *Pessoa/Cam-*

1934

März – Die Zeitschrift *Momento* veröffentlicht Pessoas orthonymes Gedicht *Fresta* (Spalt[176]).

Mai – Pessoa verabschiedet sich von *Presença* mit seinem esoterischen Gedicht *Eros e Psique* (Eros und Psyche[177]).

11. Juli – Er beginnt bis August 1935 über 350 Vierzeiler zu schreiben, die der Form, wenn auch nicht durchweg der Thematik nach, als »volkstümlich« zu bezeichnen sind.

1. Dezember – Pessoa bringt sein einziges portugiesisches Buch zu Lebzeiten auf den Markt, den patriotisch hymnischen Gedichtzyklus *Mensagem* (Botschaft). Mit einigen bereits im Oktober gedruckten Exemplaren trat er für den vom Sekretariat für Nationale Propaganda ausgeschriebenen *Prêmio Antero de Quental* an. Da *Mensagem* aber die angeblich erforderliche Mindestseitenzahl von hundert Seiten nicht aufweisen konnte, erhielt es nur den Preis der Kategorie B.

1935

Januar–März – Pessoa leidet verstärkt unter Depressionen, körperlichem Unwohlsein und spricht mehr und mehr dem Alkohol zu. Sein Zustand schlägt sich in etlichen Gedichten von Álvaro de Campos nieder.

13. Januar – In einem langen Brief an seinen Freund, den Literaturkritiker Adolfo Casais Monteiro, erklärt er ausführlich die Genese seiner Heteronyme.

4. Februar – Er veröffentlicht in der Tageszeitung *Diário de Lisboa* einen flammenden Artikel gegen einen Gesetzesentwurf, der ein Verbot aller Geheimgesellschaften vorsieht, und distanziert sich

pos, Poesie und Prosa, a. a. O., S. 217 ff.

176 A. d. Ü.: Siehe: *Fernando Pessoa, Er selbst,* a. a. O., S. 183.

177 A. d. Ü.: ebd. S. 163–165.

damit endgültig vom Regime des Estado Novo. Somit erscheint er auch nicht am *21. Februar*, dem Tag der Preisverleihung des *Prêmio Antero de Quental*, um seine Auszeichnung für *Mensagem* entgegenzunehmen.

März – Er beginnt satirische Gedichte gegen Salazar zu verfassen, einige zirkulieren im Untergrund.

20. Oktober – Pessoa, der seit seinem 13. Lebensjahr Gedichte auf englisch schrieb, von denen in England zu seinen Lebzeiten nur ein einziges (*Meantime*) 1920 in der Zeitschrift *Athenaeum* erschien, schreibt wenige Wochen vor seinem Tod: »When I knew I was dead / I got up from my bed / And I wondered what happend to me.«

21. Oktober – Álvaro de Campos schreibt: *Alle Liebesbriefe sind lächerlich*, sein letztes datiertes Gedicht.

11. November – In der letzten Nummer der Zeitschrift *SW-Sudoeste* erscheinen drei Texte von Álvaro de Campos und das orthonyme Gedicht *Conselho* (Rat[178]), in dem es heißt: »Umgib den, in den du dich träumst, mit hohen Mauern.«

13. November – Ricardo Reis schreibt: »Zahllos sind die, die in uns leben / Wenn ich denke, wenn ich fühle, entgeht mir / Wer da denkt und wer da fühlt / Ich bin nur der Ort / An dem gefühlt wird und gedacht.« – sein letztes datiertes Gedicht.

19. November – Pessoa schreibt: »Es gibt Krankheiten, schlimmer als jede Krankheit«, sein letztes portugiesisches datiertes Gedicht. Es endet mit dem Satz: »Gib mehr Wein mir, denn das Leben ist nichts.«

22. November – Pessoa schreibt: *The happy sun is shining* und *Le sourire de tes yeux bleus,* sein letztes englisches und sein letztes französisches Gedicht.

29. November – Pessoa wird mit hohem Fieber und starken Leibschmerzen in das Hospital São Luís dos Franceses in Lissabon eingeliefert, wo man eine Leberkolik diagnostiziert. Er schreibt an diesem Tag seinen letzten Satz: »I know not what tomorrow will bring.«

178 A. d. Ü.: ebd. S. 307.

30. November – Um 20 Uhr verlangt er nach seiner Brille, um besser sehen zu können. Er stirbt gegen 20 Uhr 30 im Beisein seines Vetters und Arztes Jaime de Andrade Neves und einiger Freunde. Auch Ricardo Reis und Álvaro de Campos sterben an diesem Tag.

2. Dezember – Pessoa wird in der Familiengruft seiner Großmutter Dionísia auf dem Cemitério dos Prazeres beigesetzt. 1985 werden seine sterblichen Überreste in das Hieronymuskloster von Belém überführt, wo sich auch die Grabstätten von Vasco da Gama und Camões befinden.

Seine Stele trägt als Inschrift eine Ode von Ricardo Reis:

Para ser grande, sê inteiro: nada
Teu exagera ou exclui.
Sê todo em cada coisa. Põe quanto és
No mínimo que fazes.
Assim em cada lago a lua toda
Brilha, porque alta vive.

Um groß zu sein, sei ganz: verstelle
Und verleugne nichts, was dein.
Sei ganz in allem. Und leg dein ganzes Sein
In dein geringstes Tun.
Dann glänzt in jedem See der Mond,
Denn er steht hoch.

Editorische Notiz

Der vorliegende Band stützt sich auf das von Richard Zenith herausgegebene Buch *Fernando Pessoa, Escritos autobiográficos, automáticos e de reflexão pessoal, Assírio & Alvim, Lisboa 2014*. Ich habe daraus Texte im Hinblick auf eine nicht spezialisierte deutschsprachige Leserschaft ausgewählt, gekürzt und um Fragmente aus *Teresa Rita Lopes, Pessoa por conhecer, Editorial Estampa, Lisboa 1990, und aus Fernando Pessoa, Escritos sobre gênio e loucura (Hrsg. J. Pizarro), Imprensa Nacional-Casa da Moeda, Lisboa 2006*, ergänzt. Hinzu kommen Briefe, Brieffragmente und -entwürfe aus *Fernando Pessoa, Correspondência 1905–1935 (Hrsg. Manuela Parreira da Silva), Assírio & Alvim, Lisboa 1999* sowie Aussagen von Zeitzeugen, entnommen aus *Antonio Quadros, Obra em Prosa de Fernando Pessoa, Publicações Europa-América, 1986*. Einige Texte stammen aus *Jorge de Sena, Fernando Pessoa & Ca. Heterônima, Edições 70, Lisboa 1981* und aus dem digitalen Archiv der Casa Fernando Pessoa, Lissabon.

In Fußnoten und Anmerkungen finden sich Querverweise zu Pessoas Werk.

Erläuterung der Zeichen

☐ Lücke im Original

[ ] Von den Herausgebern oder der Übersetzerin hinzugefügt

[?] Zweifel der portugiesischen Herausgeber an der Lesart des Manuskripts

[...] Unlesbares Wort oder unlesbarer Satz

(...) Ausgelassener Text

(Orig. engl.) Originaltext in englisch

(Orig. franz.) Originaltext in französisch

Danksagung der Übersetzerin und Herausgeberin

Ich möchte folgenden Personen für ihre Unterstützung danken: Steffen Dix, Aires Graça, Ulf-Dieter Klemm, Ulrike Kolb, João Dirceu Krepel, Maralde Meyer-Minnemann, Gaby Michel, Alexander Schmitt, Karin von Schweder-Schreiner und insbesondere Birgit Feld-Raetzer, deren Begleitung meiner Arbeit von unschätzbarem Wert für mich ist.

Die große Pessoa-Werkausgabe, begründet von Egon Ammann, fortgeführt von S. Fischer:

Ich Ich Ich. Selbstzeugnisse und Erinnerungen von Zeitgenossen. Herausgegeben und übersetzt von Inés Koebel.

Orpheu. Schriften zur Literatur, Ästhetik und Kunst. Herausgegeben und übersetzt von Steffen Dix.

Er selbst. Poesia – Poesie. Herausgegeben und übersetzt von Inés Koebel.

Boca do Inferno. Aleister Crowleys Verschwinden in Portugal. Herausgegeben und übersetzt von Steffen Dix.

Genie und Wahnsinn. Schriften zu einer intellektuellen Biographie. Herausgegeben von Steffen Dix und Jerónimo Pizarro. Übersetzt von Steffen Dix.

Baron von Teive. Die Erziehung zum Stoiker. Herausgegeben von Richard Zenith. Übersetzt von Inés Koebel.

Álvaro de Campos. Poesia – Poesie. Herausgegeben und übersetzt von Inés Koebel.

António Mora. Die Rückkehr der Götter. Herausgegeben und übersetzt von Steffen Dix.

Alberto Caeiro. Poesia – Poesie. Herausgegeben von Fernando Cabral Martins und Richard Zenith. Übersetzt von Inés Koebel und Georg Rudolf Lind.

Ricardo Reis. Poesia – Poesie. Herausgegeben und übersetzt von Inés Koebel.

Das Buch der Unruhe des Hilfsbuchhalters Bernardo Soares. Herausgegeben von Richard Zenith. Übersetzt von Inés Koebel.